# Der magische Blick

## Chronicles of Gods 2

von Anke Unger

Anke Unger

# Der magische Blick

Fantasyroman

## Impressum

Bibliografische Information der Deutschen Nationalbibliothek:
Die Deutsche Nationalbibliothek verzeichnet diese Publikation in
der Deutschen Nationalbibliografie; detaillierte bibliografische
Daten sind im Internet über http://dnb.dnb.de abrufbar.

© 2021 Anke Unger, 2. überarbeitete Auflage

Die Erstausgabe erschien 2017 im Verlag Dark Diamonds

Lektorat: Marlene Uhlenberg
Cover: Kristina Licht
Landkarte: Angela Despina Coutsidis

Herstellung und Verlag: BoD – Books on Demand, Norderstedt
ISBN: 978-3-7526-4178-3

# Das Buch

## Der magische Blick (Chronicles of Gods 2)
**Band 2 der berauschenden Welt voller Götter, Magie und Intrigen**

Noch immer wird das einstige Land des Lichts von düsteren Mächten beherrscht. Im Geheimen versucht die Magierin Areshva, die Göttin der Dunkelheit zu stürzen und um ihr Ziel zu erreichen, sind ihr alle Mittel recht. Auch wenn das bedeutet, dass sie sich gegen den einen Mann stellen muss, der ihr Herz höherschlagen lässt, denn Silvrin weiß nicht, dass sie beide im Grunde auf derselben Seite stehen. Und auch nicht, dass sie die gleiche magische Fähigkeit besitzen: einen Blick, der das Unsichtbare erkennen lässt...

*Dunkle Götter, eine verbotene Magie und die Versuchung der Liebe verstricken die Magierin Areshva in ein mitreißendes Handlungsnetz, dem sich der Leser absolut nicht entziehen kann. Anke Unger überträgt uralte Ängste des Menschen auf eine faszinierende Fantasywelt voller Legenden.*

//Alle Bänder der Fantasy-Reihe:
-- Göttin der Dunkelheit (Chronicles of Gods 1)
-- Der magische Blick (Chronicles of Gods 2)
-- Sog der Finsternis (Chronicles of Gods 3)
-- Der verfluchte Ring (Chronicles of Gods 4)
-- Tempel der Skelette (Chronicles of Gods 5)
-- Seelen der Göttin (Chronicles of Gods 6)//

# Die Autorin

Anke Unger genießt die urwüchsige Natur Schwedens, in der sie gemeinsam mit ihrer Familie lebt. Als Journalistin, Lektorin und Medizinische Fachangestellte tätig, blieb das Schreiben stets ihre Leidenschaft. Ihr Debüt »Die Chroniken der Götter« erschien 2017 in vier Bänden im Dark Diamonds Verlag. Mit der Neuauflage 2020 unter dem Reihentitel »Chronicles of Gods« geht eine aufwändige Bearbeitung einher. Die Reihe erscheint nun erstmals vollständig mit allen sechs Bänden. Geplant ist eine Veröffentlichung aller Bände bis zum Sommer 2021.

Mehr zur Autorin finden Sie auf Facebook:
https://www.facebook.com/DieChronikenderGoetter

# Damarynth

# Strahlenkampf

Noch lange Zeit nach dem Kampf an der Brücke glühte ein seltsames Feuer in Silvrins Handfläche. Eine innere Wärme brauste darin, als ob sie an einem Kamin lehnte. Während er mit seinen Kameraden in unvermindertem Tempo vorwärts ritt, betrachtete er immer wieder verstohlen seine Finger, drehte und wendete sie – aber äußerlich war keine Veränderung zu erkennen. Ob dieser Zauber noch wirkte? Erregt ließ er seine rechte Hand nach unten gleiten bis an den Knauf des Schwertes. Sobald er dieses berührte, zischte die Wärme in die Waffe hinein und verband sie mit seinem Körper. Er konnte die stählerne Klinge wie eine Verlängerung der Hand spüren, konnte ohne nachzuschauen ihr Ende fühlen und auch ganz genau, wie scharf sie war. Er erzitterte innerlich. Götter im Himmel, was war das für ein Zauber? Ob er anhalten würde? Hastig ließ er die Klinge wieder los. Sofort erlosch seine Verbindung zu ihr.

Langsam brach die Dunkelheit über Silvrins Truppe herein. Er war nach der durchwachten vorigen Nacht hoffnungslos übermüdet und hätte nichts lieber getan, als auf der ersten besten Lichtung ein Lager aufzuschlagen. Aber im Wald wollte er das nicht tun, um nicht wieder mit giftigen Spinnennetzen konfrontiert zu werden. Sein

Kamerad Grevor, der die Gegend kannte, wusste in der Nähe eine Steppe, wo sie vor den Spinnen sicher seien. Er meinte, die Tiere könnten dort keine Netze bauen, weil ihnen die Bäume als Befestigung fehlten.

»Das war aber ein Kampf«, murmelte hinter Silvrin einer seiner Kameraden.

»Du hättest uns doch sagen können, dass du so ein Meister bist!«

Ging das schon wieder los. Den ganzen Ritt über ebbte diese Diskussion nie richtig ab - seitdem sie die Brücke verlassen hatten, auf der er sich mit jenem Banditen geschlagen hatte. Noch mehr Fahrt bekam die Lobhudelei, als die geretteten Hexen sich überschwänglich bei ihnen bedankt und ihre Wege sich danach getrennt hatten.

»Nun bauscht es mal nicht so auf«, wehrte Silvrin ab.

»Wo hast du das gelernt? Diese Schläge, man hat ja gar nicht gesehen, wie du sie gedreht hast!«

Silvrin schwieg. Wenn er den Mund hielt, würden die anderen das Thema vielleicht mal sein lassen. Über die Hexerei in seiner Hand wollte er lieber nicht sprechen – die meisten Leute, die er kannte, fanden so etwas verdächtig. Ohnehin würde die seltsame Wärme wahrscheinlich demnächst wieder verschwinden.

»Der Typ war ganz schön angepisst.« Grevor lachte.

»Das hat er verdient. Was für ein Widerling!«

»Sag schon, wer du eigentlich bist? Du musst ein großer Krieger sein. Vielleicht aus einer Eliteeinheit? Vielleicht hast du eine geheimnisvolle Vergangenheit, die wir nicht kennen? Vielleicht wolltest du es uns nur nicht sagen, damit du uns testen kannst?«

Silvrin legte die Hand über seine Augen.

»Nun hört auf damit«, sagte er. »Ihr macht mich ganz verlegen. Ich bin genauso wie ihr. Ein gewöhnlicher Schmiedegeselle und nichts mehr. Das wisst ihr doch. An meiner Vergangenheit ist nichts geheimnisvoll. Sie hat mir einen Zauber gegeben. Diese kleine Skeff, die ihr gesehen habt. Sie wollte, dass ich gewinne.«

»Sie hat ausgesehen wie ein Dämon«, murmelte einer der jüngeren Burschen.

»Was denn für einen Zauber, ich hab keinen gesehen«, fiel der Nächste ein.

»Wie könnte sie deinen Sieg wollen? Sie stand doch auf der anderen Seite.«

»Nein, sie stand auf meiner«, überlegte Silvrin. »Sie hat die ganze Zeit zu mir herübergestarrt.«

Ich habe noch nie so ein mysteriöses Mädchen gesehen, dachte er. Blicke hat sie mir gegeben, wie ... eine Sphinx, die man nicht deuten kann.

Das war keine Frau wie Ari, die er in Pallanthia gekannt hatte. Seltsam, dass ihm der Gedanke an die frühere Freundin nicht einmal mehr Pein verursachte. Ihr Bild war verblasst, zurückgewichen. Denn jetzt hatte ein so gewaltiges Gefühl Besitz von ihm ergriffen, als hätte eine hundertjährige Eiche Wurzeln in ihm geschlagen. Was hatte sie mit ihm getan? War er verrückt geworden? Eine Skeff. Eine dieser Dunklen, vor denen sich jeder vernünftige Mensch hütete. Und wie sie geredet hatte. Abscheulich. Er hätte sie nicht ansehen dürfen. Heilige Götter, sie war überirdisch. Was für zarte Glieder sie hatte. Alles an ihr wirkte fein und exotisch. Diese Aura, diese Feuertropfen, die ihm tief durch die Haut gerieselt waren, unvergesslich. Selbst ihre Flügel waren faszinierend. Sie sahen aus wie aus Seide. Wie sie sich anfühlen würden? Kein Vergleich zu den Parva-Mädchen in Pallanthia. Diese war keine Braut, deren Wert man ihrem Vater in Gold aufwog – oh nein, um die würde er kämpfen müssen, wenn er sie erringen wollte. Er biss sich auf die Lippen. Was waren das für abwegige Gedanken? Sie war ein verdorbenes Geschöpf, ihre Freunde waren

Verbrecher! Mit solch einem Mädchen sollte er nichts zu tun haben. Sie passte nicht in seine Welt.

»Nimm dich in Acht vor der Hexe, Silvrin«, sagte einer der Soldaten hinter ihm. »Du hast bestimmt schon von ihr gehört, die Leute nennen sie die Zauberin von Ygramor.«

Er schrak zusammen. Sein Herz verkrampfte sich. »Etwa ... Areshva von Ygramor? Natürlich habe ich die Gerüchte gehört. Aber ...«

»Genau die. Sie ist ein Monster. Sie hätte den ganzen Wald hier in die Luft sprengen können. Wir können den Göttern danken, dass wir noch leben.« Er räusperte sich. »Besonders du, Silvrin.«

»Dass ich noch lebe, verdanke ich nicht den Göttern, sondern ihr«, sagte der junge Soldat gedankenvoll. »Bist du ganz sicher, dass sie diese Mörderin ist?«

»Völlig sicher. Sie hat Höllenkräfte. Dieses Gerücht, sie hätte eine Priesterin getötet, trotz Götterschutz, das ist wahr. In allen Regimentern tuschelten sie darüber. Wer sich die zum Feind macht, der ist verloren ...«

\*\*\*

Sie verbrachten die Nacht in der Steppe und brachen früh am nächsten Tag wieder auf. Silvrin hatte es eilig. Durch den Umweg und den Kampf mit jenem Banditen hatten sie Zeit verloren, aber sie hofften darauf, dennoch rechtzeitig einzutreffen, um ihrer Armee bei der geplanten Schlacht gegen Millesana zum Sieg zu verhelfen. Der Moragelberg lag nun westlich von ihnen. Irgendwo in seiner Nähe vermuteten sie das Aufeinandertreffen der verfeindeten Heere. Eilig und angespannt preschten sie vorwärts, voller Ungewissheit, auf welche Lage sie treffen würden. Silvrin ritt vorneweg. Diesmal hatte es nicht die geringste Diskussion darüber gegeben, wer sie anführen sollte, nicht einmal Grevor erhob einen Einwand. Die Kameraden blickten Silvrin immer noch an, als hielten sie ihn für einen sagenhaften Kampfmeister. Die Situation irritierte ihn, aber sie würde sich sicherlich in den nächsten Tagen normalisieren. Die Steppe vor dem Berg wurde breiter. Auf ihrer rechten Seite war bisher ein Waldstück gewesen, nun verließen sie dieses und gelangten in ein weitläufiges freies Gebiet. Auf den ersten Blick sah es aus wie ein Acker, auf dem eine Sorte besonders dicker und länglicher Kürbisse wuchs. Sehr seltsam um diese Jahreszeit. Im späten Frühling standen doch die meisten Felder erst in Blüte.

Auf den zweiten Blick erkannte Silvrin, dass auf dieser Erde nichts wuchs. Sie war stattdessen übersät mit hunderten toten Soldaten, die so gut wie ausnahmslos die blauen Uniformen der Heimat trugen. Es waren auch einzelne Graue darunter, Elgo mit ihren prächtigen Pferdemähnen auf dem Kopf, für die sie spezielle Helme in den Farben von Millesana entwickelt hatten, aber die fielen in der überwältigenden Menge der blauuniformierten blonden Parva überhaupt nicht auf. Es war unnatürlich still. Silvrin schlug dieses Bild gegen den Kopf wie eine Ohrfeige. Er wollte nicht glauben, was er sah. Doch der grausige Anblick hörte nicht auf, sich in seine Augen zu brennen.

Über dem gesamten Acker lag ein ungesunder Verwesungsgeruch. Wie in Trance stieg Silvrin vom Pferd und schritt auf das Leichenfeld zu.

»Eine Katastrophe«, murmelte einer der Männer hinter ihm. »He! Silvrin! Was tust du?«

»Ich suche nach Überlebenden. Helft mir!«

Sie durchforschten gemeinsam das Schlachtfeld und versuchten, durch Rufe auf sich aufmerksam zu machen. Silvrin fand den Körper seines Estedter Kameraden

Kemsin. Er starrte in den Himmel, den Mund geöffnet, als hätte der Tod ihn überrascht. Silvrin kniete bei ihm nieder und schloss ihm die Augen. In seinem Magen begann es zu rumoren. Nur wenige Schritte weiter lag ein zweiter Freund, Laor, mit dem er zusammen in der Hexenstadt gewesen war. Eine Lanze stak in seinem Hals. Silvrin überkam eine gärende Übelkeit. Ein ganzes Feld voller Toter. Er hatte andere von solchen Gemetzeln erzählen hören, aber nie vorher hatte er eine so überwältigende Zahl von Gefallenen gesehen. Er wagte kaum weiterzugehen. Mehrere Monde war er mit diesen Soldaten zusammen marschiert, er kannte die meisten und es schmerzte unbeschreiblich, sie so wiederzusehen ... niedergemetzelt. Ihm wurde schwindelig. Nicht schlapp machen. Er konnte doch nicht vor seinen lebendigen Kameraden in Ohnmacht fallen wie ein Weib − nur von dem Anblick einer Armee, die eine Schlacht verloren hatte. Also stakste er weiter vorwärts. Er versuchte jetzt, die Gesichter zu vermeiden, horchte nur, ob einer atmete. Ihm war inzwischen schon so übel, dass er darum kämpfen musste, sich nicht zu übergeben.

Da! Inmitten der blutverschmierten Brustpanzer und verlorenen Schilde entdeckte Silvrin einen auffälligen Helm. Er hob ihn auf. Das Adlerwappen von Aravenna prangte darauf, hellblau, und auf einer Metallplatte an seiner Spitze ragten gekreuzte Schwerter in die Luft. Vier funkelnde Edelsteine in einer Reihe zierten die Stirnseite und zwei die Hinterkopfseite.

»Das ist der Helm des Fürsten«, rief Grevor erschrocken.

»Betet zu den Göttern, dass er nicht gefallen ist«, keuchte Silvrin. »Oder Prinz Koryelan ...«

Eilig machten sie sich daran, die Toten an dieser Stelle umzudrehen, um ihre Gesichter zu erkennen. Allerdings war es nicht bei allen möglich. Einem hatte eine Keule

Nase und Augen zerschmettert, es war eine einzige blutige Masse.

Die Leiche daneben konnten sie nicht identifizieren, weil sich Silvrin direkt über ihr übergab. Die ganze Welt drehte sich um ihn her.

Wenigstens lachte keiner.

»Der Fürst ist nicht hier«, sagte jemand. »Vielleicht konnte er sich retten.«

Oder sie haben seine Leiche nach Millesana gebracht, um sich damit vor ihrem Volk zu brüsten, überlegte Silvrin, der noch immer am Boden kniete, weil seine Beine weich waren wie Gummi. Er brauchte eine Weile, bis er wieder hochkam. Freundlicherweise kommentierte es keiner seiner Begleiter.

»Wir brechen die Suche ab«, sagte er heiser. »Lasst uns zurückkehren nach Aravenna.«

Sie stiegen wieder auf ihre Pferde und wendeten. Silvrin fühlte sich immer noch elend. Hoffentlich ist nicht unsere gesamte Armee vernichtet, dachte er inbrünstig. Wenn sich doch wenigstens Prinz Koryelan gerettet hätte.

»Viel Sinn macht es nicht, zurückzureiten«, sagte Grevor neben ihm. »Auch falls einige überlebt haben ... Die Lage in Aravenna dürfte fatal sein.«

»Und den Sold werden sie auch nicht zahlen können«, fügte einer der Kameraden hinzu.

»Ich hab gehört, dass sie in Sintana noch Söldner gebrauchen können«, hörte Silvrin einen der Männer sagen.

»Wirklich? Weißt du, ob sie besondere Anforderungen stellen, oder kann sich jeder bewerben?«, fragte ein anderer.

Silvrin begann das Blut in den Adern zu sieden.

»Seid still!«, fauchte er seine Kameraden wütend an. »Was ist das denn für eine Einstellung? Wir haben uns verpflichtet, in diesem Feldzug Aravenna zu dienen, und den führen wir jetzt gefälligst zu Ende, so lange, bis wir genau wissen, ob der Kampf vorüber ist oder sie uns noch brauchen!«

Er musterte die Soldaten eindringlich. Einer nach dem anderen senkten sie die Blicke oder nickten ihm zu. Eigentlich hätte er sich darüber freuen sollen. Aber er war einfach nur verblüfft. Er hatte Protest erwartet, Widerworte. Doch die Männer folgten ihm so ergeben wie Hunde ihrem Herrn. Er hatte das Gefühl, als bewunderten sie ihn inzwischen für alles, was er tat, und sogar für das, was er sagte. Jedenfalls redete von diesem Moment an keiner mehr davon, abhauen zu wollen.

Sie waren noch nicht weit gekommen, da sahen sie von einer Anhöhe aus ein brennendes Dorf. Silvrin ließ anhalten. Drei größere Holzhäuser standen in Flammen. Zahlreiche Tote lagen neben und auf dem Weg zwischen den Häusern. Eine Horde wilder Kerle tobte sich dort aus, natürlich diese schwarzgeflügelten Skeff. Die waren die Schlimmsten. Einige prügelten sich auf einer Wiese, mehrere trieben Vieh zusammen, wieder andere rannten um die Häuser. Alles wurde übertönt von lauten, angsterfüllten Rufen. Da schrien Mädchen in Todesangst um Hilfe. Gerade flüchteten drei mit gerafften Röcken hinter eine Hausecke. Zahlreiche Männer stürmten ihnen nach. Silvrin stieg das Blut in den Kopf.

»Diese gesamte Provinz ist voll von Verbrechern. Reicht es nicht, dass sie unsere Leute abgeschlachtet haben? Müssen sie sich noch an hilflosen Mädchen vergreifen? Folgt mir. Wir greifen ein!«

Hinter ihm war es still. Er sah sich um. In den Gesichtern der Kameraden malte sich blankes Entsetzen.

»Hast du die Typen gezählt, Silvrin?«, gab Grevor zu bedenken. »Das sind mindestens sechzig Mann! Und sie haben wahrscheinlich mehr Erfahrung als wir.«

Genau zu derselben Schätzung war Silvrin gerade auch selbst gekommen. Er zögerte. Bei dem Kampf an der Brücke hatte er nur durch Glück gewonnen. Ob ihm das ein zweites Mal gelingen könnte? Er starrte das Gemetzel auf der Dorfstraße an. Drei dieser Schurken fesselten einem Bauern die Füße, knoteten das Seilende an den Sattelknauf eines Pferdes und jagten den Gaul danach im Kreis herum. Dadurch wurde der Gebundene in einer Staubwolke hinter ihm hergerissen. Ab und zu schleuderte er hoch und schlug dann wieder hart auf dem Boden auf. Dazu grölten und lachten diese Lumpen, als wäre das ein Spaß.

Silvrin fuhr der Anblick durch Mark und Bein. Jedes Mal, wenn das Opfer auf das Erdreich klatschte, zuckte er zusammen. Diese Gemeinheit ertrug er nicht. Könnte er sie beenden? Bloß wie? Seine Leute wollte er nicht in Gefahr bringen, aber vielleicht ließe es sich versuchen, die Auseinandersetzung wie bei der Brücke auf einen Zweikampf zu reduzieren? Er gegen den Anführer dieser Hunde. Ihm wurde etwas unbehaglich bei dem Gedanken, da seine Erfahrung im Kampf doch sehr begrenzt war. Ob der Zauber noch funktionierte, den die Magierin ihm gegeben hatte? Damit hätte er eine gewisse Chance. Er tastete nach seinem Schwert und versuchte, den Funken jener Kraft zu erspüren.

Aber die Waffe fühlte sich kühl und metallisch an. Nicht lebendig wie früher, schon gar nicht wie ein Körperteil von ihm. Nicht mal ein Hauch von Magie, nirgends. Sicher war der Zauber nur zum Einmalgebrauch gedacht gewesen.

So wie die Hexe ihn angesehen hatte, konnte aber durchaus mehr dahinter stecken. Diese Strahlen hatte sie nicht bloß so aus dem Handgelenk geschüttelt. Er war fast sicher, dass ein stabiler Zauber dahintersteckte, der vielleicht eine Weile anhielt.

Fast sicher. Ganz sicher konnte er nicht sein.

Wagen? Nicht wagen?

Unten flog ein brennender Pfeil durch die Luft und landete in einem Hausdach. Eine Stichflamme schoss heraus.

Ich könnte diesen Leuten helfen … und gleichzeitig den Ruf der aravennischen Armee aufpolieren, dachte Silvrin. Da hatte er den Entschluss schon gefasst.

»Gib mir deine Uniformjacke, Grevor«, befahl er eilig. Er konnte nicht verhindern, dass ihm die Stimme zitterte.

»Lass den Quatsch, Silvrin«, sagte der Kamerad mit blassen Lippen. »Es sind zu viele Gegner.«

»Nun gib mir schon deine Jacke. Du bekommst sie nach dem Kampf wieder zurück!«

»Glaubst du, mit Uniform kämpft es sich besser? Wenn du da unten was erreichen willst, dann nimm lieber mein Schwert! Deine Klinge ist Schrott, wenn du mir erlaubst, das zu sagen.«

»Ich will den Kerlen beibringen, wie gut wir kämpfen in Aravenna«, erklärte Silvrin. »Mit der Uniform werden sie mich für einen großen aravennischen Krieger halten. Und sie werden glauben, dass alle anderen auch so sind. Und genau das brauchen wir jetzt.«

»Du bist ein Fantast!« Grevor raufte sich die Haare. »Ständig erzählst du wirre Dinge. Wir können gegen so viele nicht gewinnen!«

»Grevor, wir haben nicht so viel Zeit. Ich geh allein runter. Ihr bleibt hier und gebt mir Rückendeckung. Haltet mir die Daumen und bitte diesmal extra stark.«

Er nahm die Uniformjacke von seinem Kameraden, zog sie über und ritt dann den Berg hinunter, direkt auf das Dorf zu.

Inzwischen brannte eine ganze Häuserzeile. Er erreichte den ersten Hof. Eine Handvoll Skeff flatterte wie ein Schwarm riesiger Fledermäuse über dem

Dorfzentrum in der Luft und jagte die Dörfler von oben mit gezückten Schwertern. Das veranlasste Silvrin dazu, sein Pferd etwas zu zügeln. Ihm wurde mulmig im Magen, aber sie hatten ihn bereits gesehen. Eines der Flugwesen kurvte ihm über den Dächern entgegen. Jetzt durfte er keine Schwäche zeigen, wenn er nicht auf der Stelle zerrissen werden wollte.

»He!«, brüllte Silvrin dem Kerl in der Luft zu. »Wer ist der Anführer dieser Bande von Ungeziefer?«

Die Frage beantwortete sich sogleich selbst, denn nun wuchtete ein dicker Kämpfer seinen Wanst auf die Straße, der vorher im Schatten eines Hauses gestanden hatte und Silvrin aus seinen stechenden schwarzen Augen einen unangenehmen Blick zuwarf. Es war ein gedrungener Kerl mit einem bis auf die Brust wuchernden dunklen Bart, ebensolchen langen, pechschwarzen Haaren und geradezu erschreckend muskulösen Armen und Beinen. Der Dicke reichte Silvrin kaum bis an den Hals, wie dieser merkte, als sein Gegner näher herankam. Unter seinen verschlagen blitzenden Augen war er mit einem grimmig verzogenen Mund versehen. Er wirkte hässlich und brutal wie ein Troll. Genau so, wie die Skeff in alten Märchen und Legenden immer beschrieben wurden. Vielleicht, dachte Silvrin bei sich, waren diese Sagen sogar untertrieben. Er stieg vom Pferd und zog sein Schwert aus der Scheide.

»Seid Ihr für diese Verbrechen verantwortlich?«, fragte er den Banditen anklagend, wobei er mit der Hand nacheinander auf die Toten am Straßenrand, die brennenden Häuser und die Mädchen zeigte. Statt einer Antwort hörte Silvrin über sich ein markerschütterndes Rumpeln und Krachen. Es klang dumpf und kreischend, als stürzte über seinem Kopf ein Gebirge ein. Erschrocken blickte er auf, aber weder am Himmel noch zu den Seiten entdeckte er den geringsten Hinweis darauf, was den Krach verursachte, und irgendwelche Felsen, die einkrachen könnten, waren nicht in der Nähe. Oder kam es von dem Dicken? Eine vage silbrige Strahlung flimmerte um seinen Körper. Ob eine Zauberin bei ihm war?

»Pass auf, was du sagst, Schwachkopf, sonst schneid ich dir die Zunge ab«, grunzte der Skeff, wobei er die Zähne bleckte wie ein bissiger Wolf, »oder den Hals!«

Er lachte dunkel und packte nach seinem Schwert. Das war keine normale Waffe – die Klinge imponierte an einer Stelle breit wie eine Schaufel und war an beiden Seiten gezackt.

Das Rumpeln und Poltern über Silvrins Kopf wurde stärker. Wieder blickte er sich schnell um, doch das Einzige, was er sah, waren feine Strahlen, die vom Gürtel des Skeff her in seine Richtung flogen. He, der war aber kein Zauberer – oder?

»Du bist tot! Kanaille!«, posaunte der Troll und hob sein Schwert mit einer wilden Bewegung in die Luft, wobei er die Spitze gegen Silvrins Stirn richtete. Sofort nahm dieser Verteidigungsposition ein.

»Versucht es!«

»Waaaaaaaaah!«, war die Antwort, etwa im Tonfall eines brünstigen Wildschweines. Da sauste schon das Zackenschwert auf Silvrin zu, mit einer Urgewalt, die wohl dazu angedacht gewesen war, ihn in zwei Hälften zu spalten. Er wich aus. Die Waffe krachte in den Erdboden, dass es nur so spritzte von Sand und kleinen Steinchen.

Silvrin versuchte sich an einem Gegenangriff, der ihm jedoch nur kümmerlich gelang, zur Belustigung seines Kontrahenten, der sich darüber amüsierte. Ein leiser Schrecken ergriff ihn, hitzige Wallungen liefen durch seinen Körper. Der Knauf schien ihm nicht richtig in der Hand zu liegen. Er konnte den Kampf nicht dirigieren, sondern musste sich darauf beschränken, die wütenden

Attacken des Dicken zu parieren. Schnell geriet er ins Schwitzen. Der Siegeszauber auf seinem Schwert schien verschwunden. Er dachte an die Zauberin, die ihm die magische Kraft geschenkt hatte. Genaugenommen fantasierte er ständig von ihr, sie beherrschte seine Gedanken. Es wurmte ihn noch immer, dass er sich von ihr hatte herumdirigieren lassen müssen. Er hatte diesen Kampf bei der Brücke nicht aus eigener Kraft gewonnen, sondern weil sie es wollte. Aus ihrer Gnade heraus, und das hasste er. Als ob er ein armseliger Stümper wäre, der sich nicht selbst helfen konnte. Wenn er ihr nur hätte zeigen können, dass er keine Gnade nötig hatte, schon gar nicht von einem Mädchen!

In diesem Moment fühlte er, wie die sprudelnde Wärme in seine Hand schoss. Wie sie seinen Arm mit dem Schwert verschmolz und seinen Körper in so perfekte Koordination brachte, dass alles eins wurde: Seine Schritte, sein Atemrhythmus, die Bewegungen seiner Hände, ja er konnte mit einem Blick voraussehen, wo der Skeff seine Klinge ein paar Augenblicke später platzieren würde, und ließ deshalb seine Waffe bereits vorher dorthin sausen. Eine biegsame Spannung erfüllte ihn, fegte sein Schwert wie von allein durch die Luft, es war kein Kampf – mehr ein Tanz, leicht und fehlerlos.

Das wulstige Gesicht des Dicken schwoll ungemütlich an. Plötzlich klappte er an seinem Rücken ein paar gewaltige schwarze Fledermausflügel aus, die er auf ihre volle Länge ausbreitete. Er drehte sie derartig in die Luft, dass sie wie finstere Tore erschienen und seine Größe verdoppelten. Auf diesen Flügeln strahlten rote Zacken, welche die gesamte Umgebung in feurigen Schein tauchten. Silvrin war einen Moment lang perplex. Hatte sein Gegner es nötig, sich aufzuplustern wie ein Pfau? Der Dicke holte zum nächsten Donnerschlag aus. Er hatte mörderische Kraft, aber Silvrin traf seine Klinge genau am rechten Punkt und schleuderte sie ihm fast aus der Hand. Er tänzelte vor dem Troll auf und ab, beschwingt wie auf einem höfischen Ball, und war selbst überrascht, dass seine Attacken so gut funktionierten. Er konnte sein Schwert in einer Geschwindigkeit durch die Luft wirbeln, als käme es aus allen vier Himmelsrichtungen gleichzeitig. Und er wusste vor jedem Schlag schon, wie er sich bewegen musste, damit er ganz genau an der richtigen Stelle aufprallte. Es war, als ob ein unsichtbarer Meister ihm die Hand führte. Er versuchte, sich die Bewegungen genau einzuprägen, damit er sie später wiederholen könnte, falls dieser Meister ihn eines Tages im Stich lassen sollte. Der Skeff war ganz offensichtlich an Niederlagen nicht gewöhnt. Er grunzte wie ein tollwütiges Wildschwein. Ab und zu flatterte er mit seinen mächtigen Flügeln, aber das war eine reine Drohgebärde, denn bei seinem Gewicht war nicht daran zu denken, dass sie ihn tatsächlich in die Luft hätten tragen sollen. Silvrin hätte ihn mit drei Attacken erledigen können, aber er wollte niemanden umbringen. Vielleicht würde es genügen, dem Kerl eine Lektion zu erteilen? Sein Schwert wirbelte wie ein Tornado. Er spürte in den Armen, wie viel Druck er entwickeln konnte, wie geschmeidig seine Attacken durch die Luft schnitten und seinen Gegner ganz locker aushebelten. Und er konnte diese Schläge beliebig wiederholen und sogar noch verstärken!

»Schon mal so etwas gesehen?«, grinste Silvrin den Dicken an, dessen wilden schwarzen Haare inzwischen in alle Windrichtungen inklusive der Augen flatterten, es war fraglich, ob er überhaupt noch etwas sehen konnte.

»Schon mal so was gesehen?«, brüllte der Skeff zurück. Etwas in der Luft blitzte auf. Silvrin prallte gegen einen Gegenstand, den er nicht erkennen konnte, und im nächsten Moment lag er am Boden. Seine Selbstsicherheit bekam einen Riss. Was war das für ein Angriff gewesen? Er sammelte sich und attackierte. Einen Augenblick lang hatte er schon gefürchtet, die magische Wärme wäre aus seiner Hand verschwunden, aber sie flammte sofort wieder auf. Da pfefferte er seinem Gegner eine ganze Serie von rasenden Attacken entgegen, von oben und unten, gedreht und geschwungen, und so von Finten gewürzt, dass der Skeff immer schlechter mithielt und gezwungen war, zurückzuweichen. Wie aus heiterem Himmel krachte eine Feuerkugel aus der Luft direkt auf Silvrin zu. Er sprang gedankenschnell zur Seite, hörte sie aber nah an seinem Ohr vorbeipfeifen. Die feurige Kanone donnerte gegen einen Baum und zerschmetterte ihn. Ächzend krachte dieser der Länge nach auf den Boden. Wie aus weiter Ferne hörte Silvrin Aufschreie um sich herum.

Wieder attackierte er mit dem Schwert, um neuen Druck zu erzeugen, aber der Wicht ließ sich auf solch einen Kampf nicht mehr ein. Er wich zurück und warf aus sicherer Entfernung Feuerkugeln am laufenden Band. Silvrin konnte nicht sehen, wo er sie her nahm, sie erschienen plötzlich in der Luft, tauchten diese in rötlichen Schein und rasten dann auf ihn zu. Der junge Soldat musste um sein Leben springen. Er hechtete nach links, nach rechts, doch das Kugelgewitter gewann so an Tempo, dass er nicht schnell genug aus der Schusslinie kam, wie ein Unwetter stürmten sie auf ihn ein. Also packte er sein Schwert und wehrte sie damit ab. Das funktionierte sogar. Wenn er richtig traf, konnte er sie zerschmettern oder von sich wegschleudern.

Es ging Schlag auf Schlag. Kaum hatte er ein Geschoss zerschlagen, fegte das nächste heran. Erwischte er die Kugeln zu weit am Rand, dann prallten sie zu den Seiten und zerschmetterten alles, wogegen sie flogen.

Hauswände krachten zusammen, Bäume wirbelten durch die Luft, Felsen explodierten. Silvrin hatte keine Zeit sich zu fragen, wie sein Gegner das machte, er kämpfte und sprang um sein Leben. Die Attacken wurden schneller und die Kugeln immer größer. Von so einer Waffe hatte er noch nicht einmal reden gehört! Sein Puls raste, aber seine Gedanken waren scharf und glasklar wie niemals zuvor. Es war, als existierte nichts mehr auf dieser Welt außer den fliegenden Mörderkugeln, die er ganz exakt lokalisieren und deren Geschwindigkeit und Winkel er perfekt einschätzen musste, wenn er den nächsten Augenblick überleben wollte. Er konzentrierte sich extrem, um die rasenden Kugeln nicht zu verfehlen. An eigene Angriffe war nicht zu denken. Würde er das überhaupt überstehen? Lange würde er dieses Tempo nicht durchhalten. *Du bist bald am Ende.* Jetzt mach dir nicht ins Hemd, dachte er fieberhaft, dir fällt etwas ein. Irgendeine Schwäche hat er sicher. Ich muss aus der Verteidigung herauskommen, muss ihn selber angreifen. Nur wie?

Konnte er nicht die Kugeln des Anderen so schlagen, dass sie auf den Skeff zurückflogen? Vielleicht wäre das mit seinem Schwertzauber möglich. Er versuchte, sich nicht allein auf das Treffen der Feuerbälle zu konzentrieren, sondern auch auf die Wärme in seiner Hand zu horchen. Die magische Energie, das Schwert, die Verlängerung seines Armes. Da, er spürte die elastische Spannung in sich. Er wurde biegsamer, geschmeidiger – und zack, erwischte er eine Feuerwolke, die exakt in dieselbe Richtung zurückprallte, aus der sie kam. Auf dem Rückflug krachte sie mit der nächsten zusammen, es blitzte und zuckte wie bei einem Gewitter – und der Skeff wirbelte durch die Luft. Ein paar Meter weiter fiel er zu Boden, als wäre er ein Blatt, das der Wind vom Baum geweht hat.

Wütend und mit rollenden Augen rappelte der Dicke sich wieder auf, musterte Silvrin überrascht und verärgert - und es ging weiter. Die nächste Attacke. Diesmal erwischte der Soldat sie passgenau, pfefferte sie in gerader Linie zurück – und der Skeff musste zur Seite springen, da sein eigenes Geschoss auf ihn zielte.

Ah, so langsam fing er an zu begreifen, dass Silvrin dabei war, den Spieß umzudrehen. Eine leise Rötung trat auf seine Wangen und er hielt eine Weile inne, bevor er die nächste Feuerwelle losschickte. Diesmal ließ er seinen feurigen Todesbringer im Zickzack fliegen. Das machte die Sache für Silvrin schwieriger und er brauchte eine Weile, bis es ihm gelang, sich an die neue Technik anzupassen und auch diese Wendefeuer am rechten Punkt zu treffen.

Es kam zu einer kleinen Pause. Sein Gegner hörte auf zu kämpfen, warf einen dampfenden Stab auf den Boden und fummelte mit den Händen an einem anderen, den er an seinem Gürtel trug. Silvrin mochte seinen Augen kaum trauen - es schien ein Magiestab zu sein. Der Typ zog Strahlung daraus ab, mit bloßen Händen, indem er an dem Stab rieb. Und er hatte weitere solche magisch aufgeladenen Hölzer an seinem Gürtel. Aha! Das war sein Geheimnis, die Quelle, aus der er seine verhexte Energie bezog! Aus dieser schuf er die Feuerkugeln, daraus hatte er vermutlich auch das steinstürzende Geräusch am Anfang erzeugt.

Ich muss unbedingt seine Kommunikation mit der Magiequelle unterbinden, dachte Silvrin. Allerdings müsste er dazu näher an ihn herankommen, was ihm nicht gelang. Denn jetzt wich der Dicke weiter zurück. Er verstärkte gleichzeitig das Tempo seiner Feuerkugeln. Der junge Soldat hatte Glück, dass er so wendig war und so schnell laufen konnte, denn er sprang, hechtete sich auf den Boden, kam wieder hoch, und eine Salve von flammenden Kanonen krachte auf ihn los. Die Geschwindigkeit war mörderisch, er kämpfte jetzt bloß noch darum, nicht getroffen zu werden. Gleichzeitig behielt er jedoch den Magiestab seines Gegners im Auge und hielt sich damit aufrecht, dass dieser bedingt durch die vielen Attacken schnell an Strahlung verlor. Bald würde er ausgebrannt sein, und wenn Silvrin bis dahin durchhielt, wäre der Vorteil auf seiner Seite.

Endlich war der Moment gekommen. Es gab die nächste Pause, der Skeff nestelte seinen dritten Magiestab hervor. Es war sein Letzter, wie Silvrin mit Genugtuung bemerkte. Der Soldat rannte auf ihn los und hieb mit dem Schwert genau in Richtung seiner Hand. Sein Gegner reagierte schnell, parierte – und schon waren sie wieder mitten im Schwertkampf.

Silvrin hatte geglaubt, mit ein paar gezielten Schlägen leicht gewinnen zu können. Doch die Wärme in seinem Arm erstickte auf eigenartige Weise, noch bevor sie Verbindung zum Schwert aufnehmen konnte. Konnte der Skeff die Magie seiner Stäbe sogar dafür benutzen, Silvrins Zauber zu stören? Sie tänzelten umeinander herum, versuchten sich an Finten und Überraschungsmanövern, doch keiner konnte den anderen mehr in die Enge treiben. Der Dicke wich immer wieder zurück, um an seinem nächsten Magiestab zu reiben, den er aber zum Glück nicht zum Leuchten bekam. Scheinbar gab es damit ein Problem. Silvrin war vollkommen überhitzt, dicke Schweißtropfen rannen ihm von der Stirn und seitlich über die Wangen, sein Hemd war den ganzen Rücken hinunter durchnässt. Dieser Verbrecher hatte ihn enorm springen lassen und dies war auch keine richtige »Pause«. Er musste die Oberhand über den Kampf zurückbekommen, und genau das wollte ihm nicht gelingen. Er war zu abgekämpft, kam kaum zu Atem. Warum funktionierten seine guten Schläge nicht?

Hatte der andere seinen Kampfzauber zerstört? Aber er würde sich dadurch nicht demoralisieren lassen - im Gegenteil. Sein Gegner knobelte noch immer an seinem Stab, den er anscheinend nicht zum Laufen brachte. Diese Schwäche durfte man durchaus verstärken. »Was ist los?«, rief Silvrin zu ihm herüber. »Klemmt dein Magiestab? Liegt bestimmt an der Luftstrahlung. Die legt sich immer quer.«

Er musste selbst über seinen Witz lachen. Luftstrahlung war eine Form der Magie, die er persönlich gar nicht sehen konnte. Das wusste er noch aus seiner Kindheit, die er am Tempel von Aravenna verlebt hatte, zusammen mit seiner älteren Schwester, die dort zur Priesterin ausgebildet wurde. Es hatte ihn immer frustriert, nicht alles erkennen zu können, was die Tempelzauberinnen herbeihexten. Er wusste nicht mal, ob es überhaupt möglich war, Luftstrahlen querzulegen. Aber er spekulierte darauf, dass es dem Dicken ebenso ging und er Silvrin dann für überlegen halten würde.

Der Troll riss die Augen auf und starrte ihn an, seine Bewegungen wurden fahrig. Diesen Augenblick der Destabilisierung musste Silvrin ausnutzen. Er hob sein Schwert und stürmte auf seinen Gegner zu. Diesmal behinderte auch nichts die Wärme in seiner Hand. Schon zischte sie mit rauschender Kraft in seine Adern und von dort weiter bis in die Spitze der Klinge. Er holte aus, energisch und zielsicher, er wusste, er würde treffen – da, ein greller Blitz direkt vor seinen Augen, er sah nichts mehr, schlug blind ins Leere, stolperte über etwas, das er nicht sah, weil es ihm immer noch vor den Augen blitzte. Im nächsten Moment lag er auf dem Boden, doch er sprang sofort wieder auf. Wachsam hob er sein Schwert.

Der Magiekämpfer war wie vom Erdboden verschluckt. Hastig sah Silvrin sich um, nach allen Seiten. Sie hatten auf freiem Gelände gekämpft, die Zuschauer standen in etwa zwanzig Metern Entfernung in einem Kreis um sie herum. Er konnte nicht weggelaufen sein, auch nicht geflogen. Das hätte jeder hier gesehen. Er musste noch da sein, irgendwo hier. Direkt neben oder hinter ihm, am Boden ... oder, zum Geier, womöglich in der Luft? Aber sein Gegner war und blieb verschwunden wie ein Spuk. Silvrin stand da in immer größerer Anspannung. Er würde vielleicht gleich aus dem Nichts wieder auftauchen, und dann konnte er in größte Gefahr kommen. Aufmerksam hielt er sein Schwert angriffsbereit.

Dann sah er genau dort, wo der andere gestanden hatte, den Magiestab. Er bückte sich und hob ihn auf. Während er ihn untersuchte, behielt er seine Umgebung im Auge, falls der Kerl plötzlich wieder auftauchen sollte. Es schien jedoch nicht so, er war einfach weg. Der Stab überzeugte Silvrin davon, dass er auch nicht zurückkommen würde. Wohin auch immer er sich weggezaubert hatte, er würde dort bleiben müssen, denn er hatte jetzt keine Magiequelle mehr. Ein Lächeln stahl sich um Silvrins Mundwinkel. Er steckte sein Schwert ein, hob den Blick und winkte mit dem Magiestab seinen Zuschauern zu.

»Ich hab anscheinend gewonnen«, sagte er und grinste immer breiter.

Das ging nun auch den Männern auf, die zu dem Skeff gehört hatten. Sie warfen einander Blicke zu und Silvrin begriff, dass er sie schnell einschüchtern musste, wenn er nicht gleich sechzig gegen einen kämpfen wollte. Hastig untersuchte er den Magiestab, den er gerade erbeutet hatte. Er hatte sofort gesehen, dass dieser anders aussah als die vorherigen, mit denen der Dicke davor gearbeitet hatte. Jede Wette, dass ihm den jemand vorpräpariert hatte. Vermutlich waren höhergradige Sprüche drauf, denn er strahlte wie Feuer. Der Stab war geviertelt, wobei einer der vier Abschnitte noch dampfte und gerade komplett verbrannt war. Wahrscheinlich hatte er den für seinen Verschwindezauber gebraucht. Die anderen drei Teile, was konnte er damit machen? Silvrin strich mit dem Finger über einen davon, bis er die Magie an seiner Haut spüren konnte, dann drehte er den Stab und schleuderte die Strahlung nach vorn, genau in die Richtung, wo die meisten seiner Feinde standen, die sich auf ihn zu bewegten.

Eine Bombe krachte zu ihren Füßen nieder, die so viel Staub aufwirbelte, dass er geraume Zeit nicht die Hand vor Augen sah. Als sich der Dampf verzog, ritten die sauberen Herren bereits in halsbrecherischem Tempo in die Wälder davon und waren kurz darauf ebenso verschwunden wie ihr Anführer.

»Sieg!«, jubelten Silvrins Männer, die inzwischen in die Zuschauerreihen vorgerückt waren und die Sachlage als erste überblickten. »Bravo, Silvrin! Du hast sie besiegt!«

Sie rannten auf ihren Kameraden zu und umarmten ihn stürmisch, alle auf einmal rissen sie Silvrin zu Boden, schrien und krakeelten. Zwei Siege hintereinander, und dann noch so erstaunliche Duelle, gegen schwere Gegner. Das war für diese chronischen Verlierer kaum zu fassen, sie konnten sich gar nicht beruhigen.

»Jetzt geht es aufwärts mit Aravenna«, schrie einer.

»Jawoll! Es lebe Silvrin!«

»Es lebe dieser Tag!«

»Johoheeee!«

Die Dorfbewohner waren nicht weniger froh, und als die Soldaten Silvrin endlich freigaben, hängten sich die Mädchen an seinen Hals. Sie waren weitaus schwerer abzuschütteln, allerdings hatte es der junge Kämpfer auch nicht eilig damit. Er fühlte sich wie berauscht. Dies war so unwirklich. Er war immer der Unterlegene gewesen, der Knecht, der seine Stimme nicht erheben durfte, oder der Soldat, den andere zu Boden zwangen. Er war mit Verlierern geritten, er hatte Grauen und Ohnmacht erlebt, er hatte immer und immer wieder die bösen Mächte siegen sehen. Was war ihm passiert? Eine Weltenwende? Würde das so weiter gehen? War das ein permanenter Zauber? Konnte er noch mehr Kämpfe gewinnen?

Nein, wisperte eine Stimme in seinem Innern. Du erlebst gerade ein vorübergehendes Hoch. Auf diesen Siegeszauber solltest du dich nicht verlassen. Er wird schwächer werden und verlöschen. Vielleicht schon in den nächsten Tagen. Und danach bist du wieder derselbe kleine Wurm, der du vorher warst.

Diese Erkenntnis ernüchterte ihn, aber er beschloss, sie zu verdrängen. Heute hatte er gewonnen und wollte seinen Sieg auskosten, eventuell mit einer der drei Grazien an seiner Seite, die ihn alle zusammen so verheißungsvoll ansahen, als warteten sie nur auf einen kleinen Wink von ihm.

Ein hagerer Mann mittleren Alters kam auf ihn zu und schüttelte ihm die Hand, verbeugte sich sogar.

»Ich bin hier der Dorfvorsteher, und ich danke Euch von ganzem Herzen dafür, dass Ihr uns so mutig beigestanden habt«, sagte er ehrerbietig. »Keiner hier hätte geglaubt, dass Ihr eine Chance hättet. Dieser Räuberhauptmann ist berüchtigt.«

»Kanntet Ihr den Banditen?«

»Und ob wir ihn kannten. Das war Smorkyn von Ygramor.«

»Smorkyn«, wiederholte Silvrin, tief erstaunt. »Den Namen habe ich gehört. Der soll angeblich ein Gigant sein, der im Kampf seinen Gegnern die Köpfe zermatscht.«

»Das tut er auch«, bestätigte der Dorfvorsteher und lachte Silvrin an. »Wenn der Gegner ihn lässt.«

»Ihr seid ein Held«, hauchte eins der Mädchen. Sie umringten ihn. Ihm war klar, dass er heute freie Bahn haben würde. Eigentlich hätte er schon längst eine ins Visier nehmen können. Aber sie kamen ihm alle nichtssagend vor. Er hatte ein überirdisches Wesen getroffen! Sie hatte ihn dermaßen geblendet, dass er ein gewöhnliches Mädchen neben ihr nicht mehr wahrnahm.

»Habt ihr das gehört?«, schrie einer seiner Kameraden. »Silvrin besiegt die schlimmsten Verbrecher. Mach weiter so, Mann!«

»Viel weiter! Setz noch einen drauf, Silvrin! Du schlägst sie alle!«

»Ja, denn Silvrin ist unbesiegbar!«

»Johoheee!«

# Götterkontrakt

Areshva flog in stürmischem Tempo über die darghessanischen Wälder hinweg. Ihr klopfte das Herz bis zum Anschlag.

Den fremden Anführer wiederzufinden war schwerer, als sie erhofft hatte. Welchen Weg hatte er eingeschlagen? Ob er an dieser Kreuzung, die unter ihr auftauchte, rechts oder links abgebogen war? Oder war er geradeaus weitergeritten? Sie würde alle drei Wege abfliegen müssen.

Ob er wirklich ein Schmied war? Oder doch ein Krieger? Was würde er sagen, wenn sie plötzlich vor ihm stünde? Ob er begriffen hatte, dass ihr Zauber ihm das Leben gerettet hatte? Vielleicht wäre er nicht mehr so abweisend wie zuletzt. Hoffentlich nicht.

Schade, dass er sich so unvorteilhaft kleidete. Sie hatte doch bei seinem Kampf erkannt, dass er viel Kraft hatte. Bestimmt versteckte er unter dem bauschigen Leinenumhang einen attraktiven Körper. Je länger sie über ihn nachdachte, desto heftiger wurde ihr Verlangen, ihn wiederzusehen.

Areshva entschied sich für den Weg geradeaus. Zielstrebig flog sie voraus, die Augen akribisch auf die Straße unter ihr gerichtet. Aber niemand war zu sehen.

Plötzlich türmte sich eine pechschwarze Mauer vor ihr auf, am Himmel, genau dort, wohin sie hatte weiterfliegen wollen. Reflexartig schlug sie einen Haken zur Seite, wo sich jedoch ebenfalls die Luft verfinsterte. Was war das für eine Erscheinung? Alarmiert flatterte sie auf die nächstbeste Baumkrone nieder, landete auf einem stabilen Ast, klammerte sich eng an den Baumstamm und starrte aufmerksam das Himmelsgebilde an. Was war das? Eine Luftspiegelung? Ein Angriff aus dem Hinterhalt? Ihr Baum war hochgewachsen und schwankte leicht im Wind. Neben ihr hüpfte ein dunkles Eichhörnchen von Zweig zu Zweig.

Ein anderes Wesen, ebenfalls schwarz, warf das kleine Hörnchen aus dem Geäst heraus, dass es fiepend durch die Luft segelte, und hockte sich auf einen Ast Areshva gegenüber. Es war eine kräftige, aufgeplusterte, rabenschwarze Fledermaus mit stechenden Augen und langen Flügeln, die sie ein paarmal energisch ausschüttelte.

Die Göttin Agga, ihre verhasste Herrin.

Auch das noch.

»Wir müssen reden!«, fauchte Agga, offensichtlich nicht besonders gut gelaunt.

Areshva wurde ungemütlich zu Mute. Reden? Wieso das auf einmal? Agga war noch nie sehr gesprächig gewesen. Bislang hatte sie sich auch nicht für Areshvas Handeln interessiert. So lange sie nur ihre regelmäßigen Opfer bekam, war alles in Butter. Und da hatte sich Areshva nicht lumpen lassen.

Wenn sie doch die blutrünstige Göttin endlich verlassen könnte! Leider war sie auf die Zauberkraft angewiesen, die Agga ihr gab. Jedenfalls ein paar Tage noch. Bis sie ihr Ziel erreicht hatte.

»Ist irgendetwas passiert?«, fragte Areshva und unterdrückte ihren Ärger darüber, dass die Herrin sie bei ihrer Suche behinderte. Es war besser, die Göttin nicht zu reizen.

Für einen Moment verwandelte sich die Fledermaus in eine kräftige, hohe Königin in einem Umhang aus Eis, die frei in der Luft schwebte und missgelaunt auf ihre Dienerin herabblickte.

»Wir hatten einen Kontrakt miteinander - über ein Jahr«, fasste die Erscheinung mit kalter Stimme zusammen. »Ich habe in diesem Jahr all deine Wünsche erfüllt. Ist das korrekt?«

Areshva überkam ein nervöses inneres Beben.

*Was will sie denn bloß?*

»Ja«, gab sie zu. »Das ist korrekt. Verzeiht. Ich habe alles für selbstverständlich genommen und mich für Eure Hilfe nicht genug bedankt.«

Die Eiskönigin verwandelte sich wieder in die struppige Fledermaus zurück, die auf ihrem Zweig saß und Areshva ungnädig anstarrte. »Aha, jetzt fällt es dir also endlich auf. Fassen wir zusammen: Du hast von meiner Kraft profitiert, obwohl du mich verabscheust. Nicht wahr?«

Sie weiß, wie ich denke!, schoss es Areshva durch den Kopf. Was weiß sie noch? Wollte sie etwa ihren großen Plan zerstören – die Lichtgöttin Lystrella wieder an die Macht zu bringen?

Areshvas Nervosität steigerte sich zu einem inneren Erdbeben. »Ehrwürdige Agga! Ich weiß Euren Einsatz wirklich zu schätzen …«, begann sie, doch die Herrin winkte ungeduldig ab.

»Verschwenden wir nicht unsere Zeit. Unser Jahreskontrakt ist ausgelaufen. Du hast versucht zu deiner Ex-Göttin zurückzukehren, hast aber eingesehen, dass dieses hilflose Zuckerpüppchen keine Macht mehr hat. Also bist du notgedrungen wieder bei mir untergekrochen, obwohl du mich weiterhin verabscheust.

Darf ich erfahren, was du dir dabei denkst? Du bist nicht plötzlich in heißer Liebe zu mir entbrannt, nehme ich an?«

Worauf, bei allen Göttern, wollte sie hinaus?!

»Ich dachte mir: Ihr seid eine mächtige und hilfreiche Göttin und …« Weiter kam Areshva nicht, denn Agga fuhr ihr unwirsch über den Mund.

»… und du planst, meine Macht auszunutzen, eventuell sogar gegen mich«, fauchte sie, während sie drohend auf ihrem Zweig auf und ab wippte. »Versuch nicht zu leugnen! Ich weiß exakt, wer du bist. Du Laus! Bildest du dir ein, du könntest Geheimnisse vor mir haben? Leg die Karten auf den Tisch!«

Areshva sah vor ihrem geistigen Auge ihre gesamte Welt zusammenbrechen. Wenn Agga ihren Plan kannte, war es aus. Natürlich würde die Göttin ihn sabotieren und dann wäre alles verloren.

*Nein! Sie durfte nicht aufgeben!*

Wie konnte sie das verhindern? Wie ihre geliebte Lichtergöttin retten?

»Du bist doch sonst nicht so schüchtern!«, keifte Agga und schüttelte ihren Zweig, dass er raschelte. »Du Ratte! Verräterin! Du mieses Stück Dreck! Sag, wo du stehst!«

Areshva verlor die Nerven.

»Wenn du alles über mich weißt, warum hast du mich überhaupt als deine Dienerin angenommen?«, rief sie wütend. »Wozu so viel deiner Energie an mich verschwenden, obwohl wir doch zu feindlichen Lagern gehören?«

Agga grinste und fing an, sich die Flügel zu putzen.

»Endlich mal eine gescheite Frage. Warum? Weil ich dein Potenzial gesehen habe. Deine magischen Kräfte überragen die aller anderen Hexen von ganz Damarynth um Längen. Du könntest Grenzen stürmen, mein

Täubchen. Du könntest die Mächtigste von allen werden. Und da wir aneinander gebunden sind: ich ebenfalls.« Sie warf Areshva einen durchdringenden Blick zu und lächelte verheißungsvoll.

Was faselte sie denn da für Blödsinn? Wahrscheinlich hatte Agga nur dick aufgetragen, aber hatte in Wahrheit keine Ahnung, dass Areshva eine Friedensgöttin an die Macht bringen wollte und ihr nichts an irgendeiner persönlichen Machtposition lag. Ein Stein fiel ihr vom Herzen. Dann konnte die Göttin ihr auch nicht den Plan verderben.

»Ich danke, dass ihr mir so viel zutraut«, sagte sie laut.

»Ist das alles, was du zu sagen hast?«, donnerte Agga. »Gib es schon zu! Du hast vor, die regierende Hohepriesterin vom Thron zu schleudern und eine eigene Regentin einzusetzen, die deine missratene und außerdem verbotene Ex-Göttin wieder an die Macht bringen soll. Stimmt´s?«

Areshva riss vor Entsetzen die Augen weit auf. Sie war erledigt, sie spürte es tief in allen Poren. Sie hätte es voraussehen müssen, dass die Göttin ihre Pläne ausspionieren würde. Sie hätte vorsichtiger handeln müssen! Aber es war zu spät für solche Überlegungen. Ein Schmerz durchdrang sie, der nicht enden wollte. Ein Gefühl, schwarz und grausig wie der Tod.

»Stimmt«, stieß sie mit heiserer Stimme hervor.

»Wie konntest du mir das verschweigen?«, schrie Agga außer sich. »Ich bin deine Göttin! Ich verlange vollständige Offenheit!«

Das war wie eine Folter. Die Ungewissheit, worauf die Göttin letzlich abzielte, marterte schlimmer, als es Stockhiebe getan hätten. Konnte die Herrin nicht einfach sagen, ob sie vorhatte, Areshvas Pläne zu zersäbeln? Aber sie würde sich nicht geschlagen geben. Nein, sie würde selbst zurückschlagen.

»Und was sind Eure Pläne?«, konterte die Fliegerin. Die Fledermaus lehnte sich auf ihrem Ast zurück und tappte ein wenig hin und her. Ihr Gesicht glättete sich. »Zufällig trifft es sich, dass die gegenwärtige Hohepriesterin zu einer Göttin betet, mit der ich im Krieg liege«, erklärte Agga zähnefletschend, krallte eine Zehe um ein kleines Blatt und zerfetzte es. »Ich würde der alten Krücke nur zu gern sämtliche Knochen zu Brei schlagen und aus ihren Hirnzellen Suppe kochen, was alle beide strangulieren würde. Deshalb mein Vorschlag: Ich helfe dir bei der Attacke gegen die Hohepriesterin. Sobald du die alte Hexe und ihre Göttin vom Thron geschleudert hast, bin ich zufrieden und du kannst mich verlassen – wenn du es dann noch willst. Nun? Sind wir ein Team?«

Areshva stockte der Herzschlag. Das konnte nicht stimmen. Vielleicht hatte sie sich verhört.

»Meint Ihr das im Ernst?«

Agga streckte der Zauberin die spitzen Zähne entgegen.

»Sehe ich aus, als ob ich scherze?«

»Ihr wollt mich tatsächlich dabei unterstützen, die Göttin des Lichts zurückzurufen – Eure Feindin?«

Agga schlug sich die Flügel gegen den Kopf.

»Du dämliche Krähe! Hör zu, wenn man mit dir redet! Warum sollte ich eine verbotene Göttin unterstützen wollen? Natürlich nicht! Ich helfe dir lediglich, die Hohepriesterin zu zerhacken. Unser neuer Kontrakt gilt, bis wir sie erledigt haben. Danach bist du frei zu tun, was du willst.«

»Das klingt perfekt!«, keuchte Areshva atemlos.

»Wirklich? Habt Ihr keine Hintergedanken dabei?«

Agga grinste bösartig.

»Warum sollte ich Hintergedanken haben? Allerdings wünsche ich in Zukunft keine heimlichen Manöver mehr von dir und verlange, dass du meine Vorschläge beherzigst.«

»Welche Vorschläge?«

»Du konzentrierst dich vollkommen auf den Sturz der Hohepriesterin. Keine Techtelmechtel mit irgendwelchen Kerlen. Das lenkt nur ab! Besorge lieber das letzte Gerät, das dir noch fehlt.«

»Gerät?« Areshva zog die Stirn in Falten. »Ich brauche nichts mehr, es ist schon alles organisiert.«

»Du brauchst einen Sichtschutz. Sonst sieht dich die Hohepriesterin in ihrer Kristallkugel, wenn du nach Kalamachai fliegst. Glaub mir, sie darf dich nicht sehen, denn sie wird dir ihre Garde auf den Hals schicken und endest du als Hackfleisch und nicht sie.«

Areshva winkte ab.

»Schön, wie ihr meint. Ich kann mir ja so ein Teil in der Hexenstadt kaufen.« Unwillkürlich tastete sie mit ihrer Hand nach ihrem Talerbeutel. Es war nur eine einzige Münze übrig. »Nein, kann ich nicht. Ich bin pleite. Ich müsste erst meinen Vater um neue Hellonen anhauen.«

»Mach das«, brummte Agga. »Und leg einen Zahn zu, damit wir den Zeitplan einhalten.«

So langsam ging Areshva dieses Schulmeistergehabe auf die Nerven. Die Zeiten, da sie als kleine Priesterschülerin zu allem hatte nicken und dienern müssen, was ihre Lehrmeisterin befahl, waren lange vorüber. Sie war durchaus imstande, selbst zu denken. Und dass sie und ihre Göttin plötzlich gemeinsame Interessen hatten, verbesserte ihre Position ungemein.

»Mal keine Panik«, knurrte sie. »Mein Entmachter kommt in zehn Tagen in Kalamachai an. Ich habe also noch massenhaft Zeit, um heute noch kurz einen Bekannten zu besuchen.«

»Meinst du den Parva von der Brücke?«, spottete Agga. »Diesen Handwerker? Was willst du denn von ihm? Die arroganten Blondlinge und ihr Skeff haben sich noch nie vertragen. Du kannst davon ausgehen, dass er dich bis auf den Grund seines Herzens verachtet und das wird sich auch nicht ändern.«

Areshva drückte diese Worte von sich weg. Verachten … Gut, er hatte sie geringschätzig angesehen, das stimmte. Aber es gab eine gewisse Chance, dass er seine Meinung geändert haben könnte, nachdem sie ihm zur Hilfe gekommen war. Außerdem wuchs ihre Zuneigung zu ihm mit jedem kleinen Augenblick, je mehr ihr klar wurde, wie frei von allem Hinterhältigen, Gewalttätigen oder Bösem generell er war. Seit dem Untergang von Pallanthia hatte sie solch einen Menschen nicht mehr getroffen. Sie wollte ihn aus ihrem Leben nicht wieder verschwinden lassen.

»Ehrwürdige Göttin, es dauert nicht lange«, widersprach sie nachdrücklich. »Es handelt sich um einen wichtigen Mann, den ich unbedingt treffen muss. Nur kurz! Den Zeitverlust werden wir gar nicht bemerken!«

Agga presste ihren Zweig energisch nach unten, so dass er auf und ab schaukelte. »Nein! Das würde dich ablenken, vielleicht sogar auf Irrwege führen. Du verfolgst strikt unseren Plan, du weichst keinen Fingerbreit davon ab, es gibt nichts Wichtigeres. Das ist ein Befehl! Entweder bist du meine Dienerin und gehorchst, oder du kannst dir eine andere Göttin zu suchen, die das Risiko auf sich nimmt, eine Rebellin zu unterstützen, die verlotterten, verbotenen Göttern nachtrauert!«

Das war ein Schlag, der saß. Areshvas Träume waren schon zu weit gegangen, als dass sie leicht auf die Chance eines Wiedersehens mit dem seltsamen Schmied verzichtete. Sie wollte ihn nicht aufgeben. Wenn sie ihn jetzt nicht traf, dann vielleicht nie. Und das wäre ein schmerzhafter Verlust! Allerdings war sie von Agga abhängig und deshalb gezwungen, ihr zu folgen. Natürlich war das große Ziel noch wesentlich wichtiger. Auf der anderen Seite: Es waren nur zehn Tage bis zur Weltenwende. Sicher würde der Schmied sie mit viel freundlicheren Augen ansehen, wenn sie erst die Blutherrschaft der Dunkelgötter versenkt hätte! Und in dem Fall könnte sie es überhaupt nicht besser machen, als abzuwarten, bis sie wieder auf der Lichtseite stand.

Sie senkte den Blick und nickte.

»Schön, wie Ihr wollt. Wie lautet Euer Befehl exakt? Soll ich zu meinem Vater fliegen und ihn um Hellonen anpumpen, damit ich diesen magischen Sichtschutz kaufen kann?«

»Richtig. Heißt das, wir sind ein Team?«, fragte Agga lauernd.

»Ein Team. Bis zum Sturz der Hohepriesterin.«

***

Als Areshva wenig später zurückflog Richtung Ygramor, war sie schon nicht mehr so sicher, ob Aggas Unterstützung beim Sturz der Hohepriesterin wirklich als Hilfe gedacht war oder ob es nicht all ihre Träume zersprengen würde. Die miese Fledermaus würde sicherlich die alte Landesherrscherin gerne vernichten, aber sie würde niemals erlauben, dass Areshvas Wunschkandidatin Beringlida die neue Regentin über das Land würde. Oder gar, dass sie eine Lichtgöttin rief. Plötzlich sah Areshva glasklar vor sich, dass Agga mit Sicherheit plante, Beringlida zu ermorden oder auf andere Weise unschädlich zu machen. Damit wäre ihr Plan gefetzt. Die Fledermaus würde es sicherlich so einrichten, dass Areshva ihre Bundesgenossin nicht beschützen könnte - darum dieses verlogene Gefasel von einem Team, oder, noch grotesker, von Ehrlichkeit. Agga wollte sie einlullen! Sie auf der sicheren Seite wiegen, ausnutzen und hintergehen.

Wie vereitelte sie das? Und wie beschützte sie Beringlida effektiv? Vielleicht, indem sie die ehemalige Priesterin gut versteckte? Sie hatte doch daheim noch einen magischen Umhang, unter dem Beringlida unsichtbar werden könnte. Das Problem war nur, wie sie ihr diesen zuspielen sollte, ohne dass Agga es bemerkte. Aber da würde ihr hoffentlich etwas einfallen.

Und der Schmied ... Sie seufzte tief, während sie in unvermindertem Tempo über die Wälder sauste.

# Die Ordensfrauen

Eilig hüpfte die kleine Pirina den ausgetretenen Pfad entlang. Über ihr trillerten Vögel und sie roch den süßen Duft der Kirschblüten. Doch diesmal hielt sie nicht an, um sich an der Pracht zu erfreuen, denn der Weg war weit gewesen und sie wollte so schnell wie möglich nach Hause.

Kaum tauchten die ersten Hütten der kleinen Bergsiedlung vor ihr auf, da rannte sie jubelnd Dara und den anderen voran, stürmte auf das größte Gebäude in der Mitte zu und riss die Tür auf mit den Worten: »Wir sind wieder da!«

Drinnen herrschte ein trübes Halbdunkel, so dass Pirina im ersten Moment nichts erkannte. Sie roch aber die charakteristischen Düfte des Ladens, eine Mischung aus Teearoma, Blüten, streng müffelnden Wurzeln sowie von verschiedenen Salben. Zahlreiche kleine Dosen, Büchsen und Gläser standen auf dem Empfangstisch. Augenblicklich kamen ihr die Gerüche jedoch schwach vor, als wäre lange keine neue Salbe angerührt worden. Es war auch niemand im Laden, weshalb sich Pirina dort nicht aufhielt, sondern gleich durch die Hintertür hinausliefe, durch einen kleinen Gang, der in den Tempel hineinführte, wie sie diesen Raum getauft hatten. Er war größer als der Laden und kreisrund. Darüber wölbte sich ein hohes Dach, unter dem ganz oben gelb gefärbte rundliche Fenster angebracht waren, in Form einer Kuppel. Durch diese fiel Tageslicht in den Raum. In seiner Mitte gab es ein Podest und kreisförmig ringsherum Bankreihen, an den Wänden verschiedene Gemälde. Zwei alte Mütterchen hockten auf den Bänken und summten eine Melodie. Pirina hielt inne, denn sie hatte erwartet, Roviana hier anzutreffen, die sich eigentlich ständig im Tempel aufhielt. Sie hatte auch den Zauber angelegt, der ihn sonst erleuchtete und gewöhnlich schlief sie ja sogar hier. Jetzt aber war Roviana nirgends zu sehen, und da die magischen Lichterspiele erloschen waren, wirkte der Tempel kühl und leer. Pirina ließ die Schultern hängen. Irgendwas war hier nicht, wie es sein sollte.

Zögerlich verließ sie den Raum. Dahinter gab es wiederum einen kleinen Gang, der zu einem Saal führte. Hier hatten die Aminarinnen ein Spital mit zwanzig Lagerplätzen für Kranke und Verletzte eingerichtet. Dieser Raum quoll fast über von Menschen. Pirina sah sofort, dass alle Strohlager belegt waren und man noch einige neue dazwischen gequetscht hatte. Überall hörte sie gedämpfte Gespräche, leises Wimmern, hinten in einer Ecke stöhnte ein alter Mann. An manchen Lagern saß die ganze Familie. Hier traf sie endlich auf Ordensschwestern, Thessa und Nelia, die aber zu beschäftigt waren, als dass sie hätte stören wollen. Im Spital wurde ihr sowieso immer unbehaglich zu Mute, deshalb beeilte sie sich, schnell hindurch zu gelangen. Dahinter befand sich am Ende eines weiteren Ganges der letzte Raum dieses Gebäudes, das Waisenquartier, das auch einen Ausgang nach draußen hatte. Hier hatte Pirina selbst mal gewohnt, bevor Dara sie adoptiert hatte. Ja, sie gehörte zu den glücklichen Kindern, die eine Mutter bekommen hatten. Pirina gewahrte mit einigem Erstaunen, dass gleich hinter der Tür ein ihr völlig unbekannter Säugling auf einer Decke lag. Und dass die ganze Rasselbande hier nicht etwa von den Ordensfrauen, sondern von ihren Freundinnen Jenna und Ilayna betreut wurde. Jenna wirkte angespannt, weil drei Zweijährige an ihrem Rockzipfel klebten. Die kleine Ilayna war vollkommen überfordert mit der Aufgabe, dieses neue Baby zu wickeln, das dabei heftig zappelte und schrie. Als sie Pirina sah, sprang sie auf und fiel ihr um den Hals.

»Oh! Du bist zurück!«, jubelte sie. »Habt ihr die Kräuter besorgt?«

»Einige«, sagte Pirina. »Puh, bin ich froh, dass wir zurück sind. Der Weg hatte fast kein Ende.«

»Du musst mir helfen!« Ilayna fing an zu schluchzen. »Das neue Baby schreit die ganze Zeit. Und ich krieg die Windel nicht fest.«

»Wo kommt das Kind denn her?«

»Es lag vorgestern einfach vor der Tür. Thessa glaubt, es ist aus Darghessa. Neuerdings kommen ständig Leute aus der Stadt zu uns hoch.«

»Wieso seid ihr ganz alleine mit den Kleinen?«

Pirina und Ilayna hockten sich zu dem Baby auf die Decke. Allerdings hatte Pirina noch nie eine Windel ganz allein befestigt. Sie wusste nicht, wie die verschiedenen Tücher gedreht und geknotet werden mussten.

»Weil alle Ordensschwestern ständig nach Darghessa laufen«, schniefte Ilayna. »Roviana ist in der Stadt geblieben und kommt nicht zurück und alle sind deswegen so aufgeregt. Und wir haben nichts mehr zu essen.«

Pirina knotete das erste Tuch über der Hüfte des Kindes fest. Es strampelte die ganze Zeit kräftig und die ganze Konstruktion verrutschte.

»Nichts zu essen?«, wunderte sie sich.

»Nichts als Haferbrei, morgens und abends, das hängt mir schon zum Hals raus«, bekräftigte Ilayna und wischte sich über die Augen.

»Wieso das denn?«

»Ich weiß nicht, es hat mit Darghessa zu tun.« Ilayna warf Pirina einen verschwörerischen Blick zu. »Ich bin gräßlich hungrig ... Kannst du nicht was herzaubern?«

Pirina kämpfte inzwischen mit dem zweiten Tuch, musste aber lachen, als Ilayna das mit dem Zaubern sagte.

»Haha, wenn ich das könnte!« Sie überlegte. »Wir könnten in den Tempel gehen und die Göttin bitten ... hm?«

Es war Ilayna anzusehen, dass sie den Gedanken verlockend fand. Aber sie zögerte. »Ich darf das Baby nicht alleinlassen.«

»Auch nicht ganz kurz?«, fragte Pirina.

»Ich bin am Verhungern«, sagte Ilayna inbrünstig.

»Ilayna«, warnte Jenna, die gerade hinausgehen wollte, umringt von einer Schar Kleinkinder. »Mach keine Dummheiten. Du bleibst hier.«

Die Eingangstür öffnete sich und Dara erschien auf der Schwelle, gefolgt von einigen Gefährtinnen.

»Was für ein süßes Baby«, rief eine von ihnen und nahm gleich das Kleine auf den Arm, herzte und küsste es. Dabei löste sich einer von Pirinas Knoten an der Windel, was aber niemanden störte. »Ihr habt alle schon Kinder angenommen, darf dies meines sein?«

»Das musst du vor der Versammlung fragen, Ellin, das weißt du doch«, sagte Dara lächelnd und winkte dann Pirina herbei. »Hier bist du also. Komm. Wir sind eingeteilt für den Kräuterladen.«

Das hatte Pirina schon geahnt. Gemäß der Rotationsordnung, nach der jede Aminarin ab dem siebten Lebensjahr in jedem neuen Mond an einer anderen Stelle Dienst tun musste, war unweigerlich jetzt der Laden dran. Im nächsten Mond würde es das Spital sein. Dabei wollte Pirina eigentlich viel lieber spielen. Dafür hätte die große Amina doch sicher Verständnis.

»Kann ich nicht mit Ilayna …«, begann sie, wurde jedoch unterbrochen.

Ein durchdringender, sonorer Gong hallte durch sämtliche Räume des Gebäudes. Wie auf einen unhörbaren Befehl hin knieten alle nieder und fingen an zu singen. Das gemeinsame Lied begann leise. Weil Dara keine richtige Singstimme hatte und die drei Kinder schüchtern einstimmten, hörte es sich zuerst mehr wie ein Gesumme an. Dann aber kam der Refrain, und den schmetterten sie laut und triumphierend durch alle Zimmer des Gebäudes:

*Amina höre uns,*
*Amina schütze uns,*
*Amina führe uns heut an das Licht!*

Danach erhoben sich alle wieder. Dara nahm Pirina bei der Hand und sie betraten das Spital. Pirina war verzückt, sie liebte Aminas Lied und summte den Refrain noch, als er längst verklungen war.

»Glaubst du, dass Amina mich gehört hat?«

Dara lachte.

»Dich hört sie bestimmt als Erste. Es ist ja keine eifriger als du.«

Sie mussten im Zickzack gehen, weil um eins der Krankenlager eine ganze Familie herumstand, die den Gang versperrte. Ein junger Mann humpelte an zwei Stöcken über ihren Weg.

»Aber warum lässt Amina uns so lange warten?«, fragte Pirina. »Wann kommt sie endlich zu uns? Ich sehne mich danach, sie zu treffen!«

»Das ist eine gute Frage und ich wünschte, ich könnte sie dir beantworten.«

Sie passierten das Lager einer jungen Mutter, die ein apathisches, ausgemergeltes Kind auf den Armen hielt. Sie starte dumpf auf die Wand ihr gegenüber.

»Sie würde sowas doch heilen können, denkst du nicht?«, wisperte Pirina und zeigte auf das Kind.

»Sie würde alle diese Leute hier heilen können.« Dara streckte die Arme aus und umrundete damit das gesamte Spital. »Und zwar so!« Sie schnipste mit einem Finger.

Pirina lachte glücklich. »Wie mächtig sie sein muss.«

Sie hatten inzwischen den Krankensaal verlassen und erreichten den Tempel. Dara ging ein paar Schritte zur Seite und berührte mit schnellen, geübten Bewegungen die Schnitzereien an der Wand. Nach einer Weile ertönte ein hölzernes Knirschen. Das Podest in der Mitte des Raumes leuchtete auf, fuhr auseinander, und aus dem Boden heraus erhob sich die hölzerne Statue einer Frau, die gleißende Strahlen umgaben. Sie hielt ihre rechte Hand steil nach oben gestreckt. Ganz plötzlich erlosch der Glanz um die Statue, fuhr stattdessen in ihren Arm, zischte von dort wie ein Blitz zu der gläsernen Kuppel an der Decke und erleuchtete sie hell und strahlend wie eine Sonne.

Pirina und Dara verneigten sich, dann gingen sie weiter. Das Mädchen fühlte sich wie gefangen von dem herrlichen Sonnenlicht.

»Ist sie wohl so mächtig wie eine Priesterin?«, fragte sie eifrig.

Dara winkte ab. »Die würden vor ihr auf dem Boden knien.«

»Wirklich?«

»Sicher. Solche Macht hast du noch nie gesehen. Du würdest auch auf dem Boden knien.«

Pirina weidete sich hingebungsvoll im weißen, verheißungsvollen Licht der Kuppel. Sie versuchte sich vorzustellen, wie die Göttin vom Himmel niederstieg, womöglich irgendwo ganz in ihrer Nähe. Aber das war zu großartig, es gelang ihr nicht.

»Und denkst du, sie würde mit mir reden?«

»Gewiss«, sagte Dara. »Sie wird zwar eine Parva sein, blond und blendend schön, aber sie ist erhaben. Sie wird nicht so dumme Vorurteile über uns haben wie der Rest der Welt.«

»Wieso muss sie eine Parva sein?«, murrte Pirina und schüttelte dabei zuerst ihre schwarzen Haare und danach ihre lederhäutigen Fledermausflügel aus.

»Weil die wichtigsten Positionen in diesem Land schon immer von den Parva besetzt waren. Denk daran, dass alle unsere früheren Könige aus Pallanthia kamen. Jahrhundertelang.«

»Ja, aber jetzt haben wir keinen König mehr.« Pirina sah ihre Mutter schelmisch an. »Siehst du! Es hat ein Ende mit den alten Traditionen.«

Nun hatten sie den Kräuterladen erreicht. Hier war es vollständig dunkel, oder wenigstens kam es Pirina so vor, der noch immer das helle Licht der Kuppel vor den Augen blitzte. Dara begann nach Kerzen zu suchen, zog eine Schublade auf, wühlte darin, schob sie wieder zu, öffnete die Nächste. Sie ließ ihren Blick über die Dosen und Büchsen auf dem Ladentresen und in den Schränken schweifen und Pirina sah ihr träumerisch dabei zu.

»Ein Licht wird kommen, wenn Amina kommt, aber nicht so ein kleines«, sagte die kleine Skeff euphorisch. »Sie kann bestimmt ein so großes Licht entzünden, dass man damit ein ganzes Haus erleuchtet?«

»Ein Haus, pah! Eine ganze Stadt«, grinste Dara. Sie untersuchte die unteren Schränke.

»Eine ganze Stadt«, wisperte Pirina ehrfürchtig. »Oh, wenn ich das sehen könnte. Jetzt warten wir schon so lange. Sie muss bald kommen, denkst du nicht?«

Dara zog die unterste Schublade der Reihe auf.

»Auch leer! Hier ist ja absolut gar nichts.«

Pirina drehte sich zu den Regalen an der Wand, reckte sich auf die Zehenspitzen, und da sie mit den Händen nicht herankam, streckte sie ihre Flügel nach oben und schob damit eines der Gläser an den Rand des Regals, bis sie seinen Inhalt sehen konnte. Es war leer.

»Nicht mal Zuckerkugeln«, klagte sie.

»Die hat bestimmt deine Freundin Ilayna genascht, wie üblich.« Dara wühlte weiter in den Schubladen. »Das sieht nicht gut aus. Wir haben praktisch nichts zu verkaufen. Sogar die Rotnesselsalbe ist alle.«

»Haben sie so gute Geschäfte gemacht, als wir weg waren?«, fragte Pirina. »Aber wieso gibts dann nichts zu essen?«

»Sie haben gar keine Geschäfte gemacht, weil wir keine Waren mehr aus Darghessa bekommen. Und auch keine Gemüsekörbe. Und kein Brot. Fürst Kimiko ist gestürzt worden, er hat uns immer unterstützt. Roviana hat mit einigen Kameradinnen den neuen Fürsten von Darghessa aufgesucht, um ihn um seine Gunst für uns zu bitten. Susu hat eben in Erfahrung gebracht, dass die Stadttore geschlossen wurden. Wahrscheinlich sitzen sie drinnen fest.«

Pirina machte große Augen.

»Fürst Kimiko ist gestürzt worden? Wieso denn das?«

»Das wissen wir nicht. Ich hoffe, dass der neue Fürst uns genauso unterstützen wird wie der alte.«

Der Gong ertönte wieder.

Auch von hier war der dröhnende Ton gut zu hören. Pirina und Dara fielen auf die Knie und sangen. Wie beim letzten Lied jubelte der Refrain schmetternd durch alle Räume:

*Amina höre uns,*
*Amina schütze uns,*
*Amina führe uns heut an das Licht!*

Als das Lied verklang, sprang Pirina auf und lief fröhlich singend und klatschend durch den Kräuterladen, während Dara die Stirn runzelte und missmutig die letzten Krümel in einer Dose auf dem Ladentisch inspizierte.

Nach einer Weile kamen Thessa und Nelia herein.

»Ah, da seid ihr ja«, sagte Dara und stellte die Dose wieder auf den Tisch zurück. »Also, wie lautet deine Idee?«, fragte Thessa.

»Wir müssen wissen, ob Roviana den neuen Fürsten auf unsere Seite bringen konnte, weil unsere Versorgung davon abhängt«, erläuterte Dara. »Nicht wahr?«

Thessa und Nelia nickten.

»Und wir sind alle hungrig, wir müssen uns etwas zu essen besorgen«, sagte Dara. »Dies ist also ein Notstand, richtig?«

»Kann man so sagen«, bekräftigte Thessa.

»Meine Idee lautet, dass Pirina und ich nach Darghessa gehen und Roviana und die anderen suchen.«

»Die Stadttore sind geschlossen. Ihr kommt nicht herein.«

»Oh, wir würden schon hereinkommen.« Dara grinste und warf einen bedeutsamen Seitenblick auf Pirina, die nur mit halbem Ohr zugehört hatte, weil sie noch immer *Amina höre uns* vor sich hin summte. »Pirina kann herüberfliegen.«

***

Am folgenden Tag machten sich Dara und Pirina auf den Weg nach Darghessa.

»Meine Beine sind müde und meine Flügel noch viel mehr«, maulte Pirina. Sie ging langsam und blieb alle paar Schritte stehen. »Wie lange noch?«

»Nicht lange. Du weißt doch, dass wir Darghessa fast direkt vor der Haustür haben.«

»Die Haustür kann ich aber schon gar nicht mehr sehen.«

Pirina blieb stehen. Zu diesem Ausflug hatte sie nicht die allergeringste Lust. Klar wusste sie, dass Darghessa die am nächsten gelegene Stadt war, aber am liebsten hätte sie jetzt mit Ilayna gespielt. Auf ihrem Marsch in die Kräuterwälder hatte sich Pirina einen Tanz für die Göttin ausgedacht, und den wollte sie so gerne ihrer Freundin zeigen. Bestimmt würde es viel Spaß machen. Sie könnten ihn zusammen der Göttin vorführen, im Tempel. Es war ein raffinierter, temperamentvoller Tanz. Sie drehte nicht nur Pirouetten, Pirina hüpfte auch in die Luft und warf sich auf den Boden. Wetten, dass die Göttin so eine tolle Darbietung noch nicht gesehen hatte? Es würde sie vielleicht zum Lachen bringen, und dann würde sie vergessen, wie vornehm sie war, und sie würde sich ein wenig aus ihrer Wolke herauslehnen, um Pirina besser zu sehen. Ja, vielleicht würde sie sogar ganz aufmerksam vom Himmel herabspähen und …

»Pirina«, hörte sie Dara rufen, laut und aufgeregt. Sie stand hinten an einer steilen Klippe, von wo man das Tal überblickte. »Komm schnell! Da unten sehe ich Darghessa. Ich glaube es gar nicht … Nun komm! Es sieht aus, als hätte ein Tornado die Fürstenburg zerstört!«

Pirina dachte nicht daran, sich zu beeilen. Als ob es so spannend wäre, sich Darghessa anzugucken. Sie war schon tausendmal dort gewesen und wusste genau, wie die Stadt aussah. Vielleicht war ein Haus abgebrannt. Das wollte sie überhaupt nicht sehen. Absichtlich ging sie noch langsamer als vorher. Einige Ameisen krabbelten ihr die Beine hoch und sie schüttelte sie ab. Blöde Ameisen. Tanzen wollte sie, mit Ilayna. Pirouetten drehen. Fünf hintereinander oder mehr, bis ihr schwindelig wurde!

Es dauerte lange, bis Pirina die Anhöhe erreichte, wo ihre Mutter stand. Hier lichtete sich der Wald, so dass sie über die weite Ebene und die Hügel, die sich darauf wellten, blicken konnte, dahinter breitete sich die Stadt Darghessa aus. Die Landschaft war voller kleiner und großer Felsen. Besonders viele gab es nahe der Stadt. Ihre Schutzmauer zog sich daher von Felsen zu Felsen, und überall auf den Zinnen konnte Pirina Wachtposten sehen. Nun erblickte sie auch die Fürstenburg, von der Dara gesprochen hatte. Ein langer und schauerlich tiefer Abgrund zog sich mitten durch die Burg und weiter durch die halbe Stadt. Ob die Burg vom Blitz getroffen worden war? Eher nicht, denn der hätte wohl nur eine einzige Stelle getroffen. Es sah mehr danach aus, als wäre ein Riese auf zahlreiche Häuser inklusive eines Teils des Fürstensitzes hinauf getreten. Die Spur der Zerstörung zog sich bis auf die Grundmauern der Burg hin, an einigen Stellen sogar noch tiefer, bis ins Erdreich hinein. Mit der Spaltung der fürstlichen Residenz hatte er sich nicht begnügt, der Riss zog sich weiter durch Straßen und Plätze. Er schien frisch zu sein, denn der Spalt im Burginneren war erst notdürftig repariert. Pirina stand wie vom Donner gerührt da und betrachtete das Bild der Verwüstung.

»Das ist ein Zeichen der Götter, Pirina«, sagte Dara ehrfürchtig. »Hier geht es nicht nur um unsere Kameradinnen, sondern um mehr!«

Dara und Pirina stiegen von der Anhöhe herunter. Hier kreuzte ein wahrer Pilgerstrom ihren Weg. Kräuterhexen, Tagelöhner, Gaukler, Soldaten, Vagabunden - ein langer, nicht enden wollender Zug von Reisenden strömte über die Hauptstraße nach Darghessa hin. Die meisten waren arme Leute wie sie selbst und gingen zu Fuß, aber ab und zu ritten auch Edelleute an ihnen vorbei.

Dara trat näher an einen der Wanderer heran, der vier Hengstfohlen mit Hilfe eines Weidenstockes vor sich hertrieb.

»Seid gegrüßt, werter Pferdehändler«, sagte sie höflich zu ihm. »Wisst Ihr, was in Darghessa los ist? Man trifft selten so viele Menschen auf den Wegen.«

»Kommen viele Leute, da wird man gute Geschäfte machen«, brummte der Mann, während seine Fohlen übermütig in verschiedene Richtungen zogen.

»Ist etwas passiert?«, bohrte Dara weiter. »Vielleicht ein Orkan?«

»Ist ein neuer Fürst in Darghessa«, nuschelte der junge Mann, der schneller gehen musste, weil seine Pferde anfingen zu traben. »Sie nennen ihn ›Räuberfürst‹, weil er in die Stadt eingefallen ist wie ein Berserker und sich den Thron einfach geraubt hat.«

Dara forcierte das Tempo. Pirina wagte nicht mehr, hinter ihr zurückzubleiben, da sich hier ein solcher Menschenstrom den Weg entlang ergoss, dass sie ihre Mutter leicht hätte verlieren können. Obwohl die Stadt von oben so nah aussah, mussten sie doch ein weites Stück gehen, bis endlich die Stadtmauern immer näher herankamen, wobei sie größer und ehrfurchtgebietender wurden. Pirina murrte nicht mehr, sie war erschrocken und wollte selber wissen, was in Darghessa passiert war. Endlich tauchte riesenhaft das nördliche Stadttor vor ihnen auf. Es wurde von einer Garde Soldaten bewacht, von denen einige Uniform trugen, andere zerrissene Lederwesten oder sogar Lumpen, so dass viele der Besucher darüber Bemerkungen machten.

»Du hast gehört, dass dieser neue Herrscher von Darghessa ein schräger Kauz ist«, flüsterte Dara ihrer Tochter zu. »Sieh dir die Kerle an, die für ihn arbeiten …

Wir müssen vorsichtig sein. Aber das Stadttor ist wenigstens wieder offen, also können wir auf dem einfachsten Weg hereinkommen.«

Ganz so einfach wurde dieses Unternehmen indessen nicht.

»Habt Ihr ein Eintrittssiegel?«, schnarrte der Wachtposten.

»Seit wann braucht man so etwas?«, fragte Dara zurück.

»In den nächsten Tagen veranstaltet der Fürst eine Hinrichtung. Die Verurteilten kann man schon besichtigen. Aber wer sie sehen will, muss zahlen.«

»Wir wollen keine Hinrichtung sehen, sondern nur in die Stadt.«

»Wer nach Darghessa will, muss zahlen.«

»Wie viel?«

»Sechzig Scheller. Wir nehmen auch pallanthische Goldtaler oder Karghenawiebeler, aber keine andere Währung.«

»Sechzig Scheller? Kein Mensch ist so verrückt, dass er solch einen Preis für eine makabre Hinrichtung bezahlt.«

Hinter ihnen erklang eine krächzende Stimme: »Dann verschwindet. Ihr haltet den Verkehr auf!«

Mutter und Tochter drehten sich um. Erst jetzt erkannten sie, dass sich hinter ihnen eine Schlange gebildet hatte. Sie traten beiseite. Mit Staunen sahen sie, dass viele anstandslos zahlten. Kaum waren sie durch das Tor verschwunden, folgten neue Interessenten, ein Gewühl von immer mehr Menschen. Einige verweigerten die Zahlung, aber es blieben viele, die sie leisteten. Außer Dara und Pirina kam noch ein Pärchen Tagelöhner an die Seite, die nicht genug Scheller besaßen, um sich nach Darghessa einzukaufen.

»Was ist das für eine Hinrichtung, die alle Leute sehen wollen?«, fragte Dara.

»Habt Ihr das nicht gehört? Sie haben ein paar Verrückte gefangen, die sich für die Retter der Welt ausgeben und die dafür aufgehängt werden sollen.«

»Was für Verrückte?«

»Wenn wir es Euch sagen, helft Ihr uns dann, hineinzukommen?«

»Nein. So wichtig ist die Sache nun auch nicht.«

»Aber denkt Euch doch«, rief die Alte. »Vielleicht sind sie wirklich die Retter der Welt? Ich hab von Bekannten gehört, die haben diese Leute gesehen. Sie stehen da gar nicht wie Todgeweihte vor ihren Galgenpfählen. Angeblich lachen sie, singen verbotene Lieder und sind sich ganz sicher, dass sie gerettet werden und mit ihnen zusammen unsere ganze Welt. Wer weiß … Vielleicht steigt ihre Amina wirklich vom Himmel herunter?«

»Amina?«, schrie Pirina auf. »Ihr sagtet: Amina!«

Der Alte zuckte die Achseln.

»Das war der Name der Göttin, die sie retten soll.«

»Amina«, wiederholte Dara tonlos und starrte zum Stadttor hin.

»Das müssen Roviana und ihre Leute sein«, stammelte Pirina voller Angst. »Unsere Aminarinnen. Die haben sie gefangen, und sie sind es, die hingerichtet werden sollen!«

»Ja«, bekräftigte Dara grimmig. »Darum sind sie nicht zurückgekommen.«

»Wir müssen ihnen helfen«, sagte Pirina und sah die Mutter flehentlich an. »Mama, das dürfen wir nicht zulassen!«

Dara biss sich auf die Lippen. »Das werden wir auch nicht zulassen.« Ein feines Lächeln stahl sich um ihre Mundwinkel. »Besser gesagt, Amina wird es nicht zulassen. Pirina, unsere Zeit ist gekommen. Die Göttin kann ihre Prophetin nicht sterben lassen. Sie wird uns erscheinen!«

»Herrlich!« Pirina klatschte in die Hände. »Wann?«

»Bald«, überlegte Dara. »Heute, morgen, oder am Tag der Hinrichtung. Wir müssen sie empfangen. Erinnere dich, Pirina, dass Roviana uns immer beschworen hat, wir müssten da sein und ihr helfen.«

»Aber wir haben keine Hellonen, um in die Stadt zu kommen.«

»Die organisiere ich noch, glaub mir«, sagte Dara grimmig. »Pass auf. Du fliegst jetzt über die Mauer, suchst Roviana und sagst ihr, dass wir uns Eintrittssiegel verschaffen und zu ihnen kommen, so schnell wir können. Aber du musst sehr vorsichtig sein da drinnen, hörst du? Danach kehrst du sofort zu mir zurück. Es scheint ja gefährlich zu sein in der Stadt.«

# Verschwunden

Die alten Gemäuer der Burg ihres Vaters konnte Areshva bereits als dunkle Schatten in der Ferne auf dem Berg Ygramor erkennen. Zum Glück, denn der lange Flug war ermüdend. Hoffentlich war der Vater diesmal zu Hause und hoffentlich würde er nicht wieder so ein Theater machen. Als ob ihn die paar Münzen schmerzten, er hatte doch in den Gewölben der Burg eine ganze Kammer voll davon.

Ein Aufblitzen an ihrem Arm riss sie aus ihren Gedanken. Ihr ledernes Armband erglühte in grellem Gelb, als ob es brannte.

Zuerst konnte sie es nicht glauben. Das war noch nie vorgekommen. Aber auch beim zweiten Blick glühte es genauso.

War das ein Notruf? Areshva hatte das Armband vor langer Zeit mal an einen Rettungszauber gekoppelt, den sie ihrem Vater gegeben hatte. Wahrscheinlich hatte er den Zauber aktiviert. Heilige Göttin! War ihm etwas passiert? Wo steckte er? War er nicht längst zu Hause?

Sie breitete ihre Flügel aus und hielt ihren Arm hoch, um sich von dem Leuchtband die Richtung anzeigen zu lassen, in der sie den Vater finden würde. Die meiste

Farbe drängte sich an der rechten Kante des Bandes - im Osten.

Sie machte kehrt und folgte dem strahlenden Richtungsweiser. Die Bäume von Ygramor unter ihr wurden klein wie Grashalme. Ihre Gedanken rasten. Wieso hatte Smorkyn den Notruf ausgelöst? Das war noch niemals vorgekommen. Er brauchte nie Hilfe, im Gegenteil hatten das eher die Leute nötig, die er überfiel. Sie konnte sich nicht vorstellen, dass er in eine kritische Lage gekommen sein könnte. Vielleicht hatte er aus Versehen einen verkehrten Knopf gedrückt? Das war sicher falscher Alarm. Eine bohrende Anspannung zerrte an ihren Gliedern.

Sie verließ Ygramor, überflog die Provinz Darghessa und erst, als sie sich dem millesanischen Grenzgebiet näherte, änderte ihr Armband seine Färbung, und ein schmaler grüner Strahl zeigte in die Tiefe. Sie befand sich am Ziel. Unter ihr qualmten die Reste abgebrannter Häuser. Sie gehörten zu einer Siedlung von kleinen Hütten und Schuppen. Areshva sah Knechte in dem Chaos von verkohlten Ruinen und kaum noch erkennbaren Möbeln aufräumen, während Mägde aus Wassereimern die dampfenden Balken der zerstörten Gebäude begossen. Über einem kargen, nur von Erde, zersplitterten Bäumen, Steinen und zarten grünen Weizensprossen bedeckten Acker erlosch ihr Armband vollends. Sie überblickte das Gebiet.

Von Smorkyn keine Spur.

Das konnte sie jedoch nicht erwarten, denn er musste ihren Verwandlungszauber benutzt haben, den sie ihm für den Notfall gegeben hatte. In was konnte er sich verwandelt haben? Ihr wurde mulmig zu Mute. Weit und breit gab es nirgends einen Gegenstand, der dafür geeignet gewesen wäre. Ein so korpulenter Mensch wie Smorkyn konnte doch nicht die Gestalt einer Ameise annehmen. Er müsste sein Volumen schon irgendwo hineinstecken, wohin es passte - in einen anständigen Baum oder Felsen zum Beispiel. Größere Pflanzen wuchsen jedoch gar nicht in dem Areal, das ihr das Band anzeigte. An Steinen gab es keinen Mangel, aber sie waren viel zu klein.

Ratlos landete sie auf dem Acker. Er befand sich in einem Zustand beträchtlicher Verwüstung, als wäre eine Horde Wildschweine hineingerannt und hätte den Erdboden nach Nahrung durchpflügt. Die Erde und die meisten Pflanzen in der Nähe waren entweder plattgetreten, zersplittert oder wiesen tiefe Furchen auf.

Die Bauern und Mägde aus der Siedlung nebenan schien ihr Anblick zu beunruhigen, sie rannten in die noch intakten Häuser und Areshva blieb allein auf menschenleerer Flur. Die Dorfbewohner konnten ihr ohnehin nicht helfen. Der Verschwindezauber war kompliziert, selbst manche Zauberinnen würden ihn nicht durchschauen.

Sie fing an, auf der aufgerissenen Erde entlangzugehen, wobei sie akribisch ihren Blick über jeden kleinen Gesteinsbrocken, jeden Erdhaufen, jeden höheren Grashalm gleiten ließ. Ihr ging mit einem Schaudern auf, dass dieser Zauber womöglich auch für sie selber zu schwer sein könnte, denn sie fand nirgends den fatalen Magiestab, auf den sie ihn gehext hatte. Er sollte doch exakt an der Stelle liegen, wo er gewirkt hatte. Aber er war ebenso verschwunden wie der Vater. An keinem Ort sah sie Strahlung, nirgendwo auch nur den kleinsten Hinweis darauf, dass Smorkyn tatsächlich in diesem Stück Land steckte, dass er nicht explodiert war oder sich versehentlich woanders hinkatapultiert hatte, wo sie ihn niemals wiederfinden und schon gar nicht entzaubern könnte.

Was war mit dem Magiestab passiert? Er musste für die magieblinden Dörfler doch wie ein harmloser Stock aussehen, so dass er ihnen nicht ins Auge fiel, ihr aber sofort verraten hätte, wo exakt sie zu suchen hatte! Er muss hier sein, beschwor sie sich selbst, während sie Steine wegkickte und Hufspuren befühlte, als könnten sie ihr Geheimnisse enthüllen. An einem der Steine blieb ihr Fuß hängen. Er ließ sich nicht bewegen, weil er in der Erde feststeckte. Da ging ihr die Lösung auf: Ihr Vater konnte durchaus in einem Felsen hocken, dessen Größe sie aber nicht erkannte, weil sein größter Teil unter der Erde eingegraben war!

Hastig erzwang sie einen Windstrahl und fegte Humus und Kieselsteine zur Seite, doch leider war der Gesteinsbrocken nur so groß wie ein Kürbis. Aber nun war sie in Fahrt. Sie legte noch mehr halbvergrabene Steine frei, an der Stelle, wo der Acker am meisten verwüstet war. Tatsächlich fand sie nun einen gewaltigen, im Boden lagernden Felsen. Sie ließ die Erde ringsherum mittels Luftwirbeln hochfliegen, bis sie den Koloss befreit hatte. Dann legte sie beide Hände auf das Gestein und bat Agga um einen Strahlenzerstörer, mit dem sie die Behexung aufheben wollte. Die Antwort der Göttin kam prompt. Diesmal fühlte sich die Energie nicht warm oder heiß an, wie Areshva gewöhnt war, sondern kroch wie eisiges Wasser durch ihre Adern. Die enorme Kälte verteilte sich sofort durch ihren ganzen Körper und ließ ihre Zähne aufeinanderschlagen. Sie beeilte sich, die frostige Kraft schnell aus ihren Fingern in den Felsen hineinfließen zu lassen. Er begann leicht zu flimmern, es knisterte und knackte, die unangenehme Kälte verschwand glücklicherweise sofort aus Areshvas Armen. Nur um ihre Schultern herum fror sie noch. Im nächsten Moment löste sich die Silhouette des Steines auf und statt ihrer hockte eine mächtige erdverkrustete Gestalt unter ihr in der Kuhle.

»Vater!«, schrie sie laut. Er schnaufte und richtete sich mühselig auf. Dann stapfte er aus dem Loch heraus und schüttelte sich wie ein Hund, der sich von Wasser aus dem Fell befreien will. Die Erde auf seinem Körper und in seinen Haaren sowie dem ausladenden Bart flog in alle Richtungen. Dann erkannte er seine Tochter.

Smorkyn kam auf sie zu, packte sie bei den Armen und umarmte sie mit solcher Energie, als ob er sie erdrücken wollte. Sie boxte ihn in die Seite, was er sofort erwiderte, so dass sie noch eine Weile damit beschäftigt waren, ihren gegenseitigen spielerischen Hieben aus dem Weg zu gehen oder sie entsprechend zu parieren.

»Hab ich dir nicht gesagt, du sollst den Verwandlungszauber nur im alleräußersten Notfall benutzen?«, fragte Areshva tadelnd.

»Das *war* ein alleräußerster Notfall«, entgegnete Smorkyn mit Nachdruck, während er die Augenbrauen derartig zusammenzog, dass sie eine bedenkliche V-Form annahmen. »So ein verfluchter Hurensohn hat mich angegriffen und mich fast in Stücke gerissen. Der reine Übermensch. Sieh, wie er das Dorf zerlegt hat. Meine Leute hat er auch in die Flucht geschlagen und mich dermaßen massakriert, dass ich schon die Dämonen unter mir rumoren gehört habe!«

»Wieso hast du dich nicht mit dem Magiestab verteidigt, den ich dir für solche Fälle gegeben habe?«

»Der war nutzlos. Der Kerl hat meine Feuerkugeln erkannt! Und sogar auf mich zurückgefeuert. Das war ein ganz vertrackter Fuchs, der sogar Luftstrahlen sehen konnte, und über deinen lausigen Notfallstab hat er Witze gemacht!«

»Was faselst du denn da … Warst du betrunken? Ich könnte deinen Halbgott vermutlich mit dem kleinen

Finger zu Boden werfen. Konnte er wirklich Luftstrahlen erkennen? Ich dachte, Männern fehlt der Sinn dafür?«

»Und wie. Der würde wahrscheinlich sogar dich ins Schwitzen bringen.«

Areshva erhob ruckartig ihren Zeigefinger und wedelte ihn tadelnd vor seinem Gesicht hin und her.

»So was will ich nicht noch mal hören. Niemand bringt mich ins Schwitzen. Schon gar nicht irgendein dahergelaufener Angeber, egal ob er meinetwegen Luftschlösser oder gar die Götter selbst sehen könnte, merk dir das!«

Smorkyn ballte die Fäuste.

»Ich würde den Kerl am liebsten bei lebendigem Leib rösten, wenn ich nur an ihn rankäme! Seinetwegen ist mir ein ganz dicker Fisch durch die Lappen gegangen, den ich schon praktisch in meinen Klauen hatte!«

»Was war das denn für Krieger? Hat er einen Namen?«

»Ja, verdammt. Ich hätte ihn danach fragen sollen. Aber ich dachte ja nicht, dass das so endet. Wir wissen zumindest, dass er nach Aravenna gehörte, denn er trug diese blaue Uniform.«

Smorkyn drehte sein Schwert gewaltsam im Erdboden herum. Darunter war ein Felsen. Es quietschte und knirschte.

»Was für ein dicker Fisch denn«, fragte Areshva nach einer Weile misstrauisch. »Du warst sicher hier auf Diebestour, oder? Wer hat diese Siedlung angezündet, er oder du?«

»Seh ich aus, als würde ich Bauernhütten abfackeln, hm?«, polterte Smorkyn. »Ich wollte mir nur holen, was mir zustand, verdammter Dreckskerl! Tod den Aravennaern!«

Er hob sein Schwert langsam wieder hoch, bis er es in Angriffshaltung platziert hatte, geradewegs auf Hüfthöhe eines imaginären Gegners.

»Ich werde mich rächen. Dem zahle ich es heim!«
Hier machte der Alte einen Ausfallschritt und stach mit einem wuchtigen Schwerthieb in die Luft. Er positionierte sich wieder in Ausgangsstellung. Ein nachdenklicher Ausdruck senkte sich auf seine Stirn. »Aber den bekomme ich ja nicht unter meine Klinge. Du musst das für mich machen. Dir entkommt er nicht. Du findest ihn, und du zerhackst ihn …« In wildem Ingrimm jagte Smorkyn sein Schwert kreuz und quer durch die Luft, als wollte er die dort herumsurrenden Mücken pürieren, »… zu Frikassee! Tust du das für mich, mein hübsches Töchterlein?«

Heftig atmend zog er die Waffe zurück und ließ sie mit Schwung wieder in die Scheide rasseln.

»Den würde ich unmöglich erkennen«, erklärte Areshva ausweichend. »Hast du eine Ahnung, wie viele Krieger in Aravenna leben? Außerdem will ich keine Leute umbringen. Den Typen musst du laufen lassen, wenn du nicht mal seinen Namen weißt.«

»Du bist mir was schuldig, schon vergessen? Nachdem du bei deinen letzten Einkäufen in Rheskali schon so unbarmherzig meine Schatzkisten geplündert hast, dass mir jetzt noch das Herz blutet«, stöhnte er, wobei er anfing zu hecheln wie ein asthmatischer Hund.

Das war Areshvas Stichwort.

»Apropos Schatzkisten, ich bräuchte noch ein paar Hellonen. Muss mir dringend einen Sichtschutz kaufen.«

Smorkyn raufte sich die Haare.

»Was? Glaubst du, mir regnen die Taler einfach so in die Burg herunter? Oh nein, meine Motte, jetzt reicht es. Hex dir das Teil selber.«

Als ob sie sich einfach so einen Spezialzauber erschaffen könnte!

»Ich brauche die Hellonen sehr dringend, am besten jetzt! Wer weiß, ob ich das Teil in Rheskali überhaupt bekomme. Sonst muss ich womöglich wieder wochenlang danach suchen, und so viel Zeit hab ich einfach nicht.«

»Vielleicht solltest du mal anfangen, dir selber etwas zu verdienen?« Smorkyn packte Areshva bei den Flügeln und hob sie hoch, bis sie über dem Erdboden schwebte. Sie ließ es geschehen und sah ihn dabei bittend an.

Der Dicke hob sie noch ein Stück höher.

»Jetzt habe ich keine Taler dabei. Du müsstest mit mir heimkommen. Eventuell reiße ich dir ein oder zwei Münzen aus meiner Schatzkammer heraus«, grummelte er mit einer Betonung, als müsste er diese eigentlich aus seinem Herzen herausbrechen. »Aber nur, wenn du meine Niederlage angemessen rächst!«

Areshva entwand sich seinem Griff und landete geschickt auf dem Boden.

»Nein, mache ich nicht. Ich will niemanden töten und das solltest du auch nicht tun. Wenn es dir so leid um deine Taler ist, zahle ich sie dir später wieder zurück.«

Ein schmerzhafter Stich bohrte sich durch ihre Eingeweide. So, so, Smorkyn war ein dicker Fisch entkommen. Sicher hatte er in dem Dorf irgendwas rauben wollen und war jetzt wütend, weil es nicht gelungen war. Ihr eigener Vater, den sie mehr liebte als jeden in der Welt, gehörte selbst zu den üblen Gewalten, die sie bekämpfte. So viel Dunkelheit war auf Damarynth gekommen, wie eine Flutwelle schwappte sie über das Land und riss immer größere Teile mit sich, irgendwann würde kein Licht mehr übrig sein, nicht einmal ein Funken! Wenn es so weiter ging. Wenn sie es nicht stoppen könnte.

Sie erinnerte sich noch genau an jenen Tag im Hochsommer. Sie hatte als kleine Priesterschülerin, vielleicht zehn Jahre alt, mit den anderen Schülerinnen an dem langen Holztisch im Tempel beim Frühstück gesessen und dem Feldsalat beim Sprießen aus den Tischplanken zugesehen, der vor jedem Mädchen in der Menge wuchs, die es gerne wollte. Weil die Sonne schien, hatte sich wie immer bei schönem Wetter das Dach geöffnet und die hohe Kristallkugel in der Mitte der heiligen Halle leuchtete in allen Regenbogenfarben. Ein kleiner spiegelblanker Bach umfloss die Kugel, an dessen Ufer sich zahlreiche Tiere labten. Denn jede der Dienerinnen hatte ihre eigenen Schäfchen, Häschen oder Katzen, um die sie sich sorgte – Areshva bevorzugte fliegende Haustiere wie Enten oder Blaumeisen. Für diese erlaubte die Priesterin auch Gräser und allerhand nahrhafte Sträucher im Gebäude der Göttin und im angrenzenden Park.

Ein Aufschrei hatte die Schülerinnen und ihre Lehrmeisterin von ihren Salaten aufgeschreckt.

»Millesana brennt!«

Ruckartig drehten sich alle Blicke zur Kristallkugel hin, welche die neuesten Bilder des Tages spiegelte. Sie zeigten eine Häuserzeile, in denen Flammen wogten wie in einem Meer, das von einem Orkan meterhoch aufgewirbelt wird. Voller Entsetzen verfolgten Areshva und ihre Freundinnen, wie der rote Tod Balken um Balken, Türen, ja komplette Dachgeschosse, Erker und Türme fraß, wie er ganze Kutschen auf einmal erfasste, mitsamt den vorgespannten Pferden, sie sahen Menschen schreiend durch die verdampften Gassen rennen und nichts als schwarz verbrannte Aschereste und Steinkeller zurückbleiben. Die Stadt Millesana war damals die erste, welche den Göttern der Dunkelheit in die Hände fiel. Die Überlebenden der Feuernacht unterwarfen sich ihnen und ihr Kontakt nach Millesana war damals abgebrochen. Etwas später brannte Kantalunia und danach die Stadt Estedt. Eine Provinz nach der anderen war dem Feind in die Hände gefallen. Die ersten Opfer hatten sich geweigert, in die Dienste der dunklen Götter zu treten. Sie hatten den blutigen Forderungen und Zeremonien nicht nachgegeben, doch die späteren hatten die grausamen Bilder ihrer Hinrichtungen gesehen und ergaben sich ohne Gegenwehr. So war eine Provinz nach der anderen gefallen, bis ganz Damarynth in Finsternis versank. Areshva seufzte tief. Wie hatten sie und ihre Kameradinnen in Pallanthia damals so blauäugig sein können anzunehmen, sie selbst könnten diesem Schicksal entrinnen?

Sie nahm Smorkyn bei der Hand.

»Vater, hör mir zu. Das kann so nicht weitergehen. Warum überfällst du Leute? Früher hatten wir eine Farm, du hast Korn gepflanzt, Rehe gezüchtet und Schafe gehütet … warum hast du damit aufgehört? Überleg mal, davon konnten wir doch ganz gut leben. Waren das keine schönen Zeiten?«

Einen Moment lang kam es Areshva so vor, als könnte sie, wenn sie nur den Vater auf den rechten Weg zurückführte, damit auch alle zurückholen, die sie verlor. Ihre Mutter, ihre Brüder …

Smorkyn zuckte zusammen.

»Nun reicht´s aber! Unsere Farm ist verbrannt. Und es war kein Zufall. Der Blitz damals schlug nicht nur in unser Haus ein, in derselben Nacht verloren Dutzende meiner Bekannten ihr Dach über dem Kopf, und nicht nur wir weinten an den Gräbern unserer Liebsten. Hast du das vergessen? Wir stehen inmitten von Leichengeruch und Moder, Totengeister grinsen uns ins Gesicht. Unter solchen Bedingungen gibt es nichts aufzubauen. Um uns herum sind nur noch Abgründe.«

»Ich weiß, dass es kein Zufall war«, entgegnete Areshva trotzig. »Aber das bedeutet nicht, dass es bis in alle Ewigkeit so bleiben muss. Wir können auf den Trümmern eine neue, gute Welt aufbauen. Wenn ich es nur schaffe, die Lichtgöttin wieder an die Macht zu bringen.«

Smorkyn schnaubte.

»Du und deine Götter, das sind Hirngespinste. Wenn du etwas erreichen willst, musst du mit deinen eigenen Händen danach greifen.«

Areshva war so überrascht, dass ihr der Mund offen stehenblieb.

»Wie kannst du behaupten, dass es keine Götter gäbe? Sie regieren doch die ganze Welt! Sie steuern alles, selbst die Bewegungen der Ameisen unter deinen Füßen.«

»Ach, wirklich? Hast du schon mal einen Gott gesehen? Ich nicht. Deine Lehrmeisterin flüstert dir diese Spinnereien nur ein, damit sie dich ausnutzen kann.«

»Also hör mal. Die Göttin gibt mir meine Kraft, ich wäre keine Zauberin ohne sie. Wenn du sie nicht siehst und ihre Stimme nicht hörst, ist das nur ein Zeichen deiner Beschränkung.«

»Tatsächlich? Und was macht dich so sicher, dass es ein höheres Wesen ist, mit dem du plauderst? Vielleicht quatschst du in Wahrheit mit einem Zauber, den deine Feindin auf dich wirft, und merkst es nicht einmal.«

»Vater! Das ist der allerdümmste Spruch, den ich je gehört habe! Ihr Männer versteht euch nicht auf die relevanten Dinge.«

»Dir werden die Hirngespinste schon vergehen, wenn du erwachsen wirst. Ich muss herausfinden, wo sich dieser Dämonenkämpfer aufhält. Vielleicht weiß das einer der Kumpane. Ich fliege direkt nach Ygramor zurück und quetsche sie aus.«

»Du ... fliegst?« Areshva warf einen ironischen Blick auf seine Wampe. »Und wie kriegst du all den Speck in den Himmel?«

Er zog ein unförmiges Gerät aus der Hosentasche, das er auseinanderfaltete, in die Länge zog und schließlich,

nach einiger Klapp- und Zerrakrobatik zu einem dicken
Stock auf einem Holzpodest zusammenbastelte.

»Das geht ab wie eine Sternschnuppe«, versicherte
Smorkyn grinsend. »Behauptete wenigstens die Hexe, der
ich es abgeluchst habe.«

# Krönung

Das dumpfe Trommeln der Marschkapelle dröhnte dem Prinzen Koryelan in den Ohren. Seine Beine bewegten sich automatisch in ihrem monotonen Takt, obwohl er seine Muskeln gar nicht spürte. Er spürte überhaupt nichts. Über ihm, in ihm, um ihn herum senkte sich eine dumpfe Leere und das Einzige, was er deutlich sah, war der Sarg.

Es war eine glänzende dunkle Ebenholzkiste, geöffnet, rechts und links davon wehten blaue aravennische Fahnen, die an den Seiten befestigt waren, außerdem war sie mit bunten Bändern geschmückt. Vier Kammerlakaien trugen die prunkvolle Bahre durch den Tunnel hindurch, der in das Fürstliche Hoftheater von Aravenna hinein führte.

Prinz Koryelan starrte mit blinden Augen auf den Sarg, der bei jedem Schritt seiner Träger leise schwankte. Darauf lag mit geschlossenen Lidern und gefalteten Händen, in welche man ein Schwert gelegt hatte, sein Vater, Fürst Elbin von Aravenna. Man hatte ihn zurechtgemacht, so gut es ging. Die klaffende Wunde am Kopf war nur ansatzweise zu sehen, da ein Helm sie fast völlig verdeckte. Sein Feldherrenstab lag neben ihm, rote Rosen säumten den Rand seiner Bahre.

Dies war das Ende, Prinz Koryelan wusste es. Er war so verzweifelt, dass er sich kaum aufrecht halten konnte. Was sollte werden, ohne die Autorität und Kraft, ohne das profunde Wissen und Ansehen, das sein Vater gehabt hatte? Ohne die Geborgenheit, die Hilfe, die Sicherheit, mit der er ihn umgeben hatte? Eine fürchterliche Leere höhlte den jungen Mann aus. Eine Leere, von der all diese Leute erwarten würden, dass er, Koryelan, sie ausfüllte!

Insgeheim warf er verstohlene Blicke auf die steinernen Zuschauerränge, die ihn in einem weiten Kreis umgaben. Das große Hoftheater, das neuerdings vor allem als Trainingsarena für die Soldaten diente, gelegentlich aber auch als Raum für öffentliche Versammlungen, war bis auf den letzten Platz besetzt. Eine lastende Stille lag über den Reihen der Bürger und Bauern, der Adligen, Tempeldienerinnen und Händler, die sich auf den übereinander angeordneten Steinsitzen niedergelassen hatten. Wie eine Zentnerlast spürte er die Erwartungen dieser erdrückend großen Menschenmenge, die jetzt allein auf ihm lagen.

Vor der Bahre marschierten mit festen Schritten die beiden Regimentsführer mit gesenkten Köpfen, Lemetrong und Kessinaj. Hinter sich wusste Prinz Koryelan eine Abordnung von Zauberinnen aus dem Tempel. Auch diese schleppten einen Sarg mit sich, den ihrer Priesterin Viviana. Das obligatorische Bündnis zwischen Fürst und Priesterin einer jeglichen Provinz, das den Regenten Schutz durch die Götter verlieh, hatte die unangenehme Nebenwirkung, dass es beider Leben aneinanderband. Kriegerische Auseinandersetzungen zwischen zwei Parteien konnten deshalb auch die jeweilige Tempelpriesterin töten, selbst wenn diese daran nicht teilnahm.

Hinter den Zauberinnen folgten die überlebenden Soldaten. Koryelan drehte sich nicht nach ihnen um, denn sie boten ein desolates Bild, welches die drückende Last auf seiner Brust nur verstärkte. Die meisten hatten auf ihrer Flucht gerade nur das nackte Leben gerettet, viele gingen in zerrissener Kleidung, manche besaßen nicht einmal mehr ihre Waffen. Auch der Prinz selber war in keiner wesentlich besseren Verfassung. Sein Schwert hatte er auf dem Schlachtfeld verloren und ihm schlotterten die Kleider am Leibe, denn während der gesamten Rückreise, die fluchtartig verlaufen war, hatte er kaum einen Bissen herunter bekommen.

Regimentsführer Lemetrong konnte seine Frustration nicht für sich behalten. Schon die ganze Zeit über lamentierte er vor sich hin, meist zu Kessinaj gewandt, dem zweiten Obersten. Laut genug, dass Koryelan seine Worte genau hören konnte.

»Diese verfluchten Millesaner haben uns dermaßen kassiert«, knurrte er gerade. »Mortian ist gefallen und dessen Regiment praktisch liquidiert, wir haben da unten die halbe Armee verloren.«

Er drehte sich zu Kessinaj.

»Wie soll das weitergehen?«

»Reißt Euch zusammen.«

»Zusammenreißen? Ha!« Lemetrong ballte die Fäuste. »Die Kunde von Elbins Tod wird wie ein Lauffeuer durch alle Lande rasen, und ehe wir uns einmal die Augen reiben, werden sich die Aasfresser des Landes auf Aravenna stürzen und noch hier einfallen. Sie werden sich denken: Ha, jetzt haben sie einen Knaben auf dem Thron, das wird leichte Beute!«

»Beschwört es nicht herauf«, fauchte Kessinaj ihn an. »Noch ist hier niemand eingefallen. Wir müssen unseren neuen Fürsten eben in die Lehre nehmen, so gut es geht. Und so schnell es geht.«

Koryelans Atem ging pfeifend. Ihn einen Knaben zu nennen – das dürfte er sich nicht gefallen lassen, aber ihm fehlte die Kraft zu widersprechen. Allein die Vorstellung, er selbst sollte demnächst Feinden die Stirn bieten, verursachte ihm Schüttelfrost.

Inzwischen hatten sie die Arena durchquert und eine Treppe erreicht, die zu zwei Seiten auf eine Empore führte. Dort hinauf bugsierten die Höflinge als Erstes die beiden Bahren: Den Fürsten rechts entlang, die Priesterin links, ihnen folgten die hochrangigsten Würdenträger. Wieder gingen Lemetrong und Kessinaj ganz vorne. Sie bestiegen die Treppe nach rechts. Prinz Koryelan, dessen Blicke noch immer an der Bahre seines Vaters festklebten, folgte ihnen, ohne richtig zu sehen, wohin er ging. Auf der linken Seite betrat eine Abordnung von Tempelzauberinnen die Empore, die von der jungen Priesterin Coreana angeführt wurden. Koryelan würde gezwungen sein, sich heute noch mit ihr zu verbünden, denn sie würde die neue Tempelherrin werden. Der Prinz stand Magierinnen äußerst argwöhnisch gegenüber; jedoch war ein Bündnis des Landesfürsten mit der Priesterin seines Tempels obligatorisch. Es verstärkte ihre Kraft und verlieh den beiden Partnern einige Gaben, die die Sicherung ihrer Provinz erleichterten. Deshalb konnte er dieser Verbindung nicht ausweichen.

Die Regimentsführer Lemetrong und Kessinaj traten an das Geländer der Empore, erhoben die Hände und grüßten das auf den Rängen versammelte Volk. Daraufhin standen die Zuschauer von ihren Plätzen auf und erwiderten den Gruß, indem sie in die Hände klatschten. Ein gedämpftes, deprimiertes Klatschen, das nicht lange anhielt.

»Bürger von Aravenna!«, rief Lemetrong in die Menge. »Fürst Elbin ist in der Schlacht von Millesana gefallen. Friede seiner Seele. Wir haben uns hier versammelt, um seinen Sohn, den Prinzen Koryelan, zum neuen Fürsten von Aravenna zu ernennen.«

Die Heerführer traten auseinander und schoben den Prinzen Koryelan in ihre Mitte. Wieder erklang ein verhaltenes Klatschen.

»Grüßt Euer Volk«, raunte Kessinaj dem jungen Prinzen zu. »Man erwartet das von Euch.« Prinz Koryelan erhob seine rechte Hand und winkte in die Menge, so wie er es früher so oft von seinem Vater gesehen hatte. Er ahnte jedoch, dass seine Geste unbeholfen wirken dürfte. Seine Erscheinung war sicher nicht dazu angetan, die Menschen aufzubauen, obwohl seine Berater sich Mühe gegeben hatten, ihn prächtig zu kleiden. Aber der Prinz fühlte sich auch in der fürstlichen Uniform nicht anders als ein Junge, der gerade seinen Vater verloren hat.

»Es lebe Fürst Koryelan!«, rief Lemetrong laut, und Kessinaj wiederholte den Ruf. Zögerlich stimmten die Menschen auf den Zuschauerrängen ein: Mehr müde Litanei als schneidiges Vivat, mehr Sorge als Zuversicht tönte da aus dem Volk auf die Empore hinauf.

»Es lebe unsere neue Priesterin, Coreana«, ergänzte eine der Tempeldienerinnen und wies auf die schwarz gekleidete Magierin, die sich dem Fürsten an die Seite gestellt hatte. Koryelan zuckte zusammen, als wäre nicht seine künftige Verbündete, sondern eine Art tückische Wespe neben ihn getreten.

»Und jetzt die Rede«, wisperte Lemetrong dem neuen Fürsten zu, wobei er ihn weiter nach vorn an den Rand der Empore schob.

»Rede?«, flüsterte Koryelan hilflos zurück. »Muss das sein? Ich kann nicht …«

»Doch, Ihr könnt«, sagte Kessinaj von der anderen Seite drängend.

»Ich weiß nicht, was ich sagen soll«, wimmerte Koryelan.

Lemetrong und Kessinaj warfen einander Blicke zu.

»Habt Ihr nicht selbst schon hunderte Reden gehört? Ihr lobt natürlich zuerst Euren Vater«, fauchte Kessinaj ungeduldig. »Und alle seine Tugenden.«

»Und versprecht dem Volk, dass jetzt alles besser wird«, fügte Lemetrong von der anderen Seite bissig hinzu. »So wie es jeder Fürst schon immer getan hat und bis in alle Ewigkeit tun wird.«

Der junge Koryelan krallte beide Hände an das Geländer der Empore. Das war auch sehr nötig, denn er hatte das Gefühl, gleich den Boden unter den Füßen zu verlieren.

»Bürger von Aravenna, meine lieben Freunde«, begann er mit zittriger Stimme. Lemetrong zischte ihn an: »Lauter. Man sollte Euch auch da hinten noch hören.«

Koryelan starrte nervös zu ihm herüber, dann räusperte er sich und fuhr fort, jetzt tatsächlich gleich mehrere Stufen lauter: »Mein Vater war ein … ein … ehrbarer Mann.«

Er schluckte. Am liebsten hätte er sich in einem Erdloch verkrochen. Er musste sich zwingen, aufrecht stehen zu bleiben, kämpfte mit sich, teils mit Tränen, teils mit Worten, die in seinem Kopf sämtlich wie weggeblasen schienen. Er stand da schwankend wie ein Schilfrohr im Wind. Dann brach es aus ihm heraus: »Er hätte sich vielleicht nicht zu diesem Kampf verleiten lassen sollen. Jetzt ist er, genau wie mein Bruder damals, auf dem Schlachtfeld gefallen.«

Hinten in der Arena öffnete sich ein Tor und ein reitender Bote galoppierte hinein, quer durch die Manege und direkt auf die Empore zu. Koryelan war über die Unterbrechung erleichtert, da sie ihn der Pflicht, die elendige Rede weiterzuführen, wenigstens vorübergehend enthob. Er beugte sich zu dem Boten.

»Ja?«

Der Reiter hielt ein Paket nach oben.

»Ich bringe ein Geschenk anlässlich Eurer Krönung. Es wurde mit einem Eilboten von der Fürstenfamilie aus Pallanthia geschickt.«

Ein Anflug von einem Lächeln flog über die Stirn des neuen Fürsten.

»Das ist aber nett.«

Der Bote reckte sich und reichte ihm das Paket. Koryelan nahm es zu sich und wollte schon öffnen, wurde aber von Kessinaj unterbrochen, der seine Hand auf den Knoten legte.

»So etwas macht man nie selber auf und grundsätzlich nicht vor der Öffentlichkeit«, sagte er bedächtig. »Es ist schon vorgekommen, dass Gift verschickt wurde. Ihr seid jetzt in einer Position, in der Ihr keinen Moment unvorsichtig sein dürft.«

»Kessinaj«, rief Koryelan empört. »Dies ist mein Amtsantritt, und ich bekam ein Geschenk. Wie könnt Ihr da an Gift denken!«

Er zog sein Messer und schnitt das Paket auf. Darin befand sich ein mit Blut besudelter Zierdolch. Koryelan wurde blass und ließ ihn auf den Boden fallen.

»Kam dieses Geschenk wirklich aus Pallanthia?«, fragte Kessinaj den Boten. »Ist der Überbringer noch da?«

Die Priesterin hob das Paket mit spitzen Fingern auf.

»Lasst das am Tempel untersuchen«, befahl sie ihren Dienerinnen.

Auf den Rängen kam Unruhe auf, Gemurmel und Getuschel. Da Koryelan noch immer schockiert und zu keiner Reaktion fähig war, ergriff Kessinaj das Wort: »Wir lassen uns nicht einschüchtern. Seid Ihr bereit, den Eid des Fürsten abzulegen und die Fürstenkrone anzunehmen, Prinz Koryelan? Bereit, das obligatorische Bündnis mit der Zauberin Coreana einzugehen, die eure Partnerin und Herrin über den Tempel von Aravenna werden wird?«

Genau dazu fühlte sich Prinz Koryelan im Augenblick absolut nicht bereit, aber das interessierte ja in der gesamten Menschenmenge sowieso niemanden. Mit flatterigen Blicken sah er sich um und nickte krampfhaft.

»Ich bin bereit.«

Er kniete nieder. Regimentsführer Lemetrong legte ihm die Fürstenkrone auf den Kopf und überreichte ihm das blitzende Feldherrenzepter. Die Priesterin Coreana, die sich neben ihn kniete, bekam ein silbernes Priesterinnenstirnband um die Haare. Eine ältliche Tempeldienerin trat an ihre Seite und berührte Coreanas Kontaktring, auf dem das Symbol des aravennischen Adlers zu sehen war. Es begann leise zu rauschen. Plötzlich verdoppelte sich der Ring. Eine Kopie davon poppte heraus und fiel der Magierin in die Hand. Sie überreichte den Zwillingsring an den Prinzen Koryelan, der ihn sich an den Finger steckte. Coreana lächelte und warf ihre Hände in die Luft.

»Uoshila, Göttin der Adler, höre mich«, rief sie laut. Als Koryelan nicht reagierte, knuffte sie ihn in die Seite. »Du bist dran. Ruf die Göttin an.«

Der neu gekrönte Fürst nickte zerstreut.

»Uoshila höre mich«, wisperte er monoton.

»Dir will ich dienen, deine Wünsche will ich erfüllen. Gib mir deine Gunst, ich bitte dich«, rief Coreana. Diesmal genügte ein scharfer Blick ihrerseits, um Koryelan zu motivieren, seinen Part zu sprechen.

»Dir will ich dienen, deine Wünsche will ich erfüllen. Ich bitte um deine Gunst.«

»Segne den Fürsten Koryelan, meinen Partner, und verbinde unsere Seelen! Jetzt du.«

»Segne die Priesterin Coreana, meine Partnerin, und verbinde unsere Seelen!«

Coreanas Blicke fuhren zum Himmel hoch. Geraume Zeit bewegte sie nur die Lippen, ohne dass ein Wort zu verstehen war. Dann lächelte sie und wandte sich zu Koryelan. Sie trat nah an ihn heran, fasste ihn bei den Schultern und näherte sich mit den Lippen seinem Mund. Er wich zurück. »Muss das sein?«, stieß er hervor. »Die verstorbene Priesterin hat mir gesagt, man könnte das Bündnis auch mit einem einfachen Handschlag besiegeln.«

Coreana ließ ihn los.

»Sicher kann man das«, entgegnete sie säuerlich. »Ein Kuss gibt ihm aber mehr Macht. Hast du nicht zugehört, als meine Meisterin uns das erklärte? Durch den Handschlag erlangen wir den Götterschutz. Besiegelst du das Bündnis mit einem Kuss, dann könnten wir unsere Leben sogar noch gegenseitig beschützen, nur durch unsere körperliche Nähe.«

»Meiner Meinung nach sollte ein Schutz durch die Götter völlig genügen.«

Koryelan reichte ihr die Hand. Sie schlug ein.

Lemetrong und Kessinaj klatschten übertrieben laut und begannen, den neu gekürten Fürsten in den höchsten Tönen zu loben. Ihr Götter, war das peinlich, noch vor ein paar Augenblicken hatten sie ihn abgekanzelt wie einen unfähigen Kammerdiener. Die Zuschauer ließen sich durch diese künstliche Begeisterung auch nicht irreleiten. Wenigstens erreichten die beiden Würdenträger, dass hier und da ein paar Leute anfingen anstandshalber zu klatschen.

Dann entstand Schweigen. Und wieder lasteten aller Augen auf dem neuen Fürsten. Er räusperte sich. Diese elenden Vorträge vor dem Volk hatte er schon immer im höchsten Grad beschämend gefunden. Meist waren es doch nur Worte ohne echten Inhalt.

»Ich danke euch«, sagte Koryelan angestrengt. »Diese Situation ist neu für mich und ich verstehe, dass Ihr bestimmt lieber meinen Vater hier stehen hättet ...

Ehrlich gesagt, das wäre auch mir viel lieber gewesen, es war viel zu früh ...«

Die Worte erstarben ihm auf den Lippen. Grabesstille breitete sich aus. Wieder öffnete sich die Eingangstür in die Manege. Das kleine, knarrende Geräusch, das dabei entstand, zerriss die Stille so abrupt, dass mehrere Zuschauer von ihren Plätzen aufsprangen. Ein ärmlich gekleideter Soldat trat ein. Koryelan fuhr der Schrecken in die Glieder. Was konnte der Mann wollen? Ob er noch etwas Schlimmeres verhieß als nur einen blutigen Dolch? Zögerlich, unter Verbeugungen und Begrüßungsformeln, die er mehrfach wiederholte, schritt der Bote bis vor die Empore.

»Ein gewisser Silvrin ist gerade angekommen und bittet, dass er der Zeremonie beiwohnen kann.«

»Silvrin?« Koryelan blieb glatt der Mund offen stehen. Dann leuchteten erst seine Augen und danach sein ganzes Gesicht auf. »Ist das wahr? Oh! Den Göttern sei Dank. Dann hat er überlebt. Lasst ihn rein, lasst ihn rein!«

Kurz darauf kam tatsächlich Silvrin in die Arena geritten mitsamt einer Truppe von knapp zwanzig Soldaten. Kessinaj sagte andächtig: »Und der hat nicht mal einen einzigen Mann verloren.«

»Wie denn auch«, knurrte Lemetrong. »Er hat ja nicht gekämpft.«

»Silvrin!«, rief Koryelan begeistert, vergaß all seine Würde, wollte schon die Treppen herunterlaufen und seinem Freund entgegen, aber Lemetrong hielt ihn fest und hinderte ihn daran.

# Prinzessinnenprobleme

Fürst Wukur marschierte zielstrebig die knarrenden Balken der Holztreppe herunter. Rechts und links flankierten ihn Gefolgsleute. Als er unten angekommen war, öffneten zwei Wachtposten die Kellertore und er trat durch den gewölbten Torbogen hindurch. Die Gefährten blieben alle gleichzeitig stehen, als sich der Kellerraum vor ihnen eröffnete. In erhabener Größe erstreckten sich hier Regale, die majestätische Fässer in scheinbar unendlicher Anzahl beinhalteten. Sie waren geordnet in Reih und Glied, jedoch nicht nach dem Umfang, denn hier reckten sich neben kleinen Tonnen auch solche, die man nur mit der Leiter besteigen konnte. Drei Bedienstete kamen auf den Fürsten zugelaufen und verbeugten sich vor ihm.

»Willkommen im Paradies«, knurrte Wukur grinsend und boxte seinen Kameraden zur Rechten einmal kräftig in die Seite. »Na, da bist du platt, was?«

»Der Schuppen platzt aus allen Nähten«, bekräftigte dieser. »Das Zeug müssen wir uns zur Brust nehmen!«

»Meine Rede.« Wukur zog sein Schwert und richtete es gegen den Diener, der ihm am nächsten stand. »He! Mundschenk! Führ uns rum. Ich will wissen, wo der beste Tropfen steht. Man weiß ja gar nicht, wo man anfangen soll. Was hast du den früheren darghessanischen Fürsten zu ihren Festen serviert?«

»D-die edelsten Weine, aus echter pallanthischer Gärung, stehen in diesem Regal hier«, stammelte der Mundschenk und hastete zwei Reihen weiter zu einem Gang, in den er mit der Hand zeigte.

»Nur Weiber saufen Wein«, brummte Wukur abfällig. »Wir suchen nach dem harten Zeug. Gannars Rachengold, hast du davon gehört? Das Zeug ist so scharf, dass es selbst Drachen das Maul verbrennt! Hier unten haben sie doch garantiert irgendwo ein paar Buddeln davon. Zeig mir, wo!«

Mit dieser Aufforderung war der Mundschenk sichtlich überfordert, ihm lief nun eine dezente Rötung die Wangen herunter.

»Ihr meint Branntwein?«, flüsterte er, während seine Schultern verräterisch zu zucken begannen und er zunehmend desperat zwischen drei Regalen hin und her wankte, unter denen er sich nicht entscheiden konnte.

»Der Oberhofmundschenk war dafür zuständig, er hat alle Fässer beschriftet, seht Ihr, Hoheit? Auf jedem steht ganz deutlich, was darin enthalten ist, man kann sich ja sonst bei dieser Menge nicht alles merken ...«

Der Unglückliche tippte mit der Hand gegen Kreidezeichen an einem Fass. Wukur registrierte, dass auch alle anderen Tonnen mit solchen Zeichen bekritzelt waren. Er fluchte innerlich. Weder er noch irgendeiner seiner Leute hatte jemals eine Feder in der Hand gehalten und mit Schriftzeichen hatten sie sich, weiß der Henker, auch nie beschäftigt.

»Dann lest doch, Drecksack, aber beeilt euch damit! Ich habe auch noch anderes zu tun«, fauchte Wukur.

»Ich ... Ich ...« Der Mundschenk sackte in sich zusammen. »Leider kann ich nicht lesen ... Der alte

Oberhofmundschenk konnte das, aber Ihr … habt ihn ja exekutieren lassen …«

»Ich habe alles Dienstvolk umgelegt, das mich nicht ehrfürchtig genug begrüßt hat«, sagte Wukur kalt. »Gerade in den Schlüsselpositionen müssen Leute sitzen, die genau wissen, wessen Arsch sie zu lecken haben. Ich bin nicht sicher, ob du der Richtige für diesen Posten bist.«

Hinter ihm entstand Gerangel auf der Treppe. Fürst Wukur drehte sich um. Ein behelmter Wächter drängte sich zu ihm herunter.

»Ich erteile Meldung, dass die Rekrutierung von Soldaten in den drei Hauptstraßen abgeschlossen ist.«

»Wie viel Mann habt ihr eingezogen, Zeddir?«

»Zweihundert.«

Wukur rümpfte die Nase.

»Viel zu wenig. Sammelt tausend. Wir müssen die Stadt eisenhart kontrollieren, und wir brauchen eine starke Palastwehr. Der bisherigen Leibwache traue ich nicht über den Weg. Das Volk muss meine Hand spüren. Durchsucht alle Häuser. Alle Männer, die noch keine grauen Haare haben, und alle Knaben, die euch mindestens bis an die Schulter reichen, sind tauglich und werden in meine Armee eingegliedert. Wenn einer muckt, Widerstand leistet oder meinen Namen schmäht, gehört er sofort exekutiert.«

»Jawohl. Ich reite sofort los. Aber was machen wir mit den zweihundert, die wir schon geholt haben? Sie stehen im Burghof.«

»Da dürfen sie nicht stehen, weil Prinzessin Kia Sephila sie dort von ihren Gemächern aus sehen kann, das sagte ich doch«, fauchte der Fürst und ballte die Faust. »Bring sie in den Schlosspark. Lass Dottur Fechtübungen mit ihnen machen. Von jetzt bis zum Abend, bis sie nicht mehr denken können.«

Eine grunzende Stimme johlte von den Regalen her: »Chef! Wir haben den Rum gefunden.«

Fürst Wukur wirbelte herum.

»Das heißt nicht länger ›Chef‹, Idiot! Wenn schon, dann ›Hoheit‹. Wo ist der Rum?«

Zwei rundliche Kerle standen vor einer Reihe, in der sich besonders hohe Fässer türmten, und winkten ihn herbei.

»Hier! Ganz hinten! Da sind Berge von Fässern, darin könnte man einen Walfisch ersäufen. Die müssen wir anzapfen. Bestimmt finden wir auch das *Rachengold*, darauf wette ich meinen Säbel!«

Wukur stapfte zu den beiden Dicken und inspizierte das Regal. Einer der Zapfhähne ganz hinten tropfte, und um diesen hatte einer seiner Krieger liebevoll seine Hand geschlungen, von der er ab und zu leckte, während er mit der anderen Siegeszeichen machte. Tonnenschwere Fässer reihten sich hier aneinander, deren Ende nicht abzusehen war, weil die Reihe hinter einer Biegung noch weiterführte. Womöglich schmachteten dort noch einmal doppelt so viele Behälter, die nur danach lechzten, den Durst einer Bande Mordskerle zu löschen.

»Wartet, bis wir fest im Sattel sitzen«, bestimmte Wukur. »Dann saufen wir uns die Birne dicht, bis die Erde unter uns brodelt! Und nur erstklassiges Zeug, das die Hälse zum Brennen bringt!«

Er klopfte mit dem gebeugten Zeigefinger gegen das vorderste Fass. Misstrauisch inspizierte er das Kreidezeichen darauf.

»Mundschenk! Irgendwer in diesem Palast kann doch wohl diese Krakeln entziffern. Holt ihn her, er muss das Rachengold finden.«

»Jawohl, Hoheit.«

Unter zahlreichen Verbeugungen wich der Mundschenk rückwärts, der Treppe entgegen. Erst jetzt bemerkte Fürst Wukur, dass Zeddir noch immer auf den Stufen stand. Zum Henker! Musste er etwa jedem dieser Hornochsen seine Aufgabe in den Schädel einprügeln? »Bist du noch nicht weg? Du sollst die neuen Krieger rekrutieren!«

»Noch ein kleines Problem«, sagte Zeddir. »Die Leichen der Querulanten haben wir wie befohlen auf einen Karren geworfen. Das Volk rennt jedoch dem Karren mit solchem Geschrei hinterher, dass man sie mit Waffengewalt fernhalten muss.«

»Wer die Ordnung stört, wird einen Kopf kürzer gemacht«, sagte Wukur genervt. »Bringt die Toten zum Tempel der Priesterin Meriedyce, die hat Verwendung für Leichen.«

Zeddir nickte und entfernte sich. Er war noch nicht ganz verschwunden, da tauchte bereits ein neuer Bote auf. Wukur beobachtete stirnrunzelnd, wie dieser blutjunge Höfling ungeschickt auf ihn zu stakste und ein paarmal über seinen eigenen überlangen Umhang stolperte.

»Das geht hier ja zu wie im Hühnerstall«, raunzte der Fürst. Er zog die Stirn in Falten. Wer zum Henker war noch mal der Kerl? Er entsann sich dunkel, ihn vor ein paar Tagen neu in irgendein Amt eingesetzt zu haben, aber welches der Hunderte von Ämtern an diesem Palast das gewesen sein mochte, fiel ihm nicht ein. Zackig riss das Bürschchen seinen Arm zum Gruß in die Luft.

»Mein Name ist Combur, Oberhofmarschall, Eure Hoheit.«

Ach ja, richtig. Der alte Oberhofmarschall hatte Wukur herrisch angeblickt. Diese Schmachtlocke! Gut, wer um den Galgen bettelt, bekommt einen, dachte Wukur. Er hatte ihn durch einen Stallburschen ersetzt. Der Knabe dürfte dankbar über seine Beförderung sein, denn wer wollte schon den ganzen Tag lang vollgeschissenes Stroh ausmisten?

»Ich möchte nur allerhöflichst melden«, berichtete Combur, während er vor dem Fürsten katzbuckelte, »dass die erlauchte Prinzessin Kia Sephila uns befohlen hat, den Audienzsaal umzudekorieren, und dass sie im Augenblick die Lagerräume durchstöbert. Wir haben versucht, sie in ihre Gemächer zurück zu komplimentieren, wie Ihr befohlen habt, aber sie will nicht hören.«

»Die Prinzessin durchstöbert … was?«

Fürst Wukur packte seinen Helm und schmetterte ihn gegen das Fass, das neben ihm stand. Er prallte scheppernd ab und fiel dann zu Boden, dem Oberhofmarschall vor die Füße.

»Die Lagerräume im Dachgeschoss, Euer Hoheit. Diese befinden sich, wenn Ihr einfach dieser Treppe hier folgt, im achten Stockwerk.«

»Ist sie denn ganz verdreht? Sie soll keine Unordnung machen, sondern sich mit ihrer Schminkkommode befassen, so wie jedes normale Weib!«

Wukur schleuderte wutentbrannte Blicke auf sämtliche Gefährten, Boten und Würdenträger, die den Eingangsbereich des Weinkellers sowie den unteren Teil der Treppe bevölkerten.

»Platz da«, fauchte er. »Um die Prinzessin kümmere ich mich selbst. Zum Teufel, sie hat ihre Lektion noch nicht gelernt. Combur, Dorg und Kerber - mir nach.«

Sofort bildete sich ein Spalier, das dem Fürsten Platz machte. Er polterte die hölzernen Stufen hoch und erreichte eine hohe Halle. Hier gab es eine weitere, wesentlich königlichere Treppe, deren Stufen mit rotem Samt bezogen waren und die in einer gemächlichen Rechtsdrehung nach oben führte. Das blendend weiße Treppengeländer hatte jedoch den Fehler, dass sich in seiner Mitte ein hölzernes Wappen befand, welches den darghessanischen Löwen des früheren Fürsten zeigte.

»Hölle«, fauchte Wukur, wobei er zischend sein Schwert zog und damit so kräftig gegen eines der Raubtiere schmetterte, dass diesem ein Teil der Nase davonflog. »Ihr habt die verfluchten Wappen nicht ausgetauscht. Ich will hier keine verdammten Katzenviecher mehr sehen!«

Zornig stürmte er weiter nach oben, die erste Treppe hinauf, die zweite, vorbei an einer unendlichen Weite an Gängen, Räumen und Hallen, von denen er sich gar nicht vorstellen konnte, dass sie alle einen Nutzwert haben könnten. Tief unter sich hörte er die Höflinge keuchen, die seinem Schritt auch deshalb nicht hinterherkamen, weil er ab und zu mit den Flügeln Schwung holte. Seine Schwingen waren zwar nicht mehr luftdicht genug zum Fliegen, gaben ihm aber durchaus gewissen Aufwind. Auf diese Weise war er imstande, fünfzehn oder mehr Treppenstufen auf einmal zu nehmen, und gelangte geschwind wie ein Bussard nach oben.

Er hörte das Gerumpel aus der Dachkammer schon, bevor er die Verursacherin sah. *Das Frollein will mir auf der Nase herumtanzen. Ha!*

Mit nach oben aufgeklappten Flügeln stürmte er in die offen stehende Tür hinein. Sein Blick glitt über eine unübersichtliche Rumpelkammer, in der sich ausrangierte Möbel stapelten: goldverzierte Kommoden, Kronleuchter mit abgebrochenen Armen, gepolsterte Stühle, silberne Kerzenständer, prunkvoll gemusterte Teppiche, Schränke mit Holzschnitzereien, goldgerahmte Spiegel sowie Gemälde aller Art.

Inmitten all dieser Kleinode stand Prinzessin Kia Sephila, die ihm den Rücken zuwandte und gerade mit Feuereifer ein großes Saiteninstrument abstaubte. Sie drehte sich zu ihm um. Ihm blieb glatt die Luft weg. Dass das Mädel verteufelt hübsch war, wusste er ja inzwischen, aber der Anblick berauschte ihn doch jedes Mal. Sie trug ein langes rotes Stoffkleid, dessen reiche Falten elegant übereinander fielen. In der Mitte war es eng geschnürt und um den Halsausschnitt und die Arme leuchteten feine weiße Stickereien. Um ihre Schultern schmiegte sich ein heller Umhang.

»Da seid Ihr ja endlich«, rief sie aus, wobei ihre Augen ihn auf eine Weise anblitzten, dass sie ihm wie ein glänzender Stern aus einer fernen Galaxis erschien. »Ich habe schon dreimal nach Euch schicken lassen. Seht Euch das an!«

Sie wies in einer ebenso allumfassenden wie herablassenden Handbewegung auf die zahlreichen Möbelstücke in ihrer Umgebung. Was sie damit aussagen wollte, blieb ihm zwar ein Rätsel, aber seine Gedanken lösten sich sowieso gerade in ihre Bestandteile auf. Was für eine Königin. Bei allen Dämonen der Unterwelt, so ein Mädchen hatte er noch nicht gehabt. Er sehnte sich schon nach dem Tag, an dem sie vor ihm in die Knie sinken würde! Der Gedanke ließ ihm das Blut wie einen Wasserfall durch die Adern rauschen.

»Was macht Ihr denn hier?«, fragte Wukur, der sich plötzlich beschwingt fühlte, als würde er sehr wohl noch bis in den Himmel fliegen können.

»Ich besichtige den Palast«, erklärte Prinzessin Kia Sephila mit Feuereifer. »Ich muss doch mein Reich kennenlernen. Der Zustand der Räumlichkeiten ist katastrophal. Stellt Euch vor, der frühere Fürst Kimiko hat sein Orchester bis zur Lächerlichkeit reduziert, nur ein paar Geigen hat er übrig gelassen! Alle ausrangierten Instrumente stehen hier …«

Sie zeigte auf ein Cembalo mit schwarzen Tasten, dann auf mehrere Hörner, Flöten und eine Unzahl weiterer Instrumente, von denen Wukur nicht ahnte, wie sie zu bedienen sein könnten.

»Die Vorhänge in den Gängen sind überall in miserablem Zustand. Mehrere sind zerschlissen oder von Motten befallen. Ich habe schon Näherinnen damit beauftragt, mir Stoffe für neue Garnituren zu zeigen«, fuhr sie fort. »Und die Kunst hat er ebenfalls grob vernachlässigt, der Banause!«

Prinzessin Kia Sephila zeigte auf einen Stapel Gemälde, die an einer Wand lehnten.

»Ich habe schon Maler kommen lassen, die mir Proben ihres Könnens zeigen sollen. Die Audienzhalle ist vollkommen schmucklos, da müssen unbedingt einige schöne, aussagekräftige Prunkbilder hängen. Ich stelle mir ein Porträt von mir vor, mit dem Titel ›Ankunft im neuen Reich‹.«

Sie lachte verschämt und strich sich eine vorwitzige Haarsträhne aus der Stirn.

*Audienzhalle.* Das war das Stichwort.

»Wozu wollt Ihr denn die Audienzhalle ausschmücken? Es ist gar nicht notwendig …«

»Doch«, schnitt Prinzessin Kia Sephila ihm das Wort ab. »Es ist sehr notwendig, dass die Halle Stil bekommt, denn ich werde sie doch als Empfangshalle für meine Audienzen benutzen.«

Wukur wäre beinahe in die Luft gesprungen.

»Was denn für Audienzen?«, fragte er angespannt, denn so langsam begann ihm das Blut unangenehm in den Adern zu pochen.

»Na, Empfang der Berichte über den Zustand der Provinz, Klagefälle, Gerichtsverfahren, Begrüßung von Boten und Gästen … Ihr wisst schon.«

»Mit solchem Kram braucht sich doch meine Braut nicht den Kopf zu beschweren«, platzte Wukur heraus.

»Keine Angst, mein Kopf hält das aus.« Prinzessin Kia Sephila lachte. »Mein Vater hat auch so eine Halle in unserem Palast daheim. Ach, Vater … Wukur, habt Ihr wohl schon eine Antwort von ihm auf meine Briefe?«

»Äh, nein.«

Wukur begann es heftig im Kopf zu dröhnen. Pest und Cholera! Was hatte er sich eingebrockt!

»Ach … « Ein tiefer Seufzer entrang sich ihrer Brust. »Und noch eins. Diese schrecklichen geplanten Hinrichtungen auf dem Marktplatz.« Prinzessin Kia Sephila fuhr sich schwer mit der Hand über die Augen. Langsam ließ sie die Hand sinken und blickte Wukur flehentlich an. »Die werdet Ihr doch nicht durchführen, oder? Das war nur als Warnung gedacht?«

»Hinrichtungen?«, polterte Wukur, der sich langsam fühlte, als hätte ihm jemand ein Korsett über den Körper gestülpt und quetschte ihm darin jetzt die Luft ab. »Wer hat Euch diese Hirngespinste in den Kopf gesetzt?«

»Ach! Mir schwirrt ja schon der Kopf von all den Eindrücken«, rief Kia Sephila. »Aber ich hörte die Leute sagen, auf dem Marktplatz stünden fünfzehn Frauen, an Galgen gekettet, die Ihr hinrichten wollt. Das einzige Verbrechen, dessen sie sich schuldig gemacht haben, ist angeblich, dass sie ein Lied singen. Oh! Ich glaubte ja, ich falle gleich in Ohnmacht. Ist das wahr? Und pilgern tatsächlich hunderte von Menschen aus den umliegenden Provinzen hierher, um diese Hinrichtung zu sehen?«

Na wartet, ihr Ochsen, fluchte Wukur innerlich. Ihr hirnlosen Krähen, die ihr alles herumkrächzt, was gar nicht für prinzessliche Ohren bestimmt war. Heute werden noch Köpfe in solcher Zahl rollen, dass wir damit kegeln gehen können!

Er schaffte es mit knapper Not, eine Tirade hässlichster Flüche in seiner Kehle zu ersticken und zwang sich stattdessen zu einem Lachen, dessen grimmigen Unterton er allerdings nicht unterdrücken konnte.

»Wer erzählt Euch denn solch einen Blödsinn?«

Kia Sephilas Gesicht hellte sich beträchtlich auf.

»Das ist also nicht wahr?«

»Nein! Natürlich nicht!«

»Ach! Wie bin ich froh! Die Gerüchte vergifteten mir schon das Herz. Keine Angst, ich höre nicht auf Verleumdungen, egal wer sie spricht. Ich überprüfe alles mit eigenen Augen.« Sie atmete erleichtert auf. »Wukur! Wollen wir nicht eine Ausfahrt durch die Stadt machen?« Der neu gekürte Fürst ließ vor Schreck die Flügel sinken. Eine Ausfahrt. Das kam natürlich überhaupt nicht in Frage, wollte er ihr nicht das ganze Ausmaß dessen, was ihr nicht gefallen würde, persönlich vor Augen führen.

»Eine Ausfahrt mit einem unserer Vierspänner wäre mir das größte Vergnügen«, erwiderte Wukur hastig und war selbst verwundert darüber, wie elegant er auf einmal Wort an Wort reihen konnte. »Leider muss ich momentan dringend davon abraten. In der Stadt sind Unruhen. Der Sturz des alten Fürsten hat die Menschen irritiert. Obwohl ich die brutalen Mörder vertreiben konnte, die diese Untat auf dem Gewissen haben, muss ich die Misere dennoch ausbaden. Es brodelt, Prinzessin. Plötzlich springt irgendwelches Pack hervor, werden Leute ermordet ... Das ist wirklich gefährlich.«

»Das ist ja schrecklich!«, rief die Prinzessin und rang die Hände. »Umso wichtiger, den Kontakt zum Volk dennoch zu suchen. Dies ist doch unsere Stadt. Wir müssen helfen, wo wir können, aufbauen, wo es geht.«

Was ist das denn für eine, wunderte sich Wukur. Die redet ja, als ob sie wirklich meint, was sie sagt. Was jetzt? Einfach »Nein« zu brüllen, was seine eigenen Leute sofort kapiert hätten ... Das ging nicht. Das Prinzesschen hier musste er mit Samthandschuhen anfassen, wenn er sie dahin bugsieren wollte, wohin sie sollte.

»Lebensgefahr«, wisperte Wukur verschwörerisch. »Ihr wisst nicht, was es bedeutet, weil Ihr es nie erlebt hat. Das Volk kann Euch ein Messer in die Kehle stoßen - zack!«

Er untermalte seine Worte mit lebhaften Gesten, und bei dem Ausruf »zack!« fuhr er mit der Hand direkt auf ihren Hals zu, woraufhin sie ein quietschendes »Hu!« ausstieß und zurückwich. Er zog seine Hand sofort zurück und lächelte sie an.

»Verzeiht.«

»Ich verzeihe Euch schon«, stotterte die Prinzessin, die ganz blass um die Wangen geworden war. »Wir sollten trotzdem fahren. Wir können ja die Leibgarde mitnehmen. Ich will alles sehen. Wenn in dieser Stadt ein verdorbener Kern existiert, will ich ihn abfeilen oder entfernen.«

Wukur wurde ungeduldig. Die war ja schwerer zu bändigen als ein Wildpferd. Aber er hatte es auch dumm angefangen. Er durfte nicht sie das Gespräch führen lassen, er musste es selbst lenken! Also schritt er auf das wuchtige Instrument zu, das sie gerade mit dem Staubwedel bearbeitet hatte, rupfte mit einem Finger an einer der Saiten - plonggg - und fragte dann: »Und mit dieser Bassgeige habt Ihr wohl auch noch etwas vor, nehme ich an?«

Sie fing prustend an zu lachen.

»Wukur! Das ist doch keine Geige. Habt Ihr noch nie eine Harfe gesehen? Hört mal …«

Sie legte das Staubtuch auf dem oberen Rand des Instrumentes ab, stellte sich vor die Harfe und schmiegte eine Hand an die rechte und die andere an ihre linke Seite. Schon zupften ihre Finger behände wie Tänzerinnen die Saiten entlang und erschufen dabei einen Fluss süßer, hüpfender Töne. Ihr Goldhaar fiel ihr in sanften Schwüngen über den Nacken und die Schultern. Ihre Brüste hoben und senkten sich in schnellen, verheißungsvollen Bewegungen. Ich sollte sie auf der Stelle abschleppen, schoss es Wukur durch den Kopf. Auf geradem Weg in meine Gemächer. Oder, wenn er einfach die Tür hinter sich zuschlug und ihre Dienstbotinnen rauswarf, wäre diese Dachkammer auch gar nicht schlecht. Es gab Mädchen, die es hier romantisch fänden. Bei allen Dämonen, diese Adelsdamen waren schwer zu knacken und sie war noch eine besonders harte Nuss. Aber du landest unter meinen Schenkeln, dachte Wukur. Dich kriege ich so weit, dass du selbst darum bettelst!

Noch immer zupfte sie perlende Tonketten aus den langen, schwingenden Saiten. Er näherte sich ihr vorsichtig. Aber bevor seine Hand ihre Schulter erreicht hatte, ließ sie die Harfe los und richtete sich auf. Sie standen jetzt so dicht nebeneinander, dass ihm ein Duft wie von Rosen in die Nase stieg.

»Gehen wir?«, fragte sie eifrig.

»Gehen? Wohin?«

»Wir wollten doch eine Ausfahrt machen!«

Wukur verdrehte die Augen. Was für ein hartnäckiges Biest! Sein Blick fiel auf das Dachfenster. Wenn es wenigstens regnen würde. Aber nicht mal der Himmel war auf seiner Seite. Ein wolkenloses blaues Feld war durch das Fenster klar zu erkennen.

»Draußen werdet Ihr nichts weiter sehen als die Spuren alter politischer Verwirrungen und Euch zu Tode langweilen«, murmelte der Fürst undeutlich, da ihm schon keine gescheiten Argumente mehr einfielen.

»Ihr habt falsche Vorstellungen davon, was eine Prinzessin langweilt und was nicht«, erwiderte Kia Sephila energisch. »Ich möchte unserem Volk eine gute Mutter sein und Euch in dem Bemühen unterstützen, den Menschen Sitten und Anstand beizubringen.«

Um Himmels willen, dachte Wukur, der immer weniger durchschaute, ob ihre Worte womöglich von durchtriebenster Heuchelei oder tatsächlich nur von Naivität zeugten. Was blieb ihm übrig. Er musste mit gleicher Münze zurückzahlen.

»Kia Sephila, meine herrliche Braut! Ich darf auf keinen Fall verantworten, dass Euer Leben in Gefahr kommt!«

»Dann behaltet Euren Verlobungsring und lasst mich in Ruhe.«

Sie riss sich seinen Ring vom Finger und warf ihn auf den Boden.

»Prinzessin!«, rief Wukur, sprang auf sie zu, packte sie bei den Armen und zog sie gewaltsam an sich heran. »Redet nicht davon, dass Ihr mich nicht wollt, weil ich durchdrehe! Aber das geht wirklich nicht, Ihr könnt Euch gar nicht vorstellen, welches Pack bei uns auf den Straßen herumrennt, die halbe Stadt ist voller Fremdlinge, Lumpen, Tagediebe …«

»Umso besser, wenn sie einmal in ihrem Leben eine Person zu Gesicht bekommen, die ihnen als Vorbild dienen kann. Ich habe keine Angst, Wukur, und Ihr solltet mich nicht unterschätzen.«

»Ich unterschätze Euch nicht, bei allen Göttern. Ich will bloß nicht … Ihr müsst hierbleiben, Prinzessin! Ich verspreche Euch, dass wir einmal durch die ganze Stadt fahren, wenn es hier ruhiger geworden ist und wir erst verheiratet sind. Dann könnt Ihr sehen, was immer Ihr wollt und wie immer Ihr …«

»Wenn es nach der Hochzeit möglich ist, dann wird es wohl auch vor der Hochzeit möglich sein! Wukur! Ich bin kein Schoßhund, den Ihr hätscheln und ansonsten in einem goldenen Käfig halten könnt. Wenn Ihr mich nicht an Eurer Seite gehen lassen wollt, willige ich niemals in eine Hochzeit ein.«

Jetzt funkelte ihn die Prinzessin so wütend an, dass es dem Fürsten durch Mark und Bein fuhr und er kein Wort mehr hervorbrachte. Sie stieß ihn von sich.

Er bückte sich nach dem Verlobungsring. Schöner Bockmist. Gut, sollte sie ihre verdammte Ausfahrt haben. Da musste er eben dafür sorgen, dass die Leichenwagen so lange in eine Nebenstraße fuhren und die Zwangsrekrutierungen für den Augenblick pausierten! Das würde Zeddir ihm schon richten. Nur die Hinrichtungen, verflucht.

Das war die Idee der Priesterin, da pfuschte er lieber nicht rein. Wie könnte er die Galgen verstecken ...

Aus den Augenwinkeln bemerkte er seinen Kumpel Dorg, der mit einem amüsierten Lächeln im Gesicht und verschränkten Armen im Eingang zur Rumpelkammer stand. Arschloch. *Für das dumme Grinsen kriegt er noch eins auf die Fresse.*

»Dorg!«, brüllte Wukur im Befehlston. »Ruf Zeddir zurück, ich brauche ihn hier! Er soll uns eine Kutsche richten. Mit offenem Verdeck, damit Prinzessin Kia Sephila sich umschauen kann!«

# Unbesiegbar

Silvrin und seine Gefährten gelangten ohne weitere Zwischenfälle bis an das Tor der Stadtmauer von Aravenna. Die Stimmung in seiner Truppe war gemischt, die meisten waren unruhig und fragten sich, ob es Sinn machte, in die Garnison zurückzukehren, und was sie dort erwarten würde. Schon von Weitem hatten sie gesehen, dass die blaue Fahne mit dem Wappen des Fürsten auf Halbmast hing.

Kein gutes Zeichen.

Vor den Stadttoren von Aravenna wurden die Neuankömmlinge angehalten. Die Wächter fragten nach dem Grund ihres Besuches. Silvrin hätte Frage am liebsten nicht beantwortet, weil er sich davor fürchtete, welche Informationen er bekommen würde.

»Wir dienen der Armee von Aravenna und haben den Anschluss an unsere Truppe verloren«, erklärte er eilig und suchte beunruhigt nach einem Zeichen der Entspannung im Gesicht der Wachtposten, »wisst Ihr, ob sie zurück gekommen sind? Ob … viele mit dem Leben davon gekommen sind? … Der Fürst … Wir fanden seinen Helm in einem Feld voller Gefallenen.«

»Der Fürst ist tot«, erwiderte einer der Wächter und Silvrin sah deutlich die Sorge in seiner Miene. »Sie krönen gerade jetzt im Fürstlichen Hoftheater seinen Sohn, den Prinzen Koryelan, zum neuen Herrscher über unsere Provinz.«

»Koryelan?«, rief Silvrin und drehte sich erleichtert zu seinen Kameraden um, »dann lebt er also, hört ihr das? – Darf ich ihn treffen?«

Nach einer gründlichen Leibesvisitation, welche die Stadtmilizen davon überzeugte, dass er tatsächlich der Armee angehörte, führten zwei der Soldaten die Neuankömmlinge in Richtung der Arena. Silvrin war diesen Weg vor kurzem schon einmal gegangen, als er sich zur Musterung für die Armee meldete. Doch zu dem Zeitpunkt hatte er sich in einem Gewühl von Rittern und Kriegern gedrängt, nervös darüber, ob man ihn nehmen würde, und hatte die Häuser der Stadt nicht wahrgenommen. Jetzt fielen seine Blicke auf den malerischen Fluss Arav, der links des Weges zwischen efeuumrankten Häusern entlang plätscherte, und der Anblick kam ihm seltsam bekannt vor. So merkwürdig war das auch gar nicht, denn er war in Aravenna geboren und hatte hier seine frühe Kindheit verlebt. Jener Gasthof, über dem ein geschnitzter Stierkopf mit Hörnern hing – hatte er diesen nicht irgendwann mal betreten? Hatte er drinnen nicht am Kneipentisch gesessen, in die Arme seiner Mutter geschmiegt, während sein Vater mit Holzbällen und Stäben jonglierte oder vor dem Publikum Dinge verschwinden ließ? Seine Eltern waren Gaukler gewesen, Vagabunden, eine feste Wohnung hatten sie nicht gehabt. Die Erinnerungen hingen schemenhaft in seinem Gedächtnis, er war zu der Zeit höchstens drei oder vier Jahre alt. Eines Tages war der Vater verschwunden. Er erfuhr nie, ob er bei einer Kneipenprügelei erstochen worden oder im Gefängnis festgehalten wurde, er war einfach weg. Seine Mutter starb kurz darauf an einem heftigen Fieber. Zu dem

Zeitpunkt diente aber seine ältere Schwester bereits als Priesterschülerin am Tempel der Stadt und holte ihn, mit Erlaubnis ihrer Meisterin, zu sich in ihre Kammer. Wirklich Zeit, sich um ihn zu kümmern, hatte sie nicht, aber er war in den heiligen Hallen nie allein und fand seine eigenen Spiele und Gesellschaft. Bis ihn Fürst Elbin in vertraulichem Gespräch mit seinem Sohn Koryelan erwischt hatte und ihn ohne weitere Erklärung der Stadt verwies, da war er wohl etwa neun Jahre alt gewesen. Silvrin kam vorübergehend als Stallknecht bei einem Bauern unter und schlug sich dann in der Fremde durch, wobei er immer mal hier und dort eine Arbeit bekam. Bis er nach jahrelanger und beharrlicher Suche den Hufschmied der Stadt Tandra dazu bewegen konnte, ihn als Dienstboten einzustellen und gleichzeitig auch in das Schmiedehandwerk einzuweisen. Einen regulären Lehrjungen wollte der Schmied ihn nie nennen, denn er hatte diesen Posten bereits seinem Neffen versprochen, daher konnte Silvrin auch nicht lange bei ihm bleiben. Die meiste Zeit seines Lebens hatte er in ungewissen Dienstverhältnissen gestanden und nicht gewusst, ob er im nächsten Mond noch bei demselben Herrn sein Brot verdienen durfte oder nicht.

So lange war das alles her. Jetzt ritt Silvrin durch die breite Hauptstraße von Aravenna, bewunderte Fassaden und Weinreben an den Hauswänden und den seitlich der Gasse dahinplätschernden lebhaften Fluss und hatte beinahe das Gefühl, er wäre nach Hause gekommen. Ein sehr seltsames, fast absurdes aber ungemein wohliges Gefühl für einen, der nirgendwohin gehörte.

Trommelwirbel und Fanfaren erklangen, gerade, als sich Silvrin und seine Truppe der Arena näherten. Die Wachtposten führten sie durch den Eingang und in den Tunnel hinunter, durch den sonst Theaterspieler oder Gladiatoren in die Manege hineinmarschierten.

Diesmal war der gesamte innere Übungsplatz wie leergefegt. In den Zuschauerrängen drängten sich zahlreiche Menschen, viele hatten keinen Platz mehr bekommen und mussten stehen. Und ganz vorn, auf einer pompös mit Lorbeerzweigen und Kränzen geschmückten Empore, erkannte Silvrin seinen Freund Koryelan im vollen Ornat des Fürsten und mit einer Krone in den Haaren. Einen Moment lang hielt er die Luft an. Tatsächlich, sein Freund war am Leben, wie fantastisch! Dass er Fürst geworden war, verkomplizierte jedoch die Lage. Durfte er sich ihm jetzt überhaupt noch nähern? Müsste er nicht an Ort und Stelle, wo er sich gerade befand, auf die Knie fallen? Er überlegte einige Augenblicke ernsthaft, das zu tun, doch die Freude über das Wiedersehen überwältigte ihn, er musste den alten Freund aus seiner Kindheit wenigstens einmal richtig begrüßen, das würde man ihm hoffentlich nicht übelnehmen.

Er sprengte durch die Arena, sprang vom Pferd und rannte im Laufschritt die Treppe zur Empore hinauf. Erst oben verlangsamte er seine Schritte, denn die vielen Würdenträger, welche den jungen Fürsten umringten, sahen ihn ungnädig an, er erkannte jetzt auch einige unter ihnen, die ihn während ihres Marsches in die Schlacht zurechtgewiesen oder sogar gezüchtigt hatten.

Dann stand er vor dem Fürsten Koryelan. Plötzlich wusste er nicht mehr, wie er sich angemessen verhalten sollte. Er senkte abwechselnd den Blick und hob ihn wieder, wobei er über das ganze Gesicht strahlte, schließlich fiel er dem alten Freund um den Hals und beide umarmten einander stürmisch.

»Ich gratuliere zu den neuen Ehren, Fürst Koryelan«, sagte Silvrin leidenschaftlich. Dann ließ er ihn los und fiel vor ihm auf die Knie. Koryelan nahm seine Hand und zog ihn hoch.

»Bei allen Göttern, damit wollen wir jetzt nicht anfangen, Silvrin«, erwiderte er und lächelte. »Steh auf. Himmel, du weißt gar nicht, wie froh ich darüber bin, dass du am Leben bist. Dass du hier bist!«

»Tut mir leid, dass wir so lange gebraucht haben«, sagte Silvrin. »Wir haben unten in Millesana nach euch gesucht, aber nur Tote gefunden. Später hörten wir davon, dass Ihr fliehen musstet.«

»Sie haben die Führung des dritten Regiments abgespalten und den Regimentsführer Mortian getötet. Danach sind die Soldaten dieser Abteilung geflüchtet. Das zweite Regiment unter Führung von Kessinaj, der nicht wusste, dass es kein drittes Regiment mehr gibt, hat in Unterzahl die Millesaner angegriffen. Von ihnen sind die meisten gefallen und viele verletzt worden, und wir kamen mit dem ersten Regiment viel zu spät. Die Schlacht war grausam.«

»Euer Vater ist dabei umgekommen?«

»Das war das Schlimmste von allem«, flüsterte Koryelan. »Mein Vater hat mich immer unter großen Druck gesetzt, aber wenigstens hatte ich das Gefühl, er hätte alles unter Kontrolle. Und er war schließlich mein Vater, ich habe ihn geliebt und bewundert. Jetzt aber … Wie soll ich alle diese Leute lenken? Wie unsere Provinz vor all den undurchschaubaren Attacken beschützen, die uns vielleicht bevorstehen? Ich habe gar keine Ahnung, was ich tun soll.«

»Das werdet Ihr lernen«, erwiderte Silvrin eifrig. »Man lernt schnell, wenn man muss.«

»Wirklich? Glaubst du das im Ernst?«

»Im vollen Ernst. Ihr werdet es sehen.«

Regimentsführer Lemetrong nahm Silvrin beiseite.

»Geht ins Publikum zurück. Fürst Koryelan wird nun den heiligen Eid sprechen.«

Silvrin nickte gehorsam, ging die Treppe wieder herunter, schwungvoll, übersprang dabei jede zweite Stufe, bestieg sein Pferd und ritt zu den Zuschauerrängen, auf die er vom Sattel aus hinaufkletterte. Seine Kameraden kamen ihm nach. Die unteren Plätze waren schon alle belegt, überall herrschte Gedränge, sie blieben schließlich im Gang stehen. Das störte Silvrin nicht, er war viel zu froh darüber, Koryelan gesund und munter angetroffen zu haben. Gerade fing der Prinz an zu reden. Er sprach leise, war kaum zu hören, aber Silvrin sprang immer wieder auf und klatschte laut zu seinen Worten, was seine Leute ihm nachmachten. Es wirkte so ansteckend, dass bald seine gesamte Umgebung mit ihm mit applaudierte und jubelte.

Wie ein Echo auf Silvrins Euphorie begannen nun auch die Vertrauten des jungen Fürsten oben auf der Empore ihrem neuen Herrscher zuzujubeln, die Regimentsführer, Leibwächter und Tempeldamen, die im Halbkreis um Koryelan herumstanden.

»Es lebe unser Fürst! Es lebe unser Fürst!«, skandierten sie laut.

Silvrin fiel in diesen Ruf mit ein, unterstützend und enthusiastisch, und forderte seine Leute auf mitzumachen, die ihm folgten wie treue Hunde. Das Signal wirkte ansteckend. Sämtliche Ränge in Silvrins Nähe begannen zu jubeln und zu rufen. Zuerst zögerlich, dann entschlossen, und bald erfüllte begeistertes Applaudieren, Klopfen und Pfeifen die Arena.

Fürst Koryelan war gerührt, bekam feuchte Augen, er ließ sich vom Regimentsführer Lemetrong die Fürstenkrone zurechtrücken und deklamierte laut und pathetisch den Schwur des Fürsten, dass er seiner Göttin dienen und sein Volk schützen wolle. Er warf beide Arme in die Luft, um seiner Freude über die Anerkennung der Zuschauer Ausdruck zu verleihen.

Danach war er einen Moment still, schien nicht zu wissen, was er machen sollte, und sah sich zu den Seiten um. Der Regimentsführer Lemetrong trat an das Geländer der Empore. »Bürger von Aravenna, wir haben einen neuen Fürsten! Uns steht eine große und erfolgreiche Zukunft bevor!«

Er wollte schon zu seinen eigenen Worten klatschen, doch da meldete sich Grevor laut und deutlich, der neben Silvrin stand: »Viel erfolgreicher, als Ihr denkt. Silvrin ist nämlich unbesiegbar geworden!«

Silvrin fuhr herum und winkte heftig mit der Hand ab. »Halt doch den Mund. Ich bin überhaupt nicht …«

»Unbesiegbar?«, wiederholte Koryelan oben auf der Tribüne voller Ehrfurcht. Im Publikum kam Gemurmel auf. Alle glotzten zu dem jungen Soldaten herüber, der zunehmend verlegen wurde, zumal jetzt auch einige lachten. Den grotesken Kampf, den Silvrin hier zuletzt vorgeführt hatte, hatten die Bewohner von Aravenna noch längst nicht vergessen.

»Geschwafel!« Lemetrong winkte ab. »Als Fürst muss man nicht auf jeden Blödsinn hören, den das Volk von sich gibt.«

Aber Koryelan hatte sowieso bloß auf einen passenden Vorwand gewartet, unter dem er Silvrin an seine Seite holen könnte, deshalb winkte er seinem Freund zu.

»Komm hoch und erzähl!«

Silvrin lachte verlegen, murmelte Ausreden und wollte seinen Platz nicht verlassen, aber seine Soldaten waren bereits außer Rand und Band. Einer rief in die Menge, Silvrin hätte den furchtbaren Räuberhauptmann Smorkyn von Ygramor im Duell besiegt, und dann schoben sie ihn vorwärts, in die Arena. Silvrin sträubte sich nicht länger, er ging nun selbst die Treppe hinauf, bis er wieder vor Koryelan stand.

»Du bist unbesiegbar?«, fragte der Fürst atemlos. »Seit wann das?«

»Unsinn! Natürlich nicht.« Der junge Soldat schüttelte heftig den Kopf. »Das war nur … mir ist was Seltsames passiert. Ich bin unterwegs in ein Duell verwickelt worden und wenn du mich da kämpfen sehen hättest, wärst du vor Ehrfurcht im Boden versunken, schätze ich. Aber der Zauber wirkt sicherlich schon nicht mehr.«

»Zauber?«

»Bei den anderen ritt eine Magierin, die hat mein Schwert behext. Plötzlich konnte ich kämpfen wie ein Gigant. Was für Schläge. Es hat mich fast umgehauen, dass ich dazu fähig sein könnte. Aber, wie gesagt, das war ein Zauber, der inzwischen bestimmt wieder verschwunden ist.«

In der Menge kam Gemurmel auf. Jemand lachte.

»Silvrin kann kämpfen? Hört, hört!«

Noch lauteres Lachen aus einer anderen Ecke.

»Jungchen! Das musst du uns aber zeigen, wie so ein Gigant zuschlägt!«

»Ja!«, johlte jemand. »Los, Silvrin! Komm her. Führ uns deine Schläge vor. Lass uns vor Ehrfurcht im Boden versinken!«

Diese Idee fand allgemeinen Beifall. Die ganze Arena johlte.

»Kämpfen! Kämpfen!«

Silvrin wand sich.

»Koryelan! Rede ihnen das aus«, raunte er dem neu gekürten Fürsten zu. »Ich will mich nicht vor allem Volk lächerlich machen.«

Koryelan legte Silvrin eine Hand auf die Schulter.

»Ruhe!«, rief er laut. »Ich halte es für keine gute Idee …«

Seine Worte gingen in dem allgemeinen Gejohle unter, das sich immer weiter steigerte. Diese Armee bestand ja aus lauter frustrierten Soldaten, die genau wussten, wie es sich anfühlte, blamiert zu werden. Und da kam dieser Grünschnabel, Silvrin, und spielte sich als großer Krieger auf, das sollte er nicht wagen! Sie hatten ihn doch schon im Schaukampf gesehen, damals hatte er sich gegen einen Krüppel nicht wehren können. Sie wussten, was von ihm zu erwarten war – und was nicht.

»Kämpfen! Kämpfen! Er soll kämpfen!«, skandierte die Menge. Plötzlich war das Publikum voll bei der Sache und vor allem in Bestlaune. Versprach dies doch ein köstlicher Spaß zu werden in einer Zeit, in der Späße rar gesät waren. Regimentsführer Lemetrong war der Einzige, dem diese Aufschneiderei zu weit ging. Er stellte sich vor Silvrin in Positur.

»So? Du willst also den gefürchteten Räuberhauptmann Smorkyn besiegt haben?«, fauchte er, während er das altertümliche Schwert des Rekruten mit dem abgebrochenen Adler verächtlich musterte. Silvrin hatte sichtlich Mühe, dem breitschultrigen Soldatenführer in die Augen zu blicken.

»Also ich wusste ja nicht …«, begann er, doch Lemetrong schnitt ihm das Wort ab.

»Sag einfach ja oder nein.«

»Ja.«

Wieder brach unten in den Rängen verhaltenes Gelächter aus. Einige Bürger fingen an zu johlen.

»War das der einzige Kampf, den du gewonnen hast?«, fragte Lemetrong im Befehlston.

»Nein. Ich habe vorher schon einen anderen Typen geschlagen«, erklärte Silvrin vorsichtig. »So einen Lumpen, den die anderen Wukur nannten.«

Wieder ging ein Raunen durch die Menge.

»Wukur?«, wiederholte Lemetrong mit donnernder Stimme. »Der neue Fürst von Darghessa, den sie den Räuberfürsten nennen?«

Silvrin stand da wie vom Blitz getroffen. Dass sein Gegner an der Brücke ein Fürst gewesen sein soll, kam ihm überhaupt nicht wahrscheinlich vor, wenn er sich daran erinnerte, wie unflätig er geflucht hatte. Aber jetzt ertönte so lautes Gejohle und Geklatsche, dass man seine Erklärungen sowieso nicht mehr gehört hätte.

»Das reicht«, polterte Lemetrong. »Ich will sehen, wie du kämpfst.«

Silvrin begriff kaum, was ihm geschah. Lemetrong marschierte bereits die Treppe herunter.

»Nun?«, brüllte er herausfordernd in Silvrins Richtung. »Fürchtest du dich? Ein großes Maul, aber kein Schneid, wie? Bist du unbesiegbar oder nicht? Komm her und zeig, was du kannst!«

Die Zuschauer tobten. Alle schrien, höhnten und klatschten durcheinander. Die Menge starrte auffordernd zu Silvrin hinauf. Hastig fuhr er mit der Rechten an sein Schwert und rieb daran. War noch Magie in der Klinge? Würde er sie noch einmal entfachen können? Aber er hatte in den letzten Tagen nichts mehr davon gespürt. Na gut. Es half nichts. Da musste er eben sein Bestes geben, auch wenn er gegen so einen altgedienten Kraftprotz wohl nicht viele Chancen haben würde.

Koryelan versuchte ihn zurückzuhalten, aber er ignorierte ihn, denn wie ein Prahlhans und Feigling wollte er auch nicht dastehen. Langsam ging er die Treppe hinunter und in die Arena hinein. Silvrin hatte Kraft in den Armen, weil er jahrelang in einer Schmiede das Eisen geschlagen hatte, und er liebte auch die Übungen mit dem Schwert, aber seine Erfahrung auf realen Schlachtfeldern war äußerst begrenzt, weshalb er auf den Ernstfall in einem Kampf gegen einen echten Gegner nicht besonders gut vorbereitet war. Er war eigentlich schon froh, dass er seine bisherigen Duelle überhaupt lebendig überstanden hatte.

Dieser Regimentsführer Lemetrong, der ihm jetzt gegenüberstand, war ein sehniger, erfahrener Platzhirsch, der sein Revier beherrschte. Silvrin wurde ungemütlich zu Mute. Er räusperte sich.

»Also, nach welchen Regeln wollen wir kämpfen? Ich meine ... Das soll ja nur eine Übung sein, oder?«

»Ich werde dir schon nicht die Haut ritzen, Knabe«, höhnte Lemetrong. »Wenn es dir lieber ist, schlagen wir uns mit Holzschwertern.«

Gelächter. Den Zuschauern auf den Rängen der Arena gefiel der bevorstehende Zweikampf immer besser. Sie waren auf einmal richtig gut gelaunt, einige fingen an zu singen und zu johlen.

Silvrin erhitzte sich. So schlecht war er nicht, dass er es verdiente, beleidigt zu werden.

»Ich habe kein Problem damit, Blut zu sehen, wenn Euch das beruhigt«, erwiderte er. »Jedenfalls wenn es das Blut unserer Feinde ist. Aber mit eigenen Leuten sollte man anders umgehen.«

»Nicht, wenn sie anfangen zu spinnen. Unbesiegbar, ha! Es gewinnt derjenige, der den anderen zuerst verletzt.«

»Nein!« Silvrin sah sich um. »Ich bleibe dabei, wir sollten uns wie zivilisierte Männer benehmen. Wir gewinnen nichts dabei, wenn wir uns gegenseitig verletzen. Zeichnen wir einen Kreis auf den Boden. Es gewinnt derjenige, der den anderen als ersten aus dem Kreis heraus treibt.«

Der Regimentsführer verdrehte die Augen.

»Schön. Wie du willst. Machen wir ein Kinderspiel daraus.«

Jemand holte ein Stück Kreide und im nächsten Moment zeichnete einer der Soldaten bereits einen großflächigen Kreis in den Sand, der den Rivalen viel Platz für einen Kampf lassen würde, schließlich wollte hier niemand, dass die Gaudi zu schnell vorbeiging. Silvrin zog sein Schwert aus der Scheide und strich hastig mit der Linken über die Klinge. Nichts. Nicht mal der kleinste Hauch von Magie. Vermutlich hatte die Hexe ihn schon längst wieder vergessen.

Er konnte plötzlich ihr Gesicht vor sich sehen, als stünde sie vor ihm. Bildhübsch war sie gewesen und mit einer Ausstrahlung, die ihn gefangen genommen hatte. Zwar hatte sie sich anfangs unverschämt gegen ihn betragen, aber was hatte das zu sagen, wenn sie ihm gleichzeitig einen so überwältigenden Kampfspruch in seine Hand und auf sein Schwert legte, dass er damit jeden beliebigen Gegner zersäbelt hätte? Wieso hatte sie ihn begünstigt, wieso ihn dabei unterstützt, ihre eigenen Leute zu schlagen? Weil er ihr gegen die Waldzauberinnen geholfen hatte? Das war ihre Art, Dankbarkeit zu zeigen. Die Dankbarkeit einer Göttin...

»He! Schläfst du?«, brüllte sein Gegner und riss ihn damit in die Wirklichkeit zurück. »Es geht los!«

Er sprang mit gezücktem Schwert auf Silvrin zu.

Eine Göttin war sie nun wirklich nicht, dachte Silvrin. Sie ritt mit dem übelsten Verbrecherpack durch die Lande, das hatte er doch gesehen. Und wahrscheinlich war die Behexung seines Schwertes nur eine Kleinigkeit im Vergleich zu der anderen, die sie womöglich auf ihn selbst geworfen hatte. Er bekam sie ja nicht mehr aus dem Kopf heraus. Er musste an sie denken - Tag und Nacht, sogar in den unpassendsten Momenten.

Lemetrong bedrängte ihn enorm. Silvrin wehrte sich, so gut er konnte, aber es half nichts, er verlor mit jedem einzelnen Schlag Raum. Der Krieger schlug so hart auf ihn ein, dass er sich nur durch stetige Rückwärtsbewegungen retten konnte. Er schaffte es immer wieder eine Zeit lang, ihm standzuhalten, aber garantiert kam irgendwann eine Finte, und er musste weiter zurückweichen. Immer näher kam die Kreidelinie. Silvrin geriet ins Schwitzen, drehte und wendete sich wie ein Kaninchen in der Schlinge, bis er endlich, schon kurz vor dem Aus, eine Unaufmerksamkeit seines Gegners ausnutzen und aus der Falle entfliehen konnte. Er rannte mit schnellen Schritten nach rechts, umlief den Krieger und versuchte, ihn jetzt von der Kreismitte her zu attackieren – aber der andere nahm ihm den Angriff sofort wieder ab. Das Spiel begann von vorn. Silvrin war ratlos. Ganz gleich, was er sich auch einfallen ließ, der Gegner parierte alle seine Schläge, er konnte ihn mit nichts aus dem Konzept bringen.

Dieses Gesicht … Bildhübsch war nicht der richtige Ausdruck. Sie war kein gewöhnliches Mädchen. Sie kam aus höheren Sphären, eigentlich aus einer anderen Welt.

Wieder drängte ihn der Regimentsführer rückwärts, nur diesmal in die Gegenrichtung. Einen Schritt, noch einen. Da! Ein leichter Schmerz in seinem Arm, wo ihn das Schwert des Gegners ritzte. Vor Schreck sprang er zur Seite und befand sich damit schon direkt in der Abschusszone, kurz vor dem Kreidestrich.

Er sollte sich in Acht nehmen vor diesen Hexen. Besonders, wenn sie so unfassbar hübsch waren. Das war ein unirdisches Wesen, ein Mysterium, eine Sphinx, deren Blicke ihm den Verstand zerlegten, als er ihr aus Versehen in die Augen sah.

Jetzt fühlte er den Zauber wieder. Er begann wie ein Wärmeball in seiner Handfläche, fuhr ihm durch die ganze Hand und zischte weiter in sein Schwert hinein, heiß und mächtig, wirbelte um seine Klinge. Innerhalb von winzigen Augenblicken fühlte er die Kraft im ganzen Körper. Er reckte sich, ihm war zumute, als wäre er auf eine Größe von locker zwei Metern angewachsen, packte sein Schwert fester und drehte es leicht. Der Winkel, dachte er verwundert, wie hatte er diesen Winkel vergessen können, denn er machte die Gewalt dieser Schläge aus, die sie ihm gegeben hatte. Dann hechtete er auf seinen Kontrahenten zu. Der stand da schon mit siegessicherem Grinsen auf den Lippen, war überhaupt nicht auf eine so blitzschnelle Attacke gefasst. Silvrin erwischte ihn kalt, er verlor das Gleichgewicht und stürzte zu Boden. Er hätte seinen Gegner nun schnell in eine tödliche Lage bringen und damit seine Überlegenheit zeigen können, aber es war ihm zu gefährlich. Zu leicht könnte er den Regimentsführer verletzen. Das war nicht nötig, er würde auch so gewinnen.

Lemetrong stand wieder auf, rot im Gesicht. Er fuhrwerkte auf ihn los. Silvrin stieß sein Schwert in die Höhe, drängte ihn mit wenigen Schlägen in die Mitte des Kreises zurück und platzierte dann zwei, drei echte Horrorschläge, die den Platzhirsch blass aussehen ließen. Er beförderte ihn mühelos rückwärts, brachte ihn ins Schlingern und Augenblicke später auch schon ins Aus.

Die Menschenmengen in den Zuschauerreihen starrten atemlos in die Arena. Auch auf der Empore verschlug es allen die Sprache.

»Das war Glück. Anfängerglück!«, brüllte der Regimentsführer Lemetrong, sichtlich verwirrt. »Ich verlange eine Revanche!«

»Das war kein Glück«, erwiderte Silvrin langsam. »Ich … Hm. Ich schätze, ich werde heute jeden Kampf gewinnen.«

»Egal, gegen wen?«

»Egal, gegen wen.«

»Da ist aber jemand extrem von sich überzeugt!«

Kessinaj marschierte auf ihn zu, der Regimentsführer des zweiten Regiments. Ausgerechnet. Der hatte schon die ganze Zeit ein Auge auf ihn gehabt, das hatte Silvrin nicht vergessen. Nun gut. Du wirst dich wundern!, dachte er.

Kessinaj stellte sich in die Mitte des Kreises. Silvrin kam ihm entgegen. Er lachte innerlich. Dies war ein ganz fremdartiges Gefühl. Er war dem anderen überlegen, er würde ihn öffentlich rupfen, das wusste er schon jetzt.

»Was gibt es da zu lachen?«, knurrte Kessinaj, während er sein Schwert zog und ihn ins Visier nahm.

»Ich zeig´s Euch«, erwiderte Silvrin. Wieder achtete er darauf, den richtigen Winkel zu nehmen, sprang in die Höhe und stürmte auf seinen Gegner los. Der war genauso überrumpelt wie sein Vorgänger, wusste diese Schläge nicht zu nehmen, zack, zack, zack, schon war er über der Auslinie und der Kampf vorbei.

»Da stimmt doch irgendwas nicht«, brüllte jemand aus der Menge.

»Solche Schläge habe ich in meinem ganzen Leben noch nie gesehen«, kreischte ein anderer.

»Noch jemand, der es ausprobieren will?«, fragte Silvrin in die Runde und grinste.

Es kamen nacheinander fünf weitere Kandidaten. Truppenführer, ausgewählte Krieger, alt und jung. Silvrin schlug einen nach dem anderen aus dem Ring, und seine Schläge saßen besser, je öfter er sie übte. Als er den dritten Gegner besiegt hatte, stand die Menge bereits sprachlos da. Danach verwandelte sich das allgemeine Erstaunen in eine Art Trance und zuletzt schoben sie den Krieger nach vorn, auf das Podest, zurück zu Koryelan.

»Silvrin«, keuchte der junge Fürst. »Das sind göttliche Schläge! Wie machst du das?«

»Ich sagte doch, ich habe einen Zauber geschenkt bekommen. Ich hoffe, dass er noch ein paar Tage anhält, denn er ist ja recht nützlich, wie Ihr gesehen habt.«

»Und wer verschenkt solche Hexereien?«

»Sie hat mir ihren Namen nicht gesagt. Meine Leute glauben, dass sie die Zauberin von Ygramor gewesen ist. Sie kann ihre Aura ausdehnen bis in eine Entfernung von

- das glaubst du nicht - um die hundert Pferdelängen! Zu allen Seiten!«

Fürst Koryelan schrak zusammen.

»Die Zauberin von Ygramor! Mögen uns die Götter vor ihr bewahren, sie ist ein Monster! Silvrin, wenn der Zauber von ihr ist, solltest du ihn nicht benutzen. Er hat bestimmt teuflische Nebenwirkungen.«

»Sie ist gar nicht so ein Monster, wie Ihr denkt«, widersprach Silvrin. Er lag ja neuerdings sowieso nächtelang wach und fragte sich, warum sie ihn so begünstigt hatte. Und was sie jetzt wohl machte und ob dieser Dreckskerl, mit dem er sich geschlagen hatte, ihr Freund war oder nicht. An solcher Geschmacklosigkeit konnte sie wohl kaum leiden ... oder?

Die Begeisterung des Publikums kannte keine Grenzen. Sie schrien, sie kreischten, pfiffen, trampelten mit den Füßen, die ganze Arena bebte in ihren Grundfesten. Immer wieder skandierten sie: *Un-be-sieg-bar, un-be-sieg-bar!*

Die beiden Regimentsführer warfen einander Blicke zu. Dann trat Lemetrong zum Fürsten Koryelan.

»Beendet das Geschrei! Der Mob sollte diesen Grünschnabel nicht so hofieren, weil wir uns blamieren werden, sowie dieser seltsame Zauber ihn wieder fallenlässt!«

Koryelan wollte der Aufforderung schon nachkommen, aber er zögerte. Ihm war nämlich selbst ein ganz anderer Gedanke gekommen.

»Ganz im Gegenteil, das sollten wir öffentlich machen«, sagte er zu Lemetrong und stieß sein Schwert wie zur Bekräftigung dieser Aussage in den Boden. »Unsere Armee hat doch einen fatalen Ruf. Es würde uns in ein ganz anderes Licht setzen, wenn man im Land erfahren würde, dass ein Unbesiegbarer in unseren Reihen kämpft. Ich finde, er soll ein eigenes Regiment führen. Das dritte Regiment ist führerlos, weil Mortian in Millesana gefallen ist. Silvrin wär der richtige Mann dafür.«

Ohne sich um die entsetzten Blicke der altgedienten Armeeführer zu kümmern, erhob Koryelan beide Arme, um die Aufmerksamkeit auf sich zu lenken, und rief laut in das Publikum herunter:»Silvrin, komm an meine Seite. Ich ernenne dich zum Anführer über das dritte Regiment!«

Tosender Applaus donnerte durch die Arena. Über ihren Köpfen schmetterten Trompeter eine Fanfare. Silvrin wusste kaum, wie ihm geschah. Er trat nah an Koryelan heran und raunte ihm ins Ohr:»Hast du dir das richtig überlegt? Wie soll ich denn ein ganzes Regiment führen können? Ich bin ja kaum ein richtiger Soldat. Bis jetzt habe ich nur an einer einzigen Schlacht teilgenommen, sie endete mit der Flucht. Im Frühjahr habe ich die Niederlage von Estedt miterlebt, da sind wir bis zu einem Kampf gar nicht gekommen. Das ist alles, Koryelan. Ich hab nicht die geringste Erfahrung!«

Koryelan legte Silvrin die Hand auf die Schultern. Um sie herum jubelte noch immer die Menge.

Er flüsterte seinem Freund ins Ohr:»Und ich? Wie viel Erfahrung habe ich? Diese Schlacht in Millesana, bei der mein Vater starb, war meine erste. Ich weiß überhaupt nichts und soll ein ganzes Volk führen. Weißt du, wie das läuft? Lemetrong steht rechts von mir und Kessinaj links und sie kommandieren: ›Mach dies, mach das ...‹ Gräßlich. Sie scheren sich gar nicht darum, was ich denke oder ob ich überhaupt einsehe, warum ich was machen soll. Du dagegen, du bist mein Freund. Nicht wahr?«

»Ja, das bin ich, darauf kannst du dich verlassen. Du bist für mich eingestanden, ich werde auch für dich einstehen, so lange ich lebe. – Himmel, da rede ich mit

Euch wie mit einem alten Freund, verzeiht, dass ich die Würde vergaß, mein Fürst ...«

»Still davon. Ich bestehe darauf, dass du zu mir wie zu einem Freund und nicht zu einem Befehlshaber redest. Untergebene habe ich genug, Vertraute dagegen – also solche, die sich ehrlich für mich interessieren - fast keine.« Koryelan räusperte sich verlegen. »Warst du damals wütend auf mich, weil ich es nicht verhindert habe, als mein Vater dich aus der Stadt herausjagte? Ich habe es versucht, ehrlich.«

Silvrin sah ihm in die smaragdgrünen Augen.

»Wir waren Kinder. Was hättest du erreichen können? Die Vergangenheit interessiert mich nicht mehr. Nur noch das, was wir aus der Zukunft machen. Da könnte ich mir eine ganze Menge vorstellen.« Er lehnte sich gegen das Geländer der Empore und sah zum Himmel hoch. Ihn überkam das Gefühl, als hätte sie ihm eine ganz neue Welt geöffnet. Eine, in der er etwas bewegen konnte und nicht nur ein Spielball der anderen sein würde.

# Galgenausflug

Dem Fürsten Wukur war es zu seinem Ärger nicht gelungen, die Prinzessin von ihrer Reiselust abzubringen. Gerade hatten sie den Palast verlassen und stiegen in eine der Prunkkutschen, die noch dem früheren Regenten von Darghessa gehört hatte. Sie war mit einem verkehrten Wappen geschmückt, nämlich dem alten darghessanischen Löwen. Als Fürst Wukur das auffiel, überspielte er seinen Zorn darüber, dass hier überhaupt nichts funktionierte, mit einem lauten Lachen. Er riss einem der Leibwächter den Schild aus der Hand, an dem sein Totenkopfzeichen prangte, klatschte es über das Wappen an der Kutsche und befahl kurz angebunden: »Befestigen! Und auf der anderen Seite wird das ebenfalls korrigiert!«

Sie kutschierten durch das Palasttor und von dort die Hauptstraße herunter. Der Weg präsentierte sich nicht gerade im Paradezustand. Kein Mensch war draußen, alle Türen verrammelt, die meisten Gardinen vor den Fenstern zugezogen. Vor ihnen auf der Straße lagen zerbrochene Speere und Blutspuren der letzten Kämpfe. Wukur bemerkte an mehreren Stellen zerstörte Warenauslagen, kaputte Holzständer und eine in der Mitte gebrochene Pferdetränke. Ein Haufen von

Scherben türmte sich vor dem Töpferladen, wo seine Leute gestern gewesen und auf Widerstand gestoßen waren. Noch schlimmer sah die Schmiede aus, vier Häuser weiter. Da waren Scheiben eingeschlagen und sogar ein Teil der Hauswand zerstört, so dass das verwüstete Wohnzimmer zu sehen war.

Im Rinnstein sammelte sich der übliche Unrat. Wukur tat so, als wäre dieser Anblick völlig normal. Die Prinzessin konnte ja nicht wissen, dass sie augenblicklich auf der Hauptgeschäftsstraße entlangkutschierten, die für gewöhnlich von Waren und Menschen nur so überquoll. An dem Tag, als er sie in die Stadt gebracht hatte, hatte es glücklicherweise in Strömen gegossen, weshalb sie auch von damals keine vorteilhaftere Erinnerung an diese Straße haben dürfte.

»Ich dachte, Darghessa wäre reich«, murmelte Kia Sephila nach einer Weile.

»Der vorherige Fürst hat die Stadt sehr herunterkommen lassen«, erwiderte Wukur mit einem Ausdruck tiefer Bekümmernis. Innerlich überkam ihn ein glucksendes Lachen, das er nur mit Mühe unterdrückte. Zur Hölle, er sollte nicht zu sehr übertreiben.

»Das verstehe ich nicht«, grübelte die Prinzessin. »Fürst Kimiko erstattete mir doch regelmäßig Bericht, seit dem Tag, an dem unsere Verlobung gültig wurde. Er kann mich doch nicht so angelogen haben!«

»Da seht Ihr, wie die Menschen sind«, bekräftigte Wukur. »Übrigens habe ich die schlimmsten Schäden bereits beseitigen lassen. Als ich hier ankam, sah die Stadt aus wie nach einer Feuersbrunst.«

Das war nicht gelogen. Schließlich hatte es tatsächlich eine verheerende Feuersbrunst gegeben. Von der Explosion mal ganz zu schweigen. Natürlich erwähnte Wukur lieber nicht, wer dafür verantwortlich war. Seine Gedanken arbeiteten auf Hochtouren. Dieser Weg würde nach ein paar Straßenzügen direkt auf den Marktplatz führen. Wäre es nicht besser, abzubiegen? Sie erinnerte sich vielleicht nicht mehr genau, wo das Stadtzentrum lag. Er konnte ihr stattdessen den kleinen Handelsplatz im Süden der Stadt zeigen, dann hätte er nicht das Problem, dass er die Gestalten auf dem Galgenpodest schönreden müsste.

Da bog der Kutscher auch schon ab, der Wukurs hektische Zeichen beim Einsteigen glücklicherweise verstanden hatte. Sie erreichten eine Nebenstraße, die bislang von Übergriffen verschont geblieben war, wie Fürst Wukur erleichtert feststellte. Auch hier waren die meisten Läden geschlossen, aber da spielten Kinder, da striegelte jemand sein Pferd, und alle paar Meter rannten gackernde Hühner vor den herannahenden Kutschrädern davon. Wukur sah, wie sich das bisher verkniffen wirkende Gesicht der Prinzessin entspannte.

»Daheim sind wir jede Woche mit der Kutsche durch die Stadt gefahren, Vater und ich«, erzählte sie nach einer Weile. »Wir haben den Zustand der Straßen inspiziert, wir haben mit den Menschen geredet, wir haben versucht, Probleme zu lösen, wir wussten immer genau, was los ist.«

Wukur schob vorsichtig seinen Arm von hinten um ihren Nacken herum und legte seine Hand auf ihre Schulter. Er hörte ihren Atem schneller werden.

»Was ist mit Eurer Schwester, kam sie nicht mit?«, fragte Wukur, so als interessierte ihn wirklich, was sie auf diesen Ausfahrten erlebt hatte. Er musste sie zum Reden bringen, weil sie sich dann vielleicht noch etwas mehr entspannen würde.

»Nein.« Kia Sephila winkte ab und lachte. »Meine Schwester interessiert sich nicht für Politik.«

*Aha. Darum wollte die Priesterin, dass ich die Schwester abschleppe. Die hätte mir keine Probleme gemacht. Allerdings hätte ich mit ihr auch keinen Spaß gehabt.* Zwar war der Spaßfaktor,

113

was Prinzessin Kia Sephila betraf, bis jetzt noch nicht besonders ausgeprägt, aber Wukur hatte so ein Gefühl in den Eiern, als ob sich das noch beträchtlich ändern würde. Sie passierten einen Hutladen. Wukur überlegte, ob es eine gute Idee wäre, der Prinzessin ein Geschenk zu machen. Allerdings waren die Mützen und Kappen in der Auslage doch etwas zu primitiv für ein solches Edelfräulein. Nein, da würde er eine Spezialbestellung aufgeben müssen, wenn er Eindruck machen wollte. Die nächste Kreuzung nahte.

»Wir müssen links abbiegen«, sagte Prinzessin Kia Sephila. »Sonst verfehlen wir den Marktplatz. Soviel ich mich erinnere, müsste er in dieser Richtung liegen.«

Sie ist diesen Weg nur einmal geritten, bei strömendem Regen, und erinnert sich trotzdem noch daran, wo der Marktplatz liegt, dachte Wukur gleichzeitig erbost wie verwundert. Was jetzt? Sollte er ihr widersprechen? Sie würde vermutlich jede Lüge durchschauen. Es half nichts. Er musste ihr den Marktplatz zeigen und auch diese Delinquenten, die er demnächst umbringen lassen würde. Da sich die Konfrontation der Prinzessin mit seinen zukünftigen Opfern nicht vermeiden ließ, sollte er sich möglichst schnell eine plausible Geschichte über diese Leute einfallen lassen. Eine, die sie nicht entsetzen würde. Das konnte er doch.

Er legte seine Finger etwas fester um ihre Schultern und strich sanft über ihre Schulterschärpe, spürte ihren Körper unter dieser Berührung leicht erzittern. Sie entzog sich ihm nicht. Sehr gut.

»Ich wundere mich über die karge Architektur hier«, sagte Prinzessin Kia Sephila und zeigte mit der Hand auf Hausfassaden und Dächer. »Oh, Ihr müsstet Pallanthia sehen. Meine Heimatstadt ist königlich. Auch die

Nebenstraßen. Da haben viele Türen interessante Formen, und Ihr findet geschnitzte Figuren an jedem Haus.«

»Wir können Künstler aus Pallanthia einladen«, schlug Wukur vor. »Dann verwandeln sie auch unsere Stadt in ein Königreich.«

»Oh!«, rief Prinzessin Kia Sephila begeistert. »Das ist eine wundervolle Idee! Darghessa ist ja eine Ruine, hier ist so viel zu tun … Ich weiß, wen wir holen. Zertá ist der Beste. Ein ganz junger Mann, mein Vater hat ihn erst im letzten Herbst entdeckt. Aber er hat eine solche Begabung, er malt wie ein Engel, und Ihr solltet mal seine Skulpturen sehen!«

Wukur sah im Geiste schon schatzkistenweise Hellonen in die Taschen von völlig überflüssigen Stadtverschönerern fließen. Diese Prinzessin konnte ihn teuer zu stehen kommen. Er musste sich etwas einfallen lassen, um ihre Tendenz zur Verschwendung einzudämmen. Allerdings nicht jetzt. Jetzt wollte er sie erst einmal ködern und da war jedes Mittel recht. Er nickte also eifrig zu ihren Worten.

»Müssten wir den Marktplatz nicht bald erreichen?«, fragte Prinzessin Kia Sephila.

Nur allzu bald, dachte Wukur bei sich. Er musste sie vorbereiten. Behutsam.

»Übrigens habe ich vorhin genau wie Ihr davon erfahren, dass auf dem Marktplatz tatsächlich einige Delinquenten stehen, die eine Gefahr für unsere Stadt darstellen. Ich hoffe, dass Ihr nicht erschreckt, wenn Ihr sie seht«, begann er.

»Eine Gefahr für die Stadt?«, rief Kia Sephila. »Was haben sie getan?«

»Das sind Verfluchte, Prinzessin«, flüsterte Wukur mit verschwörerischer Stimme. »Dieses Lied, das sie singen, enthält einen Fluch. Es wiegelt die Menschen auf zum

Fürstenmord. Sie tragen schon die Schuld am Tod des vorherigen Fürsten. Jetzt zielen sie gegen mich!«

»Das ist ja schrecklich!« Prinzessin Kia Sephila drehte sich zu ihm. »Aber ... Wie kann ein Lied einen Fluch enthalten?«

Je näher sie ihrem Ziel kamen, desto mehr Passanten bevölkerten die Wege. Rings um den Marktplatz wimmelte es von Menschen. Da waren nicht nur gewöhnliche Stadtbewohner, Händler und Passanten. Unter ihnen patrouillierten zahlreiche Truppenaufgebote. Wukur war es immer noch nicht gelungen, für alle seine Leute passende Uniformen zu beschaffen, weshalb einige von ihnen mehr wie gewöhnliche Räuber als wie Stadtwächter aussahen. Dazwischen tummelte sich alles mögliche fremdartig aussehende Volk - Elgo, Parva und sogar verstreut einzelne Skeff, die aus fernen Provinzen gekommen waren, den seltsamen Kleidern nach zu urteilen. In Farbe und Form unterschieden sie sich deutlich von den einfachen darghessanischen Leinenanzügen. In dem Gedränge kam die Kutsche gar nicht mehr vorwärts. Erst, als ein Herold zu trompeten begann und den Passanten deutlich wurde, dass der Fürst in der Kutsche saß, ging es wieder voran, weil die Menschen sich jetzt verneigten und ihnen Platz machten. Zahlreiche Hände schossen in die Höhe, Rufe tönten durch die Menge, aus denen das ehrfürchtige »Das ist Prinzessin Kia Sephila von Pallanthia, seht doch!« immer wieder heraustönte. Fürst Wukur schwoll die Brust. Ja, tatsächlich. Er ritt durch diese Stadt, die neuerdings die seine war, mit einer echten Prinzessin an seiner Seite. Und was für einer. Die großartigste Prinzessin, die dieses Land überhaupt hervorgebracht hatte, die hatte er aufgegabelt und, beim Schwert des Henkers, er würde sie sich nicht wieder wegnehmen lassen! Es reichte diesmal nicht, sie ins Bett zu bekommen. Sie sollte die Seine sein vor dem

Gesetz und sogar vor den Göttern. Welch Größenwahn. Da erschlugen einen ja fast seine eigenen Gedanken.

Er kam jedoch sehr abrupt wieder auf den Erdboden zurück, als er sah, wie das Gesicht der Prinzessin eine aschgraue Farbe annahm. Er folgte ihrem Blick. Aha, sie hatte die Tribüne entdeckt, die man auf Geheiß der Priesterin hinten beim Brunnen hatte erbauen lassen. Darauf befanden sich die fünfzehn gefangenen Frauen. Sie hingen matt in ihren Fesseln, denn sie standen schon mehrere Tage dort. Zwei von ihnen sangen das Lied der Aminarinnen:»Amina, höre uns …«

Sie summten es leise und kraftlos, wie im Dämmerschlaf völliger Erschöpfung.

Prinzessin Kia Sephila erhob sich in der Kutsche. Das machte großen Eindruck auf die Menge, es erklangen einzelne Stimmen:»Vivat, Prinzessin Kia Sephila von Pallanthia!« Immer mehr Menschen fielen ein, und als solchermaßen die Begrüßung für die Prinzessin über den Marktplatz von Darghessa donnerte, erwachten die Gefangenen aus ihrer Erstarrung. Die beiden, die gesummt hatten, schmetterten jetzt laut und mit Energie:»Amina, führe uns heut an das Licht!«

»Still!«, rief die Anführerin der Delinquentinnen, die an erster Position angekettet war. Sie musste sehr laut rufen, damit ihre Stimme bis zur Kutsche zu hören war.»Seht Ihr nicht, wer gekommen ist? Ich grüße Euch untertänigst, Prinzessin Kia Sephila! Die Götter seien gelobt, dass sie Euch geschickt haben!«

»Näher heran«, kommandierte Prinzessin Kia Sephila, der rote Flecken über das Gesicht zu huschen begannen. Wukur fühlte sich unbehaglich. Er durfte die Kontrolle über diese Sache nicht verlieren. Im Augenblick wusste er jedoch noch nicht, was er anstellen sollte, um die Prinzessin nicht gegen sich aufzubringen. Zunächst machte er gute Miene zum bösen Spiel und wies den

Kutscher an, vorwärtszufahren, der Tribüne entgegen. Als sie nahe genug herangekommen waren, rief Prinzessin Kia Sephila hinauf: »Ich habe mit den Göttern nichts zu tun, ich bin ein Mensch wie Ihr. Wie ist Euer Name?«

»Roviana«, erwiderte die Anführerin selbstbewusst.

»Warum seid Ihr gefangen?«

»Weil Euer Fürst mich für eine Lügnerin hält«, rief Roviana. Es war, als wäre ihre Gestalt plötzlich erblüht, wäre größer und leuchtender geworden. »Aber ich lüge nicht. Ich bin die Prophetin der Göttin Amina, der Retterin der Welt. Ihr seht, in welchen Zeiten wir leben«, rief Roviana und beschrieb mit ihrer freien Hand einen weiten Bogen über die versammelte Menschenmenge hinweg. »Seit dem Tod unseres letzten Königs, Friede seiner Asche, welcher vor inzwischen zehn Jahren ermordet wurde, brandet ein Bürgerkrieg in unserem Land, wie Ihr wisst. In einer alles erhellenden Nacht sah ich Amina vom Himmel herabsteigen. Sie wird kommen und den Frieden zurückbringen. Wartet auf Amina. Nun ist die Zeit gekommen, da ihr sie erkennen werdet!«

Prinzessin Kia Sephila hörte sich diese Rede verwundert an und sagte leise, so dass nur Wukur es hören konnte: »Eine Sekte ... Wukur, solche Leute sind auch schon bei uns in Pallanthia gewesen. Sie reden wirres Zeug, aber sie sind harmlos. Sie können Euch nicht verfluchen.«

»Sie wiegeln die Leute auf. Da könnte sich manch einer berufen fühlen, die Rolle der Amina zu spielen und daraufhin Feinde – also mich – anzugreifen.«

»Aber Ihr könnt dafür nicht diese Verrückten verantwortlich machen. Das sind Schwätzerinnen, nichts weiter.«

»Wer andere zu einem Verbrechen anstiftet, kann sehr wohl verantwortlich gemacht werden.«

»Nicht in diesem Fall. Schließlich stiften sie ja niemanden an. Ich bestehe darauf, dass Ihr die Gefangenen freilasst!«

Wukur erbleichte. Er wusste plötzlich ganz genau, dass er die Prinzessin niemals hierher hätte mitnehmen dürfen. Seine Verbündete hatte doch schon beschlossen, dass die Aminarinnen sterben mussten. Sollte Kia Sephila hier gegen die Interessen der Priesterin vorgehen, könnte diese unangenehm reagieren. Dazu durfte er es nicht kommen lassen. Bisher hatte die Prinzessin seine Verbündete ja noch nicht einmal kennengelernt, und das würde er auch so weit wie nur möglich hinausschieben. Ein unbestimmtes Gefühl sagte ihm, dass sich diese beiden niemals anfreunden würden. Da überkam den Fürsten eine reizende Idee.

»Ihr habt Recht, Prinzessin Kia Sephila«, sagte Wukur betont demütig zu seiner Begleiterin. »Lasst die Delinquentinnen frei.«

Kia Sephila wirbelte herum.

»Wirklich?«

»Aber natürlich!« Wukur öffnete die Kutschentür und half seiner Angebeteten hinaus.

»Vielleicht wollt Ihr ihnen die frohe Botschaft selber überbringen? Bitte schön!«

Das ließ sich die Prinzessin nicht zweimal sagen. Lächelnd entstieg sie der Kutsche, schritt auf die Plattform zu, auf der die Gefangenen angebunden waren, und verkündigte schon auf halbem Weg dorthin, dass der Fürst ihnen vergeben habe und sie alle frei seien. Dann kletterte sie persönlich hinauf und löste den Sängerinnen die Fesseln, einer nach der anderen. Damit war sie so sehr beschäftigt, dass sie überhaupt nicht hörte, wie Fürst Wukur hinter ihrem Rücken seinen Männern den Befehl gab, die Sektenmitglieder nur so lange frei laufen zu lassen, bis Prinzessin Kia Sephila sie nicht mehr sehen könnte. Danach sollten sie alle wieder eingefangen und die Hinrichtung schnell angesetzt werden, damit er keine weiteren Scherereien deswegen hätte. Allerdings war das noch nicht sein einziges Problem.

»Wukur«, hörte er plötzlich jemanden laut und unangenehm schrill hinter sich rufen. Diese Stimme verursachte in seiner direkten Umgebung eine allgemeine Panik. Mehrere seiner Diener verschwanden unmittelbar, was auch ratsam war, da man nie wissen konnte, ob die Dame, der die gefährliche Stimme gehörte, heute schon genügend Opfer liquidiert hatte oder noch im Blutrausch war. Der Fürst selber, der nicht einfach verschwinden konnte, obwohl ihm der Klang dieser Stimme das nahe legte, sah kurz darauf jemanden vor seiner Kutsche stehen, den er am liebsten weit weg gewusst hätte. Es war die Priesterin Meriedyce, deren Gesicht bleich war wie das Antlitz einer Toten. Ihr Umhang glänzte schwarz, um ihren Gürtel hingen zwei Totenschädel. In ihrer Gegenwart war ihm immer zumute, als träfen ihn winzige, unsichtbare Stacheln, wenn er ihr zu nahe kam. Der Priesterin folgten fünfzig ebenfalls schwarz gekleidete Tempeldienerinnen. Die einzige, die diese Schar von Magierinnen noch nicht wahrgenommen hatte, war Prinzessin Kia Sephila, die gerade von ihrer Mission zurückkehrte - glücklich lächelnd. Sie kletterte wieder in die Kutsche hinein.

»Wen haben wir denn da?«, bellte die Priesterin. Sie wartete keine Antwort ab, sondern ließ die Tür des Wagens mit einem Fingerschnippen aufschlagen und schob sich auf den Sitz den beiden gegenüber. Dann schlug die Tür wieder zu und im nächsten Augenblick setzte sich die Kutsche in Bewegung, in Richtung der Fürstenburg.

»Wer ist diese Kreatur?«, fragte die Prinzessin argwöhnisch.

»Diese Kreatur heißt Meriedyce, Priesterin von Darghessa und Verbündete des Fürsten, der neben Euch sitzt«, fauchte die Magierin sie an. »Und wo wir einmal beim Fragen sind, wer seid Ihr?«

»Ich sagte Euch doch«, fiel Wukur ihr hastig ins Wort, »dass diese die Prinzessin Isimela von Pallanthia ist, die Tochter des Fürsten Ishtangar von …«

»Ja, das sagtet Ihr«, schnaubte die Priesterin. »Und, bei der großmächtigen, heiligen Gorrogon, Ihr habt meinem Befehl zuwidergehandelt. Diese Dame ist nicht Isimela, sondern deren Schwester Kia Sephila!«

Wukur schwieg. Die Prinzessin schwieg ebenfalls, starrte aber mit wachsendem Entsetzen die Priesterin an, die einen silbernen Totenkopf an einem Band um ihre Stirn und einige Skelettknochen wie eine Kette um den Hals trug. An ihrer rechten Hand, wie auch an ihrem Umhang, klebte Blut.

»Ich habe Euch tausendmal erklärt, Wukur, dass wir Isimela brauchen! Über Isimela hat die große Seherin, Kirisha von Pallanthia, eine Prophezeiung gesprochen. Sie wird die Ahnherrin des neuen Königsgeschlechtes sein. Aus ihrem Blut wird der neue König kommen. Eine solche Prinzessin müsst Ihr Euch nehmen, wenn Ihr dieses Land regieren wollt! Nicht eine Kia Sephila, die ein stummes Rad bleibt in der Maschinerie des Weltgeschehens!«

»Habt Ihr Prinzessin Isimela schon gesehen, verehrte Priesterin?«, schnappte Wukur zurück. »Sie ist ein kleines, ängstliches Mäuschen. Eine Königin sieht anders aus!«

»Davon versteht Ihr nichts. Diese wertlose Prinzessin hier …«, damit warf sie Kia Sephila einen stechenden Blick zu, »ist Euch und uns zum Schaden. Götter im Himmel, und ich hätte Euch schon fast die Hochzeit ausgerichtet! Glücklicherweise lässt sich das ja noch richten. Ihr werdet gleich morgen nach Ygramor zurückreiten und Euch die richtige Braut holen.«

Prinzessin Kia Sephila wurde bleich im Gesicht und wollte etwas sagen, aber Wukur war schneller. Er sprang auf.

»Nein! Das werde ich nicht!«

»Und wie Ihr das werdet«, zischte Meriedyce. »Weil ich Prinzessin Kia Sephila nämlich gefangen setze, falls Ihr mir nicht folgt.«

Bei diesen Worten zuckte die Prinzessin heftig zusammen und ihre Lippen begannen zu zittern.

»Wagt – das – ja – nicht«, fauchte Wukur. Er hatte das Gefühl, als würde gleich die ganze Welt über ihm zusammenstürzen. Niemand würde ihm sein Mädchen wegnehmen, nicht einmal die todesdampfende Priesterin! Er hatte gewöhnlich größten Respekt vor ihr, da sie ihm schon diverse Proben ihrer Gewissenlosigkeit vorgeführt hatte. Nur mit knapper Not schaffte er es, sich zu beherrschen, und stieß dann mit pfeifender Stimme hervor: »Wollt Ihr wissen, wie die Dinge stehen? Ich kann nachts nicht mehr schlafen und tags nichts essen. Ich kann an nichts anderes denken als daran, wie ich es anstellen soll, dass Prinzessin Kia Sephila die Meine wird. Ich schwöre, Ihr werdet mir das nicht zerstören, weil ich es mir das nicht zerstören lasse, von keinem, nicht mal von den Göttern selbst!«

Diese exaltierte Rede rührte die Prinzessin sichtlich, ihr rollte eine Träne aus dem Auge. Die hart gesottene Priesterin versetzte sie jedoch nicht in Erstaunen. Unberührt winkte sie ab und sagte verächtlich: »Macht meinetwegen mit Kia Sephila, was Ihr wollt. Aber ich bestehe darauf, dass Ihr nach Ygramor reitet, gleich morgen!«

Er funkelte sie an.

»Wozu?«

Die Priesterin warf Prinzessin Kia Sephila einen verächtlichen Seitenblick zu und danach einen anderen, wesentlich bedeutsameren, auf Wukur.

»Weil ich es will!«

»Prinzessin Isimela ist schon längst nicht mehr dort«, fantasierte Wukur hastig. »Heute früh haben mir Boten berichtet, dass Smorkyn sie nach Tandra verschachert hätte. Von dort lässt sie sich nicht entführen, ohne dass ich mit einer Armee hinreiten müsste.«

»Was faselt Ihr? Wenn Isimela in Tandra wäre, wüsste ich eher davon als Ihr!«

»Sie ist in Tandra und ich reite nicht!«

»Mag sie meinetwegen in der Unterwelt schmoren, aber Ihr reitet nach Ygramor! Das ist ein Befehl!«

# Der Käfig

*Noch drei Tage. Dann würde ihr Entmachter Kalamachai erreichen und die Hohepriesterin stürzen. Drei Tage bis zur Rückkehr der Lichtgöttin Lystrella. Areshva zählte inzwischen jeden kleinen Augenblick, den sie dem großen Ereignis näher kam. Sie stand auf einer Brücke. Der Untergrund bewegte sich unter ihren Füßen. Sie versuchte hochzufliegen, aber ihre Flügel waren wie festgeklebt. Verzweifelt balancierte sie auf schwankendem Holz. Es krachte und polterte zu allen Seiten. Hastig blickte sie sich um.*

*Vor ihren Augen erhoben sich die Balken, bogen sich in die Höhe, klappten über ihrem Kopf wieder abwärts, brachen seitwärts von ihr hoch und umschlossen sie so komplett, dass sie wie in einem Gefängnis eingesperrt wurde – oder eher wie in einem Käfig, denn die Wände waren ihr so nah, dass sie kaum einen Schritt tun konnte. Erschrocken packte sie die hölzernen Stäbe vor ihrem Gesicht und rüttelte daran. Sie saßen knallhart und bewegten sich nicht.*

*Was passierte hier? Warum war alles so seltsam? Wer hatte sie gefangen?*

*Wieso kann ich nicht zaubern?, dachte sie. Agga! Wo steckte sie?*

*Vergeblich trat, rüttelte und stieß sie gegen ihre Käfigstäbe. Vergebens rief sie ihre Göttin und ihre Kameradinnen. Sie kam nicht heraus. Noch immer hatte sie nicht verstanden, welche Macht ihr so übel mitspielte. Sie realisierte, dass sie sich im Inneren eines Hexenladens befand. Ihr Blick fiel auf die Waren, die sie umgaben: Selbsthüpfende Bälle, fliegende Blumentöpfe, durchsichtige Teppiche und Gardinen … Da war ein Löwenmosaik auf dem Fenster … War sie in der Hexenstadt Rheskali?*

*Ein Vorhang raschelte und der Schmied trat daraus hervor. Er kam ihr größer, sehniger vor als bei ihrer letzten Begegnung, aber er war es, kein Zweifel. Er hatte dieselben hellen Haare und dieselben guten, warmen Augen. Ein Gefühl wie ein angenehm erhitztes Wasserbad strömte durch ihren Körper. Ihr wurde ganz kribbelig davon.*

*»Warum bin ich gefangen?«, brachte sie kaum hörbar heraus. Wieso bringt er mich so durcheinander?*

*»Wirf kein Unheil über uns«, erwiderte er.*

*Sie rüttelte an den Gitterstäben.*

*»Natürlich nicht. Bitte, lass mich raus hier!«*

*»Das ist nur eine Sicherheitsmaßnahme.«*

*Er kam näher an ihren Käfig heran. Sie realisierte, dass ihr Gefängnis mit hölzernen Drachenschnitzereien verziert war und drei überdimensional große goldene Eier auf dem Boden lagen. Das ist Kokos Käfig. Wieso sitze ich hier? Bin ich gar nicht in Rheskali, sondern schon in … Kalamachai? Obwohl es in Kalamachai gar keine Hexenläden gab?*

*Kein Zweifel! Draußen vor den Fenstern sah sie die Feuersäule der Hohepriesterin herannahen. Was war das denn? Heute? Wie konnte das sein?*

*War die Antimagie schon entwichen?*

*Nein, natürlich nicht. Sie saß doch selbst in dem Käfig, unter dem ihre Waffe brodelte. Sie musste ihren Entmachter erst entzünden, und das musste sie bald tun. In den nächsten Augenblicken, da ihre Feindin bereits im Anmarsch war.*

*Allerdings durfte sie hier nicht hocken bleiben, da sie sonst selbst von der Antimagie ihres Entmachters blockiert würde.*

*»Eine Sicherheitsmaßnahme, gegen mich?«, rief sie ihm zu.*

*»Aber ich bin auf deiner Seite. Hör mal, unsere gemeinsame*

*Feindin ist dort draußen und grillt uns gleich, wenn du mich nicht herauslässt!«*

*Er zog die Stirn in Falten.*

*»Du brauchst ein neues Herz, dann könnte ich es wagen.«*

*Bei der heiligen Lystrella. Wieso redete er so seltsam? Sie hatten keine Zeit für absurde Diskussionen! Sie mussten handeln!*

*»Hast du eins für mich?«*

*Sie linste nach draußen. Die Feuersäule wirbelte näher an das Fenster heran und schien dabei immer riesenhafter zu werden. Areshva brach der kalte Schweiß aus.*

*Der Soldat schlenderte unterdessen von Regal zu Regal und besah sich die Artikel, die dort zum Verkauf lagen.*

*»Es sieht nicht gut aus. Wir bekommen nur selten gute Waren herein und sie sind schnell ausverkauft. Hab etwas Geduld, vielleicht in ein paar Tagen …«*

*»Ich kann hier nicht ein paar Tage bleiben, weil die Alte mich wahrscheinlich schon gerochen hat, sie ist gleich hier, sie bringt mich um, wenn ich nicht verschwinden kann! Bitte! Lass mich raus hier!«*

*Sie warf sich verzweifelt gegen die Gitter, mit voller Wucht, immer wieder.*

*»Hör auf«, rief er erschrocken. »Du wirst dich noch verletzen.«*

*Das ist es, dachte sie. Ich muss seine Gefühle ansprechen. Dann vergisst er vielleicht sein Misstrauen gegen mich und lässt mich heraus.*

*»Ich liebe dich«, rief sie.*

*Er atmete plötzlich schwer. In seine Augen trat ein helles Licht, als ginge darin eine Sonne auf. Ich mag, wie du mich anschaust, dachte Areshva versonnen. Kannst du gerne noch länger machen.*

*»Ich hätte vielleicht eine Idee«, sagte er. Seine Stimme vibrierte, er schien unschlüssig. »Wir tauschen. Du nimmst mein Herz. Ich nehme deines. Irgendwie komme ich damit schon zurecht.«*

*Meinte er das im Ernst? Areshva war gleichzeitig verblüfft und seltsam berührt.*

*Man spielte nicht mit Gefühlen.*

Sie hätte das nicht sagen dürfen. Wie könnte sie ihn lieben? Sie kannte ihn doch gar nicht. Was machte er denn da? Wollte er sich tatsächlich das Herz herausreißen?

Sie konnte ihn nicht deutlich sehen, es war zu dunkel, aber er hantierte ruckartig an seiner Brust, als wollte er sich ein Messer hineinstoßen.

Das sollte sie nicht erlauben. Ging er ein Risiko ein? Würde er sich verletzen, um ihr zu helfen?

»Hör auf damit, lass den Unsinn!«, bestimmte sie.

»Es gibt keine andere Möglichkeit.«

Er steckte seine Hand und ein unförmiges Teil, das er darin festhielt, durch die Gitterstäbe und berührte Areshva unterhalb der Schulter. Sie spürte ein kurzes, unbehagliches Klemmen im Brustbereich, das jedoch schnell vorüberging. Dann tauchte sie wie in Watte. Die ganze Welt um sie herum erstrahlte, ihre Füße waren leicht, als ob sie schwebte. In ihr sprudelte eine Fontäne der Freude.

Ich bin ein neuer Mensch!, dachte sie.

Das hatte sie nicht erwartet.

Sie drehte sich einmal um ihre Achse, eine Pirouette in der Luft. Sie war schwerelos wie eine Feder.

Abrupt hielt sie inne. Der Schmied öffnete langsam ihre Käfigtür und ließ sie heraus. Es schien aber, als könnte er nicht gerade stehen, seine Haltung war seltsam verkrümmt. »Ist alles in Ordnung?«, fragte sie erschrocken.

Mühsam richtete er sich auf. Sein Gesicht sah kalt aus, versteinert.

Er zeigte auf die Ausgangstür.

»Du kannst gehen. Du bist frei.«

Areshva erschrak. Was ist mit ihm passiert? Warum steht er da wie ein Eisklotz, ohne jede Regung?

»Ich sagte, du sollst gehen! Hau ab!«

Er sprang auf sie zu und schlug nach ihr.

\*\*\*

Areshva erwachte mit klopfendem Herzen. Die letzten Strahlen der untergehenden Sonne krochen in ihr Turmzimmer herein. Anscheinend hatte sie den Nachmittag verschlafen, es dunkelte bereits. Ihre Fledermäuse flogen wirbelnd und krakeelend um die Blumentöpfe auf der Salattheke.

Nur geträumt.

Sie hätte es wissen sollen. Herzen vertauschen, was für ein Blödsinn. Selbst für einen Traum waren das abstruse Fantasien. Aber es hatte sich so intensiv angefühlt und seine Gegenwart ließ ihren Herzschlag galoppieren. Noch immer jagte ihr das Blut ganz verrückt in den Adern, und sie bedauerte, dass sie den Blonden nicht wirklich getroffen hatte. So nett hatte er ausgesehen, ihr so nah, so vertraut, so ... Sie konnte es nicht in Worte fassen.

Wäre sie ihm doch nachgeflogen!

Aber das würde sie nachholen. Leider nicht jetzt, denn sie hatte höhere Aufgaben zu erfüllen. Ihr Entmachter würde bald sein Ziel erreichen. Sie zählte schon die Zeit. Sie rechnete Tage, Momente, ja sogar Wimpernschläge.

Nur drei Tage - das hatte sie selbst im Traum gewusst.

Sie konnte es kaum erwarten!

Gegen Mittag war sie aus Rheskali in die Burg ihres Vaters zurückgekehrt. Sie hatte ihre Einkäufe erledigt und war vorbereitet für den Tag, an dem sie ihre Göttin zurückholen würde. Langsam stand sie auf und knotete den neuen Stab, den sie in der Hexenstadt gekauft hatte, von ihrem Gürtel. Er glitzerte leicht, sah jedoch ansonsten unauffällig aus. Wenn sie ihn aktivierte, würde er sie für alle magischen Suchmöglichkeiten unsichtbar machen. Keine Kristallkugel würde mehr anzeigen, wo sie sich aufhielt. Weder die Tempelhexen noch die Hohepriesterin persönlich würden ausspionieren können, was sie im Schilde führte.

Außerdem hatte sie in Rheskali ihre Komplizin Beringlida getroffen und ihr den Unsichtbarkeitsumhang überreicht. Zugegeben, wie eine zukünftige Herrscherin über die ganze Welt hatte die ehemalige Priesterin nicht ausgesehen. Diese Elgo mit ihren Pferdemähnen und den langen Gesichtern sahen niemals herrschaftlich aus, besonders nicht, wenn das Alter ihre Mundwinkel bereits zu furchen begann. Aber das war gleichgültig, sie sollte ja keinen Schönheitswettbewerb gewinnen. Wichtig war nur, dass Beringlida die notwendigen Anweisungen genau befolgte und dass sie ihr hoch und heilig versprochen hatte, sich in exakt drei Tagen in Kalamachai einzufinden. Dort sollte sie die Entladung von Areshvas Antimagie abwarten, die in Kokos Vogelkäfig versteckt war. Diese sollte plangemäß sowohl die Magie der Kristallkugel als auch die Zauberkraft der Hohepriesterin und ihrer Untergebenen löschen. Wer würde Beringlida dann noch daran hindern können, die Kugel der Macht in ihren Besitz zu nehmen und auf die Lichtgöttin Lystrella umzupolen?

Beringlida hatte Todesangst, das hatte Areshva ihr angesehen. Ihr hageres Gesicht war bleich gewesen und sie hatte sich ein ganzes Arsenal von Schutzamuletten gekauft, ungefähr zwanzig Stück, die alle um ihren Hals baumelten. Um ihre Handgelenke hatte sie Abwehrbänder gebunden und wahrscheinlich steckten unter ihrem Umhang noch Bannkettchen. Etwas übertrieben, oder? Areshva hatte keine Angst vor dem großen Tag, obwohl auch sie in Kalamachai in die Schusslinie ihrer Feinde kommen konnte, denn sie würde sich dort ja einfinden, um ihren Schützling zu verteidigen. Und wenn schon! Sie fieberte darauf hin! Dieses Leben, das sie momentan führte, als Dienerin der verhassten Agga, das war Sklaverei. Vor lauter Aufregung hatte sie schon seit Tagen Magenschmerzen, die überhaupt nicht mehr verschwanden. Sie hatten sich in ihren Eingeweiden eingenistet und grummelten dort vor sich hin, unaufhörlich.

Die einzigen Momente, in denen sie das Grummeln nicht spürte, waren dann, wenn sie in ihren Tagträumen schwelgte. Wie gut konnte sie sich schon vorstellen, was nach der Weltenwende geschehen würde! Sie würde Beringlida persönlich zur Hohepriesterin krönen. Die Ex-Priesterin würde die Kristallkugel von Kalamachai von Dunkel- auf Lichtmagie umstellen. Sie würde ihre geliebte Göttin Lystrella wiedersehen. Und endlich die helle Magie wieder benutzen können. Wie süß waren ihre Träume von einem Ende der Kriege, einem neuen Frieden und einer Rückkehr in den blühenden Tempelpark von Pallanthia!

*Wenn ich danach den Schmied suche und ihm die Lichtmagie zeige, wird er mich bewundern! Und was kann dann wohl alles geschehen?*

Ein juchzender Schrei riss sie aus ihrer Träumerei. Draußen hörte sie Vaters Männer rufen und lachen. Jemand spielte die Laute. Wahrscheinlich feierten sie wieder einmal.

Areshva holte die Schüsseln für ihre Fledermäuse und füllte sie mit Nektar. Sofort war sie umschwärmt von den kleinen Fliegern und sah ihnen dabei zu, wie sie an der dicken Flüssigkeit nippten und sich Mäuler und Pfoten putzten.

Was feierten Vaters Männer eigentlich heute? Warum johlten und sangen sie in dieser Lautstärke? Stirnrunzelnd öffnete Areshva ihre Ausgangstür. Unterhalb ihres Turmes breitete sich der Burghof aus. Die Abendsonne tauchte den Hof, die Palisade rings um die Burg, den Wald dahinter und die Klippen in der Ferne in ein unwirkliches dunkelrotes Licht. Ihr stieg der Geruch von Rauch und gegrilltem Fleisch in die Nase. Im hinteren

Burgareal, auf einem lang gestreckten steinigen Gelände, brannten mehrere Feuer und dort saßen derartig viele Männer, dass sie sie nicht zählen konnte, womöglich über hundert. Was war das denn für eine Versammlung? Hatte der Vater sämtliche Gefolgsleute und Bekannte der Umgebung eingeladen und noch all seine Feinde dazu? Sie ließ ihre Blicke über den Pferdestall und die Grotten im vorderen Burgbereich gleiten.

He! Ganz hinten, bei der größten Höhle! Dort standen zwei Geflügelte. Der eine war, dem Umfang nach zu urteilen, ihr Vater. Er hatte seine Pranken einem anderen, schlankeren auf die Schultern gehauen, der seine langen schwarzen Haare zu einem Zopf gebunden hatte. Der Typ trug eine knallrote Darghessaner-Uniform. Hatte Wukur nicht bei ihrem letzten Treffen so ausgesehen? Was machte der denn hier? Bestimmt hatte er Nachrichten von ihrem Entmachter!

Kopfüber sprang sie nach unten, fing ihren Sturz mit ein paar schnellen Flügelschlägen ab und segelte über die Pferde und die Männer im Hof hinweg zu der Höhle. Smorkyn und Wukur redeten in hitzigem Ton miteinander.

»He Alter, deine Preise schießen in den Himmel«, hörte sie gerade Wukurs Stimme. »Bei so einem hohen Lösegeld bleibst du noch auf dem Küken sitzen.«

»Das glaube ich kaum«, griente Smorkyn. »Bekommt eben ein anderer den Zuschlag. Du wirst es bereuen.«

Bei dem Wort *Lösegeld* bekam Areshva Magengrimmen. Die beiden würden hoffentlich nicht auf den Gedanken kommen, mit Menschen zu handeln! Sie kurvte in einer Blitzlandung vor ihnen auf den Boden. Die beiden Männer zuckten rückwärts, ihnen war es wohl vorgekommen, als wäre die Fliegerin direkt vom Himmel vor ihre Füße gefallen. Areshva klappte ihre Flügel ein und wandte sich Wukur zu. Die blitzende Uniform stand ihm gut, er sah darin wie ein Edelmann aus. Aber die ganze Situation gefiel ihr nicht. Wenn er wegen des Entmachters hier war, warum war er nicht als Erstes in ihr Turmzimmer gekommen, um es ihr zu sagen?

»Hey Wukur«, grüßte ihn Areshva stirnrunzelnd. »Na, das ist eine Überraschung. Was machst du hier?«

Der Skeff grinste sie etwas verwirrt an.

»Hey meine Süße! Warum stierst du mich so an? Welche Laus ist dir denn über die Leber gelaufen?«

Der konnte vielleicht dämliche Fragen stellen.

»Wie weit ist mein Entmachter?« Sie bekam das letzte Wort kaum heraus, weil ihr vor Aufregung die Luft im Halse steckenblieb.

»Was für ein Entmachter?«

Ihr wurde eiskalt. Sollte das ein Witz sein?

Doch dann wurde ihr klar, dass er ihr Gerät ja für einen ordinären Vogelkäfig hielt, da sie ihm seine eigentliche Funktion vorsichtshalber nicht erklärt hatte.

»Der Vogelkäfig! Mein Geier mit den rosa Flamingoflügeln, Koko!«

»Ach so ...« Er lächelte sie mit einem unergründlichen Blick an. »Nur noch fünf Tage. Bis jetzt ging alles glatt.«

»Wieso fünf? Nach meiner Rechnung sollten es drei Tage sein!«

»Och ... Sie mussten einen kleinen Umweg machen.«

»Wieso haben sie einen Umweg gemacht, wenn alles glattging?«

»Nur eine Vorsichtsmaßnahme. He, nun sieh mich doch nicht so entgeistert an! Es ist alles im Lot!«

Alles im Lot, na klar. Nicht zu glauben, dass diese Bummler zwei Tage vertrödelt hatten. Das bedeutete ja, dass ihre Marter sich noch verlängerte!

Und warum glotzte ihr Vater eigentlich so intensiv die Grotte an, vor der sie standen? Wuchsen darin neuerdings Höhlenpilze? Sie folgte seinem Blick.

Drinnen saß jemand.

Ein hübsches Mädchen mit goldgelockten Haaren und in einem pompösen goldenen Kleid. Areshva mochte ihren Augen nicht trauen, denn sie kannte das Mädchen. Es war Prinzessin Isimela von Pallanthia, die Pflegetochter ihrer Lehrmeisterin, der Priesterin Kirisha. Vor Schreck schnappte sie nach Luft. Kirisha hatte sie vor kurzem angeklagt, die beiden pallanthischen Prinzessinnen geraubt zu haben, und sie hatte die Schwestern ja auch tatsächlich bei der Durchreise in einer Kutsche angetroffen. Von einer Entführung konnte natürlich keine Rede sein ...

Oder? Was hatte die Prinzessin hier verloren? Wie, bei allen Göttern, hatte sie bis an den Gipfel des Berges Ygramor gelangen können? Das war faul. Nein, es war ungeheuerlich. Hatte das ihr Vater zu verantworten? Was war in ihn gefahren – hatte er kein Gewissen?

»Wer von euch hat die Prinzessin entführt?«, fauchte sie.

»Entführt!«, wiederholte Smorkyn kopfschüttelnd, »Kind, was du für Fantasien hast, sie ist doch eine alte Freundin von Wukur, der ...«

»Hör auf, so schamlos zu lügen, zufällig kenne ich diese Prinzessin!«, unterbrach Areshva ihn erhitzt. Sie drehte sich zu ihrem Freund und versuchte, aus dessen luchsartigen Augen die Wahrheit herauszulesen. »Nun, Wukur? Was hast du dazu zu sagen?«

»Wenn eine schutzlose Dame in der Wildnis meinen Weg kreuzt, werde ich ihr doch keine Hilfe verweigern«, erklärte dieser. Dabei lächelte er sie hintergründig an, als hielte er ihre Anklage für einen Scherz. Areshva ballte die Fäuste. Das war der Gipfel – war sie umgeben von eiskalten Lügenbolden? Als sie vor ein paar Tagen Prinzessin Kia Sephila in jener Kutsche antraf, war diese auf dem Weg nach Darghessa gewesen.

Höchstwahrscheinlich hatte auch ihre Schwester Isimela in demselben Wagen gesessen. Niemals wären diese beiden freiwillig den Berg Ygramor bis zu Smorkyns Burg hinaufmarschiert.

Areshva ließ die Männer stehen und näherte sich der Grotte. Darin erblickte sie zu ihrem Erstaunen eine blitzblanke weiße Kommode mit goldgerahmtem Spiegel sowie passenden gleichfarbigen Stühlen, in die goldene Schnörkel gemalt waren. Prinzessin Isimela hockte neben der Kommode auf einem Strohlager, über das jemand eine rote Samtdecke gelegt hatte. Die Finger ihrer rechten Hand hatte sie eng an ihre Wange gepresst und ringelte darin nervös und unaufhörlich ihre langen goldblonden Locken. Zwei Mägde saßen rechts und links von ihr. Alle drei starrten die Fliegerin an, wie es Kaninchen tun würden, vor denen eine Schlange aufgetaucht ist.

»Keine Angst, ich hole Euch sofort hier heraus«, versicherte Areshva. »Wie kommt Ihr hierher, Prinzessin?«

»Das fragst du noch?«, flüsterte Isimela, deren Blicke eingeschüchtert zwischen ihr und ihrem Vater hin- und herflogen. »Hast du das nicht selber eingefädelt? Du und deine Spießgesellen, die unsere Kutsche angehalten haben?«

Areshva hatte das Gefühl, als drückte etwas ihr die Kehle zusammen. Nein, nein. Wollte sie damit sagen, Rak und Viggur hätten ihre Kutsche geraubt, an dem Tag, als Areshva sie anhielt? Dann wäre das alles ihre Schuld, denn ohne ihre Hilfe hätten die beiden Halunken den Wagen nie von dem Konvoi der anderen weglotsen können!

»Sie waren nur zu zweit, sie hätten gegen eure Wachsoldaten nichts ausrichten können«, protestierte Areshva.

»Sie haben gewartet, bis du davongeflogen warst, und dann ihre Kumpane zur Hilfe geholt. Von überall stürmten ganze Scharen plötzlich aus dem Gebüsch. Alle unsere Wächter haben sie getötet, überall war Blut, und diese Schreie! Ich dachte, sie werden uns auch umbringen!«, wisperte Prinzessin Isimela mit zittriger Stimme.

Es war wie ein Schlag mit dem Hammer. Areshva dröhnte der Kopf. *Meine Schuld. Ich hätte es wissen müssen. Rak und Viggur haben das schon so geplant und meine Kräfte ausgenutzt. Sie wussten, dass ich dumm genug sein würde, ihre Absichten nicht zu durchschauen.*

»Verdammt«, keuchte sie und griff sich an die Stirn. *Auch Kirisha hat das sofort begriffen. Sie hat mich zu Recht verflucht!* »Es tut mir leid, Isimela. Das war nicht meine Absicht und ich mache es wieder gut.«

Langsam und drohend drehte sich Areshva zu ihrem Vater um.

*Lösegeld*, wisperten tückische Stimmen in ihrem Kopf, er redete von Lösegeld …

»Und jetzt sagst du mir, was du für Pläne mit ihr hast. Du hast nicht vor, mit ihr zu handeln, oder? Ich hoffe, ich habe mich verhört! Bist du so tief gefallen?! Das erlaube ich nicht! Du musst sie freilassen! Jetzt, auf der Stelle!«

Smorkyn kniff die Lippen zusammen. Seine Stirnadern schwollen auf beunruhigende Weise an und seine Augen wurden schwarz.

»Areshva, du mischst dich nicht in meine Geschäfte ein. Geh in dein Zimmer.« Seine Stimme war hart wie Eis. Noch nie hatte er so zu ihr gesprochen, es fuhr ihr durch Mark und Bein. Schlimmer, es schnitt ihr ins Herz, als wollte es die Grundfesten ihrer Welt zerstören. Ihr Vater, der einzige Mensch auf der Welt, zu dem sie wirklich und für alle Zeiten gehörte, den sie liebte mit allen Fasern –

ein gewissenloser Verbrecher? Und nun trat er sogar gegen sie wie ein grausamer Schuft auf? Liebte er sie nicht – gar nicht? Wie konnte er …?

# Menschenräuber

»Geschäfte?«, keuchte Areshva. »Du kannst doch keine Menschen verkaufen!«

Smorkyn marschierte auf sie zu, packte sie beim Kragen und schüttelte sie. »Meine Hellonen erbetteln ist für dich in Ordnung, aber fragen, welches Bein ich mir ausreißen muss, um sie zu beschaffen, das konntest du nicht. Diese Schickse gehört mir! Geh mir aus den Augen, bevor ich mich vergesse!«

Damit schleuderte er sie von sich. Areshva stürzte auf den steinigen Boden, spürte einen kurzen stechenden Schmerz auf den Knien, sprang aber gleich wieder auf die Beine. Ihr Herz raste. Vor ihren Augen begann es zu flimmern. Ihr Vater. Ihr eigener Vater – ein Unhold! Aber sie war stärker als er. Sie würde ihm ihren Willen aufzwingen. Dazu brauchte die Gefangene als Erstes einen magischen Schutz. Den würde sie ihr gleich geben. Entschlossen marschierte sie in die Höhle hinein, auf die Prinzessin zu. Diese rutschte voller Angst von ihrem Strohlager herunter, um aus ihrer Reichweite zu kommen, doch Areshva katapultierte sich mit einem raschen Flügelschlag an ihre Seite, raunte ihr ins Ohr: »Ruhig, ich schütze dich«, und legte ihr dann beide Hände auf die Schultern, um ein Schild um ihren Körper zu erschaffen.

Die gewohnte energiegeladene Wärme sammelte sich jedoch nicht wie sonst in ihren Fingern. Sie spürte es zwar innerlich kribbeln, ab und zu jagte ein winziger Wärmefunken in ihre Fingerspitzen, doch er verdampfte sofort beim Austritt aus ihrer Haut. Um ihre Hände zuckten Blitzlichter, die als kaum sichtbare feine Rauchschwaden in die Höhe hinaufstiegen. He, was war los? Es war die Luft um sie herum, die sich wie feindselige klebrige Watte um ihre Glieder schlang und ihre Energiequelle erstickte. Nein, nicht die Luft. Die verwünschte Antimagie natürlich, die hier überall im Burghof herum waberte. Areshva schloss resigniert die Augen. Wie konnte sie das vergessen? Das gesamte Areal war voll davon. Sie hatte sich schon so an das Gefühl gewöhnt, ständig davon durchdrungen zu sein, dass ihr für den Moment entfallen war, wie machtlos sie hier oben war.

Da stapfte Smorkyn auch schon heran, zorndampfend. Seine Augen waren blutunterlaufen, beide Fäuste geballt, als wollte er sie gleich verprügeln. Das würde er natürlich nicht tun, er liebte sie doch ...? Areshva stand da mit wild hämmerndem Herzen. Und sie – liebte sie ihn? Oh ja. Oh und wie. Das war ja das Schreckliche an diesem ganzen fürchterlichen Augenblick.

»Bleib, wo du bist, Vater«, befahl sie und hörte ihre Stimme eisenhart klirren wie ein Schwert, das durch die Luft zischt. »Sag mir lieber, was du mit der anderen Prinzessin gemacht hast, Kia Sephila. Die war doch in derselben Kutsche. Wo steckt sie?«

Tatsächlich hielt Smorkyn kurz inne und schaute sie mit seltsam irrem Blick an, als sähe er sie zum ersten Mal im Leben. Eine Antwort gab er ihr jedoch nicht.

Neben ihr erklang die leise und sehr zaghafte Stimme der scheuen Prinzessin Isimela:

»Frag doch diesen suspekten Herrn dort, der mit dem Pferdeschwanz. Er hat sie mitgenommen. Angeblich ist er ein ... Fürst.«

Das letzte Wort sprach Isimela mit solcher Verachtung aus, als hätte sie *Wanze* sagen wollen.

Nun trat Wukur mit schnellen Schritten in die Höhle hinein und stellte sich zwischen Smorkyn und seine Tochter.

»Na, na, jetzt regt ihr beide euch mal nicht so auf. Da werden wir schon eine anständige Lösung finden.« Er bedachte Prinzessin Isimela mit einem nachsichtigen Blick. »Mich zu verdächtigen! Ich würde doch einem edlen Fräulein nichts zuleide tun! Und das wird auch dein Vater nicht machen, Areshva. Für diese Blondlinge sehen wahrscheinlich alle Skeff gleich aus. Ich wette, irgendwer von deinen Leuten hat diese zweite Prinzessin zu sich geholt, Smocky! Das solltest du unbedingt untersuchen!«

»Alle raus hier!«, schrie der Alte. »Was auf meiner Burg und mit diesem Mädel passiert, das bestimme ich, nur ich, niemand sonst!« Zur Bekräftigung seiner Worte ballte er die Fäuste und hielt sie seiner Tochter drohend entgegen.

»Wenn du ihr etwas antust, versündigst du dich und mich vor der heiligen Göttin!«, schrie Areshva zurück. »Das darfst du nicht, es würde alles zerstören!«

Smorkyn polterte wütend auf sie zu und schlug nach ihr. Sie sprang schnell zur Seite. Wollte er sie wirklich verprügeln? Ihr eigener Vater? Sie zerbrach innerlich, wie ein Spiegel, der in tausend Scherben splitterte. Auch wenn seine Faust sie nicht berührte, war sie getroffen. Sie hatte keine Familie mehr. Sie war ganz allein.

Wukur hechtete plötzlich genau zwischen Smorkyns Schwert und ihr.

»Eh, Smocky, jetzt lass sie doch. Was kann sie machen? Nichts, Alter. Du hast das Schloss zum Burgtor und du hast auch das Schloss für die Ketten deiner

Gefangenen. Wozu regst du dich auf? Sie kapiert es schon. Jetzt komm, wär schade, wenn die anderen den guten Rum ohne uns schlürfen! Außerdem habe ich dir noch was Interessantes zu erzählen.«

Tatsächlich milderte das den Zorn des Alten ab. Langsam, ohne Areshva eines Blickes zu würdigen, entspannte er sich. Dann knuffte er Wukur in die Seite und zog ihn nach draußen.

»Du hast Recht, mein Freund Wukur«, murmelte er schwer atmend. »Gehen wir zu den anderen. Feiern wir diesen erfolgreichen Tag, auf dass ihm noch viel erfolgreichere folgen werden!«

Mein Freund Wukur? Seit wann waren sie denn befreundet? Bei Wukurs Besuch vor sechs Monden hatten sie lautstark gestritten und Smorkyn hatte Wukur noch wochenlang als Hundesohn tituliert. Areshva stand stocksteif in der Höhle. Ihr eigener Vater war also – ihr Feind? Er stellte sich ihr mitleidlos entgegen, als wäre sie eine Sklavin und nicht sein Kind, das er liebte. Ein Gefühl, bodenlos und finster wie der Tod.

Beim Hinausgehen drehte sich Wukur zu ihr herum und zwinkerte ihr verstohlen zu. Was hatte das zu bedeuten? Wollte er ihr anzeigen, dass er auf ihrer Seite stand? Ha, als ob sie ausgerechnet auf Wukur trauen könnte! Allerdings tat des Vaters Verhalten so fürchterlich weh, dass sie ohnehin nicht anders konnte, als den beiden hinterherzugehen. Es konnte nicht sein, Smorkyn war kein herzloser Schuft. Es würde ihm vielleicht noch leidtun und er würde die Prinzessin doch noch freilassen.

Sie gingen den steinigen Weg entlang, der vom vorderen Burghof an Areshvas Turm vorbei Richtung Hinterhof verlief, an zahlreichen dunklen Grotten vorüber. Wukur ließ Smorkyn los und winkte Areshva, dass sie zu ihnen aufschließen sollte. Vorsichtshalber gesellte sie sich an seine andere Seite. Ganz klar war ihr nicht, ob der Vater schon wieder zu Verstand gekommen war oder ob er immer noch auf sie losgehen wollte. Und ob Wukur wirklich eine Idee hatte, die Prinzessin zu befreien, wie sein Augenzwinkern sie hoffen ließ?

»Wozu die vielen Leute, was gibt´s hier zu feiern?«, fragte sie düster.

»Ich rekrutiere Soldaten«, erklärte Wukur. »In Darghessa gibt es nicht genug Krieger, die das Schwert beherrschen, darum habe ich Smocky um Hilfe gebeten.«

Das leise triumphierende Grinsen, das bei diesen Worten auf Smorkyns Gesicht erschien, verriet Areshva, dass der Vater sich diese Hilfe reichlich bezahlen lassen hatte. Alles klar. Womöglich hatte Smorkyn noch Freunde aus der Umgebung eingeladen und sie ebenfalls rekrutieren lassen, damit er auch für diese kassieren konnte. Dann war er wohl nicht darauf angewiesen, auch noch mit der Prinzessin Geschäfte zu machen? Sie zitterte innerlich. Wie ihr Vater mit geballten Fäusten auf sie losgehen wollte, dieses Bild würde sie so schnell nicht vergessen. Es vergiftete ihr jetzt noch das Herz, schmerzte wie eine offene Wunde. Und ihr Streit war keineswegs beigelegt, sie musste die Prinzessin hier herausbekommen, egal wie.

Drei Wölfe lungerten auf dem Weg herum, zogen aber die Schwänze ein und huschten davon, als Areshva sich näherte. Es war inzwischen so dunkel, dass sie den Weg im Schatten des Burgturmes kaum erkannte. Aus einer großen Grotte flatterte ein ganzer Schwarm Fledermäuse. Die Tiere liebten Smorkyns Burg und es wurden immer mehr. Vielleicht gefielen ihnen die vielen Grotten auf dem Gelände oder Areshvas großzügige Fütterungen.

Erst als sie die Burg umrundet hatten und am Hinterhof ankamen, wurde es heller, denn hier sahen sie bereits die Flammen der hohen und ausladenden

Lagerfeuer, um die sich zahlreiche geflügelte Männer versammelt hatten. Es waren deutlich mehr als gewöhnlich, vielleicht zweihundert an der Zahl. Drei Sänger unterhielten sie mit der Laute. Man hörte sie jedoch kaum, da das Gejohle und Gegröle der schon etwas angetrunkenen Horde – mehrere Fässer Rum standen in ihrer Mitte – jeden Gesang übertönte.

»Wukur, seid gegrüßt!«, riefen zahlreiche Stimmen, als sie näher herankamen. Der Genannte hob huldvoll den Arm, in einer Geste, die Areshva noch nie bei ihm gesehen hatte. Ungefähr wie ein König, der Gnaden zu vergeben hätte. Dann drehte er sich zu Areshva um und ehe sie sich versah, hatte er sie auf die Arme genommen, wirbelte sie einmal im Kreis herum, ließ sie wieder herunter und raunte ihr ins Ohr: »Du wirst dich wundern.« Er führte sie durch das Getümmel der Männer zu einem Felsen, der gerade groß genug war, dass sie beide darauf sitzen konnten, und der so nah am Feuer stand, dass er ihnen Wärme und Licht spendete. Smorkyn war ihnen hinterhergekommen und seinem grimmigen Gesichtsausdruck sah sie an, dass auch er sich gerade fragte, ob das, was Wukur mit ihnen besprechen wollte, mehr ihm oder mehr Areshva gefallen würde.

Wukur winkte einem seiner Männer, der ihm drei Becher brachte. Diese stellte der junge Skeff auf einen Stein ihrem Sitzplatz gegenüber und hob einen kleinen Behälter auf, der auf dem Boden gestanden hatte. Mit diesem füllt er den ersten Becher und reichte ihn Smorkyn.

»Probier mal. So ein Zeug hast du dir noch nie hinter die Binde gekippt, das schwör ich dir.«

Areshva protestierte. »Soll das eine Trinkerei werden? Du weißt, dass ich nur Ingwersaft mag!«

»Ja, das hast du erzählt«, erklärte Wukur und lächelte. Er goss ihr aus einem anderen Gefäß etwas ein, überreichte es ihr, nahm seinen eigenen Becher und hockte sich wieder neben sie auf den Felsen. Sie schnupperte an der Flüssigkeit und erkannte sofort das typische scharfe Aroma der geriebenen Ingwerwurzel. Der war ja richtig aufmerksam, das hätte sie ihm nicht zugetraut. Sie stießen miteinander an, alle drei, und tranken dann schweigsam.

Areshva wurde schwummrig zu Mute. Wukurs Nähe elektrisierte sie. Ihr Körper reagierte auf ihn, so wie es auch schon bei ihrem ersten Treffen gewesen war. Noch schlimmer, dass er jetzt seinen Arm um ihre Schulter legte. Sie wollte das nicht. Sie hatte doch erkannt, dass er einen miesen Charakter hatte, den er nur gut versteckte! Warum fand sie diese Berührung trotzdem so angenehm? Weil sie sich danach sehnte, einen zu treffen, der sie liebte? Dass sie ihm gefiel, sah sie deutlich. Er starrte sie ja an wie hypnotisiert.

»Was mauschelst du schon wieder mit meinem Vater?«, flüsterte sie leise, während sie Smorkyn beobachtete, der seinen Rum herunterspülte wie Wasser und sich bereits nachfüllen ließ. »Wozu brauchst du die vielen Krieger?«

»Als Soldaten. Erfahrene Kämpfer. Ich will Darghessa befreien von Halunken und Verbrechern«, erklärte Wukur und zog sie langsam immer näher an sich heran, bis sie die Wärme seines Körpers überdeutlich spüren konnte. »Es ist zu einem Aufstand gekommen, den ich niederschlagen muss. Ich will Darghessa zu einer reinen und schönen Stadt machen.«

Areshva war zutiefst erstaunt. Wie bitte? Wukur wollte sich um die Schönheit und sogar noch um die Reinheit einer Stadt kümmern? Das kam ihr seltsam und unwahrscheinlich vor. Warum fiel es ihr so schwer, ihn sich als einen guten Menschen vorzustellen?

Vielleicht, weil sie damals bei der Brücke einen echten guten Menschen gesehen hatte und dieser völlig, absolut und hundertprozentig anders war. Jener Schmied musste ihr nicht erst berichten, was er für Absichten hatte, denn das hatte sie ihm an den Augen ablesen können. Wukurs Augen dagegen hatten immer einen verschlagenen Ausdruck und sie würde nie wissen, was sie ihm glauben konnte und was nicht.

»Hast du eine Idee, wie wir die Prinzessin hier herausholen?«, fragte sie drängend.

»Nicht hier. Wollen wir nicht in dein Turmzimmer gehen?«, wisperte Wukur ihr ins Ohr. »Hier sind zu viele Leute.«

Der Ingwer fing in ihrer Kehle leicht an zu brennen. Ein seltsames Wärmegefühl durchrann sie. Der Wind kam ihr weicher vor und Wukurs Nähe war, als säße sie an einem Kamin. Um sie herum fing es wundersam an zu rauschen und zu brausen, und sie folgte ihrem Freund ... Das Geräusch erinnerte sie an die Opferbäume ihrer Kindheit, die im Tempelpark wuchsen und aus deren Blüten schneeweiße Tropfen in den Himmel hinauf regneten, der herrlichen Lystrella in die Arme. Genau dieses Säuseln, das sie jetzt hörte, war dabei entstanden. Plötzlich war ihr, als stünden diese himmlischen Bäume genau hier, um sie herum, als gingen sie eigentlich durch den Park der Lichtgöttin! Ein unbeschreibliches Wohlgefühl durchströmte sie.

»Smorkyn lässt deine Prinzessin frei, er hat es mir versprochen«, erklärte Wukur neben ihr, dessen Stimme ebenso wie die Luft einen ganz neuen, wärmeren Klang hatte.

Der Druck schwand von Areshvas Brust. Worüber hatte sie sich Sorgen gemacht? Der Vater war kein Verbrecher, sondern ein anständiger Mensch. Die Luft um sie herum duftete süß, als sie nun die Winde emporschwebte bis zu ihrem Turmzimmer hin. Sie öffnete die Tür und trat hinein. Wukurs Arme lagen um ihren Schultern und sie fühlte alles Glück des Himmels auf sich nieder rieseln. Alles würde gut!

»Areshva«, murmelte neben ihr Wukur, wobei er sich nah an ihre Wange schmiegte, »Wenn ich morgen nach Darghessa reite, um die Rebellen niederzuschlagen – würdest du mir dabei helfen?«

»Ich? Hast du nicht genug Leute?«

»Du hast besondere Fähigkeiten.« Er strich sanft mit den Fingern über ihr Kinn und von dort aus über ihre Wangen bis zum Hals herunter. Eigentlich wollte sie das nicht zulassen. Der windige Kerl war nichts für sie, auch wenn sie seinen drahtigen Körper gerade so nah an ihrem spürte und die Blicke nicht von seiner geöffneten Uniformjacke wenden konnte, unter der sie seine nackte Haut sah.

Hatte sie nicht eben noch geglaubt, es wäre ein riesiger Unterschied zwischen Wukur und diesem Schmied – wie zwischen einem Ganoven und einem Ehrenmann? Auf einmal war sie nicht mehr sicher. Hatte sie wirklich Wukurs Augen jemals heimtückisch oder hinterlistig gefunden? Jetzt sah sie die Wärme darin. Er hatte tatsächlich fast dieselben blauen Augen wie jener Schmied, den sie so vermisste. Vielleicht waren beide sogar mehr oder weniger gleich. Sie war blind gewesen, hatte nicht erkannt, dass Wukur genau so ehrbar und großherzig war wie jener – wollte er nicht eine Stadt in Ordnung halten und eine Prinzessin retten? Was könnte sie mehr von ihm verlangen?

»Und mein Käfig?«, flüsterte sie aufgeregt.

»Ich erwarte demnächst einen Boten, der zu mir nach Darghessa kommen soll«, erklärte Wukur. »Du triffst ihn, wenn du mit mir kommst.«

Der letzte Widerstand in ihr schmolz. Sollte sie wirklich weiter diesem unbekannten Schmied nachtrauern? War nicht Wukur selbst ein Herzenskandidat – sogar einer, der es Wert wäre, Gefühle für ihn zu haben? Wie dumm war es denn, für einen Fremden zu schwärmen, von dem sie im Grunde nichts wusste, außer dass er ein Hufeisen an seinem Gürtel trug? Vielleicht wäre sie enttäuscht von ihm, wenn sie ihn näher kennenlernen würde. Nein, dachte sie, das wäre sie nicht. Das war nicht einfach eine dumme Schwärmerei, sondern viel mehr. Es war ein so wildes, unbarmherziges, weltendurchdringendes Gefühl, dass sie es fast nicht aushalten konnte.

Wukur setzte sich zu ihr auf ihr Bettlager, zog sie näher an sich heran und nahm ihren Kopf in ihre Hand. Er war eigentlich dem Schmied ähnlicher, als sie gedacht hatte. Seine Augen erschienen ihr genauso klar, so entwaffnend offen ... waren sie wirklich vorher dunkel gewesen? Dieser warme, aufrichtige Blick – wie sehr hatte sie ihn vermisst! Er bog ihr Kinn zu sich nach oben und küsste sie fordernd auf die Lippen. Sie erwiderte den Kuss. Das Rauschen um sie herum wurde stärker. Der Himmel drehte sich und in ihrem Magen flatterte es wie hundert Schmetterlinge. Das ist eigentlich *er*, nach dem ich mich so sehne!, fuhr es ihr durch den Kopf, während sie ihm nachgab und in seinen Armen versank. Sie hätte sich sowieso gar nicht wehren können, denn ihre Glieder waren wie Butter, die ganze Welt wie Watte, oder eher wie eine Wolke, auf der sie schwebte ...

Etwas schlug gegen ihren Kopf. Sie hörte Wukur fluchen, er fuchtelte mit den Armen und ließ sie los. Zinga krallte sich in seinen Haaren fest und schlug dabei wild mit den Flügeln. Wukur versuchte vergebens, sie abzuschütteln.

»Verdammtes Fledervieh«, schimpfte er und fuchtelte ärgerlich mit der Hand, um das Tierchen zu verjagen. Die Härte in seiner Stimme ließ Areshva zusammenzucken. Sie erwachte wie aus einem Traum. Seine Augen - sie waren weder blau noch warm. Was war los ... täuschten sie ihre Sinne? War das wirklich Ingwersaft, was er mir gab, flog ihr ein einsamer, sehr irritierender Gedanke durch den Kopf, oder nicht eher ein Hexentrank, der mich durcheinanderbringen soll? Und den hat er auch dem Vater gegeben, damit wir alle auf seiner Seite sind? Der Gedanke empörte sie. Mühsam kroch sie vom Bett herunter und stand auf. Der Boden schwankte unter ihren Füßen, als stünde sie auf einem Schiff. Das bestärkte sie in ihren Zweifeln. Dies war nicht normal. War das wirklich Ingwersaft, was Wukur mir gab, flog ihr ein einsamer, sehr irritierender Gedanke durch den Kopf, oder nicht eher ein Hexentrank, der mich durcheinanderbringen soll? Und den hat er auch dem Vater gegeben, damit wir alle auf seiner Seite sind?

»Ich fühle mich komisch. Lass mich allein«, sagte sie mit schwerer Zunge und zeigte auf die Tür.

Wukur fuhr hoch. »He? Was ist mit dir denn los?«

»Mir ist schwindelig«, erklärte sie. »So geht das nicht. Zinga hat das auch gemeint.«

»Wer ist Zinga?«

Areshva zeigt mit der Hand auf die kleine Fledermaus, die gerade wieder auf die Nektarschüssel zu flog.

Wukur kam nah an sie heran. »Dieses Flügeltier ist wohl deine Keuschheitsgarde? He, Mädchen, mach das nicht mit mir.«

Er umarmte sie stürmisch, küsste ihren Hals, zuerst hinten, dann tastete er sich nach vorn, bis er ihren Mund fand. Es kitzelte. Sie lachte, versuchte etwas zu sagen, doch er erstickte ihre Worte mit weiteren Küssen. Es war schwer, sich entgegenzusetzen. Seine Nähe war eigentlich angenehm – wären nicht die ständigen Zweifel, die sie jetzt schon wieder ganz durchdrangen.

»Ich habe nein gesagt«, widersetzte sie sich und entwand sich ihm. Energisch ging sie zur Tür hin und öffnete.

Wukur folgte ihr, seine Augen waren düster, er sah sie mit lodernden Blicken an. »Und wenn ich dir eines Tages einen Heiratsantrag machen will, schickst du dann auch dein Flattergeschwader vor? Hey, Areshva. Mach dich nicht lächerlich.«

»Vom Heiraten war keine Rede«, erwiderte sie.

»Ja, noch nicht.« Er fiel theatralisch vor ihr auf die Knie, umfasste ihre Beine und drückte seinen Kopf dagegen. Dann stand er ganz plötzlich auf. »Aber vielleicht fällt mir das morgen ein. O Himmel, du machst mich wahnsinnig. Sag nicht nein, Areshva ...« Er umarmte sie leidenschaftlich, riss sie in seine Arme und wirbelte sie herum. Ihr war vorher schon schwindelig gewesen, jetzt drehte sich alles, sie hörte das betörende Rauschen der Opferbäume und spürte Wukurs weichen Lippen auf ihren. Das war so süß, so berauschend ... Sie könnte es einfach geschehen lassen?

Nein. Nicht im Rausch, nicht mit ihm. Abrupt stieß sie ihn von sich. »Ich liebe dich«, keuchte er.

»Wenn du das wirklich tust, dann wartest du auch, bis es mir besser geht«, wisperte sie. »Gute Nacht, Wukur.«

Hastig schob sie ihn nach draußen und warf die Tür ins Schloss.

# Blutadler

Laute Fanfaren schmetterten über die Arena von Aravenna. Die Würdenträger erhoben die Särge des toten Fürsten und der Priesterin und trugen sie die Empore hinunter. Rufe wurden laut:

»Zum Tempel! Wir müssen den Tempel wieder entzünden!«

Silvrin fühlte sich noch immer wie in einem Traum, als die Regimentsführer, Leibwächter und Zauberinnen die Empore wieder verließen, denen er und Fürst Koryelan folgten. Was müssen sie denn entzünden, ist der Tempel erloschen?, fragte sich Silvrin. Doch die Frage beantwortete sich ihm von selbst. Natürlich musste mit dem Tod der Priesterin ihre Verbindung zu der Kristallkugel und damit auch die zu ihrer Göttin erlöschen. Dies war ein instabiler Zustand für die Provinz, die keinerlei göttlichen Schutz bekommen konnte, solange der Tempel stumm blieb. Es war deshalb dringend notwendig, dass die neue Priesterin ihn schnell wieder entzündete und den Kontakt zur Göttin wiederherstellte. Da dies ebenfalls eine offizielle Handlung war, bewegte sich nun ein ganzer Tross von Regimentsführern, Tempeldienerinnen, Leibgardisten, Truppenführer, berittenen Soldaten sowie Fußvolk aus der Arena hinaus zu den davor geparkten Kutschen, die sich gleich in Richtung Tempel in Bewegung setzten.

Silvrin schwirrte der Kopf, denn er saß nun gemeinschaftlich mit dem neuen Fürsten Koryelan sowie den beiden Regimentsführern Lemetrong und Kessinaj, zwei würdigen Herren, die weit älter waren als er, in demselben Pferdewagen. Und auf samtweichen Kissen. Deren Blicke lasteten auf ihm, als wollten sie ihn durchbohren, auch wenn die beiden sich Mühe gaben, vor dem Volk ein gezwungenes Lächeln aufzusetzen. Silvrin sah ihnen den inneren Aufruhr an. Lemetrong hatte seine Lippen zu schmalen Strichen zusammengepresst, über denen sein Schnurrbart bei jedem Holpern der Kutsche tanzte. Kessinaj schien angestrengt nachzudenken. Silvrin ahnte, was den altgedienten Feldherren durch den Kopf ging. Wer war er schon, ein unerfahrener Jüngling. Ein unangenehmes Frösteln kroch ihm den Rücken hinauf. Doch er versuchte ihm standzuhalten. Er hatte eine neue Aufgabe bekommen, also musste er sich die notwendigen Kenntnisse dafür aneignen. Er grübelte. Wie? Würden die beiden Regimentsführer ihn unterrichten? Bis jetzt schienen sie ihn als einen Versager zu betrachten und taxierten ihn so kritisch, als könnten sie höchstens Diebesgut bei ihm entdecken, wenn sie nur genau genug schauten.

»Warum liegt ihr eigentlich mit den Millesanern im Krieg?«, fragte Silvrin leise seinen Freund Koryelan.

»Weil sie meinen Bruder als Königsmörder angeklagt haben«, erklärte Koryelan düster. »Du hast sicher von dem Frühlingsfest vor zehn Jahren gehört, bei dem der König ermordet wurde. Fürst Vandrasil von Millesana hat vor allen Gästen angebliche Beweise vorgebracht, nach denen Zekyelan die grausame Tat verübt haben sollte – ganz absurde, dümmliche Lügen. In Wahrheit war es gerade umgekehrt, Vandrasil selber ermordete den König! Er wurde jedenfalls damals bei der Leiche angetroffen. Bei den folgenden Prozessen verleumdeten uns die Millesaner fürchterlich, meinem Bruder drohte gar das Henkersschwert, und es endete mit einer Kriegserklärung. Mein Vater und mein Bruder rüsteten die Armee und stürmten gegen Millesana. Zekyelan fiel kurz gleich in der ersten Schlacht und wir verloren den Krieg.«

Die Ermordung des Königs. Durch diese schändliche Tat war damals das ganze Land in Aufruhr geraten, war Unfrieden zwischen den Provinzen ausgebrochen, denn es hatte mehr als nur zwei Verdächtige gegeben. Bis heute war unklar, wessen Dolch das Leben des einstigen Landesherrn und den Frieden in Damarynth zerstörte. Das Thema war ein Dauerbrenner in der Gerüchteküche jeder beliebigen Provinz gewesen, in welcher Silvrin bis jetzt gelebt hatte.

»Am wahrscheinlichsten ist es wohl, dass Prinz Shapran von Kantalunia den König tötete, weil dessen Verbündete Ontelee genau am Todestag zur Hohepriesterin aufstieg«, mutmaßte Silvrin. »Das ist jedenfalls die Theorie, an die man in Pallanthia glaubt.«

»Wenn Shapran gleichzeitig der neue König geworden wäre, hätte ich das auch gedacht«, widersprach Koryelan. »Aber er verschwand spurlos. Hast du dafür eine Erklärung? Irgendetwas Seltsames geschah damals und nur der Mörder weiß es genau.«

Silvrin sah Häuserzeilen und winkende Menschen an sich vorübergleiten. Von überall kamen die Bewohner aus ihren Häusern und grüßten den neuen Fürsten. Koryelan winkte geistesabwesend zurück.

»Und die letzte Schlacht?«, bohrte Silvrin weiter. »Warum habt ihr die Millesaner ein zweites Mal angegriffen?«

»Weil sie keine Ruhe gaben. Fürst Vandrasil ist ein hinterhältiger Hund, wie mein Vater immer gesagt hat. Er verlangte von meinem Vater, dass er seine Anklagen gegen ihn zurücknehmen und noch erheblichen Schadenersatz zahlen sollte, weil wir ihn verleumdet und einen Königsmörder genannt hätten. Dabei sind unsere Anklagen richtig. Zekyelan hat ja in Vandrasils Zimmer damals sogar den blutigen Dolch gefunden, aber natürlich behauptete der Millesaner, er hätte den selber hineingeschmuggelt!«

»Ich hörte davon«, sagte Silvrin kopfschüttelnd. Das waren alte Geschichten, denn über dieses unheilvolle Fest kursierten allerlei Gerüchte. Auch er hatte darüber schon lange Debatten mit Meister Albor oder den Bauern geführt, deren Pferde er beschlug. Die Wahrheit würde womöglich nie herauskommen. Jetzt hatte er Drängenderes zu tun: Ein Regiment zu führen ... das war eine würdige Aufgabe. Aber könnte er sie ausfüllen? Wie konnte er Kenntnisse darüber erlangen?

Die Kutsche bog in eine Kurve und rumpelte an unregelmäßig gebauten Fachwerkhäusern entlang. Mehrere Fenster öffneten sich und auch hier winkten ihnen die Bewohner.

»Habt ihr eine Bibliothek in eurer Burg?«, wechselte Silvrin das Thema. »Vielleicht gibt es dort Schriften über Kriegstaktik oder darüber, wie man ein Regiment führt?«

Der junge Fürst zog die Augenbrauen hoch. »Wie? Du meinst unsere Pergamentsammlung?« Er zuckte die Achseln. »Es gibt eine Kammer in der Nordburg, wo mein Vater alle wichtigen Rollen aufbewahrt. Es sind hunderte. Wenn jemand die alle lesen wollte, wäre er jahrelang beschäftigt.«

Regimentsführer Lemetrong lachte dröhnend. »Bildest du dir ein, du könntest irgendwelchen verstaubten Schriftrollen relevante Kenntnisse entreißen?

Vergiss es. Dazu brauchst du Erfahrung, Jungchen. Erfahrung.« Er tippte sich bedeutungsvoll an die Stirn und warf Silvrin einen herablassenden Blick zu.

»Oder Glück«, meldete sich Koryelan hitzig zu Wort, in einem Tonfall, als müsste er Silvrin um jeden Preis verteidigen.

»Glück«, grunzte Kessinaj aufgebracht. »Prinz Koryelan, eine Schlacht ist kein Kartenspiel und eine Armee viel zu teuer, als dass Ihr sie einfach verspielen könntet.«

»Die Erfahrung scheint nicht in jedem Fall viel zu nützen«, bemerkte Silvrin trocken, doch in freundlichem Tonfall. Er wollte die alten Herren nicht provozieren, aber dennoch anzeigen, dass er die Sache ernstnehmen würde. Lemetrong legte seinen Arm geräuschvoll auf die Lehne an der Seite und hielt seinem jungen Amtskollegen einen Vortrag darüber, wie viele gefährliche Schlachten er schon gewonnen hatte, wobei er mit Ortsangaben und Namen von berühmten Kriegern nur so um sich warf. Silvrin merkte, dass diese Rede nicht dazu dienen sollte, ihm etwas beizubringen, sondern nur, ihm seine Nichtswürdigkeit vor Augen zu halten. Vielleicht sogar ihn einzuschüchtern, damit er das Handtuch warf. Aber das hatte er nicht vor. Er würde mit aller Kraft daran arbeiten, so weit wie möglich zu kommen.

Inzwischen hatten sie den Marktplatz passiert, waren durch belebte Handelsstraßen kutschiert und gelangten nun in ein Waldstück. An die hohen Eichen, die Lichtung mit den Birken und die Buchenallee zum Ende hin erinnerte sich Silvrin sogar, denn diesen Weg war er als Junge oft gelaufen. Er schien ihm nur dunkler und stärker zugewachsen zu sein.

Ob seine Schwester noch immer am Tempel lebte? Er hatte seit Jahren keine Nachrichten von ihr bekommen. Inzwischen hatte sie ihre Ausbildung sicherlich beendet.

Es wäre gut möglich, dass sie fortgegangen sein könnte. Zwar hatte er Koryelan schon nach ihr gefragt, hatte aber keine klare Antwort bekommen.

Dort stand er, der Tempel. Wie ein riesiger pechschwarzer Schatten ragte er aus dem Wald heraus, bis über die Baumkronen hinweg. Silvrin glaubte zuerst, ein anderes, neu gebautes Gebäude verdeckte ihm die Sicht, denn war der das Gotteshaus nicht freundlicher gewesen, heller? Aber die düstere Erscheinung musste daran liegen, dass er jetzt erloschen war. Die gesamte Anlage lag in einem tiefen magischen Dunkel.

Alle Kutschen stoppten. Überall schnaubten Pferde und riefen Soldaten Befehle. Silvrin wollte sich erheben, doch Koryelan gebot ihm, sitzen zu bleiben. Sie warteten ab, bis die Tempeldienerinnen in einer langen Reihe in dem nachtschwarzen Gebäude verschwunden waren.

Wie durch Zauberhand, als wäre ein gewaltiger Blitz vom Himmel gezuckt, erhellten plötzlich die heiligen Mauern. Acht hohe Säulen rahmten den Eingangsbereich, über denen ein Adler mit ausgebreiteten Schwingen thronte, von innen erglühten die Wände in dunkelroter Strahlung. Silvrin wunderte sich über die seltsame Farbe. So hatte es früher nicht ausgesehen – oder seine Erinnerung trog ihn, er war nicht sicher. Die magische Energie schlug unangenehm auf seiner Haut auf, doch niemand außer ihm schien sich daran zu stören, deshalb thematisierte er das nicht.

Koryelan nickte ihm zu und stand auf. Sie kletterten aus der Kutsche. Schon passierten sie die Säulen und traten in die Kristallhalle hinein. Diese leuchtete auch von innen in einem gespenstischen Dunkelrot. Es war die Kristallkugel in der Mitte, hoch wie ein Haus, von der das dunkle Licht ausging, das wie ein eisiges Feuer aussah.

Ein ganzer Pulk Zauberinnen stand um diese Kugel herum, alle berührten ihre gläserne Oberfläche mit den

Händen und Silvrin sah diverse Bilder darauf aufblitzen: Soldaten, die durch einen Wald marschierten, eine Gasse mit Kräuterläden in Rheskali, ein Thronsaal, in dem Männer miteinander diskutierten. Erst nach einer Weile erkannte Silvrin die junge Priesterin, welche diese Bilder mit Handbewegungen auf dem Kristallglas herbei schob, zur Seite wischte und immer wieder neue entstehen ließ. Silvrin versuchte zu erkennen, wen die Bilder zeigten, aber er sah keinen Zusammenhang. Warum die Priesterin diese Leute sehen wollte, war ihm ebenfalls unklar. Ich muss lernen, was für Aravenna wichtig ist, dachte er bestürzt. Heute Abend noch, sobald diese Zeremonie beendet wäre, würde er Koryelan nach allem ausfragen. Für einen beklemmenden Augenblick fühlte er sich, als würde er von einer Riesenwelle überspült, die er niemals kontrollieren könnte.

Die Priesterin Coreana begrüßte ihre Gäste, warf ihre Hände zur Decke hoch und rief ihre Göttin an. Es begann ein nicht endenwollendes Gotteslob und eine Huldigung auf die größte aller existierenden Göttinnen, bei der Namen gerufen und Kräfte herbeibeschworen wurden. Silvrin überkam der Impuls, die Ohren vor dieser Litanei zu verschließen, die ihn nichts anging, so wie er das jeden Sonntag zur Hochmesse damals in Pallanthia getan hatte. Doch halt – konnte er sich das erlauben? Zwar war es nicht seine Göttin, er sah und hörte sie auch nicht – aber sie war genauso wie er für das Schicksal der Provinz Aravenna verantwortlich. Er war gezwungen, sich für sie zu interessieren, musste lernen, was für eine Herrin sie war.

Und Vadinia, seine Schwester? Ob sie hier war? Forschend glitten seine Blicke über die Umhänge der Tempeldienerinnen und ihre aufgeregten Mienen. Aber sie schienen ihm alle etwas zu alt, zu streng.

Eine löste sich aus der Menge und trat an ihn heran. Sie war schlank, fast mager, ihre blonden Haare trug sie zu einem Zopf gebunden und ein feines silbernes Band leuchtete um ihre Stirn, das Zeichen der Priesterinnenwürde. Demnach war sie bereits geweiht. Ihre Nase war ein wenig lang und ihr Kinn etwas spitz. Das kam ihm bekannt vor.

»Vadinia!«, rief Silvrin erfreut und nahm ihre Hand in seine. »Bist du es wirklich?«

Du siehst älter aus, als du bist, hattest du eine schwere Zeit?, dachte er aufgewühlt, doch dann rechnete er nach. Sie war fünf Jahre älter als er, also jetzt bald 24. Fast zehn Sommer hatte er sie nicht gesehen. Natürlich war sie kein schüchternes halbwüchsiges Mädchen mehr.

»Und du etwa, Silvrin? Wie froh du mich machst! Ich habe dich am Anfang gar nicht erkannt.« Sie schüttelte ihm die Hand und lachte. »Herrje, was machst du denn für Geschichten? Ich dachte, ich traue meinen Augen nicht, als ich dich vorhin in die Arena stürmen sah!« Er nahm sie in die Arme und drückte sie fest an sich.

»Wie geht es dir?«, fragte er, ließ sie langsam wieder los und sah sie forschend an, jetzt genauer. Es war nicht nur Strenge in ihren Zügen, auch eine gewisse Bitternis, oder Anstrengung. Ein leichtes Leben hatte sie nicht, das erkannte er an ihrem etwas verkrampften Mienenspiel.

»Gut«, sagte sie und lächelte. Er merkte, sie freute sich, ihn zu sehen. »Ich kann nicht klagen. Mein Platz hier im Tempel ist sicher, ich verstehe mich gut mit Coreana, das kann nicht jede der anderen Dienerinnen von sich sagen. Und du? Heilige Göttin, wirst *du* etwa demnächst Soldaten in die Schlacht führen?«

»Ich hoffe nicht«, erklärte Silvrin schnell.

»Als der alte Fürst dich hinauswerfen ließ, habe ich deinen Weg in unserer Kristallkugel verfolgt und versucht, aus der Ferne zu helfen. Vielleicht hast du dich gewundert, warum ich vor Jahren aufhörte, dir Proviant oder feste Kleidung zu schicken«, berichtete Vadinia und strahlte ihn an, als könnte sie immer noch nicht fassen, ihn so lebendig vor sich zu sehen. »Aber die alte Priesterin hat eines Tages uns allen verboten, ihre Kugel für private Zwecke zu benutzen. Ich habe oft an dich gedacht und mich gefragt, was aus dir geworden ist.«

»Das habe ich auch«, erwiderte Silvrin und umarmte sie nochmals kräftig. »Danke für deine Pakete. Sie waren für mich wie Himmelsgeschenke. Als irgendwann keine mehr kamen, war ich schon alt genug, um selber für mich zu sorgen.«

Ein Rauschen in der Luft veranlasste ihn aufzublicken. Drei große Adler flogen über seinem Kopf vorbei und ließen sich auf einer steinernen Statue nieder. Die Wappenvögel der Göttin – auch sie schienen ihm verändert. Wie brutal sie krakeelten, als wären es Waldgeister.

Vadinia lächelte schief. »Ehrlich gesagt, ich mache mir ein wenig Sorgen um dich. Mein kleiner Bruder und ausgerechnet … Regimentsführer.« Sie seufzte tief. »Ich habe Angst, dass du so endest wie Vater. Silvrin, bitte doch darum, einen leichteren Posten zu bekommen. Der neue Fürst wird es dir schon nicht abschlagen und du müsstest nicht deinen Kopf hinhalten.«

»Nein, das werde ich nicht tun«, erklärte Silvrin. »Ich bin gewohnt, Herausforderungen anzunehmen, und Koryelan ist mein Freund. Mit ihm will ich gerne zusammenarbeiten. Vielleicht würdest auch du mich unterstützen?«

Vadinia lachte und zupfte eine Strähne aus ihrer Stirn, die sich aus ihrem Zopf gelöst hatte. Sie wollte etwas erwidern, aber das erneute Gotteslob übertönte sie, bei dem der ganze Tempel erbebte von dem lauten Rufen: »Uoshila! Uoshila! Ehre sei dir!«

Die Priesterin, deren Gestalt von der Kristallkugel dunkelrot erleuchtet wurde, gab ein Zeichen mit der Hand, worauf vier Tempeldienerinnen durch die Menge vortraten, die gemeinsam ein großes Tablett herbeitrugen. Auf diesem stapelten sich tote Schlangenleiber und Kaninchenkadaver. Dieses makabre Menü stellten sie auf ein Podest, auf das es genau passte, und sprangen schnell in die Menschenmenge zurück. Fast im selben Augenblick stürzten sich Dutzende Adler, die vorher in den Lüften gekreist oder auf Säulenvorsprüngen über ihren Köpfen gesessen hatten, auf diese Festmahlzeit herunter und bohrten ihre Schnäbel in das Fleisch hinein. Silvrin bemerkte mit einigem Entsetzen, dass diese Vögel eigenartig lange und spitz zulaufende Saugmünder hatten, die wie Dolche aussahen. Sie zerrissen die Kadaver nicht, sondern schienen sie eher von innen auszusaugen.

»Was sind das für Tiere?«, fragte Silvrin beunruhigt.

»Blutadler«, erläuterte Vadinia. »Die Wappentiere unserer Herrin, der ehrwürdigen Uoshila. Sie ernähren sich von Körperflüssigkeiten.«

Silvrin fasste sich an den Kopf. »Wie bitte? Lebten nicht früher normale Vögel in diesem Tempel – oder habe ich etwas verpasst?«

Wieder unterbrach sie lautes Klatschen und Rufen der Menge, was jedes Gespräch unmöglich machte. Vadinia winkte Silvrin, ihr zu folgen, und führte ihn abseits des Gewühls in eine Nebenhalle, in der die Geräusche leiser waren und wo es gläserne Bänke gab, die alle auf ein großes, von Blutadlerstatuen umgebenes Gemälde hin gerichtet waren.

»Wir bekamen eine neue Göttin. Ich glaube, das geschah kurz nachdem du fortgingst«, berichtete Vadinia. »Unsere frühere Herrin verlor an Kraft und konnte uns nicht mehr schützen. Die Priesterin überraschte uns eines

Tages damit, dass Uoshila nun über uns wacht. Sie ist eine gute Herrin und wir verehren sie über alle Maßen.«

»Aber diese Blutsauger …«, warf Silvrin stirnrunzelnd ein.

»Es sind ja nur Wappentiere«, beruhigte ihn Vadinia. »Darum musst du dich nicht bekümmern. Für die Göttin und den Tempel sind wir Zauberinnen zuständig. Deine Aufgabe wird die Armee sein … ich fürchte, eine schwierigere Aufgabe, als wir sie haben. Du meinst, ich könnte dir dabei helfen? Wie zum Beispiel? – Setz dich doch.«

Vadinia deutete auf eine der gläsernen Bänke. Er nahm darauf Platz und sie ihm gegenüber.

»Hast du meinen Kampf gesehen, vorhin in der Arena? Perfekte Schläge, nicht wahr?«, fragte er leichthin, indem er mit der Hand über das seltsame gläserne Material strich, auf dem er saß. Eis war es nicht, es fühlte sich mehr wie Holz an.

Vadinia nickte ihm anerkennend zu.

»In der Tat.«

Silvrin holte tief Luft.

»Was ist das für ein Zauber in meiner Hand, kannst du das erkennen?«

Er streckte seine Rechte vor. Zwar spürte er im Augenblick gar nichts darin, aber sie als Zauberin würde die versteckte Kraft sicherlich sehen. Seine Schwester strich prüfend über seine Innenfläche, die Finger, dann zuckte sie die Achseln.

»Einer der üblichen Kampfzauber, denke ich«, erwiderte Vadinia nachdenklich. »Scheint mir nicht so außergewöhnlich zu sein, dass du dir etwas darauf einbilden könntest.«

»Wann verlöscht er wieder?«

»Normalerweise wirken sie bloß ein paar Tage.«

Silvrin zog seine Hand zurück. Genau das hatte er befürchtet.

»Soll ich ihn dir verlängern?«

Ihre Blicke trafen sich. Vadinia grinste ihm zu. »Macht doch sicherlich Spaß, unbesiegbar zu sein?«

Er senkte den Kopf und nickte.

»He!« Sie knuffte ihn gegen die Schulter. »Worüber grübelst du? Ich hab dich gesehen. Das war mehr als nur Spaß. Du hast für einen Moment gedacht, dass du die ganze Welt regieren könntest ... nicht?«

Silvrin lachte gequält.

»Jetzt hör doch auf, so zu reden.«

»Und morgen wirst du vor deinen Gegnern wieder am Boden liegen. Es wird wohl nicht leicht, das zu ertragen, hm?«

»Vadinia!« Er sprang auf. »Warum sollte ich am Boden liegen? Ich habe schon ein paar Kämpfe hinter mir, zum Siegen braucht man nicht zwingend einen Zauber.«

»Gib mir mal dein Schwert.«

Er reichte es ihr. Sie wog die Waffe, strich mit dem Finger darüber und versuchte den Zauber selbst zu aktivieren. Damit war sie eine Weile beschäftigt, aber je länger sie das Schwert untersuchte, desto ratloser wurde sie.

»Seltsam. Die Zauberkraft darin ist minimal. Ich verstehe nicht, wie du damit siegen konntest.«

Schließlich reichte sie die Waffe an Silvrin zurück. Kaum hatte er es in die Hand genommen, zuckte sie zusammen.

»He«, entfuhr es ihr. »Siehst du das? Es entzündet sich, sobald du es in die Hand nimmst. Sie hat die Magie an dich gekoppelt, nicht an die Waffe.«

»Ich weiß, das hätte ich dir vorher sagen können.«

»Hast du das gemerkt?«

»Und wie. Als ob jemand einen ganzen Heuschober von Magiestrahlen über mir ausgeschüttet hätte. Sie haben richtig Gewicht, drücken mich zu Boden. Nach einer Weile lösen sie sich auf und erhitzen alle Fasern. Und danach weiß ich von ganz allein, wie ich mich bewegen muss.«

Vadinia riss die Augen auf.

»Aber so macht man das nicht.«

»Scheint effektiver zu sein als deine Methode.«

Silvrin steckte sein Schwert wieder ein.

»Ich hätte nie gedacht, dass ich mir sowas mal wünschen würde«, sagte er leise. »Aber es ist natürlich so, wie du denkst. Am liebsten würde ich diese Überlegenheit nicht wieder verlieren und dafür sorgen, dass uns keiner mehr mit Füßen tritt!« Er hatte sich erhitzt, als er das sagte. Erschrocken schlug er sich die Hand vor den Mund.

»Alle Götter, ich wollte natürlich nicht so klingen, als wäre ich der Fürst. Mein Freund Koryelan ist für diese Aufgabe unterrichtet worden und ihm kommt es auch zu, sie durchzuführen.«

»Bloß dass er die Fähigkeiten dazu nicht besitzt.«

»Vadinia! Wie redest du. Er besitzt sie natürlich. Aber ich könnte ihm helfen. Ich könnte ihm hundertmal besser dabei helfen, wenn ich diese Kampfstärke behalte.«

»Dass du dich mit dem Versager Koryelan angefreundet hast, war jedenfalls schlau. Und dann überlistest du noch diese Hexe von Ygramor, die sonst alles niedermetzelt! Weißt du, was ich mir gerade überlege? Ich bin zur Priesterin geweiht, wie du siehst ...« Sie tippte auf das geweihte Band, das ihre Stirn zierte, »und brauche noch einen Bündnispartner. Wir sind ja immerhin Geschwister. Verbündest du dich mit mir, Silvrin?«

»Verbünden?« Silvrin wurde von einem Adler abgelenkt, der laut krächzend in seine Richtung flog und dann abbog. »Warum das? Diese Bündnisse braucht doch nur, wenn man die Absicht hat, Fürst einer Provinz zu werden beziehungsweise in deinem Fall Tempelherrin derselben Provinz. Ich werde nicht meinem Freund Koryelan die Krone stehlen.«

»Ah, nein, darum geht es natürlich nicht. Es ist nur eine Absicherung für den unwahrscheinlichen Fall, dass sich etwas verändert. Jeder Mensch kann plötzlich sterben, dieser Tempel könnte plötzlich frei werden – nicht wahr? Silvrin, wen sonst könnte ich denn fragen als meinen eigenen Bruder? Ich würde dir auch helfen, deine Kampfstärke zu verbessern. Wenn der Spruch von dieser Zauberin erlischt, dann mache ich dir einen neuen.«

Silvrins Augen blitzten auf.

»Das war ein Götterspruch, Vadinia. Keine Zauberin dieses Landes kann mir so einen Spruch machen außer ihr.«

»Gut, mein Spruch wird vielleicht etwas schwächer ausfallen, aber ich verspreche dir, dass es für dich schon einen fühlbaren Unterschied machen wird.«

»Auf so etwas will ich nicht gern angewiesen sein. Es wäre besser, etwas zu haben, das ich allein kontrollieren kann. Ich habe zuletzt gegen diesen Räuberhauptmann gekämpft. Weißt du, dass er mit Magiestäben gearbeitet hat?« Er sah Vadinia vorwurfsvoll an. »Du hast mir nie gesagt, dass es spezielle Geräte gibt, die Magie speichern, so dass man einen Vorrat an Strahlung mit sich herumtragen und bei Bedarf benutzen kann.«

»Wozu hätte ich dir das sagen sollen? Du kannst das nicht. Das haben wir oft genug ausprobiert.«

»Nie mit solch einem Gerät. Du musst mir eins machen. Mein Gegner hat magische Kugeln damit produziert. Obwohl ich so einen phänomenalen

Schwertzauber hatte, hat mir das gar nichts genützt, der hat mich ja quasi mit Kanonenkugeln bombardiert. Es war, als stünde ich unbewaffnet vor ihm!«

Vadinia griff an ihren Gürtel und zog einen unscheinbaren Stab heraus.

»Gut, versuch es. Du kannst damit ja mal experimentieren. Aber versprich dir nicht zuviel davon.«

Silvrin nahm den Stab in die Hand und strich ein paarmal darüber. Der Stab fing ein wenig an zu glitzern, aber mehr tat sich nicht. Vadinia zuckte die Achseln.

»Hab ich doch gesagt. Du kannst das nicht.«

Silvrin strich noch einmal über den Stab, jetzt fester. Wieder fing er ein wenig an zu leuchten, ohne jedoch nennenswerte Strahlung freizusetzen. Aber das entmutigte ihn nicht.

»Den Trick kriege ich schon heraus, wenn ich nur Zeit bekomme, damit herumzutüfteln. Danke, Vadinia.«

»Ich wünsche dir Glück«, bemerkte Vadinia zweifelnd, während Silvrin sich den Stab an seinen Waffengurt steckte.

# Die Hinrichtung

Tief unter Pirina lag die Stadtmauer von Darghessa. Sie sah klein aus wie ein rundes Seil, das eine Ansammlung von hunderten von Spielzeugsteinen mit putzigen spitzen Dächern umringte. Dara hatte ihrer Tochter eingeschärft, sich sehr hoch oben am Himmel zu halten, am besten in Wolkenhöhe, damit die Wächter der Stadt nicht auf die Idee kämen, sie abzuschießen.

Die Vorstellung brachte Pirina ins Schwitzen. Würden sie das wirklich tun? Auf ein Kind schießen, das am Himmel flog, weil sie sich auf diese Weise vor dem Eintrittspreis drückte? Dara stand gerade jetzt vor dem Stadttor in der Schlange, zusammen mit Susu, Rhibris und Zendra. Sie hatten ihre allerletzten Scheller zusammengekratzt, um den Eintritt in die Stadt bezahlen zu können, es reichte gerade für vier. Denn heute sollte die Hinrichtung stattfinden. Also, sie würde natürlich *nicht* stattfinden, da war Pirina sich sicher. Amina würde es verhindern. Sie würden Amina treffen, die Retterin der Welt, auf die sie schon warteten, so lange die Kleine denken konnte!

Pirina flog über die winzige Mauer weg. Es sah nicht so aus, als ob sie jemand bemerkt hätte. Es schoss auch niemand. Sie hatte es doch gewusst, so böse konnten die

Menschen nicht sein! Langsam segelte sie wieder abwärts. Sie musste zum Marktplatz hinunter, er war nicht schwer zu finden, denn er lag genau in der Mitte der Stadt. Sie war dort ja schon mal gewesen. Die meisten Gassen waren eng, die Häuser drängten sich dicht aneinander. Zum Marktplatz hin wurden sie immer höher. Einige hatten sehr schöne Fassaden, die mit Malereien und steinernen Statuen geschmückt waren. Und es waren massenhaft Menschen auf den Wegen. Sie standen Kopf an Kopf in einem riesigen Gedränge. Aus vielen Fenstern der umliegenden Häuser beugten sich Schaulustige, einige standen auch auf den Balkonen. Pirina flog über die Köpfe der Leute hinweg auf eins der höchsten Dächer und hockte sich auf den Dachfirst. Die Beine ließ sie herunterbaumeln. Hier war sie sicher, von hier hatte sie den allerbesten Überblick und würde vermutlich die Erste sein, die Amina erblickte! Kaum hatte sie ihren Platz eingenommen, da begann sie auch schon zu suchen. Sie hatte eine deutliche Vorstellung davon, wie Amina aussehen musste. Ungefähr so wie die Priesterin Kirisha von Pallanthia. Eine Parva, blond und groß. Ehrfurchtgebietend. Nur jünger, strahlender. Und mächtiger. Kaum vorstellbar, dass jemand noch mächtiger sein könnte? Jedenfalls würde sie hier in Darghessa, wo hauptsächlich schlaksige Pferdegesichter vom Volk der Elgo wohnten, mächtig auffallen. Tja und bestimmt würde sie keine Dienerin wie Pirina haben wollen, weil ihr garantiert alle hier anwesenden Leute zu Füßen liegen würden und sie sich aussuchen könnte, wer am besten zu ihrem Gefolge passte.

Pirina starrte auf die überdimensionale Tribüne inmitten der Menschenmenge, auf der Roviana und ihre vierzehn Mitverurteilten standen. Es war ein grässlicher Anblick. Es hätte schon gereicht, die strahlende Roviana in Lumpen und in Ketten zu sehen, aber heute wartete auf der Tribüne auch noch ein Henker mit einer schwarzen Kapuze über dem Kopf und ganz vorn auf der Tribüne ein grober Holzblock und darauf ein brutal langes Schwert. Pirina wusste, wozu es diente, sie hatte schon von solchen Hinrichtungen gehört.

Aber so schreckliche Dinge würde Amina nicht geschehen lassen. Im Gegenteil, heute würde sie endlich die Retterin treffen. Heute würden Wunder passieren!

Lautes Stimmengewirr schwirrte bis zu Pirinas luftigem Ausguck hin.

»Kommt sie nun, diese Göttin?«, fragte jemand.

»Himmel, öffne dich!«, schrie eine laute Stimme aus der Menge.

»Anfangen! Anfangen!«, skandierte eine Gruppe von Männern, die weiter vorne standen.

Dazwischen gab es aber auch leisere Rufe. Beschwörende, flehende Stimmen. Nicht allein die Aminarinnen warteten auf ein übernatürliches Ereignis. Auch viele gewöhnliche Bürger von Darghessa würden die wunderbare Amina willkommen heißen. Ah! Dort! Pirina erkannte Daras langen grauen Mantel und den schon etwas zerschlissenen Rucksack aus rotem Eichhörnchenfell in der Menschenmenge vor dem Nachbarhaus. Sie winkte.

»Dara! Ich bin hi-ier!«

Niemand antwortete. Das Gemurmel und Geplapper der Menschenmenge übertönte ihren Ruf.

»Was ist das für eine Göttin, die kommen soll?«, erklang eine Stimme von dem Balkon direkt unter Pirinas Füßen.

»Vergiss es. Das haben sie sich ausgedacht, damit sie an ihrer Hinrichtung verdienen«, erwiderte jemand. »Glaub doch nicht, dass du jemals eine Göttin sehen wirst, Dummkopf.«

»Aber irgendein Schauspiel müssen sie uns doch bieten!«

Jetzt kamen die Soldaten. Überall an den Seiten tauchten Patrouillen auf und mischten sich unter die Menge. Danach marschierten die Priesterin und ihr Gefolge auf den Marktplatz, eine Schar von schwarz gekleideten Frauen in Umhängen. Einigen ringelten sich Schlangen um die Arme oder die Schultern. Die Menschen wichen panikartig vor ihnen zurück. Die Priesterin umgab eine unangenehme Aura. Es waren dicke, surrende Strahlen, die ein dunkelrotes Licht abstrahlten, über eine Fläche von bestimmt zwanzig Metern in alle Richtungen. An ihrem Umhang hingen Totenschädel, die echt aussahen. Sieben baumelten auf ihrem Rücken und drei an ihrem Gürtel. Ihren Kopf zierte ein schillernder Helm, auf dem sich eine Natter zusammengeringelt hatte. Die magieblinden Menschen in ihrer Nähe schienen die Aura der Priesterin nicht zu spüren und Pirina war äußerst froh, dass sie sich außerhalb des Wirkungsbereiches befand.

»Seht euch diese Bestie an«, murmelte eine alte Frau, die auf dem Balkon unterhalb von Pirinas Aussichtsplatz saß. Sie musste nicht erklären, wen sie meinte.

Der Platz auf dem Dach war unbequem. Pirina reckte sich immer wieder und guckte unablässig in alle Richtungen. Aber Amina ließ sich Zeit. Bis jetzt konnte Pirina sie nirgends sehen. Sie war so aufgeregt, dass sie schon Magenschmerzen hatte. Die Retterin würde doch nicht bis zur letzten Sekunde warten, oder?

»Komm schon, Amina«, flüsterte Pirina inbrünstig vor sich hin. »Komm jetzt, komm jetzt!«

Als sich die Mittagszeit näherte, erschienen noch mehr Soldaten. Ihre Rappen waren in den roten Farben von Darghessa geschmückt. Der Fürst ließ sich nicht blicken, schien aber auch nicht erwartet zu werden. Die Priesterin

Meriedyce erstieg persönlich die Treppen zu dem Podest, auf dem die Verurteilten standen. Pirina wusste, dass die nichtmagischen Zuschauer dort die Strahlung um sie herum nicht sehen und nicht fühlen konnten, sonst wären sie in den vorderen Rängen sicher nervös geworden. Von da oben zischte die grässliche rote Strahlung der Priesterin weit über die Menge und beleuchtete die Gesichter der ersten sieben, acht Reihen, so dass die Leute dort aussahen wie rot glühende Dämonen.

»Es ist Zeit«, rief sie mit lauter Stimme in die Menge. Dann grinste sie und drehte sich zu den Aminarinnen um, wobei sie mit den Armen so herumfuchtelte, dass die Totenschädel aneinanderstießen und dabei ein dumpfes Klappern von sich gaben. »Henker, schärft das Schwert. Wir fangen gleich an. Tötet diese Ketzer, die unserer großmächtigen Göttin die Ehre nicht erweisen wollen!«

»Ihr könnt uns nicht töten!«, erwiderte Roviana mit ebenso lauter, fester Stimme. »Amina wird uns retten.«

»Ihr Verblendeten!«, höhnte die Priesterin. »Eure Herrin ist ein Wurm, sie kann sich mit meiner Macht nicht messen - nicht mal annähernd. Und: Sie wird nicht kommen.« Sie lachte hämisch. »Oder doch? Kommt angekrochen! Geht vor mir in die Knie!«

»Unsere Retterin zittert nicht vor Euch, Dienerin der Dunkelheit!«, erwiderte Roviana ebenso laut und stolz wie vorhin. »Sie wird erscheinen! Ihr werdet es sehen. Alle werden es sehen!«

Dann fing sie laut an zu singen.

*»Amina, höre uns*
*Amina schütze uns ...«*

Das war das Stichwort für Pirina. Natürlich auch für Dara, Susu, Rhibris und Zendra. Alle sangen mit, so laut sie konnten. Wie üblich sang Pirina am lautesten von allen, vom Dach aus. Diesmal war es mehr als nur ein

Lied, das sie anstimmten. Es war ein Ruf, ein Hilferuf. Und den fingen sogar Menschen aus der Menge auf. Von überall sangen Leute mit, jedenfalls den Refrain. Über dem ganzen Marktplatz erklang Aminas Lied.

»Genug!«, schrie die Priesterin. »Tötet sie, diese verirrten Ketzerinnen!«

Meriedyce streckte eine Hand dem Scharfrichter entgegen, der das Schwert vom Holzblock hochhob und sich in Richtung der Priesterin verneigte. Der Gesang brach schlagartig ab. Auf einmal war es totenstill.

Zwei Soldaten traten zu dem Henker auf die Empore und packten als erste Roviana. Sie banden sie vom Pfahl los, an den sie angekettet gewesen war. Dann führten sie die Prophetin der Aminarinnen zum Richtblock.

»Amina«, schrie plötzlich eine einzelne, schrille weibliche Stimme über den Platz hinweg. »Amina, rette sie! Amina!«

Pirina gefror das Blut in den Adern. Jetzt war es aber wirklich brenzlig. Jetzt musste sie kommen. Hastig blickte sie sich um. Ein Wesen wie Amina könnte sie nicht übersehen. Wo konnte sie sein?

»Amina!«, erscholl ein vielstimmiger Aufschrei über dem Platz. »Amina, wir rufen dich! Amina! Amina!«

Pirina warf die Arme zum Himmel hoch und schrie ebenfalls, so laut sie konnte. Jetzt! Jetzt war der Moment gekommen! Der Scharfrichter erhob sein Schwert. Ein Aufschrei der Menge. Ein Zischen. Reflexartig schlug Pirina die Hände vor die Augen. Sie hörte etwas Schweres dumpf auf dem Holz der Tribüne aufschlagen.

Roviana war tot.

Und keine Amina war gekommen. Sie war nicht da, nirgendwo. Das musste ein Albtraum sein. Dies konnte nicht wahr sein, es passierte nicht wirklich! Es ging über Pirinas Kraft. Amina hatte sie im Stich gelassen?

»Nein!«, schrie sie auf. »Nein, nein, nein!!«

Ihre Stimme ging im allgemeinen Chaos unter, denn die ganze Zuschauermenge fing an zu schreien, zu rufen, zu brüllen. Es erklang ein so jämmerliches Wehgeschrei, dass es alle Götter im Himmel hätte erbarmen müssen. Die Priesterin war grausam genug abzuwarten, bis es wieder ein wenig stiller geworden war. Die zweite Delinquentin wurde vor den Holzblock geführt.

Amina rettete auch die Zweite nicht vor dem Tod.

Pirina wurde schwindelig. Der Himmel über ihr begann sich zu drehen, die Menschen unter ihr ebenfalls, sie verwischten sich zu einem großen bunten Fleck, einer Art Monster, das nach ihr schnappte. Sie bekam Angst, wollte ausweichen, verlor dabei den Halt, klappte ihre Flügel aus, um wegzufliegen. Aber es ging viel zu schnell, alles wirbelte um sie herum, sie flog, trudelte mitten in den bunten Wirbel hinein, und als sie wieder einigermaßen klar im Kopf war, lag sie auf dem Boden inmitten einer aufgeputschten, kreischenden Menschenmenge. Sie rappelte sich auf. Um sie herum schwappte das Entsetzen in Wellen; gerade kam die Nächste heran, steigerte sich und gipfelte in einem einzigen Aufschrei. Pirina sah nichts als Menschen um sich herum. Sie war zu klein, um ihren Kopf über die anderen recken zu können. Aber sie wusste trotzdem genau, was die Wellen und die Schreie zu bedeuten hatten: den Tod der Aminarinnen, einer nach der anderen. Der Katastrophe zum Trotz schienen noch nicht alle aufgegeben zu haben. Pirina hörte hinter sich einige verzweifelte Stimmen singen. Aminas Lied. War das nicht Daras Stimme? Wo war sie? Pirina drängte sich durch die Menge, dem Klang der Stimme nach.

Ganz plötzlich wurden alle Menschen still. Soldaten ritten herbei, kamen näher, brüllten Befehle, rasselten mit Ketten. Sie verhafteten Leute direkt in Pirinas Nähe. Pirina wurde eingeklemmt, sie kam nicht weiter vorwärts.

Das Herz schlug ihr bis zum Zerspringen. Dara - sie musste zu Dara zurück, schnell! Aber wo war ihre Mutter?

Sie sang nicht mehr. Jetzt hörte Pirina nur noch die Soldaten brüllen.

»Dara!«, schrie Pirina. Sie kam kaum vorwärts, wusste auch gar nicht, wohin genau sie gehen musste. Tränen schossen ihr in die Augen, aber sie drängelte sich weiter, immer weiter. Himmel, wie sollte sie ihre Mutter finden unter hunderten Menschen? Endlich gelangte sie an eine freie Stelle, wo ihr niemand den Weg verstellte. Pirina erkannte zu spät, woran das lag. Ein grausiger Kopf starrte ihr hier entgegen, aufgespießt auf eine Lanze, die jemand in den Boden gerammt hatte. Das war Zendras Kopf! Obwohl Zendra gar nicht auf der Tribüne gestanden hatte.

Sie prallte rückwärts und schrie. Sie schrie ihren Schrecken heraus, ihr Entsetzen, ihren Schock, sie konnte gar nicht mehr aufhören.

\*\*\*

Prinzessin Kia Sephila saß kerzengerade wie ein Denkmal auf einem mit rotem Samt gepolsterten, ausladenden Stuhl, dessen Armlehnen seitwärts gedreht waren. Es fiel ihr nicht leicht, bewegungslos sitzen zu bleiben angesichts der ungeheuerlichen Nachrichten, die gerade auf sie einprasselten.

»Geköpft?« Sie schnappte nach Luft. Die Vorstellung von einem abgetrennten Kopf ließ ihr die Haare zu Berge stehen. Ruckartig stand sie auf und rümpfte die Nase. »Jetzt geht die Fantasie mit dir durch, Laisa, und das ist eine äußerst bösartige Form von Wahnvorstellungen. Ich verbiete dir ...«

»Euer Ehren! Verzeiht!«, säuselte der Künstler hinter der Leinwand und lugte zu seinem Modell herüber. Sein wilder Haarschopf fiel ihm über das rechte Auge, sein Pinsel malte zackige Striche in die Luft. »Darf ich darum bitten, dass Ihr wieder Platz nehmt? Ihr bewegt Euch zu viel. So kann ich unmöglich zeichnen.«

Prinzessin Kia Sephila reckte theatralisch beide Hände nach oben. »Wie soll ich mich denn setzen, wenn die Dienerinnen mich so aus der Balance bringen? Einen Menschen köpfen. Auf solch eine Idee würde ein rechtschaffener Mensch niemals kommen!«

»Es war nicht nur einer, es waren fünfzehn«, korrigierte in sehr vorsichtigem Tonfall eine der Hofdamen, die sich um sie herum versammelt hatten.

»Fünfzehn was?«

»Köpfe, Euer Hoheit.«

Die Prinzessin klappte den Mund ein paarmal auf und zu, brachte aber keinen Ton heraus. Sie wirbelte herum und marschierte mit schnellen Schritten zum Fenster.

*Fünfzehn Menschen getötet. Geköpft.*

Diese Zahl sagte ihr etwas. Waren nicht genau fünfzehn Frauen auf dem Marktplatz gewesen? Hatte sie diese armen Seelen nicht persönlich vor einem Urteil bewahrt? Und jetzt waren sie tot? Sie wusste plötzlich genau, dass es die Menschen gewesen sein mussten, die sie Wukur zu töten verboten hatte. Dieselben, die er für sie freigelassen hatte. Oder nicht? Hatte er sie belogen? War er ein ... Nein. Niemals. Aber er hatte gegen ihren ausdrücklichen Wunsch ... Ach was, das Gesinde tratschte dummes Zeug ...

War Wukur ein Mörder? Noch schlimmer: ein Massenmörder? Ohne die Spur eines Gewissens?

In einer Aufwallung von riesigem Zorn schlug sie ihre Stirn mit Gewalt gegen das Fenster. Sie knallte gegen die

Holzsprosse in der Mitte. Es knirschte und knackte, als ob diese brechen wollte. Ja, brich nur! Wozu haben sie auch dieses Fenster mitten in den Weg gestellt!

Erbittert drehte sie sich wieder zu den anderen um. Die Hofdamen standen mit verschreckten Mienen in einem Halbkreis um sie herum. Nichtsnutzige Geschöpfe, alle zusammen.

»In Zukunft wünsche ich alle relevanten Informationen zu bekommen, bevor auch nur die geringste Ungerechtigkeit, geschweige denn irgendeine Monstrosität, passiert ist«, fauchte Prinzessin Kia Sephila. »Ich dulde nicht, dass in meiner Stadt Hinrichtungen verübt werden. Ich will über alles informiert werden, das auch nur in geringstem Maß verdächtig erscheint! Wer hat dieses Massaker befohlen? Fürst Wukur?«

Die Hofdamen zogen die Schultern ein und senkten die Köpfe.

»Seid ihr plötzlich ertaubt?«, rief sie erbost. Ihr Blick fiel auf den Maler, der gerade akribisch zeichnete, wobei sein Pinsel fieberhaft auf und ab kurvte. Zwischendurch hielt er inne und schaute prüfend zu ihr herüber. Sie erwiderte seinen Blick.

»Wisst Ihr auch nichts?«, polterte sie, bebend vor Unruhe. »Sagt schon! Wer hat das befohlen?«

»Der Fürst, wer sonst«, sagte der Gefragte. »Es wäre wirklich besser, Ihr würdet Euch wieder hinsetzen. Vorhin war Euer Gesichtsausdruck viel hoheitsvoller. Jetzt habt Ihr so einen verkniffenen Zug um die Mundwinkel. Wollt Ihr, dass ich das Mienenspiel ändere? Versucht doch, Euch etwas zu entspannen.«

»Der Fürst kann es nicht gewesen sein. Wukur ist nach Ygramor geritten!« Prinzessin Kia Sephila ging schnellen Schrittes auf und ab.

»Er ist in Ygramor und rettet meine Schwester. Er ist ein guter Mensch. Diese Verbrechen gehen voll und ganz auf das Konto der Priesterin Meriedyce. Sie hat seine Abwesenheit ausgenutzt, um seinem Ruf zu schaden!«

»Nicht so laut«, flüsterte eine der Kammerdienerinnen. »Es stehen Wächter vor dieser Tür. Ich habe den Eindruck, dass sie uns nicht nur bewachen, sondern auch belauschen. Sie rapportieren am Tempel jeden Tag haarklein, was Ihr unternommen habt. Die Priesterin weiß alles über Euch.«

Prinzessin Kia Sephila knirschte mit den Zähnen.

»Dann wünsche ich ab sofort auch alles zu erfahren, was am Tempel vor sich geht. Wer von euch meldet sich freiwillig?«

Ein Geräusch hinter ihr ließ sie herumfahren. Die Tür zu ihren Gemächern wurde aufgerissen, und auf der Schwelle stand eine der Prinzessin unbekannte Hofdame. Sie hatte sich ungeschickt einen Mantel übergeworfen, der über ihrer Schulter hing und aussah, als könnte er jeden Moment herunterfallen. Prinzessin Kia Sephila stemmte ungehalten die Hände in die Seiten.

»Was sind das denn für Sitten. Raus, auf der Stelle!«

Die Hofdame lächelte.

»Ich wollte Euch informieren, dass Fürst Wukur soeben aus Ygramor zurückgekehrt ist.«

Prinzessin Kia Sephila blieb stocksteif stehen. Ihre Gedanken rasten. Wer war Wukur? Wirklich ein edler Wilder – oder ein bösartiger Verbrecher? Konnte das sittenlose Mädchen ihr die Wahrheit sagen?

Ihr sprang der Totenkopf an der Halskette der Hofdame in die Augen - alle Tempeldienerinnen trugen solche Talismane. Das hätte sie gleich ahnen sollen. Diese Dame war in Wirklichkeit eine Spionin der Priesterin. Bei Hofe waren schon so viele Intrigen gelaufen, dass sie Lunte riechen sollte. Sie sollte die Schlange herauswerfen. Aber deren Informationen waren ihr viel zu angelegen, als dass sie darauf hätte verzichten mögen.

»Er ist soeben zurückgekehrt?«, wiederholte sie die Auskunft. »Was bedeutet das? Heute früh?«

»Soeben bedeutet: eben gerade«, erwiderte die Spionin hochnäsig. »Soll ich Euch verraten, wen er mitgebracht hat?«

»Eben gerade bedeutet, dass er heute Mittag noch nicht hier war?«

Die Hofdame verdrehte die Augen.

»Logisch. Was ich sagen wollte …«

»Das heißt also, dass Wukur heute Mittag noch nicht hier war, und dass nicht er derjenige ist, der dieses Massaker auf dem Marktplatz befohlen hat?«

»Äh …«, die Botin errötete. »Doch! Natürlich hat Fürst Wukur das befohlen! Er steht doch über seinen Kontaktring mit der Priesterin in Verbindung und muss also nicht anwesend sein, um hier etwas in die Wege zu leiten. Nicht wahr?«

Sie starrten einander an.

Sie lügt. Nein, sie lügt nicht … Kia Sephila versuchte, die Wahrheit aus den Augen der anderen herauszulesen. Aber sie waren wie Spiegel, sie zeigten nur die äußere Fassade und nicht, was dahintersteckte.

»Wollt Ihr gar nicht wissen, mit wem Fürst Wukur zurückkam?«, fragte die Dienerin.

»Mit meiner Schwester? Prinzessin Isimela von Pallanthia?«

»Falsch.«

»Dann weiß ich es nicht.«

»Mit seiner Geliebten. Areshva von Ygramor.«

Kia Sephila stieg das Blut ins Gesicht.

»Was für eine Frechheit. Hört sofort auf, ihn zu verleumden!«

Die Prinzessin drehte sich ruckartig um und ging zum Fenster. Die Stimmung draußen hatte sich noch längst nicht beruhigt, nicht einmal in dem kleinen Hinterhof, den sie von ihren Gemächern aus überblicken konnte. Patrouillen marschierten hin und her.

»Sie sind unten im Pferdestall«, berichtete die Hofdame. »Und ich sollte Euch besser nicht erzählen, was sie da tun.«

Kia Sephila schluckte. Ohne sich vom Fenster wegzudrehen, winkte sie einmal nach hinten.

»Geht jetzt.«

Die Tür fiel ins Schloss.

Kia Sephila betrachtete die Bewegungen der Soldaten und das Gewusel auf dem kleinen Marktplatz hinter dem Palast. Allerdings nahm sie nicht wirklich zur Kenntnis, was ihre Augen sahen. Wukur konnte sich doch wohl kaum mit dieser Wilden einlassen. Nicht nach all den heißen Schwüren, die er ihr gemacht hatte. Aber ... Wenn es stimmte? Wenn er so ein wüster, untreuer Wicht war, wie diese ungezogene Hofdame behauptete?

Sie musste wissen, wie die Dinge standen. Rasch nahm sie einen Schleier und ließ sich von einer Kammerdienerin ihren Umhang aus Aksamit geben.

»Gehen wir zum Pferdestall. Führt mich hin.«

»In den Pferdestall? Ihr wollt tatsächlich dort hinausgehen?«, rief die Kammerdienerin entsetzt, die bis jetzt ruhig und ohne sich einzumischen auf einem Hocker gesessen hatte. »Aber Prinzessin ...«

Wenig später stapfte Prinzessin Kia Sephila schon über den Hof zu den Boxen. Sie kümmerte sich weder um schlechte Wege noch um Pferdeäpfel am Wegesrand, sondern drängte mit so schnellen Schritten vorwärts, dass ihre Gewänder verschmutzten. Aber sie war zu aufgeregt, um sich darum zu kümmern. Die Pferdeställe befanden sich in einem lang gestreckten Gebäudezug, der auch sehr geräumig war, denn der Fürst von Darghessa besaß nicht nur selbst ein großes Gestüt, sondern brachte hier auch die Pferde seiner Leibwache, der Palastwache und seiner

Gäste unter. Kurz vor dem geöffneten Eingangstor blieb die Prinzessin stehen. Die Stimmen derer, die im Stall waren, drangen klar und deutlich zu ihr hinaus. Sie waren gut gelaunt. Eine der beiden war ohne Zweifel Wukurs. Die andere gehörte einem Mädchen.

Voller Spannung horchte die Prinzessin. Von der Tür aus konnte sie leider nichts sehen. Wukurs Stimme erklang.

»Bitte, Areshva. In diesem Nest geht alles drunter und drüber. Ich brauche deine Hilfe. Meine Truppen können den Aufstand allein nicht niederschlagen. Der neue Fürst hat volles Vertrauen zu mir und ich will ihn nicht enttäuschen.«

Kia Sephila runzelte die Stirn.

Welcher neue Fürst? Das war doch Wukur selbst? Wieso klärte er seine Bekannte nicht darüber auf? Es verstimmte sie auch, dass er den Ausdruck *Nest* gebraucht hatte. Das klang ja, als verachtete er seine eigene Stadt. Falls Darghessa wirklich seine eigene Stadt war. Sie wusste langsam nicht mehr, was sie glauben sollte.

»Und was erwartest du, das ich machen soll?«, fragte die Begleiterin. Es war ohne Zweifel die verrufene Areshva.

*Was hat sie hier zu suchen?*

Der Prinzessin sank das Herz. Jetzt hörte Kia Sephila Wukur etwas murmeln. Seine Stimme war leise, so dass sie nicht verstehen konnte, was er sagte. Sie hielt es nicht länger aus. Entschlossen trat sie in die Eingangshalle des Stallgebäudes hinein. Drinnen leuchtete in der Mitte eine magische Fackel. Die Holzplanken am Boden waren von verschmutzten Strohbüscheln und Pferdeäpfeln übersät. Ein schweißüberströmter Rappe stand vor den hinteren Boxen und tänzelte unruhig hin und her. Niemand kümmerte sich um ihn.

»Ich bin ganz verrückt nach dir, Areshva«, keuchte Wukur atemlos. Seine Stimme kam von weiter hinten. »Lass das. Wukur - nicht! Ich ...«

Ihre Worte erstickten in einer Art unterdrücktem Schimpfen. Oder auch Kichern? Es war nicht sicher zu unterscheiden.

Prinzessin Kia Sephila sog entgeistert Luft ein. Ein widerlicher Gestank nach Gülle und verfaultem Stroh drang in ihre Nase und verursachte ihr Übelkeit. In ihrem Kopf begann es zu dröhnen. Was machten die beiden in der Pferdebox? Wilde Fantasien stiegen in ihr auf. Sie war plötzlich überzeugt, dass sie im Stroh lagen und wie junge Hunde übereinander rollten und kugelten. Sein linker Arm verschwand sicher gerade unter ihrem Hemd und buchtete es an verschiedenen Stellen aus, während seine Rechte ihren Kopf an seinen zog und er sie küsste, wieder und wieder ...

Das Bild konnte sie sich so klar vorstellen, als hätte sie es eben mit eigenen Augen gesehen.

Prinzessin Kia Sephila hämmerte das Herz in der Brust, als wollte es all ihre Rippen zerschlagen. Sie stand inzwischen direkt vor jener Pferdebox, in der sie die beiden wusste, wagte aber nicht zu öffnen. Welches Bild würde sich ihr bieten? Was, wenn Wukur tatsächlich so ein wüster Betrüger wäre, wie sie gerade fantasiert hatte? Wenn sich alle ihre Träume in Luft auflösen würden - wie sollte sie weiterleben?

Das durfte nicht sein. Nein ... nein!

»Wunderschön bist du, Mädchen«, hörte sie Wukurs schmeichelnde Stimme wie aus einem Albtraum. »Deine Haut ist wie Seide ...«

Es durchfuhr die Prinzessin wie ein Stich. Ohne dass sie es wollte, flackerten neue Bilder vor ihrem geistigen Auge auf.

Wieder sah sie die beiden im Stroh liegen, allerdings diesmal andersherum. Er unten und sie oben. Wukurs Hände bearbeiteten Areshvas zierliche Hüften, und … ja, tatsächlich: ihren Po! Was machte er denn da, dieser entartete Kerl! Nie hatte sie dergleichen gesehen, das war eine Verhöhnung der guten Sitten!

Ihre Fantasien kamen der Prinzessin so real vor, dass sie beinahe auf der Stelle die Tür zur Box geöffnet und dem elenden Betrüger mit aller Kraft ins Gesicht geschlagen hätte. Allerdings hatte sie die Kraft dazu nicht, denn im selben Augenblick ergriff noch ein ganz anderer, wesentlich abartigerer Wunsch von ihr Besitz: dass sie seine Hände doch auf ihrem eigenen Po fühlen wollte, genauso leidenschaftlich, genauso gierig.

Sie erschrak vor sich selbst. Was war los mit ihr? War sie verrückt geworden?

Danach hörte Kia Sephila nichts mehr. Sie spitzte die Ohren, aber es blieb still. Unwillkürlich stellte sie sich kerzengerade hin, wobei sie sich so versteifte, dass es schmerzte.

Ruckartig riss sie die Boxentür auf.

# Göttervogel

Areshva saß auf dem Sattel ihres Pferdes wie auf Kohlen. Die Zeitenwende war zum Greifen nahe. Nur noch zwei Tage bis zur Rückkehr der Lichtgöttin Lystrella! Oder vier, falls Wukurs Rechnung stimmte.

Sie war gemeinsam mit Wukur und den 200 rekrutierten Kämpfern früh am Morgen von Smorkyns Burg aufgebrochen. Der Vater war noch immer sehr berauscht gewesen, aber er war reuevoll, hatte sich bei ihr entschuldigt und sogar eine Kutsche gerichtet, mit der er persönlich Prinzessin Isimela nach Pallanthia zurückbringen wollte. Areshva war so froh, dass sie hätte singen können. Diese schlimme Angelegenheit war dabei sich zu regeln, das war wichtig.

Es war ein langer Ritt gewesen, doch diesmal hatte Wukur anderes im Kopf, als mit ihr zu flirten. Er teilte schon seine Soldaten in Truppen ein und bestimmte, welche wo eingesetzt würde.

Endlich durchschritten sie das Eingangstor zur Fürstenburg von Darghessa. Irgendwo hier erwartete Wukur den Boten, der Nachrichten von ihrem Vogelkäfig bringen sollte. Areshva sah sich um, erblickte aber niemanden.

»Wo ist nun mein Bote?«, fragte Areshva, die vor Nervosität kaum ruhig auf ihrem Pferd sitzen konnte. »Du sagtest, er sollte hier schon auf uns warten!«

»Sei nicht so ungeduldig«, knurrte Wukur. Zugegeben, er war seit ihrem Eintritt in die Stadt unglaublich beschäftigt, ständig sprachen ihn Wachtposten oder Soldaten an, gab er kurze Befehle und Anweisungen. »Bringen wir erstmal unsere Pferde in den Stall. Vielleicht wartet er dort.«

Der Stall war ein imponierend großes Gebäude und sah aus, als könnte er sämtliche Reittiere der Stadt beherbergen. Eine Schar von Knechten nahm ihnen gleich die Pferde ab.

Kein Bote weit und breit.

Etwas stimmt nicht, dachte Areshva, während sie unruhig durch das Stroh stapfte. Wukur schien fast noch nervöser als sie selbst. Vielleicht kein Wunder, alarmierten ihn doch ständig Leute darüber, es seien Verräter und Unruhestifter in der Stadt, die sie nicht kontrollieren könnten. Er schickte Truppen los, die das Problem lösen sollten.

»Vielleicht solltest du selbst hinreiten«, sagte Areshva, als er bereits die dritte Einheit entsandte, ohne dass sich die Nachrichten verbesserten.

»Später«, erklärte er großspurig, während er sich immer wieder nach allen Seiten umschaute. »jetzt warten wir erst einmal deinen Boten ab. Er muss doch jeden Moment kommen.«

»Das hoffe ich.«

Warum kam ihr die Situation so dumm vor? Vielleicht, weil er ihren Blicken nicht standhielt und immer wieder Untergebene mit neuen Aufträgen hin- und herschickte?

Sie blieben vor einer Box stehen, in der eine rassige Stute auf und ab tänzelte.

»Dies ist unsere teuerste Zuchtstute«, erklärte Wukur lobend und öffnete die Tür. »Bevor wir uns draußen die Beine in den Bauch stehen, zeig ich sie dir mal. So ein prachtvolles Tier hast du noch nicht gesehen.«

»Wukur, ich bin nicht hergekommen, um mir deinen Tierpark anzuschauen!«

»Ich weiß. Aber sie wird dir gefallen und deinen Boten hören wir auch von hier.«

Wukur zog die Fliegerin in die Box hinein. Die Stute war in der Tat ein schönes Tier, fuchsfarben und mit einer weißen Blesse auf der Stirn. Sie trug sogar einen Ledersattel sowie vergoldete Steigbügel, bereit sofort loszureiten. Wukur tätschelte und lobte sie in den höchsten Tönen.

»Wunderschön bist du, Mädchen,«, schwärmte er gerade und klopfte der Stute auf den Hals. »Deine Haut ist wie Seide. Gutes Mädchen. Willst du sie mal testen?«

»Nein danke. Jetzt sag was los ist«, murrte Areshva ungeduldig. »Ist was schiefgelaufen? Ich kann es kaum erwarten, meine Nachrichten zu bekommen!«

»Diese Boten sind immer unzuverlässig«, winkte Wukur ab. »Jetzt sei nicht so verspannt. Er wird schon auftauchen. Amüsier dich! Wenn du willst, zeig ich dir was …«

Er lehnte sich gegen die Stallwand, wandte sich ihr zu und grinste.

Areshva schluckte hart. Wenn der Typ doch nicht so verwünscht attraktiv wäre. Gestern Abend war sie glücklicherweise standfest gewesen und hatte es geschafft, ihre Zimmertür vor ihm zu verriegeln, obwohl er bis zum Steinerweichen um Einlass gebettelt hatte. Wie nahe war sie daran gewesen, ihm nachzugeben … Seine Leidenschaft machte ihn extrem anziehend. Aber sie konnte nicht anders, als ihn in Gedanken immer wieder mit jenem gutherzigen Schmied an der Brücke zu vergleichen – und es waren Welten zwischen ihnen. Das sah sie jetzt umso klarer, weil ihr der seltsame Trank von gestern nicht mehr die Sinne vernebelte. Wie sehr bedauerte sie, dass dieser Schmied aus ihrer Reichweite verschwunden war. Sie bekam immer mehr das Gefühl, er wäre unerreichbar. Während Wukur nahe war. Viel zu nahe. Sie sah schon an dem Glitzern in seinen Augen, dass er nicht wegen des Pferdes mit ihr in die Box gegangen war.

»Komm schon«, lockte Wukur, immer noch grinsend, und ging langsam auf Areshva zu. »Ab und zu sollte man auch mal Spaß haben.«

In diesem Moment wurde die Boxentür mit Schwung aufgerissen und Prinzessin Kia Sephila stand mit wutsprühenden Augen vor ihnen.

»Wukur!«, fauchte sie.

Wie vom Blitz getroffen wirbelte Wukur herum.

»Prinzessin Kia - Kia Sephila ...«, rief er sichtlich erstaunt und ging auf sie zu. »Was machst du denn hier?«

»Die Frage sollte ich dir stellen«, zischte Kia Sephila. »Kein Mann, der auch nur ein Fünkchen Ehre besitzt, würde seine Braut dermaßen hintergehen! Du bist für mich gestorben!«

»Kia Sephila!«, rief Wukur leidenschaftlich. Er stürzte auf sie zu, fasste ihre Hände und rief: »Aber es ist doch gar nichts passiert. Ich zeige Areshva nur das Gestüt! Das musst du mir glauben.«

»Nein«, sagte Kia Sephila kühl. »Muss ich nicht. Ich habe genug von dir.«

Sie machte auf dem Absatz kehrt und ging. Wukur lief ihr hinterher.

»Kia Sephila!«, flehte er sie an. Seine Stimme bebte.

Die Prinzessin drehte sich um und fauchte: »Verschwinde. Wir haben uns nichts mehr zu sagen!«

Areshva stolperte aus der Pferdebox heraus und den beiden nach, finster und schweigend. So lief das also. Wukur flirtete gleichzeitig mit ihr und mit dieser Prinzessin. Warum wunderte sie sich nicht darüber? Sie hätte es wissen sollen! Und von dem hatte sie geträumt, unglaublich. Schreib es dir hinter die Ohren, Wukur ist der letzte Abschaum, dachte sie, wütend über sich selbst, dass sie auf ihn hereingefallen war.

»Braut? Was hat das zu bedeuten?«, rief sie höhnisch. Prinzessin Kia Sephila fuhr herum, ihr Gesicht verfärbte sich tiefrot. »Ich bin eine pallanthische Prinzessin, das sollte hier niemand vergessen!« Sie warf Wukur einen bösen Blick zu und zischte: »Ihr Götter, ich danke euch, dass ihr mir rechtzeitig die Augen geöffnet und mich vor einer Heirat mit diesem Wilden bewahrt habt, der Gut und Böse nicht voneinander unterscheiden kann!«

Damit ließ sie ihn stehen und lief davon. Sie drückte die Stalltür auf und rannte hinaus. Die Tür schlug wieder zurück, doch bevor sie ins Schloss fallen konnte, riss sie jemand ein zweites Mal auf. Von draußen kam ein Dienstbote herein, er sah mit seinen roten Pluderhosen und der bunten Weste nach einem Höfling aus. Als er Wukur erblickte, lief er ihm entgegen und verneigte sich mehrmals vor ihm.

»Ich bringe Nachricht von diesem, äh, Vogelkäfig«, berichtete er eifrig. Areshva versteifte sich. Ihr Herz fing wie rasend an zu schlagen. *Endlich. Jetzt rede schon, du Wicht!* Er schien auf Wukurs Erlaubnis zu warten, doch der hörte ihm gar nicht zu. Er starrte vielmehr wie hypnotisiert auf die Ausgangstür, hinter der die Prinzessin gerade verschwand.

»Was ist mit dem Käfig?«, fragte Areshva. Ihr brach der kalte Schweiß aus. Jetzt würde es sich entscheiden.

»Wir können momentan nicht weiter vorwärts reiten. Es hat nahe der Hexenstadt eine Schlacht gegeben und die ganze Gegend ist unsicher. Die nächsten Tage müssen wir erstmal abwarten.«

Das war eine kalte Dusche. Abwarten? Wie lange? Sie konnte nicht noch mehr Zeit totschlagen, schon jetzt war sie ein Nervenbündel. Sie müsste die Sache selber in die Hand nehmen, dann wäre es längst erledigt! Leider war das das Einzige, was sie nicht durfte. Die Hohepriesterin hatte sie doch bereits im Auge. Sie würde misstrauisch werden. Vielleicht, wenn sie ein Unsichtbarkeitstuch besorgte, dann könnte sie niemand sehen? Aber ihre Aura würde durch jeden Zauber dringen und die Oberhexe würde sie durchschauen. Es ging nicht.

»Pest und Cholera«, fluchte Areshva. Abwarten, das bedeutete auch, dass ihr Pakt mit Agga sich unerträglich lang dehnen würde.

Wukurs Blicke hingen an der Ausgangstür wie festgenagelt, als versuchte er, durch das Holz hindurch jemanden zu erkennen, der gerade fortgelaufen war. Einen Moment lang dachte Areshva, er würde der Prinzessin gleich nachlaufen, doch da wandte er sich ihr zu. In seinem Kopf schien es zu arbeiten.

»Ich erledige das für dich, wenn es dir so wichtig ist«, erklärte Wukur nach einer Weile.

Areshva stutzte. Wie? Er wollte tatsächlich ihr helfen und nicht der Prinzessin nachlaufen? Aber, wenn sie recht überlegte, war Prinzessin Kia Sephila fordernd und voller Allüren. Die hatte ihm bestimmt schon eine Menge Probleme bereitet. Damals in Pallanthia hatte sie die Dienstboten des Palastes und auch die Tempeldienerinnen stets mit allerhand krausen Befehlen auf Trab gehalten.

»Ehrlich, du hilfst mir?«, sprudelte sie euphorisch hervor. »Wukur, das wäre bombastisch. Ich werde dir das nie vergessen. Aber könntest du es jetzt tun? Ich meine: Sofort, auf der Stelle? Es ist ungeheuer eilig.«

»Selbstverständlich. Für dich reiße ich mir gerne ein Bein aus«, erklärte Wukur gönnerhaft. »Obwohl es nicht ganz einfach ist, eigentlich dürfte ich meinen Posten hier nicht verlassen. Du hast gehört, was in der Stadt los ist, ich sollte hier im Grunde für Ruhe sorgen und diese Rebellen in die Schranken weisen, die unschuldige Bürger attackieren und in den Straßen randalieren ...«

»Das kann ich für dich machen«, sagte Areshva schnell, »ist eine Kleinigkeit für mich. Ich schaffe Ordnung in dieser Stadt und du kümmerst dich um meinen Käfig.«

»Genau das war meine Idee!« Wukurs Augen blitzten auf und er hielt ihr fragend die Hand entgegen, so wie er es schon öfter mit ihrem Vater gemacht hatte, wenn sie zusammen einen Raubzug planten oder ein anderes Gaunerstück. Sie zögerte. Aber dies war keine faule Kungelei, oder? Nein, es klang ehrlich. Und es war die wichtigste Sache der Welt. Sie schlug ein.

»Aber du musst wirklich jetzt gleich los reiten«, ermahnte ihn Areshva.

»Selbstverständlich«, bekräftigte Wukur. Zielstrebig marschierte er zu der Box zurück, in der sie gerade eben die rassige Fuchsstute bewundert hatten, führte sie auf den Gang hinaus und schwang sich auf den bereits fertig angelegten Sattel. »He, aber du solltest auch direkt starten. Es brennt hier in der Stadt an mindestens drei Stellen. Meine Leute zeigen dir wo.«

Er winkte einigen Soldaten, die die Eingangstür bewacht hatten, befahl ihnen kurz, wohin sie die Zauberin führen sollten, und schon trabte er davon. Areshva strich sich die Haare aus dem Gesicht. Das war ja mal ungeheuer schnell gegangen. Sie nickte den Soldaten entgegen, die nun diensteifrig um sie herum standen. »Na dann zeigt mal. Ich nehme eure Unruhestifter an die Kandarre.«

***

Und jetzt? Areshva preschte in die Stadt hinein, sah von allen Seiten Soldaten unter ihre Führung gehen und fühlte sich, als verlöre sie den Boden unter den Füßen. Die Situation war grotesk. Nun hatte sie mit Wukur die Aufgaben getauscht. Er kümmerte sich um ihren Entmachter und sie um den Frieden in seiner Stadt. Das klang, wenn man es nüchtern betrachtete, verrückt. Oder sogar falsch.

Konnte sie ihm trauen? Diese Flirterei mit der Prinzessin hinter ihrem Rücken, ha! Der Mistkerl. Die letzten Überreste der Schwärmerei, die sie mal für ihn gehegt hatte, hatten sich ohnehin bereits im Wind zerstreut. Nichts als Verachtung blieb übrig. Sollte er bleiben, wo der Pfeffer wuchs, der treulose Hund.

Während sie die breite Hauptstraße herunter ritt, begann es ihr unangenehm im Kopf zu ticken. Und der Entmachter … konnte sie sich darauf verlassen, dass er sich jetzt darum kümmerte? Wieso hatte er das vorgeschlagen? Hatte er wieder irgendwelche Hintergedanken? Oder dachte er, dass Areshvas Kräfte größer waren als seine und sie deshalb die Stadt effektiver befrieden würde als er selbst? Das war vermutlich der Grund, warum er die Idee, Aufgaben zu vertauschen, so interessant fand.

»Hier entlang!«, rief einer der Soldaten ihr zu. Er bog in eine engere Nebenstraße ein. Sie folgte und hinter sich hörte sie den Hufschlag einer ganzen Soldatentruppe, die ihr nachkam.

Wukur war so ein verdorbener Betrüger und Lügner! Seine rührselige Geschichte von der kranken Tante, der er Medizin bringen wollte, wieso hatte sie die geschluckt? Jedes dumme Huhn auf seiner Stange hätte sich über solchen Bockmist totgelacht. Sie musste davon ausgehen, dass auch alle seine Liebesschwüre erlogen waren. Sie hätte es schon längst durchschauen sollen, aber sie hatte es nicht sehen wollen. Weil er so süß war. Süß! Der! Na klar. Auch wenn ihn seine Leidenschaft so unwiderstehlich machte, musste sie nicht auf seine sämtlichen Lügen hereinfallen! Ärgerlich, dass ihr Entmachter jetzt so kurz vor dem Ziel festsaß. Sie war zum Warten verdammt. Es machte nicht einmal Sinn, aus Darghessa abzuhauen. Wo sollte sie denn hin? Hier befand sie sich immerhin schon auf halbem Weg nach Kalamachai. Zurück nach Hause würde die Strecke wieder verlängern.

Da sah sie schon die ersten Ruhestörer. Eine ganze Horde von fünfzig, vielleicht sechzig Mann, bewaffnet mit Lanzen, Speeren und Heugabeln, kam ihr in einer großen Gruppe entgegen. Areshva ließ ihre Aura ausfahren wie ein langes Kleid, dessen Stoff die halbe Straße hinweg glitt bis über die Köpfe all jener Randalierer. Dann senkte sie die Aura ruckartig herab. Als wäre ihnen ein schwerer Teppich auf den Rücken gefallen, gingen sie alle gleichzeitig in die Knie. Areshva drückte sie bis auf den Boden nieder und zwang sie, geraume Zeit in dieser Haltung zu verharren.

»Entwaffnet sie«, rief sie den Soldaten zu, die gleich von ihren Pferden sprangen und den Rebellen alles aus den Händen entwanden, was diese bei sich trugen. Als die Zauberin ihre Opfer aus dem Druck ihrer Aura entließ, flohen sie.

Areshva lächelte. Das war leicht gegangen.

Die nächste Gruppe traf sie an einer Straßenecke an. Wieder waren es mehrere Dutzend Rebellen. Eine größere Anzahl verschanzte sich in einem Haus. Das war hier ja wie eine Heuschreckenplage. Seit wann lebten so viele Gauner in Darghessa? Areshva erzeugte mit der Hand einen Luftstrom, der im ganzen Gebäude die Türen und Fenster aufriss und sie im Wind hin und her klappern ließ. Der Sog war so stark, dass er einige Menschen aus den Eingängen herauszerrte und ihr vor die Füße wehte. Auch diese ergriffen schnellstmöglich die Flucht.

Die Straße wand sich in die nächste Biegung. Unerwartet gähnte auf ihrer rechten Seite, wo sie eine Häuserzeile erwartet hatte, eine abgrundtiefe Schlucht. Vor Schreck riss sie ihr Pferd seitwärts.

»He! Was ist das?«, rief sie erschrocken und starrte den Abgrund an, der an dieser Stelle ungefähr zwanzig Häuser in die Tiefe gerissen haben musste und der sich sie eine gähnende Schlucht quer durch das Wohnviertel zog. Sie drehte sich in die andere Richtung. Auch dorthin setzte sich der Erdriss fort. Sie stoppte nicht einmal an der Fürstenburg. Diese war vielmehr an ihrem Nordteil zerschlagen worden und wurde nun durch die Schlucht in zwei Teile getrennt. Die Zerstörung war umfassend – nicht von einem Blitz. Der würde kein so langgestrecktes Areal zerstören. Etwas Ungeheuerliches hatte sich hier ereignet.

»Wie ist das passiert?«, fragte Areshva einen ihrer Begleiter.

»Wir müssen die Götter erzürnt haben«, sagte dieser. »An dem Tag, als unser alter Fürst gestürzt wurde, hat sich hier eine schreckliche Explosion ereignet. Eine Art Höllentornado hat den Erdboden aufgerissen und die halbe Stadt verwüstet. Dunkelheit legte sich über uns. Alle Häuser haben gebebt, einige sind eingestürzt. Niemand hier hat je dergleichen erlebt.«

Magie, dachte Areshva sofort. Das Werk einer Zauberin. Als sie sich genauer umsah, entdeckte sie einzelne Strahlenfunken, die verräterisch blitzten. Kein

Zweifel, dies war das Werk einer Hexe. Sie musste ungeheuerliche Mengen an Energie angewandt haben, sonst könnte sie nicht jetzt noch Reste davon sehen. Siedendheiß besann sie sich auf die düstere Meriedyce, der sie damals den Tempel dieser Stadt überließ. Ob die Finstere diese Stadt so malträtiert hatte? Aber warum hätte sie ihre eigene Provinz zerstören sollen? Für die Übernahme der Stadt musste sie kaum Gewalt anwenden, da sie ja den Tempel und damit die Macht bereits quasi umsonst und ohne große Anstrengung von Areshva bekam. Oder? Hatte sich der Fürst mit seinen Truppen gegen die Übernahme der Stadt gewehrt?

»War das eine Zauberin?«, bohrte sie weiter.

»Der Zorn der Götter«, bekam sie zur Antwort. »Eine riesige dunkle Wolke, die vom Himmel fiel. Manche behaupten, ein Feuervogel hätte sie gebracht und von oben herunterfallen lassen. Bei der Landung explodierte sie.«

»Was soll das sein, ein Feuervogel?«, wunderte sich Areshva, die sich noch immer kein Bild davon machen konnte, was für ein Zauber hier gewirkt haben mochte.

»Er hatte rosarote Flügel«, erklärte der Soldat entschuldigend. »Ich habe ihn nicht gesehen, aber es gab einige Zeugen, die ihn alle so beschrieben.«

Areshva begann es vor den Augen zu flimmern.

»Nein«, flüsterte sie. So langsam dämmerte ihr etwas, von dem sie sehr dringend hoffte, dass es nicht wahr werden würde.

»Doch«, bekräftigte der Soldat, während sie die ganze Zeit an der verfluchten gähnenden Schlucht vorbeiritten, die kein Ende zu nehmen schien. »Der Vogel hat gekrächzt, und die Kanone explodierte.«

»War es ein Geier?«, fragte Areshva hastig.

»Ich habe ihn nicht gesehen.« Der Soldat zuckte die Achseln. »Da er rosa Flügel hatte, könnte es auch ein

Flamingo gewesen sein. Die Kinder haben später mit den bunten Federn Hüte geschmückt.«

Areshva begann es ganz verrückt auf der Kopfhaut zu kribbeln. Der Boden schwankte unter ihrem Pferd, sie selbst taumelte, schien im luftleeren Raum zu schweben. Die Welt wollte über ihr zusammenstürzen. Nein ... Das konnte nicht stimmen. Niemals! Himmel! Hilfe! Bei allen gehörnten Dämonen! Ihr blieb die Luft weg. Sie fühlte sich, als müsste sie ersticken. Das konnte nicht wahr sein. Sie hatte sich verhört. Ihr Entmachter, ihr großer Plan ... Ihre Zukunft, ihre Träume, ihr Leben - zerstört? Verschwunden? Aber das war gar nicht möglich! Der Vogelkäfig war auf dem Weg nach Kalamachai gewesen, er konnte nicht in Darghessa explodiert sein. Es sei denn, jemand hätte ihn gar nicht Richtung Hohepriesterin gebracht, sondern nur bis hier. Jemand, der herausgefunden hatte, dass man den Unterbau mit der Antimagie in eine kanonenmächtige Bombe verwandeln konnte.

Wer konnte dieser Jemand sein?

Wukur?

Nein!, versuchte sie die finsteren Gedanken zu ersticken. Wukur hatte den Entmachter vorausgeschickt. Er war selbst später nachgekommen. Oder ... an jenem Tag, als sie den Tempel von Darghessa besucht, war er auf dem Weg in die Stadt gewesen. Er hätte auf sie warten sollen, damit sie ihm half, die für ihn verschlossenen Stadttore zu überwinden. Aber er hatte nicht gewartet. Er war irgendwie alleine hineingekommen. Wie? Ob er ... sich mithilfe des Entmachters den Weg in die Stadt freigebombt hatte?

Allein die Vorstellung jagte eine fürchterliche Hitze durch ihren Körper. Aber, nein, so konnte es nicht gewesen sein. Das Stadttor war intakt. Sie war selber mit Wukur vorhin hindurch geritten. Die fliegende Bombe hatte nicht das Tor zerstört, sondern vor allem die Fürstenburg und ihre Umgebung – Wukur war unschuldig.

Aber da war ihr Gedankenkarussell schon angesprungen und es malte sich von allein sich aus, wie es gewesen sein könnte.

Wukur war vielleicht mit dem Pferdewagen und dem überdimensionalen Vogelkäfig darauf zum Stadttor geritten und hatte behauptet, ein Händler zu sein, der Ware verkaufen wollte. Daraufhin hatten die Wächter ihn hineingelassen. Er war dann gemächlich Richtung Fürstenburg weitergeritten und irgendwie hatte sich dabei die Antimagie destabilisiert … Himmel und Hölle, nein! Das war doch kein Zufall. Irgendwer hatte Wukur erzählt, wie mächtig der Unterbau des Käfigs war und er oder dieser Jemand hatte ihn gezielt direkt vor der Fürstenburg explodieren lassen.

Mist, wieso eigentlich? Was für ein Plan konnte dahinter stecken?

Die Unruhen in der Stadt. Der gestürzte Fürst. »Meine Stadt«, hatte Wukur gesagt. War er ein Handlanger des neuen Herrschers? Hatte der ihn vielleicht mit teuren Geschenken bestochen? Ihr Götter, das war grotesk, das konnte nicht …

Oh doch. Es konnte.

Mit grausamer Klarheit begann sich das Bild vor ihren Augen immer weiter aufzuklaren. Wukur wollte niemals kranke Tanten versorgen – er wollte Macht und Reichtum. Dieser Verbrecher hatte knallhart ihre Waffe zu eigenen Zwecken entwendet, und sie hatte ihn nicht durchschaut!

Er hatte ihre Arbeit von zwölf elendig langen Monden zerstört, ihre Rückkehr zu Lystrella unmöglich gemacht, ihre unwürdige Kriecherei vor der widerwärtigen Agga sinnlos, Beringlidas Reise Richtung Kalamachai wertlos, ihren Plan unbrauchbar, ihre Beteuerungen der Lehrmeisterin gegenüber in Lügen verwandelt. Sie war zerstört, verloren! Ja, im Grunde war sie tot. Erledigt bis in alle Ewigkeit, denn sie hatte nur diesen einen Versuch gehabt. Sie konnte keinen neuen Entmachter bauen, weil es die Bestandteile nicht mehr gab. Sie war so am Ende, dass sie sich auch gleich begraben lassen könnte. Und alle ihre Träume und Wünsche mit ihr. Sie würde ein Leben in Finsternis führen, niemals die Lichtgötter wiedersehen. Es durfte einfach nicht sein, dass Wukur ihr so etwas antun konnte. Dass er sie so gründlich und umfassend vernichtete. Sie hätte die ganze Stadt zusammen schreien mögen! Und als ob nicht das schon für einen Tobsuchtsanfall ausreichen würde, hatte er obendrein Koko umgebracht, obwohl sie ihm tausendmal eingeschärft hatte, dass er auf den Vogel acht geben sollte! Aber er hatte ja kein Gefühl, kein Gewissen.

Sie spürte, wie ihr die Adern anschwollen, als ob sie gleich platzen wollten. Dieser Mistkerl. Diese Wanze! Dieses miese, fiese, abartige und widerwärtige Stück Dreck!

Ja, Dreck! Hundedreck! Rattendreck! Kakerlakendreck!

Langsam drehte sie sich um. Was machte diese widerliche betrügerische Wanze, Wukur, eigentlich gerade jetzt? Ganz sicher war er nicht losgeritten, um einen Vogelkäfig zu beschützen, der gar nicht mehr existierte, weil er ja schon vor Tagen explodiert war! Oh nein, vermutlich hockte dieser Wicht stattdessen seiner Prinzessin auf dem Schoß und erzählte ihr, was sie für umwerfende grüne Augen hätte. Und er ließ gleichzeitig Areshva seine Arbeit tun und die Stadt befrieden! Sie ballte die Fäuste und spürte, wie riesige Wogen von magischer Energie anfingen, durch ihre Arme und Finger zu schwellen. Du räudiger Hundesohn. Bilde dir nicht ein, ich würde weiter Rebellen für dich zähmen. Oh nein. Das gibt Rache.

»Hol die Laus Wukur hierher«, zischte Areshva den Soldaten zu, die sie begleiteten. »Jetzt! Auf der Stelle! Ich hab mit ihm zu reden!«

# Regimentsführer

Leichtfüßig tänzelte Silvrin vorwärts, sein Schwert drohend auf den Hünen gerichtet. Als dieser nicht gleich attackierte, ließ er seine Klinge um die des Gegners kreisen. Dieser zuckte leicht zurück. So umlauerten sich die Kontrahenten, mal die Waffen höher, dann tiefer schwingend.

Silvrin war verschwitzt, sein Kettenhemd presste sich in seine Haut, schließlich stand er schon seit Sonnenaufgang in der Arena. Mit der Streitaxt hatten sie begonnen, danach folgten Übungen mit der Lanze. Doch das Schwert lag ihm am besten in der Hand, selbst wenn der darin glimmende Zauber heute noch gar nicht angesprungen war. Er wusste, er musste damit rechnen, dass der eines Tages verschwand. Bis dahin musste er genug trainiert haben, um auch ohne ihn Kämpfe zu gewinnen.

Silvrin stampfte mit dem Fuß auf, als wollte er vorwärtsstürmen. Sofort zuckte sein hünenhafter Gegner zurück und unterbrach damit den Angriff, den er vorbereitet hatte. Doch er begriff gleich, dass das nur eine Finte gewesen war. Schon hechtete er wieder nach vorn und traf Silvrins Schwert mit Wucht. Der fing den Schlag ab und drängte die Klinge des Großen zur Seite, hinderte sie an der weiteren Bewegung. Immer wenn dieser versuchte, sie zu befreien, verstärkte er den Druck.

Ein kräftiger dreimaliger Gong unterbrach den Kampf. Erst jetzt wurde Silvrin das hundertfache Zischen und Scheppern, das Keuchen, Stampfen und Rufen der anderen Krieger in der Arena bewusst, als alle diese Geräusche zusammen mit dem Gong plötzlich verstummten.

»Pause!«, rief sein Gegner. »Es ist Zeit zum Mittagsmahl. Wenn Ihr erlaubt.«

Silvrin nickte und senkte die Waffe. Er steckte sein Schwert wieder an seinen Gürtel und zog sich den Schulterschutz herunter. In der Mittagssonne war es darunter viel zu warm. Auf diese Weise befreit, sah er den Männern aus seinem Regiment dabei zu, wie sie sich auf die Schultern schlugen und einander gute Mahlzeit wünschten.

Er hatte sich noch immer nicht an den Gedanken gewöhnt, nun ein ganzes Regiment zu befehligen. Die Nervosität und Sorge, der Aufgabe nicht gewachsen zu sein, ließen ihn nicht los. Deshalb las er nicht nur in den Aufzeichnungen des verstorbenen Fürsten, sondern hatte auch angeordnet, Kampfübungen abzuhalten. Als Trainingspartner und wählte er die kräftigsten und kühnsten Recken aus. Er musste Erfahrung gewinnen und sich Kampftechniken aneignen. Und da die Armee von Aravenna bis jetzt nicht durch Siege geglänzt hatte, schien es ihm ratsam, daraus eine allgemeine Übung zu machen, an der auch die Männer seines Regiments teilnahmen.

Während die Soldaten um ihn herum nun den Ausgängen zu eilten, hatte Silvrin es nicht so eilig zu gehen. Seine Hand tastete sich zu dem neuen Magiestab, den Vadinia ihm heute früh gegeben hatte. Er hatte sich angewöhnt, nach den Übungen mit der Waffe immer noch ein paar Versuche mit dem magischen Stab zu machen. Zwar funktionierte das bis jetzt nicht überzeugend, aber er war fest entschlossen, es so lange zu probieren, bis er dem Holz seine Strahlung entlocken könnte.

Als er gerade beginnen wollte, fiel sein Blick auf die Zuschauerbänke, welche die Arena kreisförmig umgaben. Ganz unten sah er eine einzelne Gestalt sitzen. Es war der Regimentsführer Kessinaj. Anscheinend saß er dort schon eine ganze Weile. Ob er ihn beim Kämpfen beobachtet hatte? Jetzt erhob er sich und marschierte die Treppe hinunter in die Arena, direkt auf ihn zu. Silvrin reckte sich. Was wollte der alte Fuchs denn von ihm?

Die Manege war inzwischen fast menschenleer. Die Sonne warf verschwenderische Strahlen auf den Sand unter seinen Füßen. Über seinem Kopf krächzte ein Adler.

»Seid gegrüßt, Kessinaj«, sagte Silvrin höflich, als der Alte näher kam. »Seid Ihr nicht hungrig?«

»Das hat Zeit«, erklärte der Regimentsführer und sah den jungen Soldatenführer verschmitzt an. »Dein Trainingsprogramm wollte ich mir nicht entgehen lassen.«

War das ironisch gemeint? Silvrin wappnete sich.

»Weshalb ich hergekommen bin, mir gingen Gedanken durch den Kopf, die ich mit dir teilen wollte«, begann Kessinaj zackig und in militärischem Tonfall. »Ich habe mir von deinem Kampf gegen diesen Räuberhauptmann berichten lassen.«

Silvrin sah schon an dessen aufgeplusterter Haltung, dass gleich eine Kritik kommen würde. Klar, der große Regimentsführer konnte vermutlich kaum ertragen, vor ein paar Tagen öffentlich von einem Anfänger wie ihm geschlagen worden zu sein. Und er hatte sich ein grandioses Fehlurteil geleistet, als er Silvrin bei dieser Spinnenattacke mit Ketten an den Baum gefesselt hatte.

Seine Schritte knirschten im Sand.

»Und?«, fragte Silvrin lässig.

»Warum hast du gegen ihn gewonnen?«

»Weil ich besser war.«

Versuch nicht, mich kleinzukriegen, dachte Silvrin bei sich.

»Nein.« Kessinaj drehte sich zu ihm herum. War er ihm wirklich feindlich gesonnen? Er sah eigentlich eher besorgt aus.

Das ist Taktik, überlegte Silvrin. Er will mich in Sicherheit wiegen, wird aber versuchen, mir in die Magengrube zu schlagen, wenn ich es nicht erwarte.

»Der Verbrecher hat dich doch mit Magiestäben attackiert.«

»Aha, Ihr kennt Euch also mit Zauberei aus«, erwiderte Silvrin ironisch. Er wusste ganz genau, dass dieser Konter saß. Niemand kannte sich mit Magie aus außer den Zauberinnen. Und – ein bisschen – er selbst. Provozierend wog er seinen Stab in der Hand.

»Ich habe es mir von der Priesterin erklären lassen«, erläuterte der Regimentsführer. »Du hast wohl noch keine Kampfanalyse gemacht?«

»Kampfanalyse?«, wiederholte Silvrin. »Wozu das?«

»Ich weiß, dass die jungen Leute sich ungern belehren lassen«, bemerkte Kessinaj vorsichtig. »Dein Freund Koryelan reagiert oft sehr unangenehm, wenn man nur ein Wort sagt. Ich hoffe, dass du vielleicht etwas klüger bist.«

Du meinst vermutlich, du hoffst, ich werde alles schlucken, womit du mich indoktrinieren willst, dachte Silvrin verärgert. Du wirst dich wundern.

»Dann analysiert doch mal«, sagte er laut und lachte dabei, als hielte er es für einen Scherz. Gleichzeitig strich er mit der Hand über Vadinias Stab. Er wollte seine Zeit nicht verschwenden, sondern schon anfangen, damit zu üben.

»Dieser Räuberhauptmann hat dich mit Magiestäben attackiert«, fasste Kessinaj zusammen. »Und als sein letzter verbraucht war, hatte er kein Mittel mehr gegen dich in der Hand. Also hat er seinen Verschwindezauber ausgelöst, damit du ihn nicht tötest.«

Silvrin blieb mit dem Finger an einer Stelle seines Holzstabes stehen, wo er innere Wärme spürte. Konnte er die nicht herausholen? Es gelang ihm nicht. Vielleicht, wenn er etwas kräftiger drückte?

»Hörst du zu?«

»Ja, ja.«

Er bohrte seinen Fingernagel in den Stab. Da, ein schwaches grünliches Licht erschien. Das war ein Anfang.

»Und was bringt uns jetzt Eure Kampfanalyse?«, fragte Silvrin, weil der Regimentsführer still geworden war.

»Es wäre gut, wenn auch du selbst darüber nachdenken würdest«, erwiderte Kessinaj. »Was wird dieser Smorkyn als Nächstes tun?«

»Soviel ich hörte, wildert er in den Wäldern herum und überfällt Dörfer oder Reisende.«

»Silvrin! Der Kerl hat einen Ruf zu verteidigen. Er kann sich nicht erlauben, einen Kampf gegen einen Jüngling zu verlieren, dessen Namen noch nie jemand gehört hat. Er wird sich ausrechnen, dass wir in Aravenna jetzt über ihn lachen, und das wird ihn fürchterlich ärgern.«

»Der wird in Zukunft schon Respekt vor mir haben. Ich habe keine Angst vor ihm, falls Ihr das meint.«

»Solltest du aber. Silvrin, du hast diesen Kampf nicht gewonnen, weil du stärker warst, sondern weil ihm die Waffen ausgegangen sind. Das schreit nach Rache. Eines Tages steht er wieder vor dir, und dann hat er nicht zwei, sondern zwanzig Magiestäbe dabei! Und dann will ich nicht in deiner Haut stecken.«

Silvrin war noch immer damit beschäftigt, seinem Stab Funken zu entlocken. Er spürte die brodelnde Kraft darin, es musste ihm gelingen. Wenn irgendein hergelaufener Räuber es gekonnt hatte, dann er ebenfalls! Er blickte kurz auf.

»Macht Euch keine Sorgen, Kessinaj. Dieser Troll kann gerne kommen, um bei mir Nachhilfe zu nehmen.« Er hob seinen Stab, der inzwischen glomm, grün und blau. »Ich werde nie wieder einen Kampf verlieren!«

»Du irrst dich«, erwiderte Kessinaj, und sah plötzlich runzelig aus wie ein alter Mann. »Du stirbst schon bei deinem nächsten.«

Er trat an Silvrin heran, riss ihm den Magiestab aus der Hand und warf ihn zu Boden. Dann packte er den Jüngeren bei den Schultern.

»Du kommst zu uns wie ein Komet vom Himmel, du könntest Aravenna vielleicht endlich stabilisieren! Wenn du doch nur die Zeit hättest zu vollenden, was du angefangen hast. Silvrin, du machst dir nicht klar, wie deine Aktionen nach außen wirken, oder? Sei doch um aller Götter Willen vorsichtig und greif nicht planlos Krieger an, die du nicht kennst! Versuch weitsichtig zu sein, Tage und Wochen vorauszudenken, wenn du es schaffst, dann sogar Jahre! Ich will dich nicht auf dem Schlachtfeld liegen sehen mit einer Lanze im Herzen.«

Silvrin war wie elektrisiert.

»He«, stieß er hervor. »Heißt das, Ihr seid auf meiner Seite?«

Kessinaj ließ die Hände wieder sinken.

»Junge, ganz Aravenna ist auf deiner Seite. Du bringst uns eine Hoffnung, die hier seit Jahren keiner mehr hatte. Aber du wirst es nicht überleben, wenn uns nicht eine sehr wirksame Maßnahme einfällt, die dich schützt!«

Silvrin spürte, wie ihm das Herz aufging. Ganz Aravenna auf seiner Seite, konnte das wahr sein?

»Sind alle Leute in Eurem Alter so pessimistisch? Bloß weil ich in Euren Augen zu jung bin, traut Ihr mir nichts zu?«

»Da ist diese Seherin«, raunte Kessinaj resigniert. »Die Priesterin von Pallanthia hat deinen Tod in einem Orakel vorhergesehen. Du hast noch einen Mond zu leben, höchstens zwei. Das macht mich so traurig. Wenn du dich doch wehren könntest!«

Das Orakel. Ari hatte auch davon gefaselt, sich sogar davor gefürchtet. Er selber hatte dem keine Bedeutung beigemessen und es schon fast vergessen. Dass die Priesterin es sich gemerkt, ja sogar herumerzählt hatte — das kam ihm eigenartig vor. Aber ihn stimmte das nicht ängstlich, sondern weckte nur seinen Widerspruchsgeist.

»Ihr glaubt also, ich könnte mich nicht wehren? Na dann passt mal auf.«

Silvrin griff nach hinten an seinen Waffengurt, wo er den gevierteilten Stab verwahrte, den er von Smorkyn erbeutet hatte und von dem ja noch zwei Teile unangetastet waren. Die Waffe sah kreuzförmig aus, seine Enden standen in alle vier Himmelsrichtungen ab. Die beiden abgebrannten Seiten wirkten wie bröckelige Kohle. Die intakten schimmerten rötlich, als wären sie aus Kupfer. Er strich mit dem Finger erst über das eine, dann über das andere Ende.

»Was ist das?«, fragte Kessinaj fieberhaft. »Was kannst du damit machen?«

»Auf diesem Stab sind nur Spezialsprüche. Die ersten zwei habe ich selbst beobachtet, mit dem einen hat Smorkyn sich unsichtbar gemacht und mit dem anderen konnte ich eine Truppe von fünf Dutzend Mann in die Flucht schlagen. In diesen zwei Kupferseiten ist auch noch Magie, und die fühlt sich sehr explosiv an. —

Kessinaj, bedeutet dies, dass Ihr mit mir zusammen arbeiten werdet?«

Der Ältere nickte und lächelte ihm zu.

»Worauf du dich verlassen kannst. Mit allen Kräften.«

# Göttererscheinung

In Pirinas Kopf purzelte ein einziges Wirrwarr von Bildern, Gedanken und Gefühlen durcheinander. Sie wusste kaum, wo sie war. Auch nicht, was sie in den letzten Augenblicken – oder waren es Stunden? – gemacht hatte. Ständig blitzte ihr Zendras schauriger, abgehackter Kopf vor den Augen. Sie konnte kaum an etwas anderes denken. Rechts und links schubsten Menschen sie herum, doch es war egal. Es kam ihr vor, als wäre der Himmel über ihr herabgestürzt und jetzt gäbe es nichts mehr. Sie war so allein.

Amina hatte sie im Stich gelassen. Sie waren ihr nicht wichtig genug.

Und wo war Dara? Sie suchte schon die ganze Zeit nach ihr und konnte sie nicht finden. Ach! Wenn sie sich doch nur ihrer Mutter in den Schoß werfen und einmal richtig ausheulen könnte. Aber wo steckte sie? Hier waren einfach zu viele Leute. Und zu viele Häuser und Soldaten, vor denen sie sich fürchtete - oh, wie sehr sie sich fürchtete! Heute waren schrecklich unheimliche Sachen passiert, vielleicht war es noch nicht vorbei.

Sie bog um eine Straßenecke und unerwartet stand Susu vor ihr.

»Roviana hat sich geirrt«, knurrte die Glaubensschwester sie an. »Amina existiert nicht. All unsere Träume waren nur Wahnvorstellungen. Lass uns verschwinden.«

Pirina schrak zusammen.

»Wie kannst du so etwas Ungeheures behaupten! Natürlich lebt Amina und wir finden sie, irgendwann!«

»Darüber können wir im Hauptquartier diskutieren, wenn wir den anderen berichten, was hier geschehen ist. Wir müssen weg hier, Pirina, das Pflaster wird mir zu heiß.«

»Aber wir haben Dara noch nicht gefunden. Wir können nicht einfach verschwinden und Dara im Stich lassen!«

Susu öffnete den Mund, um etwas zu sagen, schloss ihn jedoch gleich wieder. Schließlich brachte sie hervor: »Du solltest sie lieber nicht finden. Es ist besser, wenn wir jetzt gehen. Glaub mir, du arme Kleine.«

Sie strich Pirina tröstend über den Arm. Die riss sich los.

»Was?«, rief die Kleine wütend. »Ich bin nicht arm und ich gehe nicht weg, bevor ich Dara nicht gefunden habe!«

Erregt breitete sie ihre Flügel aus und flog hoch, über eine Häuserzeile hinweg, danach noch über eine zweite und eine dritte, wohin Susu ihr garantiert so schnell nicht folgen könnte.

Pirina irrte durch die Gassen und suchte nach ihrer Mutter. Wohin konnte sie verschwunden sein? Sie hatten immer alles zusammen gemacht, jedenfalls seit dem Tag, an dem Dara versprochen hatte, dass sie jetzt ihre Mama sein wollte. So weit in die verkommeneren Gassen, die Pirina gerade durchkämmte, konnte sie sich gar nicht verlaufen haben. Sie war bestimmt auf dem Marktplatz. Pirina wagte sich allerdings nicht mehr dahin, denn dort waren so viele Soldaten, dort hingen die furchtbaren

Köpfe, die man auf Lanzen aufgespießt hatte. Pirina würde den Anblick nicht noch einmal ertragen.

Sie bog um eine Ecke. Da gab es eine Weinhandlung mit Bänken vor der Tür und gegenüber einen Gemüseladen, dessen Fenster und Tür von einer eingerissenen Markise überschattet wurden. Da, plötzlich war ihr, als weckte sie etwas aus der Betäubung, die ihre Seele erdrückte. Sie fühlte etwas in der Luft, das sie nicht sehen konnte. Eine Substanz, die sie durchflutete, die ihren ganzen Körper niederdrückte und ihr den Atem schwer machte. Keuchend sah sie sich um. Es war kein Mensch zu sehen, dem diese ungeheure Aura gehören könnte, die sie jetzt deutlicher und immer erschütternder in ihrem ganzen Körper spürte. Wer hatte denn so eine machtvolle Aura? In ihrem ganzen Leben hatte sie noch nie eine solche Kraft gespürt. Keine einzige unter den Aminarinnen, ja nicht einmal die große Priesterin Kirisha, die sie kürzlich mit Dara besuchte, auch nicht die grässliche Meriedyce, hätte sich mit dieser Aura messen können. Und kaum war ihr das klar geworden, da begriff sie auch schon, welche göttliche Zauberin das sein musste. Amina! Sie war in der Nähe. Welch eine Schande, dass die Retterin jetzt kam, viel zu spät! Aber besser spät, als wenn sie niemals aufgetaucht wäre.

Eine Truppe von Reitern erschien hinten auf der Kreuzung. Eine schwarz gekleidete, schmale Zauberin führte sie an. Und sie musste es sein. Kein Zweifel möglich, sie war diejenige, von der die ungeheure Aura ausging. Pirina stand starr vor Staunen. Fast konnte sie nicht glauben, was sie sah. Die Retterin war eine Skeff? Klein, schlank, pechschwarze Haare und ebensolche Augen. Und dazu ein Paar flammende Flügel, die sie gerade ausbreitete und schüttelte, als wollte sie sich mitsamt ihrem Pferd in die Luft erheben. Schon war sie hinter der nächsten Häuserreihe verschwunden. Pirina schwang sich auf und flog ihr hinterher.

Amina! Amina! Alles in ihr jubilierte. Sie war endlich gekommen. Und sie war eine Skeff. Die Götter sandten eine Dunkle aus, die die Welt retten sollte. Das war ... eine Ungeheuerlichkeit! Und erklärte womöglich, warum Amina bisher nicht gewagt hatte, ihre Arbeit zu beginnen. Niemand unterstützte eine Skeff. Niemandem würde jemals einfallen, sie für eine Retterin zu halten. Pirina überlief eine Gänsehaut vor lauter Verzückung. Das war ein Glück! Diese Amina würde eine Gefährtin wie sie gewiss nicht zurückweisen. Und sie würde mit ihr gehen können, ihr bei ihrer Aufgabe helfen!

Diese Idee war allerdings nicht leicht in die Tat umzusetzen. Wie sollte sie sich Amina zu erkennen geben? Sie ritt da so zielbewusst und so kriegerisch entlang, an der Spitze dieser Truppe von darghessanischen Soldaten. Ein kleines Mädchen konnte sich ihr kaum einfach in den Weg stellen und sie ansprechen? Pirina flog höher. Sie folgte ihr von oben und parkte immer wieder hier oder dort auf irgendeinem Dach, von wo aus sie sie beobachten konnte. Ein wenig merkwürdig kam ihr die ganze Sache vor, denn Amina führte diese Soldatentruppe an, sie ritt dort als Führerin der Darghessaner, die doch ihre Feinde waren. Diese mörderischen Soldaten hatten ihre Aminarinnen auf so grausame Weise umgebracht, wie konnte sie mit ihnen gemeinsame Sache machen? Pirina wurde zusehends unruhiger, als ihr nach einer Weile klar wurde, dass Amina diese darghessanischen Soldaten in den Kampf gegen eine Bande von Aufrührern führte, die sich im Süden von Darghessa mit Mistgabeln, Lanzen und Knüppeln bewaffnet zusammengerottet hatten. Sie hörte die Rebellen aufgebracht schreien: »Nieder mit dem Verbrecherfürsten!«

»Wir wollen den Fürsten Kimiko zurück!«

»Diese Hinrichtung war grausam! Eine Schande für Darghessa!«

»So kann es nicht weiter gehen!«

Pirina erstarrte. Diese Leute hatten Recht. Es waren anständige Bürger der Stadt, die gegen das Verbrecherregime protestierten und die brutale Hinrichtung nicht hinnehmen wollten. Gegen die wollte die Retterin doch nicht losschlagen, oder? Aber genau danach sah es aus.

Sie stand auf der falschen Seite!

Nein, dachte Pirina erschrocken, das musste ein Irrtum sein. Gleich würde sie bemerken, dass sie die Soldaten bekämpfen sollte.

Amina hatte ein feines, sehr hübsches Gesicht, das allerdings eingefroren aussah wie das einer Statue. Ihre Lippen hatte sie zusammengekniffen und ihre Augen blitzten, als ob sie aus purem Hass bestünden. Sie ließ Ströme von Strahlung aus ihren Fingern fahren, die sich zu einer langen Wand verdichteten, und diese rutschte langsam vorwärts, den Rebellen entgegen, die sie von der Magierin weg nach hinten drückte. Sie wurden zusammengedrängt, einige fielen, sehr schnell löste sich die ganze Gruppe auf und flüchtete.

Die Zauberin schien sich kaum für das zu interessieren, was sie tat, sie ritt vielmehr vorwärts mit einem Ausdruck in den Augen, als würde gleich ein Gewitter losbrechen. Dann spornte sie ihr Pferd an und fiel in Galopp. Die Soldaten, die sie begleiteten, waren irritiert, fragten, was in sie gefahren sei, doch sie hörte ihnen nicht zu.

Pirina flog ihr kurz entschlossen hinterher. Wo wollte sie denn hin? Sie hielt auf die Hauptstraße zu und bog dann ab Richtung Fürstenburg.

Sieben Tempelhexen tauchten am Himmel auf und flogen der Retterin entgegen. Sie landeten in einer Reihe nebeneinander, so dass sie der Mächtigen den weiteren Weg versperrten. Zwei von ihnen trugen lebendige Schlangen um den Hals, andere hatten menschliche Schädel an die Gürtel ihrer Umhänge gebunden.

»Areshva, unsere Freundin«, säuselte eine der Magierinnen und verneigte sich. »Was habt Ihr vor? Hat Euch jemand geärgert?«

»Aus – dem – Weg«, fauchte die Skeff und breitete drohend ihre Fledermausflügel aus. Das schüchterte die Totenkopfhexen etwas ein, die beiden in der Mitte wichen zur Seite, um die Straße freizumachen.

»Was hat Euch erzürnt? Wir hörten Euch fluchen über Wukur«, fragte eine der Schlangenhexen höflich. »Es ist sicher ein Irrtum. Er ist Euer größter Verehrer und Freund und augenblicklich dabei, einen Auftrag für Euch auszuführen!«

»Ach wirklich? Und warum versperrt ihr mir dann den Weg zur Fürstenburg?« Die Skeff starrte die Tempelzauberinnen mit glühenden Augen an. »Weil ihr ihn vor mir beschützen wollt? Wahrscheinlich flirtet er auch schon mit diesem Giftknochen, Meriedyce. Aus dem Weg, mein letztes Wort! Sonst zerschmettere ich ihren Tempel und werfe sie in das Rattenloch zurück, aus dem sie kam!«

Pirina erschrak, weil der Ton dieser Unterhaltung immer aggressiver wurde. Sie stoppte vorsichtshalber ihren Flug und versteckte sich hinter einer Hausecke, von wo sie auf die Straße lugte. Eine dumpfe Enttäuschung legte sich auf ihre Brust. DAS sollte die Retterin der Welt sein? Sie hatte sie sich netter vorgestellt. Nicht wie eine Angreiferin, die aussah, als wollte sie die Welt eher zusammenschlagen als schützen.

»Das ist eine unverschämte Drohung, unser Tempel ist heilig«, gab eine der Magierinnen zurück und streckte ihre Hände gegen die Skeff aus. Das taten nacheinander auch alle anderen. Dichter schwarzer Qualm entfuhr ihren Fingern, der auf ihre Feindin zufloss. Doch bevor er sie erreichte, schleuderte sie ihn mit einem Windstoß aus ihren Fingern auf die Angreiferinnen zurück.

Pirina hörte, wie sie mit vor Wut bebender Stimme keuchte: »Agga, gib mir Zunder!«

Blitzschnell schoss ein Feuerstrahl aus ihrer Hand, dick wie ein Elefantenbein. Die Hexen wichen ihm aus. Er sauste pfeifend durch die Straße hinweg bis zu einem Eckhaus, in das er einschlug. Eine Stichflamme schoss hinaus und setzte es in Brand. Der Krach von dem Treffer war so laut, dass Pirina sich erschrocken die Ohren zuhielt. Eine Dampfwolke wirbelte über der Einschlagstelle in die Luft und verhüllte die gesamte Straße.

Mitten im Qualm sah Pirina die sieben Gestalten wieder aufstehen und auf Amina zu gehen. Es entstand eine angespannte Stille.

Pirina hielt den Atem an. Nun hat sie es verstanden, dachte sie aufgeregt. Jetzt wird sie nichts Falsches mehr machen, und dann kann ich mit ihr reden.

Die Erde unter den sieben Magierinnen wurde lebendig. Zuerst sah es aus, als bewegte sich der Weg zu ihren Füßen. Dann erkannte Pirina, dass aus dem Erdreich Schlangen hervorkrochen in so großer Zahl, dass sie bald den halben Weg bedeckten und zischend auf die Retterin zu schlängelten.

Die Skeff formte den nächsten Feuerball und schoss. Ihre Kugel sauste mit einem Flammenschweif auf die vordersten Kriechtiere zu, es folgte ein ganzes Feuerwerk weiterer. Reptilienleiber wirbelten durch die Luft,

Fensterscheiben splitterten, Dachbalken stürzten ein, es krachte, polterte und qualmte, das reinste Inferno.

Als sich das Bild aufgeklart hatte, waren die sieben Hexen nicht mehr zu sehen. Statt ihrer rückte jedoch ein neues Geschwader an, diesmal waren es Soldaten in den roten darghessanischen Uniformen, eine ganze Abteilung. Ganz vorn ritt ein Skeff. Pirina staunte, denn sie umgab ein flimmerndes metallisches Band zu den Seiten und auch einige über ihren Köpfen. Es schwebte in der Luft und folgte den Soldaten, als sie nun auf die Zauberin zu ritten. Pirina hatte so etwas noch nie gesehen, spürte aber die kräftige Strahlung. Vielleicht war das eine Art Schutz vor magischen Angriffen.

»Was ist los?«, fragte in militärischem Ton der Anführer. »Greift Ihr jetzt unsere Leute an? Ihr habt Wukur doch versprochen, die Rebellen unter Kontrolle zu bringen!«

Sie warf ihm einen zornigen Blick zu.

»Kakerlakendreck«, stieß sie mit wilder, drohender Stimme hervor. Es hörte sich an, als kochte sie vor Wut. »Wukur hat mich zerstört. Er wird schon sehen, was er davon hat! Ich zerlege seinen Pferdestall! Ich vernichte seine verdammte Kakerlakenhütte!«

Sie ballte beide Fäuste abwechselnd. Ihre Stirn und ihre Wangen waren tiefrot und vor Wut verzerrt. Da sie nun aber nicht mehr angriff, ritten die Soldaten näher an sie heran.

Pirina setzte fast der Herzschlag aus. Wie redete sie denn? Was wollte sie? War sie eine Verrückte? Ihre Stimme hatte wild geklungen. Berstend vor Wut. Warum, begriff Pirina nicht.

Nein, dachte die Kleine, und eine Welle der Enttäuschung drückte sie nieder. So eine Person kann keine Retterin sein. Trotzdem ließ sie die Skeff nicht aus den Augen. Vielleicht hatte sie was falsch verstanden? Sie suchten schon so lange nach Amina, sie musste sich ganz sicher sein, bevor sie ihren Glauben an sie verlor.

Die Skeff hockte verkrampft auf ihrem Pferd, mit einer steilen Falte zwischen den hohen geschwungenen Augenbrauen. Sie ballte abwechselnd die Hände zu Fäusten und streckte die Finger, als ob sie sich über irgendwas fürchterlich aufregte. Plötzlich stieß sie einen wilden Schrei aus und warf die nächste Feuerkugel. Diesmal gegen ihre eigenen Soldaten ... es waren wohl ihre eigenen, oder? Die hinter ihr, die sie begleiteten, trugen rote Uniformen und die anderen, die ihr gegenüberstanden, genauso. Sie galoppierte auf diese zu und griff sie an. Es krachte bestialisch. Menschen kreischten. Schon wirbelte die nächste Flammenkugel hinterher. Sie traf einen Hauseingang, der explodierte. Eine Tür geriet in Brand. Flammen schlugen in die Höhe, wurden aber gleich von einer Staubwolke verschluckt.

Pirina wäre vor Schreck fast vom Dach gefallen. War sie verrückt? Der Staub war noch gar nicht ganz wieder herabgerieselt, da schoss die Magierin weiter. Zuerst mitten in die Straße. Dann zerbombte sie ein Haus. Das Dachgeschoss flog davon. Die Skeff erhob sich von ihrem Pferd, flatterte in die Luft und ballerte von dort aus. Innerhalb kürzester Zeit brannte die ganze Straße. Flammen schlugen bis in den Himmel, es erklang ein erbärmliches Heulen und Schreien von unten, während die Skeff über ihr immer mehr ausrastete. Pirina hörte sie von oben kreischen, mit sich überschlagender Stimme, als wäre sie völlig durchgedreht: »Mehr! Mehr! Agga!«

Hilfe, Pirina musste weg hier. Sie duckte sich und ließ sich vom Dach herunterrutschen, auf dem sie bis jetzt gesessen hatte, wobei sie sich an Balken und Dachziegeln festhielt. Zu fliegen wagte sie nicht, weil die Wahnsinnige sie dabei erwischen könnte. Vorsichtig hangelte sie sich bis zur Dachkante und segelte dann auf den Boden herunter. Der Himmel über ihr färbte sich rot. Die Straßenecke vor ihr leuchtete orange. Wahrscheinlich brannte schon das ganze Stadtviertel. Der stechende Geruch von Rauch und Teer trat ihr in die Nase.

Es war genau so, wie Dara gesagt hatte. Amina hatte grenzenlose Macht. Sie ließ die ganze Stadt leuchten. Pirina zuckte bei jedem einzelnen Schlag zusammen, der auf den Erdboden herab donnerte. So hätte das aber doch nicht sein sollen! Das war alles falsch! Trotzdem wurde es Pirina, je länger es dauerte, immer klarer, dass sie ihre Amina gefunden hatte. Es gab keine Zweifel. Am liebsten hätte sie mit ihr reden wollen und sie direkt gefragt, aber das traute sie sich nicht. Wie könnte sie sich ihr denn zu erkennen geben? Es ging nicht. Es wäre viel zu gefährlich.

Vorsichtig schlich sich Pirina bis zum letzten Haus in der Straße. Von hier aus konnte sie die Fliegerin sehen, die gerade abdrehte und davonflog. Da sie ihr dabei den Rücken kehrte, wagte sich Pirina aus ihrem Versteck und flog ihr in gebührendem Abstand hinterher.

Die Hexe landete auf dem Marktplatz. Demselben, den sie eigentlich schon längst anlässlich der Hinrichtung hätte besuchen sollen. Sie hätte die Aminarinnen retten können, sie hätte die Macht dazu gehabt! Aber sie hatte es nicht getan. Sie hatte sie sterben lassen in ihrer wahnsinnigen Gleichgültigkeit. Da standen sie noch auf dem inzwischen menschenleeren Platz, die blutbefleckten Lanzen mit den darauf aufgespießten Köpfen der Märtyrerinnen. Pirina blickte schnell zur Seite, um sie nicht sehen zu müssen. Sie landete auf einem Hausdach, wo sie hinter einem Schornstein in Deckung gehen konnte.

In der Mitte dieses Platzes gab es einen Brunnen, den ein steinerner Ritter krönte sowie mit einer Fontäne, die Wasser versprühte. Ganz in der Nähe ragte die Lanze mit dem Kopf von Roviana in die Höhe. Er war blutverkrustet, ein Auge hatten irgendwelche Tiere schon herausgerupft. Amina kam geradewegs zum Brunnen hingeflogen. Sie warf einen Blick auf den Totenschädel, dann packte sie die Lanze und schwenkte sie mitsamt dem makabren Kopf durch die Luft. Aus ihren Flügeln schossen meterhohe Flammen, während sie wieder emporsegelte. Sie sah fast aus wie ein Drache. Schließlich landete sie elegant auf der obersten Ziersprosse des Brunnens. Man konnte sie dort vom ganzen Platz aus sehen.

»Hörst du mich, Agga? Ich schicke dir Besuch!«, schrie sie laut. Unvermittelt warf sie die Lanze in die Luft, wo sie in einem gewaltigen Feuerstrahl aufstieg, hoch und immer höher. Am Himmel wurde der Strahl bunter, löste sich auf in eine Vielzahl tausendfarbiger kleiner Sterne und verschwand. Auch die Lanze und der Totenkopf, alles war verschwunden, nichts kam auf die Erde zurückgeflogen, Pirina mochte den Himmel anstarren, so sehr sie nur konnte. Die Hexe hatte Rovianas Kopf bis zu den Göttern hochgeschossen! Sie erfüllte die Prophezeiung. Sie rettete Roviana. Wie viele Beweise brauchte sie denn noch?

Sie war die Retterin!

Als Amina erkannte, dass überall auf dem Marktplatz weitere Totenköpfe aufgespießt waren, da flog sie von einer Lanze zur nächsten und schleuderte sie alle, wie die erste, mit demselben Feuerwerk wie vorher in den Himmel.

Bis jemand sie unterbrach. Ein Tross von Soldaten preschte ihr entgegen. Ganz vorn ritt ein Würdenträger in Soldatenuniform und mit Feldherrenstab.

»Areshva«, schrie er sie an. »Hast du den Verstand verloren? Du ruinierst meine Stadt. Du treibst es ärger als diese Rebellen, die du bekämpfen solltest!«

Areshva hieß sie also. Die Zauberin holte Luft und griff sich an die Stirn. Es sah aus, als müsste sie erst wieder zu sich kommen.

»Deine Stadt, Wukur?«, erwiderte sie spöttisch. »Was gehört dir denn hier, du Schwein?«

»Was ist los mit dir«, rief Wukur beschwörend. »Du übertreibst, du solltest doch für Recht und Ordnung sorgen!«

Areshva hielt den Atem an.

»Recht?«, wiederholte sie, völlig verblüfft. »Und ... äh, was sagtest du - Ordnung?«

Sie brach in schallendes Gelächter aus. »Haha«, gackerte sie. »Bist du besoffen? Wo hast du solche Wörter denn her?«

Sie kicherte immer lauter, lachte, bis ihr die Tränen kamen und ihre Stimme brach, bis sich ihr Gelächter zunehmend unecht und überdreht anhörte. Abrupt hielt sie inne.

»Ich übertreibe?«, sagte sie dann, langsam und drohend. »Du Dreckskerl! Du hast meine Arbeit von zwölf Monden zerstört! Du hast die einzige Chance zerstört, die ich hatte, um meine Göttin zurückzuholen! Das verzeihe ich dir nie. Nie, nie, nie! Fahr zur Hölle und lass dich nie wieder bei mir blicken!«

Damit flog sie davon. Pirina starrte ihr hinterher. Sie fühlte sich, als hätte sie jemand vor den Kopf geschlagen. Diese Areshva, wie sie sich nennen ließ, hatte sich soeben aufgeführt, genau wie alle es von einer Skeff erwarteten. Himmel, und sie sollte die Retterin sein? Es war vielleicht nichts als ein gewaltiger Zufall, dass sie wortwörtlich erfüllte, was Roviana vorhergesagt hatte. Von der heiligen Aufgabe, die sie erfüllen sollte, hatte sie sicher nie gehört. Aber das darauf kam es an! War das der Grund, weshalb Roviana immer gesagt hatte, Amina würde Hilfe brauchen? Sie hatte vielleicht gar nicht *Hilfe* im gewöhnlichen Sinn gemeint. Sie wollte damit erklären, dass jemand Amina hinterherfliegen müsste und ihr überhaupt erst einmal erzählen, was ihre Aufgabe war. Pirina erzitterte. Wer würde das tun? Ob wohl außer ihr noch ein anderer verstanden hatte, wer sie war? Sie selbst musste der Dämonin folgen!

Pirina segelte vom Dach herunter und Areshva hinterher. In gebührendem Abstand, versteht sich. Als die Magierin an einer Wegkreuzung anhielt, da landete sie vorsichtshalber, damit die böse Hexe nicht zufällig auf sie aufmerksam würde. Schwer atmend blieb sie stehen. Da fiel ihr Blick auf einen Körper, der am Boden lag … Sie erkannte den roten Fellbeutel über ihrer Schulter, Dara hatte genau so einen gehabt. Die Person trug auch ihren Umhang und die Stiefel mit den ramponierten Absätzen. Der Stoff war oben ein bisschen blutig. Das meiste Blut war darüber. An einer Stelle, wo eigentlich etwas anderes hätte sein sollen, und nicht bloß das Kopfsteinpflaster dieser Straße. Pirina spürte plötzlich ihre Füße nicht mehr, die Welt um sie herum begann sich zu drehen. Das war alles so verkehrt. Vielleicht lieferten nun auch ihre Augen falsche Bilder.

»Pirina«, hörte sie die Stimme von Susu über ihrem Kopf. »Lass uns hier weggehen, komm.«

Jemand legte ihr den Arm um die Schultern.

»Dara«, keuchte Pirina.

»Komm. Du kannst nichts machen. Komm mit, wir müssen heim.«

Susu versuchte sie wegzuführen, aber Pirina wehrte sich.

»Das … das ist nicht Dara, oder?« Sie fing an zu schluchzen. Sie versuchte, sich zu beherrschen, aber sie konnte nicht aufhören zu weinen.

»Ich glaub auch nicht, dass sie es ist. Man kann nie sicher sein«, sagte Susu mit unwirklicher Stimme. »Viele

Leute haben solche Umhänge und solche Beutel. Jetzt komm. Es ist nicht gut, wenn du dir solche Bilder einprägst.«

Sie zog Pirina vorwärts. Die Kleine wehrte sich nicht mehr. Sie hatte keine Kraft dazu, fühlte sich leer und zerstört.

»Und ihr Kopf?«, stammelte Pirina unter Tränen. »Hat Amina den auch in den Himmel geworfen? Zu den Göttern?«

»Welche Amina?«, fragte Susu erschrocken. »Pirina, es gibt keine Amina, vergiss diesen Namen.«

Sie verließen den Marktplatz und gingen nun Richtung Stadttor.

»Aber Amina hat sie doch gerettet«, sagte Pirina nach einer Weile. »Hast du gesehen, sie hat alle Köpfe in den Himmel geworfen. Die sind jetzt oben im Himmel bei den Göttern und vielleicht essen sie zusammen süßen Pudding.«

Pirina dachte über diese Möglichkeit nach und fand sie, je länger sie nachdachte, immer plausibler.

»Und Dara ist ganz sicher dabei. Amina hat sie bestimmt nicht vergessen. Dara mag sehr gerne süßen Pudding und wir hatten schon ewig keinen mehr.«

»Sei still, Pirina, und hör auf, solchen Unsinn zu erzählen«, fauchte Susu.

Pirina wusste, dass sie eigentlich der Retterin hätte hinterherfliegen sollen, aber sie war am Ende. Das Bild von Daras Körper ohne Kopf lastete wie ein Felsbrocken auf ihr. Was hätte sie tun sollen, ganz alleine dieser Feuerteufelin nachreiten, die sie noch nicht mal gewagt hatte anzusprechen? Das konnte sie doch nicht.

Oh Himmel, Dara … Dara …

Amina war mächtig genug und bestimmt nicht auf die Hilfe von so einem kleinen Mädchen wie Pirina angewiesen, sie würde die Welt ganz alleine retten, irgendwann, eines Tages.

Und dann würde sie Pirina auch zu den Göttern bringen, wo sie neben Dara sitzen und zusammen süßen Pudding essen könnten.

# Abkehr

Areshva hockte auf einem Felsen neben den Klippen am Rande des Burghofes und starrte nach oben auf den Turm, in dem sich ihr Zimmer befand. Dort schwirrte ein Schwarm von Fledermäusen um ihr Fenster. Keine einzige kümmerte sich darum, dass ihre Herrin tief unter ihnen wie ein Häufchen Elend auf diesem sandigen Stein saß. Ein Schatten. Ein Wurm. Vielleicht nicht mal das. Ein Staubkorn im Wind.

Auf einem Steinplateau hinter der Burg johlten und sangen Vaters Leute in höchster Lautstärke. Die meisten tobten um die Rumfässer herum, wie üblich, während andere ihre Schwerter schärften oder mit Peitschen knallten. Dies war schließlich ein Fest. Smorkyn war vor ein paar Tagen mit einem erlegten Hornbären heimgekehrt, einem Riesenvieh von vier Metern Körperlänge. Zwar hatten Smorkyn und seine Männer das Tier gar nicht selbst gejagt, sondern es einer anderen Bande geraubt, aber »Sieg ist Sieg« und »Geklautes Fleisch schmeckt sowieso tausendmal besser als welches, nach dem man seine eigenen Pfeile verschossen hat«, hatte Smorkyn ihr grinsend verkündigt.

Eigentlich hätte sie den Vater zurechtweisen sollen für seinen Hang zu gesetzlosen Aktionen. Schlimmer:

Genau genommen sollte sie sich von ihm lossagen. Alles, was er unternahm, verletzte die Prinzipien der heiligen Lystrella. Sie dürfte mit solch einem Menschen nichts zu tun haben. Stattdessen liebte sie ihn aus ganzem Herzen, denn sie wusste, tief innen hatte er ein gutes Herz. Das hatte er immer noch, er konnte es nicht verlieren – oder? Ihn zu verlassen, dazu fehlte ihr die Kraft. Er konnte zanken, brüllen, manchmal lieferte er sich brutale Prügeleien mit seinen Leuten. Aber Areshva schaffte es nicht, ihn dafür zu verachten, schließlich war er ihr Vater, ihr Anker. Der Einzige, den sie noch hatte. Früher mal hatte sie sich eingebildet, dass auch die Priesterin Kirisha so ein Anker wäre. Da hatte sie sich wohl getäuscht.

Sie wusste nicht, wie lange sie auf diesem Stein gesessen hatte. Da schlenderte Smorkyn zu ihr herüber, den eine umwerfende Rumfahne umwehte. Er war widerwärtig gut gelaunt und klatschte ihr auf die Schultern.

»Meine hübsche Tochter grübelt hier so ganz allein«, johlte er. »Komm, setz dich doch zu uns. Ich lass Jeggen aufspielen, du tanzt doch so gerne!«

»Lass mich in Ruhe«, murmelte Areshva. Sie entwand sich seinem Griff, stand auf und ging. Sollten die Kerle ohne sie feiern. Sie war verzweifelt. Mehr als das: Sie war am Ende. Ihr Entmachter, der ein ganzes Jahr all ihre Zeit und Energie in Anspruch genommen hatte, war zerstört. Alle ihre Pläne waren hinfällig.

Sie hatte die Heilige Lystrella verloren. Auch Kirisha würde nie wieder ein Wort mit ihr reden. Der Gedanke war unerträglich. Sie musste ein neues Projekt erfinden. Ein neues Gerät bauen. Aber was für eins? Das alte Modell hatte versagt. Sie würde etwas ersinnen müssen, das sie ganz allein beherrschen konnte. Denn es war sonst ja auf niemanden Verlass.

Sie rief sich die Zerstörungen vor Augen, die sie in Darghessa gesehen hatte. Unfassbar, dass sich die Antimagie derartig destabilisiert hatte. Sie musste sich in hochexplosive Feuermagie umgewandelt haben. Wahrscheinlich, weil sie keinen Konservator eingebaut hatte. Ihre Beraterin, die alte Hexe, hatte sie gewarnt, ohne diesen könnte sich die Antimagie destabilisieren. Genau das musste geschehen sein. Die Isolatoren waren kein ausreichender Ersatz gewesen. Sie hatte es zu eilig gehabt.

*Ich brauche einen neuen Plan, irgendeinen. Niemals werde ich eine Niederlage akzeptieren, denn ich bin eine Siegerin.*

*Nur dass es keinen Weg gibt. Ich bin verloren bis in alle Ewigkeit. Das kann ich nie wieder gut machen!*

Die Erkenntnis war dermaßen niederschmetternd, dass sie es kaum fassen konnte. Nein, sie wollte es auch nicht fassen. Das durfte nicht sein! Sie zerbrach sich den Kopf. Aber Umsturzpläne generierten sich nicht gerade wie Regentropfen. In ihr war alles leer. Sie war in einer Sackgasse gelandet. Sie würde Lystrella nie wiedersehen. Niemand im ganzen Land würde sie mehr sehen. Die Göttin würde verschwinden, sich eine andere Welt suchen, eine bessere … Und Damarynth würde verrotten. Oh, ja, hier würde alles in die ewige Verdammnis fahren.

Man konnte verrückt werden von solchen Gedanken. Die Sehnsucht nach der Göttin umschlang und drückte sie wie eine Kletterpflanze. Unaufhaltsam. Eine zweite, sogar noch hartnäckigere Sehnsucht wucherte darüber hinweg, indem sie sich um ihren Körper klammerte, als wollte sie sie ersticken. Die nach ihrer Lehrmeisterin. Manchmal hatte sie das Gefühl, dass Kirisha sogar weiter von ihr abgerückt war als die Göttin. Und als ob sie sich mit jedem Schritt, den sie auf sie zu machen wollte, von ihr entfernte.

Ihr Besuch in Darghessa zuletzt – eine Welle tiefster Trauer, Beschämung und Reue durchflutete sie. Habe ich wirklich mutwillig Häuser zerstört und Menschen angegriffen? Ihre Erinnerung war lückenhaft. Sie wusste nur noch, dass Agga sie aufgeputscht und sie überall Rot gesehen hatte. Die ganze Stadt war ihr wie ein riesiger roter Fleck erschienen, ein Schlangennest, in dem alles und jeder ihr Feind war. Erst jetzt, im Nachhinein, wurde ihr bewusst, dass die Flammen, über die sie davongeflogen war, aus Häusern herausgeschossen waren, dass es das Weinen und Schreien von Menschen und nicht das Zischen von Reptilien gewesen war, das sie hörte. Sie war ein Monster geworden. Eine Bestie.

Nie wieder, schwor sie sich, durfte ihr so etwas passieren. Sie durfte sich nicht von Agga beherrschen lassen. Aber sie könnte ihr nicht anders entkommen, als indem sie Lystrella zurückholte. So schnell es nur ging, sonst würde alles noch schrecklicher werden!

*Es kann doch nicht sein, dass ich nicht zurückkehren kann? Muss ich etwa in diesem Zwischenraum hängen bleiben, für den Rest meines Lebens?*

Sie hätte schreien mögen! Laut, wild, schrill! Brüllen, über die ganze Burg! Über die ganze Welt!

Nun mal keine Panik. So schlimm konnte es nicht sein. Ihr musste etwas einfallen. *Denk nach.* Ihr Hirn war so leer wie ein ausgelaufenes Fass. Irgendeine Idee musste ihr doch kommen. Irgendwas musste sie tun können. Vielleicht wegfliegen - so weit es ging, und nie zurückkommen. Bis in das Land, wo der Pfeffer wächst, oder bis in die Unterwelt, das machte schon keinen Unterschied mehr.

Es gab nirgends eine Lösung, sie war erledigt. Von den Haarspitzen bis zum kleinen Zeh. Erledigt.

Sie fühlte sich merkwürdig hohl. Als ob ihr Körper ihr nicht mehr gehörte. Schwankend torkelte sie dahin und wunderte sich, warum ihre Füße vorwärtsgingen und wohin sie denn wollten. Schließlich spielte es nicht die geringste Rolle mehr. Alles war so sinnlos, dass es wehtat.

Dabei hätte es klappen können. Wenn der verfluchte Wukur es ihr nicht vermasselt hätte! Die Wut auf den Mistkerl loderte grell in ihr auf. Sie packte einen Stock, der am Boden lag, und schlug damit durch die Luft, als wollte sie ein Gespenst verprügeln.

In der Nähe der Pferdeställe sah sie Mägde mit Wassereimern. Wahrscheinlich war Fütterungszeit für die Tiere. Sie machte kehrt. Planlos schlenderte sie bergab, wo ein kleiner Pfad bis an den Rand einer tiefen Schlucht herunterführte. Hier pflegten sie ihre Abfälle zu entsorgen. Vor zwei Sommern war an dieser Stelle mal ein Kerl in den Tod gesprungen. Dafür war der Platz außerordentlich gut geeignet. Es ging hier so tief herunter, dass man den Boden nicht erkennen konnte. Natürlich könnte Areshva von diesen Vorteilen keinen Gebrauch machen. Ein Flieger stirbt nicht, wenn er eine Schlucht herabstürzt, genauso wie ein Fisch nicht stirbt, wenn er ins Wasser fällt.

Ihr Kontaktring leuchtete in einem sanften Violett. Das war die Farbe von Beringlida, deren Silhouette von der Antimagie fast komplett verschluckt wurde, als diese aus dem Ring herausglitt. Areshva hörte jedoch ihre Stimme.

»Die vierzehn Tage sind um. Ich stehe am Fuß des Gebirges Kalamachai. Samen habe ich leider nirgends gefunden. Es gibt keine mehr. Ist dein Gerät schon hier angekommen? Eine Riesenwolke oder Dunkelheit habe ich bis jetzt nicht gesehen. Mir wird der Boden unter den Füßen heiß … Was soll ich jetzt machen?«

Areshva schlug sich an die Stirn. Beringlidas Aufenthalt so nah bei Kalamachai war inzwischen ebenso sinnlos geworden wie der ganze Rest des Planes.

Allerdings brachte sie es nicht über sich, das vor der Ex-Priesterin zuzugeben. Bei Agga, nicht mal Samen hatte sie besorgt. Gab es nirgendwo mehr welche? Im ganzen Land nicht? Wie tief saßen sie im Sumpf?

Gleich schreie ich wirklich, dachte sie. Und dann schreie ich nur noch und höre nie wieder auf.

»Zieh dich ins Hinterland zurück«, befahl sie. Ihre Stimme klang laut und polterig. Sie hörte sich gar nicht wie sie selbst an. »Es hat sich etwas verzögert.«

»Wie lange?«, fragte Beringlida hörbar angespannt.

»Ich weiß noch nicht. Ich sage dir Bescheid, wenn ich es weiß.«

Areshva brach den Kontakt ab. Sogar das Atmen war auf einmal ein Problem. Die Luft um sie herum schmeckte wie Gift. Der Erdboden bestand aus spitzen Nägeln, die ihr in die Füße stachen.

Verwünscht. Ich muss einen Ausweg finden, dachte Areshva. Irgendeine gescheite Idee. Oder ihretwegen eine saudumme Idee, egal was, selbst wenn's nur ein Strohhalm wäre!

Sie hörte Schritte hinter sich. Wuchtige, stapfende Treter. Sie ging sicher nicht fehl in der Annahme, dass wiederum Smocky im Anmarsch war. Er gab einfach nicht auf.

»Komm her zu mir, allerliebstes Töchterlein«, säuselte er mit unwirklich hoher Stimme. Wahrscheinlich besoffen bis zum Überlaufen. Das konnte sie gerade heute gar nicht gebrauchen. Sie fuhr herum.

»Dem allerliebsten Töchterlein steht alles gerade bis hier«, zischte sie schrill und wies mit der Hand einmal quer über ihre Stirn.

Er pflanzte seine Pranke auf ihre Schulter und führte sie den Hügel wieder hinauf.

»Ich weiß jetzt, wie wir den aravennischen Meisterkämpfer liquidieren, der mich so gedemütigt hat!«

Seine Augen glänzten wie Sterne. Er schob sie weiter den Weg bergauf. Das Lagerfeuer vor den drei Tannen leuchtete bis hierhin.

»Mach´s nicht so spannend«, sagte sie gleichgültig. »Hast du seinen Namen rausgekriegt?«

»Nein. Der interessiert auch keinen Furz. Pass auf: Du forderst den Fürsten von Aravenna zum Duell. Öffentlich! Du bestellst ihn zu den Schwarzen Felsen nach Darghessa und dort werdet ihr kämpfen. Wetten, dass er sich dann mit den besten Leuten umstellt, die seine Armee zu bieten hat? Da wird dieser Drachenkämpfer sicherlich dabei sein. So kriegen wir ihn! Ha! Haaaaahaha!«

Ein Duell. Areshva fühlte sich, als hätte er ihr einen Eimer kaltes Wasser über den Kopf geklatscht. Kirisha würde in Ohnmacht fallen, wenn sie so etwas machte.

»Etwas mehr Begeisterung hätte ich schon erwartet«, maunzte Smorkyn. »He! Du bist mir noch was schuldig. Ich bin immerhin dein Vater, und der Kerl hätte mich fast umgebracht. Wenn du ihn nicht dafür bestrafst, wird er es noch mal versuchen!«

»Du bist wohl verrückt geworden! Ich will niemanden umbringen, das sagte ich dir doch schon!« Areshva drehte ihm brüsk den Rücken zu und eilte mit schnellen Schritten davon. Ein Duell, das fehlte noch in ihrer Sammlung von Katastrophen und darüber nur zu reden, verursachte ein schmerzhaftes Pochen in ihrem Kopf.

Agga schaltete sich ein. Die Göttin geriet in einen Freudenrausch.

»Wundervoll!«, jubelte sie, »Endlich ein richtiges Opfer! Viel besser als die konservierten Strahlen, die du sonst so aus den Tempeln klaust, davon bekommt man ja Magengrimmen. Ich kann die schon nicht mehr sehen. Von heute an wird hier vernünftig geopfert und reell getötet. Nur so erlangen wir beide auch die höchsten Triumphe der Macht!«

Areshva verlor die Nerven. Sie marschierte schneller, damit ihr Vater sie nicht einholte und sie womöglich Diskussionen zu dem ekligen Thema gleich an zwei Fronten bekäme.

»Halt die Klappe! Ich hab schon genug Unheil am Hals!«

»Jetzt hörst du mir mal genau zu«, erwiderte Agga herablassend. »Deine dämlichen Aktionen für diese Lichtergöttin sind zum Totlachen, die kannst du dir abschminken. Sie hat letztes Jahr schon keine Macht mehr gehabt. Was erwartest du eigentlich, wie tief sie jetzt heruntergesunken ist, ganz auf sich gestellt, ohne jedes Opfer? Areshva! Sie hat seit satten zwölf Monden nicht den allerkleinsten Bissen bekommen! Weder von dir noch von irgendwem sonst. Hättest du selbst so viel Geduld gehabt?«

»Das zu erwähnen war mehr als nur überflüssig!«, schrie Areshva. »Lasst mich alle in Ruhe, zum Kuckuck!«

»Es ist an der Zeit, Klartext zu reden«, fuhr Agga unerbittlich fort. »Du lebst in einer Traumwelt. Deine Sonnengöttin ist erledigt. Jetzt und für alle Zeiten. Das hätte ich dir schon bei unserem ersten Treffen sagen können, aber damals hätte es dich wohl zu sehr deprimiert. Willst du für den Rest deines Lebens flennen wie ein Kleinkind? Akzeptiere die Tatsachen. Es bleibt dir ohnehin nichts anderes übrig, denn die Wirklichkeit wird dich dazu zwingen.«

»Mich zwingt niemand!« Areshva ballte die Fäuste. »Hau ab! Lass mich in Ruhe! Mir fällt etwas ein. Es muss einen Weg zurück geben, und ich finde ihn. Verschwinde aus meinem Leben!«

»Du kannst gern noch ein paar Jahre toben, wenn du unbedingt deine Nerven zerrütten willst«, schnaubte

Agga. »Allerdings solltest du inzwischen reif genug sein, um deine Gefühle für einen kurzen Moment beiseitezuschieben und den Tatsachen ins Auge zu blicken. Ganz vernünftig und realistisch. Also: Welche Möglichkeiten bleiben für dich? Erstens, du ziehst dich in eine einsame Höhle zurück und grämst dich für den Rest deines Lebens. Ist eine Option, aber ich halte sie für wenig verlockend. Deine zweite Alternative: Du rennst durch alle Provinzen und klagst die Götter der Dunkelheit an. Dafür wirst du öffentlich bestraft und getötet werden. Und jetzt, deine dritte Option: Mach was draus! Vergiss die Vergangenheit, die holst du nicht zurück. Warte nicht auf Wunder, mach sie dir selbst. Bau dir ein neues Leben auf! Ich verspreche dir, du hättest das Potenzial zu ungeahnten Höhenflügen. Du könntest alle anderen Priesterinnen unter deine Herrschaft zwingen. Du könntest die Hohepriesterin besiegen und ihre Stelle einnehmen. Du könntest ganz Damarynth regieren. Du könntest alle Gesetze ändern, die dir nicht passen. Du könntest das Land nach deinen Vorstellungen ordnen. Und wer sagt, dass du eine schlechte Herrin wärst, nur weil ich deine Göttin bin? Ich werde natürlich meine Opfer verlangen, aber das ist alles. Dir bleiben enorme Freiheiten übrig. Niemand wird dir mehr Vorschriften machen. Du könntest die Kriege zwischen den Provinzen beenden. Du könntest einen neuen Frieden herbeiführen. Ja, du könntest ein neues, schönes, blühendes Land erzeugen. Bist du die Herrin, dann öffnen sich dir Tausende Möglichkeiten zu deiner eigenen, freien Gestaltung!«

Areshva blieb abrupt stehen und griff sich an die Stirn. Welch eine Woge von Gedanken. Welch eine Vorstellung. Herrin zu sein! Aber sie müsste dazu töten.

Nein, niemals. Sollte sie etwa eine Mörderin werden – eine Schlächterin, die in voller Absicht Leuten nach dem

Leben trachtete? Wie konnte die Göttin annehmen, sie wäre dazu Willens und in der Lage?

Außerdem würde es sowieso nie funktionieren. »Deine Vorschläge sind genauso weltfremd wie meine«, sagte sie mit heiserer Stimme und wischte mit der Hand in die Richtung, aus der sie Aggas Worte hörte, als könnte sie die Göttin auf diese Weise ausradieren. »Die Hohepriesterin besiegen, na klar! Als ob ich die Kraft dazu hätte.«

»Du hast sie. Das habe ich schon am ersten Tag gesehen, als ich dich traf«, lockte Agga. »In dir stecken Fähigkeiten, die ich noch bei keiner anderen gesehen habe – oder was glaubst du, warum ich so unfassbar viel Geduld für dich aufgewendet habe? Kämpfe dieses Duell, das deinem Vater so wichtig ist. Zeig dem Volk, wer du bist. Zeig dir selbst, was du kannst! Areshva, was ich dir vorschlage, hast du doch bestimmt auch schon selbst gedacht. Du willst die bösen Mächte stürzen? Dann stürze sie doch! Ich helfe dir dabei! Werde selbst Herrin, rette dein Land! Du bist doch ein guter Mensch. Wenn du hier regierst, wirst du nicht zulassen, dass noch etwas Böses geschieht. Abgesehen von ein paar Opfern, die sich nicht vermeiden lassen, aber das gesamte übrige Leben kannst du wie ein Paradies gestalten! – und nur wenn du das selbst in die Hand nimmst, hast du noch eine Chance, alles nach deinem Willen zu drehen!«

Areshva schluckte. Was waren das für gewaltige Gedanken. Niemals hätte sie gewagt, so hoch zu denken. Werde selbst Herrin, rette dein Land?

Todesopfer … Das war gegen Lystrellas allerhöchsten Werte. So etwas dürfte sie auf gar keinen Fall tun. Es war fürchterlich unbehaglich, daran überhaupt nur zu denken. Aber es war ein Weg. Sogar der einzige, allerletzte, der sich gerade mitten in der Wüste vor ihr auftat. Dennoch zauderte sie, denn es wäre ein zu schauderhafter Weg, den sie zu gehen hätte. Die gutmütige Lystrella würde sich vor ihr entsetzen und ihre Lehrmeisterin Kirisha könnte ihr vor maßloser Enttäuschung einen dritten Fluch an den Kopf werfen. Beide würden ihr böse Absichten unterstellen. Sie seufzte tief. Aber bei Licht besehen hatte sie die Zuneigung ihrer Lieblingsgöttin und der Priesterin sowieso schon längst verloren. Beide hielten sie doch für eine Abtrünnige. Es gab keine Möglichkeit, ihre Liebe zurückzugewinnen - außer wenn sie Erfolg hätte. Wenn sie tatsächlich das Land erobern, die Kriege beenden und ein friedvolles Leben einführen könnte.

Was würde Kirisha dann sagen? Würde sie immer noch gegen sie wüten? Nein, würde sie nicht. Sie läge auf Knien und würde vor Dankbarkeit über das neue Paradies jubeln. Und sie würde nicht fragen, ob Areshva auf dem geraden oder auf einem krummen Weg dorthin gekommen war.

Smorkyn rüttelte sie an den Schultern und drehte sie zu sich herum.

»He! Warum läufst du vor mir weg??« Seine breiten Arme hüllten sie ein. Ein bestialischer Gestank nach Rum umgab ihn. »Kämpfe das Duell! Bieg das wieder gerade! Tust du das für deinen armen, alten, gebeutelten Vater?«

Er ließ sie wieder los. Seine Augen ruhten auf ihr mit diesem tiefen, warmen Blick, den er früher nur für die Mutter reserviert hatte und unter dem Areshva schon immer dahingeschmolzen war.

Agga hatte vielleicht Recht? Wenn sie erst ganz oben an den Schalthebeln säße, wer könnte ihr dann noch irgendwelche Vorschriften machen? Wer könnte sich ihr widersetzen? Sie könnte die Heere entwaffnen. Sie könnte jede Art von Kämpfen und Prügeleien unter Strafe stellen. Ja, sogar noch viel mehr: Sie könnte einigen auserwählten Freundinnen erlauben, zu Lystrella zurückzukehren. Und diese dürften dann von niemandem angegriffen oder auch nur gestört werden. Das könnte ein Weg sein.

Natürlich war sie sich nicht sicher, ob ihre Macht groß genug war, um gar die Hohepriesterin zu besiegen. Woher sollte sie wissen, bis wohin ihre Kraft reichte? Sie hatte es nie probiert. Dies Duell würde ihr eine Plattform dafür geben.

»Einverstanden«, sagte sie und gab ihrem Vater die Hand.

# Die Herausforderung

Fürst Koryelan von Aravenna stand in sich versunken in den hinteren Gewölben des Tempels und beobachtete die Steinhauer dabei, wie sie das Mausoleum bearbeiteten, die letzte Ruhestätte seines Vaters. Besonders schnell gingen die Arbeiten nicht vonstatten, bis jetzt war von der kleinen Steinkapelle nicht mehr als die Außenwände zu sehen. Nebenan schnitten jedoch schon Künstler an den Mosaikfenstern, die das Grab zieren sollten.

Immer wieder kam es Koryelan vor, als wäre sein Vater gar nicht gestorben. Als müsse er jeden Moment quicklebendig um die Ecke treten und ihn tadeln, dass er hier so viel Zeit vertändelte. Deshalb horchte er auf, als er vom Eingangsbereich des Tempels Schritte und laute Stimmen hörte. Es war jemand hereingekommen, der ebenso viel Lärm machte und ebenso viel Aufmerksamkeit verlangte wie sein Vater früher. Koryelan huschte in die Haupthalle. Fürst Ishtangar von Pallanthia stieg die Treppe zur Kristallkugel herunter. Um ihn her wallte ein breiter goldgrüner Umhang, der seine Größe unterstrich und ihn imposant erscheinen ließ. Er war ein älterer Mann mit hüftlangen, weißblonden, gold- und silbergesträhnten Haaren und einem langen Bart in denselben Farben. Eine Eskorte von Tempeldienerinnen empfing ihn mit tiefen Verbeugungen und führte ihn durch die dunkle, nur von türkisblau leuchtenden Steinen erhellte Halle bis vor die Kristallkugel, die etwa doppelte Mannshöhe hatte. Hier war es durch den Kreis der Fackeln, die das Areal um die Kugel beleuchteten, etwas heller. Der pallanthische Fürst schien es eilig zu haben. Er stürmte so rasch vorwärts, dass die Tempeldienerinnen kaum nachkamen.

Vor der Kugel erhoben sich beim Eintritt des Gastes die Priesterin Coreana sowie ihre Stellvertreterin Vadinia, Silvrins Schwester. Koryelan beeilte sich, dem Pallanthier entgegenzutreten. Ehrerbietig verbeugte er sich vor ihm.

»Herzlich willkommen, verehrter Fürst Ishtangar! Es ist mir eine Ehre, Euch zu empfangen. Meine Priesterin, Coreana, berichtete mir bereits, dass Ihr kommen würdet. Warum habt Ihr diese Mühe auf Euch genommen? Ich dachte, wir hätten bereits über unsere Kristallkugeln alles Wesentliche besprochen.«

»Ich grüße auch Euch, Fürst Koryelan. Mein tiefstes Beileid gilt Eurer Trauer und dem schweren Verlust, der Euch getroffen hat.«

Fürst Ishtangar machte nicht den Eindruck eines Menschen, der einem Trauernden Trost spenden will. Seine Augen waren zusammengekniffen und sein Bart zitterte. Koryelan beschlich die dumpfe Sorge, dass dieser Besuch nichts Gutes verhieß. Aber was konnte der alte Freund seines Vaters wollen? Geld leihen? Zuletzt hatte er bei einem Gespräch mithilfe der Kristallkugel wirre Pläne aufgeworfen und stundenlang über seine verschwundenen Töchter geklagt. Vielleicht ging es darum, dass Koryelan ihm Leute geben sollte, die bei der Suche halfen. Das konnte er natürlich gerne machen. Ihm taten die armen Prinzessinnen ja selbst unermesslich leid.

»Ich danke Euch, Fürst Ishtangar. Verzeiht, dass ich kein Bankett vorbereitet habe. Hättet Ihr Euren Besuch angekündigt, dann hätte ich Euch selbstverständlich standesgemäß empfangen. Wollt Ihr Euch erfrischen oder ausruhen, oder …«

»Wir leben in bösen Zeiten«, unterbrach ihn der Pallanthier schnaufend, als hätte er Koryelans Worte gar nicht gehört.

»Ja«, seufzte der junge Fürst. Er realisierte langsam, dass Fürst Ishtangar einen Kriegerhelm trug und einen Waffengurt mit einem blitzblanken Schwert, das daran baumelte. Dies verhieß gar nichts Gutes.

Nun trat die Priesterin Coreana nach vorn, um eifrig und ehrerbietig den pallanthischen Fürsten willkommen zu heißen.

»Ich freue mich, Euch einmal persönlich zu treffen und nicht nur über die Bilder meiner Kristallkugel«, sagte sie herzlich. »Willkommen in meinem Reich. Neben mir seht Ihr Vadinia, meine Stellvertreterin.«

»Es ist mir eine Ehre«, sagte die Genannte artig und verbeugte sich. Fürst Ishtangar erwiderte ihren Gruß nur knapp. In sein Gesicht trat ein herablassender Ausdruck, und sein Blick verharrte verächtlich auf Vadinias fellartiger Armbehaarung. Koryelan erinnerte sich mit einer gewissen Belustigung, dass die Pallanthier Mischlinge nicht ausstehen konnten, nicht einmal solche, bei denen die Anzeichen der Gemischtrassigkeit gering waren. Leider ahnte er schon, dass dies heute sein kleinstes Problem sein würde.

»Weshalb seid Ihr gekommen?«, fragte er unruhig.

»Wir sprachen bereits darüber«, begann Fürst Ishtangar mit hohler, vor unterdrückter Wut zitternder Stimme, »dass unser gemeinsamer alter Freund Kimiko, der frühere Fürst von Darghessa, vor kurzem gestürzt worden ist und fliehen musste. Dem Anschein nach hat eine Bande von Verbrechern den Thron von Darghessa erobert und ein Kerl namens Wukur ist dort der neue Fürst.«

»Ja, wir sprachen darüber. Eine Katastrophe für Darghessa. Und auch für uns, denn wir haben dadurch einen wichtigen Verbündeten verloren.«

Fürst Ishtangar hob für einen Moment den Kopf und starrte an die Decke. Dann fügte er mit veränderter, dunkler Stimme hinzu: »Und auch eine Katastrophe für mich, denn ich hatte meine beiden Töchter nach Darghessa geschickt, um der älteren, Prinzessin Kia Sephila, die Hochzeit mit unserem Freund Kimiko auszurichten. Das Letzte, was ich hörte, war, dass Kia Sephila offenbar jetzt Gefangene in Darghessa ist und dass dieser Usurpator und Galgenstrick, der die Krone und meine Tochter raubte, angedroht hat, er wollte sie heiraten!«

Die letzten Worte brüllte der pallanthische Fürst heraus; er ballte die Fäuste und sah sich mit blitzenden Augen in der Tempelhalle um. Zuletzt blieben seine Blicke auf dem Antlitz des Koryelan hängen, der vor Schreck kreidebleich geworden war und unwillkürlich einen Schritt rückwärts machte.

»Und was habt Ihr jetzt vor?«, hauchte der junge Regent, dem die Miene seines Gastes eigentlich schon längst verraten hatte, was er plante.

»Ich habe eine Armee aufgestellt und schlage meine Tochter aus Darghessa wieder heraus, das ist es, was ich vorhabe«, rief Fürst Ishtangar donnernd. »Und ich kam zu Euch, um Euch zu verpflichten, dass Ihr mir bei diesem Angriff auf Darghessa helft. Wie Ihr wisst, habe ich noch nie eine Schlacht geführt. Keiner meiner Leute weiß mit dem Schwert umzugehen. Ich brauche ein paar erfahrene Krieger, die uns unterstützen, wenn ich dabei Erfolg haben will. Schlagt mir das nicht ab, mein Freund, mein Partner!«

»Aber ich … Ich dachte…«, stammelte Fürst Koryelan, »Sagte nicht Eure Partnerin Kirisha immer, dass Pallanthia sich niemals in den Krieg hineinziehen lassen wollte? Dass Ihr neutral bleiben und Euch nicht die Hände beschmutzen wolltet?«

»Schweigt! Sie wollte mich nicht ziehen lassen. Wir sind aneinandergeraten wie noch niemals in all den Jahren, die wir schon zusammen arbeiten. Aber ich kann nicht anders. Ich kann Kia Sephila nicht verderben lassen. Ihr müsst mir helfen, Koryelan!«

»Tja …« Koryelan wurde schwach in den Knien. »Fürst Ishtangar - Ihr wisst, dass meine Armee nicht besonders ruhmreich ist. Unsere letzte Schlacht hat meinem Vater das Leben gekostet.«

»Diese Schlacht um Darghessa kann mich das Leben kosten, dann wäret Ihr ganz allein in einem Land, wo alle anderen Eure Feinde sind, Fürst Koryelan! Ich bin außerdem sicher, dass dieser Schurke sowohl Kia Sephila als auch Isimela in seiner Gewalt hat. Ihr wisst sicherlich davon, dass ich wegen Isimela eine Abmachung mit Eurem Vater getroffen hatte. Nicht wahr?«

Fürst Koryelan nickte.

»Ja, ich weiß. Prinzessin Kia Sephila sollte den Fürsten von Darghessa heiraten und die jüngere, Prinzessin Isimela, war dem zukünftigen Fürsten von Aravenna zugedacht - also mir. Dadurch würden unsere drei Provinzen untrennbar miteinander verbunden.«

»Ihr scheint von dieser Idee nicht begeistert zu sein.«

»Doch!«, sagte Fürst Koryelan und seufzte resigniert. Er hob die Achseln. »Ich bewundere Prinzessin Isimela und ich würde ihr zu Füßen liegen. Ich bin jedoch nicht sicher, ob Eure Tochter es zu schätzen wüsste. Auf diversen Bällen bei Euch in Pallanthia war sie mir gegenüber recht reserviert. Ich hatte den Eindruck, sie hätte einen anderen im Kopf.«

»Unsinn! Das bildet Ihr Euch ein.« Fürst Ishtangar klopfte dem jungen Aravennaer freundschaftlich auf die Schultern. »Isimela ist schüchtern und neben ihrer lebhaften Schwester wirkt sie schnell kühl. Das wird sich aber geben, wenn Ihr sie näher kennenlernt, glaubt mir. Sie ist auf ihre Aufgabe als Fürstin von Aravenna vorbereitet und wird Euch eine treue und in allen Belangen wundervolle Ehefrau sein. Allerdings möchte ich Euch wirklich sehr dringend darum bitten, dass Ihr mich bei diesem Kampf nicht im Stich lasst.«

Fürst Koryelan biss sich auf die Lippen. Bei allen Göttern. Kampf - nicht noch so ein Desaster.

»Ihr wollt mich doch nicht enttäuschen?«, wiederholte der alte Herr erzürnt.

»Es war sehr klug von Eurer Priesterin, sich aus den Kämpfen herauszuhalten«, beschwor ihn Fürst Koryelan. »Nur deshalb geht es Euch in Pallanthia noch relativ gut. Seht Euch doch bei uns um; in Aravenna herrscht Hunger und meine Armee ist bei unserem letzten Kampf glatt halbiert worden. Es tut mir leid. Ich kann nicht schon wieder in eine Schlacht reiten, so sehr ich auch wünsche, Euch helfen zu können.«

Rotes Licht ließ die Kristallkugel grell erstrahlen.

Die drei Schülerinnen, die bis jetzt still vor der Kugel gehockt hatten, sprangen alle gleichzeitig auf. Diese jungen Mädchen waren blutjunge Frischlinge. Entsprechend waren sie noch von einem fürchterlich ermüdenden Eifer beseelt, der der Priesterin manchmal viel Geduld abverlangte.

»Schaut nur!«, rief eine.

»Wer ist das wohl?«, rätselte die Nächste.

»Ich nehme das Gespräch!«, überschrie sie die dritte, die sich sogar schon anschickte, die Kugel zu berühren, um den Empfang einzuleiten.

»Halt!«, wehrte die Priesterin Coreana entsetzt ab, sprang hinzu und scheuchte sie alle drei davon. »Seht ihr denn diese roten Strahlen nicht? Das ist nicht unsere Freundin, die Priesterin Kirisha, die uns ruft. Es könnte eine Feindin sein. Wir dürfen sie nicht sehen lassen, was in unserem Tempel vor sich geht. Holt das silberne Tuch!«

Eilig liefen die Mädchen nach dem Gewünschten. Es handelte sich um ein großes Seidentuch, das mit Silberfäden durchwoben war, wodurch diejenige, die mit der Priesterin Coreana sprechen wollte, in der Sicht blockiert würde. Sie würde die Aravennaer hören, aber nicht sehen können. So konnte sie ihnen nichts anhaben.

Unter dem Tuch erschien in der Kristallkugel zuerst undeutlich und verschwommen eine dunkle Gestalt. Es war Areshva von Ygramor. Sie stand auf dem Gipfel eines Berges. Ihre langen schwarzen Haare flatterten im Wind, wirbelten in ihr Gesicht, und über ihren Flügeln schlugen illusorische Flammen meterhoch in den Himmel. Sie hielt mit einer Hand ihren Kontaktring fest, mit dem sie die aravennische Priesterin gerufen hatte. Ihre Stimme klang wie ein Donnergrollen: »Ich muss mit dem Fürsten sprechen.«

Coreana zuckte zusammen, starrte das Bild in der Kristallkugel an, dann drehte sie sich zu Koryelan um und flüsterte ihm zu: »Was soll ich ihr antworten? Dass du hier bist?«

Koryelan war noch um drei Nuancen blasser im Gesicht geworden, hob abwehrend die Hände und murmelte: »Nein, nein! Keinesfalls! Vielleicht wird es dann nicht so schlimm …«

Die Priesterin Coreana berührte die Kristallkugel und sagte halblaut: »Der Fürst ist gerade nicht hier.«

»Macht nichts. Ihr könnt ihm die Botschaft überbringen. Ein Krieger aus Aravenna hat meinen Vater geärgert. Euer Fürst muss die Verantwortung dafür übernehmen. Ich fordere ihn zum Duell. Am Tag der Waldgöttin, wenn die Sonne am höchsten steht, soll er nach Darghessa kommen, zu den Schwarzen Felsen nahe dem Dämonischen Moor. Dort soll er gegen mich kämpfen. Und wehe, er drückt sich vor dem Kampf. Wenn er nicht kommt, dann zerschmettere ich Eure Provinz!«

Sie schnippte mit einem Finger. Das Bild in der Kristallkugel begann zu flackern und verlöschte.

Die Priesterin stieß einen erschrockenen kleinen Schrei aus, Vadinia zuckte zusammen. Lähmende Stille legte sich über den Tempel.

»Wir sind tot«, sagte Coreana mit tonloser Stimme. »Wenn Fürst Koryelan zu diesem Duell geht, erschlägt sie ihn. Und ich sterbe ebenso, denn wir sind ja durch das Blutbündnis verbunden.«

»Dann geht er eben nicht«, sagte eine der Schülerinnen. »Es ist wohl besser ausgelacht zu werden, als zu sterben.«

»Schweig!«, schrie Coreana. »Haltet ihr doch einmal euren Mund! Wir können die Aufforderung zu dem Duell nicht ignorieren. Ihr habt selber gehört, dass sie unsere Provinz zerstört, wenn er nicht hingeht.«

»Mir wird schon nichts passieren«, sagte Koryelan mit leiser und zittriger Stimme. »Ich bin zum Fürsten ausgerufen worden, also liegt der Schutz unserer Göttin über mir. Laut den magischen Gesetzen werden die Priesterin und ihr verbündeter Fürst grundsätzlich durch ihre Göttin geschützt und können deshalb gar nicht getötet werden.«

»Das hätte ich unter gewöhnlichen Umständen auch gesagt«, versetzte Coreana finster. »Aber die Zauberin von Ygramor hat, diesem Gesetz zum Trotz, schon einmal eine Priesterin getötet und andere Priesterinnen aus ihren Tempeln vertrieben. Alles Dinge, die unmöglich sein sollten. Will sie dich töten, Koryelan, dann rettet dich niemand.«

Vadinia hatte das Gespräch zunehmend atemlos verfolgt. Sie konnte nicht verhindern, dass ihr ein süßer Schauer nach dem anderen über den Rücken rann, während die Argumente der beiden an ihr vorüberflogen. Ha! Herzlichen Glückwunsch, Vadinia! Die Zauberin von Ygramor wird Koryelan töten, woraufhin die Priesterin Coreana ihm in den Tod folgen muss, und der Tempel frei wird. Frei für mich, dachte sie. Ein Gefühl des herrlichsten Triumphes durchflutete sie. Sie würde keinen Finger rühren müssen. Nur abwarten. Ihr würde der Tempel gehören. Tempelpriesterin würde sie sein, davon träumte sie schon seit langem. Die Weihe hatte sie inzwischen bekommen, und endlich hatte sie auch einen geeigneten Bündnispartner gefunden – ihren jüngeren Bruder Silvrin, der so überraschend zu Ruhm gekommen war. Sie konnte sich kein anderes Paar denken, das bessere Chancen auf die Thronnachfolge in Aravenna hatte als sie beide. Der Weg stand offen. Weit offen.

Dieser Versager Koryelan bot im Übrigen eine lächerliche Figur, fand Vadinia. Die Tatsache, dass er dem Tod ins Gesicht sehen musste, bekam ihm nicht gerade gut. Er zitterte am ganzen Körper, und es nützte auch nichts, als Coreana ihn anfuhr:»Beherrsch dich doch! Was werden wohl die Leute über Aravenna denken, wenn du zu diesem Duell reitest und vor dieser Hexe zu flennen anfängst wie ein Kind?«

»Wer soll sie denn besiegen?«, stammelte Koryelan. »Selbst der stärkste Krieger dieses Landes würde an der Aufgabe scheitern, oder? Ihr wisst das doch alle, dass ich keine Nerven für einen Zweikampf habe. Ich kann da nicht hingehen. Ich werde mich und meine Provinz vor dieser Teufelin schlimmer blamieren, als wenn ich zu Hause bleibe!«

»Das können wir uns nicht leisten«, rief Coreana. »Unsere Armee steht sowieso schon in keinem guten Ruf. Wenn die anderen hören, dass wir nicht zu kämpfen wagen, sind wir erledigt.«

»Ruft die Regimentsführer herbei«, sagte Koryelan, der immer blasser geworden war. »Sie haben vielleicht eine Idee, wie dieses Problem zu umschiffen ist.«

Kurz darauf erschienen die drei Gerufenen in der Kristallhalle. Regimentsführer Lemetrong ging vorneweg, ihm folgte Kessinaj und ganz hinten Silvrin. Bezeichnenderweise wurden die beiden älteren von dem Fürsten Ishtangar herzlich begrüßt, mitsamt Umarmung und Wangenküssen, während der Pallanthier den Jüngsten von ihnen glatt ignorierte. Vadinia hatte gehofft, dass Ishtangar den Fehltritt ihres Bruders vom letzten Jahr vielleicht vergessen hätte, infolgedessen Silvrin in Pallanthia Aufenthaltsverbot verhängt bekommen hatte, aber Fürst Ishtangar schien sich daran noch ganz gut zu erinnern.

Als Silvrin eingetreten war, herrschte im Tempel eine ohrenbetäubende Lautstärke. Jeder diskutierte mit jedem, und Fürst Koryelan hockte auf den Knien neben der glitzernden Kristallkugel, als wäre er zusammengebrochen. Das sah Silvrin sofort. Er erschrak und rannte gleich zu seinem Freund. Als Koryelan ihn kommen sah, stand er mit zittrigen Beinen auf, ging ihm entgegen und fiel ihm dann um den Hals.

»Was ist los?«, fragte Silvrin mit belegter Stimme.

»Die Zauberin von Ygramor hat mich zum Duell gefordert«, flüsterte der junge Fürst.

»Was?« Silvrin ließ ihn los. »Warum? Was hast du ihr getan?«

»Das weiß der Himmel, ich bin ihr nie begegnet. Sie ist eine Wilde. Es macht ihr einfach Spaß, Leute umzubringen.«

»Wie kann sie dich herausfordern? War sie hier?«

»Nein, wir sahen sie in der Kristallkugel.«

»So! Kann man die Bilder wiederholen? Ich will sie auch sehen.«

Koryelan gab seiner Priesterin einen Wink. Sie berührte ihre Kugel, die zu leuchten anfing und ein Bild produzierte. Areshva tauchte darin in Lebensgröße auf und wiederholte ihre Aufforderung. Silvrin griff mit der Hand gegen die Kugel und ließ das Bild stillstehen. Seine Blicke hefteten sich auf ihre zarte Gestalt und die wilden Haare. Eine Göttin. Das hatte er schon damals an der Brücke gedacht. Dort hatte er sich auch eingebildet, sie hätte ein Herz. Nein, das hatte sie nicht. Bei allen Göttern, warum Koryelan? Er hatte doch nichts verbrochen. War sie von Grund auf verdorben?

Der Gedanke stach ihm tief in die Seele. Dieses Mädchen war jede Nacht durch seine Träume gewandert. Er hatte oft und immer wieder über sie nachgedacht. Jetzt verwandelte sich seine Bewunderung in Hass und seine Sehnsucht in Wut.

»Was soll ich machen?«, fragte Koryelan die Regimentsführer.

»Kämpfen«, sagte Lemetrong und ballte die Fäuste. »Wir haben keine andere Wahl.«

»Nicht kämpfen«, widersprach Kessinaj. »So ein Duell würde uns nur Probleme bringen.«

»Ich bin auch für´s Kämpfen«, stieß Silvrin heftig atmend zwischen den Zähnen hervor. »Aber nicht so, wie sie es sich vorstellt. Dieses Spiel lasse ich sie nicht dirigieren. Es wird nach meinen Regeln verlaufen und nicht nach ihren!«

Fürst Koryelan drehte sich zu ihm um. Er war totenblass im Gesicht.

»Was faselst du da, Silvrin?«

Sein Freund ballte die Fäuste.

»Ich werde gegen sie kämpfen, nicht du. Du bleibst zu Hause. Dieser Bestie muss mal einer dringend die Meinung sagen. Ich kenne sie. Ich weiß, wie man mit ihr reden muss.«

»Nein!«, rief Koryelan erschrocken. »Bist du verrückt? Ich erlaube nicht, dass du dich von ihr abschlachten lässt!«

»Das habe ich auch nicht vor«, fauchte Silvrin. Er schlug seine Faust mit aller Kraft gegen die Kristallkugel. »Aber sie soll sich nicht einbilden, sie könnte uns tanzen lassen wie Puppen! Lass mich dieses Duell kämpfen, Koryelan! Ich kann das. Ich muss! Das ist auch für unsere Provinz das Beste. Du darfst dich nicht in Gefahr begeben, so bleibt unsere Provinz geschützt. Und ich zeige denen draußen, dass wir uns nicht fürchten und viel stärker sind, als sie denken.«

»Aber du bist nicht der Fürst von Aravenna«, erwiderte Koryelan leise. »Es wird nicht funktionieren. Sie hat den Fürsten gefordert, nicht dich.«

»Dann behaupte ich eben, ich wäre es.«

»Du trägst keinen Kontaktring.«

»Verflucht, dann lass doch die Priesterin ein Imitat davon machen, damit es so aussieht, als ob!«

»Silvrin!«, schrie Vadinia auf. »Komm zu Verstand! Du kannst gegen die Zauberin von Ygramor nicht gewinnen. Weißt du, wen sie schon alles umgebracht hat? Sie vernichtet dich mit einem Schnippen ihrer Fingerkuppe! Und du hast selbst gehört, dass sie nicht dich gefordert hat und also auch nicht mit dir kämpfen wird!«

»Wer meinen Freund Koryelan herausfordert, der fordert mich!«

»Niemals!«

»Ruhe!«, schrie jetzt die Priesterin Coreana laut durch den Tempel. Langsam verebbte der Tumult. Als alles wieder still war, sagte sie: »Silvrins Vorschlag ist die einzige Möglichkeit, unsere Provinz ein Stück aus dem Schlamassel zu ziehen. Immerhin kann er ja sehr schön mit dem Schwert umgehen, so dass es auch nach etwas aussehen wird, wenn er gegen diese Zauberin antritt. Man wird nach diesem Duell sagen, dass die Aravennaer zumindest tapfere Soldaten sind.«

»Und dafür willst du Silvrin umbringen lassen?«, keuchte Koryelan.

»Willst du dich vielleicht lieber selbst umbringen lassen?«, rief Coreana.

»Diese Zauberin kann sich doch auf so einen Betrug nicht einlassen!«, gab Koryelan zurück. »Sie hat den Fürsten von Aravenna gefordert und keinen anderen. Wir ziehen den Kopf nicht aus der Schlinge! Es sei denn … Ja, es sei denn, dass ich meine Fürstenkrone tatsächlich an Silvrin übergebe. Dann wäre er der Fürst und sie könnte nichts gegen ihn einwenden. Wenn er der Fürst wäre, dann hätte er auch den Fürstenschutz durch die Götter. Er wäre nicht so schutzlos wie jetzt!«

»Nein!«, schrie Vadinia schrill dazwischen. Ihr ganzer schöner Plan zerfetzte gerade in der Luft. Das fehlte noch, dass Silvrin jetzt und in dieser Situation Fürst und sie Tempelpriesterin werden würde – damit Silvrin sich an Koryelans Stelle abschlachten ließe und sie gleich als erste Heldentat mit sich in den Tod risse!

»Ich will gar nicht Fürst werden!« Silvrin hob abwehrend die Hände. »Es wäre nicht rechtens. Ich eigne mich nicht dafür. Ich glaube auch nicht, dass das Volk von Aravenna so einen Schwindel akzeptieren würde.«

»Tu es für mich, Silvrin«, sagte Koryelan. »Wir müssen dieses Spiel nach ihren Regeln spielen. Und zu den Regeln gehört, dass du zum Fürsten geweiht sein musst, wenn es funktionieren soll.«

»Das werden wir aber nach dem Kampf wieder rückgängig machen, wenn es schon sein muss.«

Koryelan sah seinen Freund an, packte ihn bei den Schultern und schüttelte ihn.

»Nach dem Kampf? Silvrin … Bist du klar im Kopf? Du überlebst das nicht. Sie bringt dich um!«

»Zum Kuckuck!«, schrie Silvrin auf. »*Sie* wird von diesem Kampf Albträume bekommen – nicht ich! Verlasst euch darauf!«

# Das Duell

Die Sommersonne tauchte das bergige Gelände in warmes Licht.

Areshva ritt neben ihrem Vater her, das Schwert an ihrem Gürtel schlug ihr gegen die Beine. Ungewohnt. Solch eine Waffe hatte sie noch nie mit sich geführt. Aber heute sollte sie ja einen Gegner bekommen, der geschickt war im Fechten. Also würde sie ihn in seiner Spezialdisziplin auseinandernehmen.

Einen Finger ließ sie um die Flügel der kleinen Fledermaus gleiten, die sich kopfüber eingerollt an ihrer Schulter festgehakt hatte. Hinter sich hörte sie die Hufe der restlichen Pferde der Bande auf dem Gestein klappern.

Smorkyn hockte brodelnd wie ein Dampfkessel auf seinem Gaul, hatte die Augenbrauen tief zusammengezogen und murmelte Verwünschungen.

»Diese Ratte, dieser miese Dreckskerl. Dem zeigen wir es. Dem ritzen wir eine Lektion in die Haut ein!«

Areshva hatte das Duell gemeinsam mit Agga gründlich vorbereitet. In erster Linie ging es darum, dass sie diesen Typen töten sollte, der Smorkyn gedemütigt hatte. Diesmal tatsächlich umbringen, darauf hatte Agga bestanden. Der Gedanke hatte ihr anfangs kräftige

Bauchschmerzen bereitet und noch immer hatte sie sich nicht daran gewöhnt. Einen Menschen töten! Ihr ganzes Leben lang hatte sie das für die mieseste aller Sünden gehalten. Aber jetzt sah es auf einmal anders aus. Wenn sie sich nicht überwand, wenn sie diese Klippe nicht überstieg, müsste sie ihre höchsten Ziele - ja sogar ihre Göttin selbst - verloren geben. Was war im Angesicht solch einer Bedrohung überhaupt noch eine Sünde? Richtig. Da gab es keine mehr. Oder anders gesagt, da wäre auf einmal Aufgeben die schlimmste Sünde, die sie begehen könnte.

Agga hatte erklärt, wenn sie Macht genug erlangen wollte, um gegen die Hohepriesterin überhaupt antreten zu können, später mal, dann müsste sie damit anfangen, Opfer über die Klinge springen zu lassen. Denn das würde beiden, Agga und Areshva, Kraft geben. Richtige, fantastische, stahlharte Stärke. Je mehr davon sie eroberte, desto größer wären ihre Chancen, das Ziel zu erreichen.

Und es war keineswegs egal, welches Opfer man wählte. Die verdorbenen Seelen gaben einem praktisch keine Energie und aus den gewöhnlichen konnte Agga auch nur Kraft für gewöhnliche Aktionen herausziehen. Wer hochfliegende Pläne hatte, musste eine der seltenen kraftvollen Seelen zerschlagen und sich einverleiben. Aber wer konnte diese Seelen schon unterscheiden, die sich unsichtbar in den Körpern verbargen, so lange ein Mensch lebte?

»Ich habe die Gabe, sie zu erkennen«, wisperte Agga ihr verheißungsvoll zu. »Und du hast die Gabe, sie zu besiegen. Das unterscheidet uns von all den anderen, schwachen Kreaturen um uns herum. Und das gibt uns auch die Möglichkeit, nach den höchsten Zielen zu streben.«

Der Fürst, so hatte Agga ihr verheißungsvoll zugeflüstert, hätte solch eine kraftvolle Seele. »Den erledigen, und du schwingst dich in den Himmel!«, hatte sie gesagt.

Sie konnte eine neue, schöne Welt errichten. Und das würde sie auch Kirisha beweisen - wenn sie erst die Macht errungen hätte. Selbst wenn es bedeutete, dass sie die schreckliche Hohepriesterin eines Tages herausfordern müsste. Es war ein furchterregender Gedanke. Sie, die kleine Areshva, sollte gegen einen Feuerberg antreten. Haarsträubend! Agga sei Dank musste sie das noch nicht jetzt tun. Das lag in weiter Ferne.

Heute war das Duell dran. Sie würde die Angelegenheit schnell hinter sich bringen. Welcher gewöhnliche Mann könnte sich wohl gegen eine Zauberin zur Wehr setzen? Richtig: keiner. Schon gar nicht, wenn Areshva seine Gegnerin war. Sie könnte ihn mit einem einzigen Fingerschnippen in die Unterwelt befördern. Exakt so wollte sie es auch machen, damit sie dem Ziel schnell näher käme und sich nicht lange quälte.

»Areshva«, rief Smorkyn. »Hast du daran gedacht, die Klinge zu schärfen?«

»Klar.« Sie nickte. Dabei war dies nun wirklich das unwichtigste Detail des Manövers. Sie trug diese Waffe doch nur, um wie eine Schwertkämpferin auszusehen.

Ein Vogel sauste so dicht an ihren Kopf vorbei, dass sie zurückzuckte. Sie erneuerte ihren unsichtbaren Zugstrahl. Dieser zog einen Schwarm Fledermäuse an, der ihr schon seit Ygramor folgte. Sie hielt sie absichtlich fest und lockte sie, ihr weiter zu folgen. Natürlich nur wegen des Effektes. Die Leute blickten immer beeindruckt, wenn einem eine Wolke Flugmäuse um den Kopf flatterte. Zinga klammerte sich an ihre Schulter. Areshva strich mit den Fingern über ihr weiches Fall. Das war das Einzige an ihr, das noch warm war.

Seltsamerweise fror sie am ganzen Körper - trotz der Sommerhitze.

Sie hatten die höchste Wegstelle passiert und ritten nun abwärts. Von hier oben konnte Areshva das lang gestreckte Tal überblicken, auf dem Gräser im Wind wogten. In deren Mitte ragte eine Anzahl riesenhafter Felsbrocken steil in den Himmel, die so aussahen, als wären sie irgendwann in grauer Urzeit von Riesen aus der Unterwelt herausgerissen und in dieses Tal geworfen worden. Denn diese Felsen bestanden nicht aus hellem Gestein, so wie die Berge ringsherum, sondern sie waren schwärzlich verfärbt und von dunklem Moos überwachsen, weshalb sie im Volksmund die *schwarzen Felsen* genannt wurden. Darüber hinaus bildeten sie bizarre Formen: Ein Riesenfels hing schräg über dem Erdboden, als sollte er jederzeit umkippen, einer hatten die Gestalt einer Figur, die einen Finger drohend in die Weite streckte. Andere sahen wie versteinerte Tiere und einer gar nach einer Art monströsem Schwert aus, das gegen den Himmel zielte. Mehrere der Gesteinsformationen waren oben abgeflacht, weshalb sie sich gut als Bühne eigneten, auf der ein Redner von oben zu einer größeren Menge sprechen konnte, die ihn zu allen Seiten sehen und hören könnte. Die beiden größten Felsen waren in ihrem Unterbau an einigen Stellen durchlöchert, verfügten jedoch ebenfalls über stabile und geräumige Hochplateaus, die an ihren Enden aufeinandertrafen – ein idealer Platz für ein Duell.

Das fanden auch die Darghessaner. Das Interesse an dem bevorstehenden Spektakel war enorm. Rings um die Felsen drängten sich Hunderte - nein, wenn Areshva es richtig überblickte Tausende von Zuschauern. Es nahm gar kein Ende. Alles war voller Pferdeköpfe mit langen buschigen Mähnen, denn die *Schwarzen Felsen* befanden sich in der Provinz Darghessa, wo hauptsächlich Elgo lebten. Überall über der Menschenmenge leuchteten die roten Fahnen der Stadt mit dem neuen Totenkopfsymbol. Was für ein Publikum! Das halbe Land würde sie beobachten. So hatte sie sich das gar nicht vorgestellt.

Ganz hinten in der Ferne sah sie eine Sammlung blauer Uniformen. Das mussten die aravennischen Truppen sein. Ob ihr Fürst dabei war? Sie befürchtete, dass er sich zu Hause verkrümelte, damit er sich keine rabenschwarze Lektion einfinge. Er musste doch glatt verrückt sein, zu einem Kampf zu kommen, den er niemals gewinnen konnte. Das wäre allerdings enttäuschend. In dem Fall wäre sie gezwungen, nach Aravenna zu fliegen und ihn dort hochzunehmen. Denn er war fällig. Jetzt wollte sie das alles über die Bühne bringen und vorankommen auf ihrem Weg. Resultate vorlegen. Nach all der langen Zeit, in der sie nie etwas geschafft hatte.

Während sie den Berg herunter ritten, ließ Areshva ihre Blicke angestrengt über die Zuschauermenge schweifen. Es wurden immer mehr. Von überall flossen Menschenströme zu den Felsen hin, wie Flüsse ins Meer. Und Smorkyn bildete sich ein, er könnte in diesem Gedränge den Typen wiederfinden, der ihn besiegt hatte. Wie denn? Wahrscheinlich hatte er die Meisterkräfte von dem Kerl sowieso aufgebauscht und er war in Wahrheit ein armseliger Versager. Aber ob er nun etwas konnte oder nicht, spielte keine Rolle. Sie hoffte inständig, der Fürst würde auftauchen, am besten schnell. Dann würde sie ihn kassieren und beobachten, was ihr das an Machtzuwachs brachte.

Areshva blickte zu ihrem Vater herüber.

»Na? Siehst du ihn?«, fragte sie. Beinahe hätte sie gelacht, denn er bot gerade einen etwas grotesken Anblick. Seine dichten schwarzen Haare standen wie ein auf links gedrehter Hahnenkamm in den Himmel. Wahrscheinlich war er in seiner Wut immer wieder mit schwitzigen Händen hindurch gefahren. Jetzt waren seine Zottel so von Salz durchtränkt, dass sie die Konsistenz von Besenborsten bekommen hatten. Er schwitzte, die Sonne brannte heute ordentlich vom Himmel.

Areshva dagegen fröstelte immer noch. Obwohl sie auf dem Sattel wippte und ihre Hände an der Mähne des Pferdes rieb, konnte sie nicht warm werden.

»Den finden wir schon«, knirschte Smorkyn zwischen den Zähnen. »Den stellen wir kalt, diesen Sohn einer räudigen Hündin! Der kann schon mal anfangen, die Augenblicke zu zählen, die von seinem elendigen Leben noch übrig sind!«

Inzwischen hatten sie die Ebene erreicht. Die Sonne schien Areshva direkt ins Gesicht. Sie schirmte die Augen ab und linste zu den Felsen herüber. Aber da oben regte sich nichts, soweit sie sehen konnte.

»Er kommt nicht«, widersprach sie. »Hab ich doch gleich gesagt, Smocky, die Idee taugt nichts. Der Fürst wird nicht kommen und dieser Typ, der dich so aufgeregt hat, wagt sich auch nicht her.«

»Oh doch«, fauchte Smorkyn. »Er wird kommen, verlass dich auf mein Gespür. Das ist so ein junger Dummkopf, der geht einer Provokation nicht aus dem Weg. Du wirst sehen.«

Areshva winkte ab.

»Ja, ja. Du und dein Gespür. Bildest du dir ein, der Mensch hätte noch nicht von mir gehört? Er weiß, dass er gegen mich keine Chance hat.«

Inzwischen hatten sie den hinteren Rand der Zuschauertraube erreicht, und nun wurden die Menschen auf sie aufmerksam. In tiefem Schrecken sprangen sie rechts und links vor ihnen zurück, so dass sich der Weg bis zum Duellfelsen ganz von selbst öffnete. Kurz darauf katapultierte sich der Angstschrei: »Die Zauberin von Ygramor!« wie ein Magiegeschoss durch die Menge. Alle Blicke versenkten sich in den Erdboden oder zur anderen Seite, so als fürchteten sie, schon Areshvas Anblick könnte ihnen die Haut verbrennen.

Bin ich ein Dämon? Was sehen sie in mir, bei allen Göttern? Leute, ich bin auf eurer Seite! Ich will euch eine schönere Welt bringen. Gebt mir nur ein bisschen Zeit!

Die *Schwarzen Felsen* erhoben sich imponierend und düster inmitten der Menschenmenge, wie Reliquien aus der Unterwelt. Ein Duellgegner war dort nicht auszumachen. Areshva ritt schneller. Sie formte die Hände zu einem Trichter und rief, so laut sie konnte: »He! Feigling! Wo versteckst du dich?«

Hinter ihr brüllte Smorkyn wie ein Wahnsinniger: »Da steht einer, da oben! Ich wusste es!«

Areshva zog die Augenbrauen hoch.

Sieh mal einer an. Ja, tatsächlich, da war jemand aufgetaucht, gerade an der Stelle, an der die beiden größten Felsplateaus sich berührten und die Sonne sie so blendete, dass sie nur seine Silhouette sah, ebenso schwarz wie das Gestein.

Sie fuhr mit dem Finger die zusammengefalteten Flügel ihrer Lieblingsfledermaus entlang, die noch immer an ihrer Schulter hing und schlief, und rüttelte sie leicht.

»Aufwachen, Zinga. Es geht los.«

Die Kleine fiepte, öffnete ihre Flügel, krabbelte auf Areshvas ausgestreckte Hand und flog dann zu den anderen hoch, die bereits über dem Kopf der Zauberin kreisten.

Die Sonne verschwand hinter einer Wolke. Jetzt blendete sie wenigstens nicht mehr.

»Ich werde verrückt«, schrie Smorkyn begeistert. »Das ist er! Wir brauchen gar nicht nach ihm zu suchen. Der Hurensohn steht da oben auf dem Felsen! Hab ich doch gesagt. Hab ich doch gewusst, dass er herkommen würde!«

Da stand ein einsamer Reiter in der blauen aravennischen Uniform, mit Eisenschutz über den Schultern und einem Kettenhemd - ein großer Blonder von schlanker Statur. Er stand da ganz exakt in derselben aufrechten Haltung wie jener Parva, den sie damals mit Wukur an der Brücke getroffen hatte.

Etwas drückte ihr wie mit einer Riesenfaust sämtliche Eingeweide zusammen.

*Das war er!*

Sie durchfuhr ein solcher Schock, dass sie die Zügel ihres Pferdes rückwärts zog, nach hinten ritt und dabei den Gaul ihres Vaters rammte. Der wäre fast heruntergefallen. Er rückte zu ihr vor und packte sie am Arm.

»Was ist los mit dir? Wieso reitest du rückwärts?«, raunzte Smorkyn sie an.

»Was macht der denn hier?«, keuchte Areshva. »Den kenne ich … Aber er ist völlig fehl am Platz! Erstens ist er kein Fürst, zweitens stammt er nicht aus Aravenna. Das ist ein Hufschmied, der …«

»Quatsch! Das ist ganz genau die stinkende Ratte, die mir in Millesana die Tour vermasselt hat. Den haben wir in der Falle! Den zerreißen wir in solche kleinen Teile, dass ihn hinterher die Ameisen fressen können!«

Er rieb sich die Hände und lachte geifernd.

»Er trägt einen Kontaktring … Wie der leuchtet, das sieht man ja bis hier. Sie haben ihn doch glatt zum Fürsten gemacht, die Idioten! Wahrscheinlich, weil er der beste Krieger ihrer ganzen Provinz ist.«

»Das … kann nicht sein«, stammelte Areshva und hatte Mühe, ihre Fassung wiederzufinden. »Ich sehe den Ring auch, aber … Sieh dir den Kerl an, das ist nicht dieser aufgeblasene Prahler, der in Aravenna regiert. Das ist auch nicht dessen jämmerlicher Sohn ...«

»Du hast doch nicht mehr Verstand im Schädel als deine Flattermäuse«, sagte Smorkyn wütend und funkelte sie zornig an. »Fürst Elbin ist tot und was mit dem Prinzen Koryelan passiert ist, interessiert nicht mal die Bettler am Dorfbrunnen. Der Kerl da oben ist der neue Held von Aravenna. Kein Mensch weiß, woher sie den geholt haben und das ist auch ganz gleich. Er ist der neue Fürst und ihn hast du zum Duell gefordert! Ist das jetzt endlich angekommen oder hat du es immer noch zappenduster im Oberstübchen?«

Smorkyn fing dröhnend an zu lachen.

»Ha, ha! Jetzt haben wir dich, Bursche! Jetzt machen wir dich fertig!«

Areshva fühlte sich, als hätte sie einen Schlag vor den Kopf bekommen. Er dröhnte wie eine Tempelglocke. Das durfte nicht wahr sein. Sie musste sich getäuscht haben! Er stand so weit entfernt, so genau konnte sie sein Gesicht gar nicht sehen. Auch wenn er verblüffend ähnlich aussah ... Aber er war doch nichts als ein dummer kleiner Handwerker gewesen. Wer kürte denn einen Schmied zum Fürsten? Das war ja wohl ausgeschlossen!

»Worauf wartest du, verdammt?«, fauchte Smorkyn sie an. »Flieg hoch zu ihm! Ich kann es gar nicht erwarten, dass dieses Schlachtfest endlich beginnt!«

Bei der heiligen Agga. Wenn sie doch im Erdboden versinken könnte. Wenn dieser Parva doch nicht gekommen wäre. Wenn sie ihn doch nie getroffen hätte! Dieser Dummkopf, wieso hatte er ihren Vater angegriffen? Und was sollte sie jetzt machen? Abhauen?

Der Schreck ergriff sie immer tiefer. Abhauen! Sicher konnte sie flüchten, wenn sie die einmalige Chance wahrnehmen wollte, sich vor Tausenden von Zuschauern gründlich zu blamieren! Die größte Zauberin des Landes flieht vor einem Soldaten, dessen Namen noch nie jemand gehört hat?

Wie wollte sie es denn schaffen, die Hohepriesterin zu besiegen, wenn sie nicht mal einen beliebigen Kerl von der Straße eliminieren konnte? *Jetzt reiß dich zusammen.* Sie hatte endlich eine Chance, das große Ziel zu erreichen, das musste sie durchziehen! Mit dem Typen hatte sie doch sowieso nichts zu tun. Sie hatte ihn einmal gesehen, er war nett … Sie hatte sich Sachen eingebildet über ihn, aber wusste inzwischen selbst nicht mehr, ob es nicht nur Fantasien waren. Sie kannte ihn doch gar nicht. Wollte sie ihre höchsten Ziele für irgendwelche Fantasien torpedieren? Los jetzt.

Neben ihr fing ihr Vater auf verbissene Weise an zu lachen.

»Har har har«, so klang das.

Ihr wurde heiß und kalt gleichzeitig.

Aber sie versuchte, nicht weiter zu denken. Mechanisch stellte sie sich auf den Sattel ihres Pferdes, breitete die Flügel aus und flog von dort hoch in die Luft, wobei sie darauf achtete, dass die illusorischen Flammen auf ihren Flügeln ordentlich über ihr in die Höhe loderten. Die Fledermäuse waren daran gewöhnt, sie wichen geschickt zu den Seiten aus. Sie bekam gleich Schwung und erhob sich mit wenigen Flügelschlägen über die Felsen. Ihr Gegner erwartete sie auf dem größeren der Felsmassive, nahe einer Formation von kleineren Steinlöchern und Felshebungen, die sich an dem Punkt gebildet hatten, wo die beiden Felsen aufeinanderstießen. Sie ließ sich auf dem anderen Plateau zu Boden gleiten, ihm gegenüber.

Diesmal sah der Aravennaer nicht so unscheinbar aus wie damals an der Brücke. Er trug die blaue Fürstenuniform mit Goldstreifen und Wappen,

Eisenschutz an Schultern, Armen und Beinen und ein Kettenhemd über der Brust. Dazu einen Helm mit Feder, unter dem seine goldblonden Haare hervorleuchteten. Das stand ihm vortrefflich. Er hatte ein klares, etwas kantiges Gesicht, und dazu Augen, blau wie das Meer. Sie musste einmal nach Luft schnappen, um sich von dem Anblick nicht beeindrucken zu lassen. Seine Bewaffnung hatte er ebenfalls verbessert. Er trug noch immer dasselbe lausige Schwert mit dem kaputten Adler an seinem Gurt, zusätzlich jedoch eine ganze Reihe magiegeladener Holzstöcke, die glänzten und funkelten. Er konnte also tatsächlich mit Magie umgehen, wie ihr Vater gesagt hatte. Das erklärte, warum ihr Kampfzauber bei ihm eine so extreme Wirkung gehabt hatte.

Langsam kam er auf Areshva zu und streckte ihr die Hand entgegen.

»Bei unserer letzten Begegnung haben wir uns nicht vorgestellt«, sagte er. »Ich bin Silvrin von Aravenna.«

Ein Stachel bohrte sich in ihre Eingeweide. Am liebsten hätte sie seine Hand genommen, ihn berührt. Aber sie konnte ihn doch nicht freundschaftlich begrüßen, hier in aller Öffentlichkeit, so als hätten sie sich eigentlich zum Kaffeetrinken verabredet.

Sie ignorierte also die Geste. Sein Fürstenring blinkte in der Sonne. Die Aravennaer hatten tatsächlich einen Unbekannten zum Fürsten gemacht. Wieso das? Vielleicht weil er tatsächlich der Beste in ihrer Provinz war. Da hatte der echte Fürst lieber ihn vorgeschickt, wie ihr Vater es sich bereits ausgemalt hatte. Leider war er nun, ob Fürst oder nicht, genau an der richtigen Adresse angekommen.

Silvrin. Ein hübscher Name. Passte zu ihm. Dass ausgerechnet er hier auftauchen musste! Ihre Glieder waren grässlich steif. Als würde sie gleich versteinern.

»Fang an«, befahl sie. »Zieh dein Schwert!«

Er ließ seine Hand sinken. Das Meeresblau seiner Augen wurde eisig.

»Langsam verstehe ich, warum du so einen grausigen Ruf hast«, erwiderte er kühl. »Zumindest würde ich gern wissen, was ich dir eigentlich getan habe.«

»Du hast meinen Vater geärgert«, fauchte sie erregt.

»So was würde ich einfach lassen. Ich hab dir das damals schon gesagt, du sollst dich nicht einmischen in Sachen, die dich nichts angehen!«

Silvrin zog die Augenbrauen hoch.

»Tatsächlich? Ich kenne deinen Vater nicht und weiß wirklich nicht, was ich ihm getan haben könnte. Aber ich bin ein Mensch, mit dem man reden kann. Wenn er sich von mir beleidigt fühlt, kann er gerne hochkommen und es mit mir klären. Sollte ich ihm Unrecht getan haben, bin ich bereit, mich öffentlich zu entschuldigen oder eine Sühnezahlung zu leisten.«

Areshva war verblüfft.

»Du willst … reden? Da gibt's nichts zu reden. Ich habe ein Duell ausgerufen und keine Provinzialversammlung!«

»Du hast ein Duell ausgerufen und könntest es auch wieder absagen.«

Silvrin trat nah an sie heran und sie sah sein markantes Gesicht mit den himmelblauen Augen. Die aufpeitschende Unruhe, die sie schon die ganze Zeit schüttelte, wuchs ins Unermessliche.

»Quatsch«, keuchte sie. »Ein Duell absagen! Hast du darum gewagt, herzukommen? Weil du dachtest, wir reden ein bisschen und du brauchst nicht zu kämpfen? So funktioniert die Welt nicht! Willst du etwas erreichen, dann musst du Opfer bringen! Schöne Worte helfen uns nicht weiter.«

»Falsch«, erwiderte Silvrin ruhig. »Eine Menge Konflikte lassen sich durchaus ohne Gewalt lösen, ich habe das schon öfter probiert – und hinterher waren beide Seiten erleichtert. Denk an deinen Streit mit den Hexen der Nebelstadt.«

Ihr blieben glatt die Worte im Hals stecken.

Konflikte ohne Gewalt lösen?

Jetzt fing er schon wieder damit an. Als wüsste er, dass diese Worte bei ihr alle Alarmglocken schrillen ließen. Er redete, als wäre nicht sie, sondern er der Anhänger der Lichtgöttin. Er predigte Lystrellas Lehre, als wollte er ihr zeigen, wie sie sich eigentlich zu verhalten hätte!

*Kirisha, hörst du ihn? Ist er nicht fantastisch? Du hättest ihn in die Lehre nehmen sollen, nicht mich, bei ihm wäre deine Saat aufgegangen!*

Sie spürte, wie ihr die Augen feucht wurden, und blinzelte heftig. Das fehlte noch. Für was bewunderte sie den Kerl? Dafür, dass er einer machtlosen Lehre nachlief? Immerhin der schönsten, die sie kannte. Und so einen Menschen sollte sie umbringen?

»Du irrst dich«, fuhr sie ihn an. »Bei den Kräuterhexen hast du Glück gehabt. Das war Zufall. Es wird sich nicht wiederholen. Jedenfalls ganz sicher nicht, wenn du in einem wirklich großen Konflikt steckst. Und da bist du augenblicklich drin, falls du es noch nicht kapiert hast.«

»Du hast keine Skrupel, Leute zu töten, oder?«, fragte er. Seine Augen durchbohrten sie. Er sah nicht aus, als ob er sich vor ihr fürchtete. Nur wütend sah er aus. Bis zum Platzen. Sie hätte etwas dafür gegeben, wenn sie diese Wut aus seinem Gesicht hätte ausradieren können.

»Du brennst in den Städten ganze Wohnviertel ab, du zerstörst Tempel, neuerdings tötest du sogar Priesterinnen. Ich nehme an, das macht dir Spaß. Korrigiere mich, falls ich etwas falsch aufgefasst habe.«

Areshva brachte noch immer kein Wort heraus. Was war mit ihm los, begriff er nicht, wem er gegenüberstand? Glaubte er, sie sei eine luschige kleine Mickerhexe, die nichts kann, und vor der er sich deshalb nicht zu fürchten brauchte? Er brachte es doch tatsächlich fertig, sie anzustarren wie ein Richter, der sie strafen will!

»Du missbrauchst deine Kraft und du trittst jedes menschliche Recht oder öffentliche Gesetz mit Füßen«, fuhr Silvrin unerbittlich fort. »Ich weigere mich anzunehmen, dass dir das nicht bewusst wäre oder du gut und böse nicht voneinander unterscheiden könntest. Du unterdrückst jedes Gefühl in dir und willst nicht sehen, wie du immer tiefer in den Morast der Gesetzlosen heruntersinkst. Ich habe keine Ahnung, warum du das tust, und vielleicht willst du es dir selbst nicht eingestehen. Aber du solltest ganz dringend mal darüber nachdenken.«

Sie erzitterte unter seinen Worten. Er sollte nicht so viel reden. Seine Art, sich auszudrücken, ging ihr unter die Haut, sie konnte seine Worte nicht ertragen. Er sollte sich kein Urteil über sie erdreisten. Er hatte doch nicht die geringste Ahnung, worum es hier ging!

»Soll ich dir mal erklären, was gut und was böse ist?«, gab sie energisch zurück. »Alles nur eine Frage der Perspektive. Das bestimmt nämlich derjenige, der die Macht hat! Wenn du nicht am obersten Schalthebel sitzt, wird man dir gar nicht erlauben, gut zu sein. Darum musst du zuallererst nach Macht streben. Und Kämpfe gewinnen! Sag mir nicht, dass du die Erfahrung nicht schon selbst gemacht hast.«

Er runzelte die Stirn.

»Es klingt wirr, was du erzählst.«

Na klar. Wirr. Nur weil du es nicht verstehst, dachte Areshva bei sich.

»Warum, bei allen Göttern, hast du mir nicht schon bei der Brücke gesagt, dass du der Fürst von Aravenna bist?«, fragte sie giftig. »Alles hätte ganz anders sein können.«

»Was hätte ganz anders sein können?«

»Du kapierst schon.«

»Du hättest mich jetzt nicht zum Kampf gefordert, nicht wahr?«

Nein, natürlich hätte sie nicht. Sie musste einmal kräftig schlucken. Das konnte sie ihm doch nicht sagen. Dieses Gespräch führte viel zu weit!

»Es ist ja noch nicht vorbei«, erwiderte er leise. »Es kann noch immer alles ganz anders werden, als es jetzt aussieht.«

Sie spürte, wie ihr das Blut in die Wangen stieg und dort anfing zu kochen.

»Jetzt fang nicht an, wie ein Feigling zu reden. Dies ist ein Duell! Du hast doch nicht vor, dich vorm Kämpfen zu drücken?«

»Areshva«, sagte er ruhig, »Sieh die Dinge klar. Es gibt zwischen uns keinen persönlichen Zwist. Ich sehe keinen Grund, warum wir uns schlagen sollten.«

»Ich sehe sogar mehrere«, versetzte sie, wobei sie die Blicke über die Menge der Zuschauer schweifen ließ. Ihre Leute standen ganz vorn. Ihr Gejohle und ihre Flüche waren bis hier oben zu hören. Smorkyn reckte immer wieder die geballte Faust in die Luft. Von unten hörte sie ihn mitten durch das Geraune und Geplauder der Menge brüllen: »Anfangen! Anfangen!«

Agga schwebte über ihm. Ihre Fledermausaugen sprühten Feuer. Areshva war so kribbelig an allen Gliedern, dass sie kaum ruhig stehen konnte.

»Das reicht jetzt«, fuhr sie Silvrin an. »Wir machen uns lächerlich, wenn wir hier noch länger debattieren.«

Sie zog sirrend ihr Schwert aus der Scheide, stellte sich in Ausgangsstellung, mit dem hinteren Fuß quer und dem vorderen zu Silvrin gerichtet. Dann richtete sie die Spitze ihrer Waffe gegen ihn. Damit er sich nicht einbilden sollte, dass dieser Kampf langweilig werden könnte, schickte sie noch einen kleinen Feuerstrahl hinterher, der die Klinge in Flammen setzte.

Eine Woge von Ärger flutete über sein Gesicht, die seine Wangen rötete und seine Augen aufblitzen ließ. Er packte seinen Kriegerhelm, riss ihn sich vom Kopf und schleuderte ihn zu Boden. Dann drehte er sich um.

Was sollte das? Wollte er sich auf diese Weise vor dem Kampf drücken? Das durfte sie nicht erlauben. Sie sollte das hier ganz schnell hinter sich bringen, so wie geplant, bevor er sie noch mehr irritierte.

Sie machte einen Ausfallschritt auf ihn zu, sprang über die Steine, die ihren und seinen Felsen voneinander trennten. Sie stand nun so nah bei ihm, dass sie ihn mit ihrem Schwert hätte schlagen können, zumal er sich ihr jetzt auch wieder zuwandte. Das tat sie jedoch nicht, denn er hatte seine Waffe noch immer nicht gezogen.

»Ich kann nicht gegen dich kämpfen«, sagte Silvrin deutlich und sehr bestimmt. Seine Blicke sprühten Funken, aber er sprach dennoch kühl und beherrscht. »Du hast mir damals an der Brücke das Leben gerettet. Und der Kampfzauber, den du mir geschenkt hast, gibt mir ungeheure Vorteile. Also, ich stehe sehr tief in deiner Schuld. Das kann ich nicht einfach vergessen.«

»Ich gebe dir hiermit die Erlaubnis, es zu vergessen!«

Areshva ging wiederum in den Ausfallschritt und stieß nach ihm. Er musste rückwärts springen, um nicht getroffen zu werden, aber noch immer zog er seine Waffe nicht.

Ihr brach der kalte Schweiß aus. Alle ihre Glieder waren ungewöhnlich steif, als ob seine Worte sie blockierten, sogar schon paralysierten. Tja, nicht nur er stand in ihrer Schuld, sondern auch sie in seiner. Schließlich hatte er ihr zuerst das Leben gerettet. Noch dazu in einer Situation, in der es völlig absurd von ihm war, für sie Partei zu ergreifen. Verflucht, sie durfte daran wirklich nicht mehr denken. Sie hatte diesen Kampf zu gewinnen. Sie musste beweisen, dass sie das konnte. Hier galt es Ziele zu erreichen! Schöne, herrliche Welten zu erschaffen! Los jetzt! Kämpfen!

»Was tust du denn, willst du dich lächerlich machen?«, schrie sie ihn an. »Dies ist ein Duell! Das kannst du nicht ignorieren! Kannst du dir nicht vorstellen, was hier passieren wird, wenn du nicht kämpfst? Sie werden dich für die größte Memme halten, die diese Welt je gesehen hat. Sie werden dich zerstampfen! Sie werden dein gesamtes Heer dem Erdboden gleich machen!«

Von unten hörte sie ihren Vater brüllen wie ein verwundetes Wildschwein.

»Waaaaaaaaah!«

Das war das Zeichen dafür, dass er gleich überschnappen würde. Ihr lief eine Gänsehaut über den Rücken.

Wieso war ausgerechnet Silvrin hier aufgetaucht? Jeden anderen Kerl hätte sie bestimmt längst überwunden, aber ihn … Sie mochte ihn noch viel mehr, als sie sich bis jetzt eingestanden hatte. Und dann redete er auch noch so beeindruckend. Es war ja, als hielte er ihr eine Predigt über Lystrellas Grundsätze. Als hätte Lystrella ihn ihr mit Absicht in den Weg gestellt, um sie zu erinnern, woher sie kam – und auch, wohin sie eigentlich sollte.

Mühsam wischte sie den Gedanken zur Seite. Unsinn. Sie hatte hier eine Probe zu bestehen, sie musste ein Opfer bringen. Wenn sie schon daran scheiterte, einen einzigen Kerl zu attackieren, wie sollte sie sich jemals mit einer höhergradigen Zauberin anlegen, oder gar noch der allerhöchsten von ihnen, der Hohepriesterin? So ein Kampf war nun mal keine angenehme Aufgabe. Das war eine Pflicht, die man zu erledigen hatte. Wollte sie denn das Böse nicht aus diesem Land vertreiben? Wollte sie nicht die Macht bekommen, ein Paradies zu errichten? Dies war ihr einziger Weg. Macht erkämpfen, und Lystrella durch die Hintertür wieder zurückholen! Schlug er sich nicht freiwillig, dann musste sie ihn zwingen - wieso wartete sie überhaupt darauf, dass er sich kampfbereit machte? Wieso erschlug sie ihn nicht einfach, auf der Stelle?

Der Gedanke ließ die Starre über ihren Gliedern so zunehmen, dass ihr die Hände eisig wurden. Obwohl die Luft sommerlich warm um sie herumtanzte. Erschlagen, nein. Nein, das konnte sie nicht. Sie konnte ihn nicht töten. Egal wie … Nein. Das ging über ihre Kraft.

Verflucht! Wieso fiel ihr das so schwer? Warum war ausgerechnet er der Mensch mit der seltenen, kraftvollen Seele, die sie für ihren Kampf brauchte? Warum nicht ein anderer? Wenn sie ihn am Leben ließ, müsste sie die Idee mit dem Sieg über die Hohepriesterin verwerfen. Ihr gesamter Plan wäre hinfällig. Sie müsste ihre höchsten Ziele aufgeben, den Göttern der Finsternis das Feld kampflos überlassen. Oh nein! Niemals! Das konnte, das durfte sie nicht. Das wäre noch viel schlimmer als sein Tod. Das ganze Leben wäre sinnlos ohne die Hoffnung ihres Sieges!

Ach, wie herrlich wäre es gewesen, könnte Silvrin doch Teil dieses Sieges sein und nicht das Hindernis, das sie auf dem Weg dahin zerstören musste!

# Ausweichmanöver

Sie schluckte. Es half nichts. Sie musste sich irgendwie selbst überlisten. Da ihr der direkte Kampf so unangenehm war - vielleicht ginge es besser, wenn sie sich erstmal warmfechten würde? Sie konnte zuerst gegen irgendwas anderes dreschen. Bis sie genug Schwung hatte, erst dann gegen ihn.

»Hör zu«, rief sie atemlos. »Ich mache dir einen Vorschlag. Fangen wir nicht gleich mit dem Kampf an. Spielen wir vorher!«

»Spielen?« Er sog hörbar die Luft an. »Wie stellst du dir das vor?«

»Hast du nie mit Magie gespielt, als du Kind warst? Trugbilder erzeugt, zum Beispiel? Begreifst du nicht, die Leute hier erwarten ein Schauspiel. Wir müssen ihnen etwas zeigen, das sie zufriedenstellt. Etwas, das wie ein Kampf aussieht!«

Ein verwundertes Lächeln stahl sich um seine Lippen.

Seine Augen fingen an zu leuchten. Er sah sie an, als hätte er gerade einen Schatz gefunden. Oh! Welche Blicke! Wenn er sie doch ewig so ansehen könnte.

»Was für Trugbilder meinst du? Vielleicht solche?«

Er rieb mit dem Finger an einem seiner Magiestöcke an seinem Gürtel und warf einen Energiestrahl in die

Höhe. Sie drehte den Kopf zum Himmel. Er hatte eine der Fledermäuse erwischt, die über ihr kreisten. Diese verwandelte sich gerade in einen Monsterflatterer etwa im Stil eines Krokodils mit Riesenflügeln. Das war gar nicht mal schlecht gelungen.

»Ich hoffe, das war nicht alles, was du kannst?« Sie grinste ihn an. »Du musst mir schon was zu tun geben, damit unser Publikum sich nicht langweilt.«

Dann breitete sie ihre Flügel aus und flog dem Monsterkroko entgegen. Es hatte inzwischen seine Größe verdoppelt und dazu sehr hübsche Krallen entwickelt, mit denen es glatt ein Pferd zerquetschen könnte. Areshva flog einmal darum herum. Das Tier versuchte, zu ihr zu kommen, es hielt sie wohl immer noch für seine Herrin und sich selbst für ein kleines Mäuschen. Dabei hatte es sein Maul geöffnet: Eine Mutantenfresse mit Zähnen wie Gitterstäben, zwischen die Areshva locker komplett gepasst hätte. Ein Feuerstrahl schoss ihr daraus entgegen und sie wich zur Seite aus, der Flieger ihr nach. Sie schlug einen Salto in die Höhe und feuerte mit einem Windstrahl auf das fliegende Krokodil. Es wirbelte fauchend herum und sauste wiederum auf sie zu. Als ob sie Fangen in der Luft spielten. Die ehemalige Fledermaus jagte sie, Areshva flog im Zickzack - untendurch, oben herüber, warf zwischendurch Feuerkugeln oder Zischer, traf aber den Flieger absichtlich nicht. Sie konnte doch nicht ihre eigenen Haustiere abschießen. Als sie merkte, dass der Flattermann anfing durchzudrehen, löste sie den Zauber und die Fledermaus sauste in Panik davon.

Da hatte Silvrin ihr aber bereits neue Gegenspieler hochgeschickt, diesmal drei gleichzeitig. Wieder benutzte er zu diesem Zweck ihre Tiere. Eines – ausgerechnet ihre Zinga – hatte er kräftig vergrößert, es war nun etwa dreimal länger als Areshva. Das zweite hatte er in einen

Truthahn verwandelt, dessen Flügel aus reinem Feuer bestanden, und das dritte in einen bildhübschen Drachen, der bei einer Ausstellung von Artgenossen auf jeden Fall preisverdächtig gewesen wäre.

Diesmal musste sich Areshva etwas mehr anstrengen, um sich von den flinken Fliegern nicht einfangen zu lassen und ihnen gleichzeitig genügend Feuerkugeln um die Ohren zu schießen, dass es nach einem Kampf aussehen konnte. Allerdings gelangen ihre Geschosse nicht sehr überzeugend, weil sie Angst hatte, Zinga könnte ein Trauma davontragen. Nein, nein. So doch nicht. Sie kurvte nach unten, zu Silvrin herunter, und raunte ihm zu: »Lass meine Haustiere in Ruhe. Nimm Spatzen oder Tauben stattdessen!«

Aus dem Publikum scholl ihr ein vielstimmiger Angstschrei entgegen. Na also, die Vorstellung schien zu gefallen.

Schon fegte sie wieder in die Luft, direkt auf den Drachen zu, der ihr freundschaftlich mit dem langen grünen Schwanz zu wedelte. Sie warf ihm einen Luftwirbel zu, der ihn zweimal um die eigene Achse schraubte, wiederholte dieses Spiel mit dem feurigen Truthahn, der dabei eine Figur machte wie ein fliegendes Lagerfeuer. Dann flog sie der grotesk vergrößerten Zinga entgegen, die sie aber nicht erschrecken wollte, weshalb sie ihr Mäuschen nur umkreiste. Danach löste sie ihre magische Bindung zu allen drei Tieren, die sofort in höchster Eile verschwanden.

Neue fliegende Wesen tauchten auf. Diesmal handelte es sich um ein Geschwader von gigantischen Flugeidechsen mit langen hervorschnellenden Zungen. Sie staunte nicht schlecht, als sie auf der vordersten die unscharfe Illusion eines Parva-Soldaten erkennen konnte. Wahrscheinlich hatte er damit versucht, sich selbst darzustellen. Sehr gut. Endlich Kanonenfutter, das sie ungehemmt zerballern konnte!

Sie formte eine dicke Feuerkugel und knallte sie gegen den feindlichen Piloten. Die Kugel zerplatzte in der Luft wie eine explodierende Sonne. Gleißende Helligkeit blendete sie, so dass sie rasch nach hinten beidrehen musste. Nur zu deutlich hörte sie das Publikum unter sich aufschreien. He, das war leichter, als sie gedacht hatte. Die fielen doch glatt auf ihre Schauspielerei herein!

Als sie wieder auf ihren luftigen Kampfplatz zurückflog, sah sie gerade noch, wie die Illusion des menschlichen Eidechsenlenkers abwärts fiel und kurz vor dem Aufprall auf den Felsen von einer weiteren fantastischen Flugechse aufgefangen wurde, die mit ihm wieder in die Lüfte hoch flatterte - ihr entgegen.

Erleichtertes Aufstöhnen in der Menge. Das fing an, lustig zu werden. Sie konnten zu zweit die Bevölkerung einer ganzen Provinz unterhalten!

»Da bist du ja wieder!«, rief sie dem imaginären Gegner belustigt entgegen. »Sieh, was ich für dich habe!«

Diesmal formte sie eine Erdkugel, die sie frontal auf die Echse und ihren Reiter sausen ließ. Sie erwischte die beiden, die durch den Druck meterhoch aufwärts gen Himmel geschleudert wurden und dort in einem prächtigen Feuer verglühten. Wieder antworteten ihr verzweifelte Aufschreie aus der Zuschauermenge. Selbstverständlich ließ Silvrin die schattenhafte Kopie seiner selbst gleich darauf neu auftauchen, sogar noch über dem Inferno. Von dort stürzte sie abwärts, wurde wiederum von einer frischen Fliegerechse gerettet, segelte wieder abwärts ... und löste sich dann hinterhältigerweise in Luft auf, noch bevor Areshva ihre nächste Attacke starten konnte.

Wieder ertönte lautes Raunen und Stöhnen in der Menschenmenge.

Was war los? Warum machte Silvrin nicht weiter mit neuen Illusionen? Sie warf einen Blick nach unten. Er war nicht zu sehen.

Vielleicht hat er die Chance genutzt, um zu verschwinden?

Sie flog auf den Felsen zurück, genau dorthin, wo sie vorher gestanden hatte. Da sah sie ihn. Er hockte neben einem Stein und fummelte an seinem Gürtel. Sie erkannte sofort, dass seine Magiestöcke erloschen waren. Er hatte keinen Zunder übrig. Als er sie sah, stand er auf.

»Du hättest ein bisschen mehr Stoff mitnehmen sollen, wenn du gegen eine Zauberin kämpfen willst, also ehrlich!«

»Ich habe diese Stöcke nur pro forma mitgenommen. Du weißt, dass ich nicht vorhatte, zu kämpfen.«

»Was bist du für ein Soldat, der sich fürchtet, zu kämpfen?«

»Um was geht es denn bei diesem Kampf? Solltest du nicht irgendwelche Ziele haben, wenn du jemanden angreifst? Ich meine, Ziele, die über die Demonstration von Kraft und Gewalt hinausgehen?«

»Oho! Was für Ziele kann man denn haben bei einem Kampf? Wie wär's mit: gewinnen?«

»Jemand, der so viel Macht hat wie du, könnte durchaus einen größeren Plan verfolgen«, sagte er. »Du könntest die zahlreichen Kriege hierzulande beenden. Du könntest Frieden zwischen den Provinzen schaffen.«

Ihr schoss das Blut ins Gesicht. Sie spürte es wie eine heiße Welle in ihre Wangen schwappen. Als ob er ihre Gedanken gelesen hätte.

»Du sagst es«, sagte sie unwillkürlich. »Exakt das ist meine Absicht.«

Einen herrlichen, prickelnden Moment lang überkam sie die Vorstellung, sie könnte mit diesem Menschen vielleicht über die Dinge diskutieren, die ihr am allerwichtigsten waren. Wer weiß, vielleicht könnte er ihr neue Ideen geben, könnte ihr helfen, sich über sich selbst klarer zu werden und über den Weg, den sie gehen musste? Aber der Moment zerplatzte gleich wieder wie eine Seifenblase. Was bildete sie sich ein? Sie wollte doch nicht mit einem Mann über Götter reden oder über magische Gesetze? Was sollte das denn bringen? Wahrscheinlich würde er, wenn sie tiefer bohrte, davon faseln, dass es die Götter gar nicht gäbe oder … noch dümmere Irrtümer, so wie ihr Vater.

»Willst du mich verhöhnen?«, knurrte er. »Wenn du die Kriege beenden wolltest, dann müsstest du anfangen, mit den Fürsten zu verhandeln, die Kriege führen. Das scheint jedoch nicht gerade deine Spezialität zu sein.«

Sie strich sich die Haare aus der Stirn.

»Bildest du dir ein, die Fürsten hätten hier etwas zu melden? Es sind die Götter, die die Fürsten aufwiegeln! Weil die Götter von den Kriegen am meisten profitieren. Du bist ein Zwerg, Silvrin, bilde dir nicht ein, du könntest irgendwas machen, um die Zustände bei uns zu verbessern. Du solltest außerdem deine Zeit nicht damit verschwenden, dir darüber den Kopf zu zerbrechen. Versuch, dein Leben zu retten!«

Jetzt war Silvrin zum ersten Mal stumm. Wahrscheinlich hatte er überhaupt nichts kapiert. Wie sollte er auch. Wer die Götter nie gesehen und nie gesprochen hatte - wie sollte er sie verstehen?

Vielleicht dachte er gerade darüber nach, dass er sterben könnte? Besser gesagt, dass er sterben musste? Der Gedanke verkrampfte ihr das Herz.

Von unten hörte sie das Gebrüll ihres Vaters, das ihr durch Mark und Bein fuhr. Nur das Wort »Haaaaackfleisch« kam verständlich bei ihr an.

»Wir müssen weitermachen«, sagte sie hektisch, während sie fieberhaft überlegte, wie sie es aufziehen sollte. Das war doch krank, sie sollte einen Mann töten, der dasselbe Ziel hatte wie sie. Der Kriege beenden und eine schönere Welt herbeiführen wollte. Diese Aufgabe widerstrebte ihr derartig, dass sich ihr fast der Magen umdrehte.

Wenn sie doch einfach einen anderen wählen könnte, an seiner Stelle! Allerdings hatte Agga ihr schon vor Beginn des Duells eingebläut, dass die meisten Seelen machttechnisch wertlos waren und dass es eben exakt und ausschließlich um Silvrins Seele ging, die Areshva in den Olymp schleudern konnte. Und in den Olymp musste sie. Um jeden Preis.

Ruhig bleiben. Sie würde es schaffen. Sie musste.

Heilige Götter, ihr brach der kalte Schweiß aus nur bei dem Gedanken, es schien ihr unmöglich. Sie KONNTE nicht!

Aber sie musste können. *Zwing dich, ihn anzugreifen.* Es muss noch nicht todernst sein, aber näher an einem echten Kampf. Diesmal einer, der nicht so katastrophal viel Energie verbrauchte wie diese Illusionen, damit er länger mithalten konnte. Genau! Sie könnten Schwertball spielen, so wie daheim mit dem Vater. Für das Publikum konnte das schon recht gefährlich aussehen und Silvrin würde es bestimmt hinbekommen. Mit dem Schwert war er ja geschickt.

»Pass auf«, sagte sie zu ihm. »Als Erstes lädst du deine Magiestäbe wieder auf. Ich extravertiere gleich meine Aura ein bisschen, dann kannst du dich von der Energie bedienen. Aber mach das unauffällig. Falls wir Zauberinnen im Publikum haben, sollten sie es besser nicht bemerken. Danach schieße ich mit Erdbällen auf dich. Deine Aufgabe ist es, sie zu treffen und gegen mich zurück zu schleudern. Kriegst du das hin?«

Sie ließ ihre Aura leicht herabfallen. Nicht zu sehr, damit sie ihn nicht in die Knie drückte. Sie sah, dass er sich anstrengen musste, um nicht zu Boden zu gehen. Aber er blieb fast aufrecht stehen und fasste in die Strahlen ihrer Aura hinein, die er mit hilflosen Bewegungen versuchte einzufangen. Ihr fielen vor Entsetzen fast die Augen aus dem Kopf. Hallo, Freundchen! Was machte er da? Welche Hinterwäldlerin hatte ihm denn den Umgang mit Magie beigebracht? Konnte er nicht mal eine Aura anzapfen?

»Andersrum«, wisperte sie ihm zu, während sie ihre Hand drehte und mit dem Finger die passende Bewegung zeigte. »Du musst sie von der Unterstrahlung her zu fassen bekommen, sonst klebt sie nicht!«

Endlich. Er bekam einen Strahl zu fassen und presste ihn mit der Geschicklichkeit eines Kleinkindes in seinen ersten Stab. Ihr kribbelte es vor Ungeduld schon in den Armen. Wenn er nicht bald fertig würde, blamierte er sich noch und sie gleich mit. Himmel! Sie konnte hier nicht stundenlang warten! Sie musste etwas tun! Sie fetzte eine ganz kleine Erdkugel neben ihre Füße. Der gesamte Fels erzitterte. Um sie herum donnerte es wie bei einem Erdbeben. Der Fürst schrak zusammen und blickte zu ihr herüber. Er war noch längst nicht fertig. Er hatte erst einen ganzen und einen halben Stab aufgeladen, aber das half nichts. Noch länger zu warten wäre peinlich.

»Fertig?«, rief sie halblaut zu ihm herüber. Sie sah seiner zusammengebissenen Miene an, dass er sich von ihr überfahren fühlte, aber er sagte nichts, sondern nickte nur.

Sie erbat eine Ladung kräftiger Erdstrahlung und knetete daraus eine mittelharte Erdkugel. Dann holte sie aus und schleuderte sie Silvrin entgegen, absichtlich langsam und mit so wenig Schwung, dass ein hoffnungsloser Anfänger eine Chance haben sollte, sie zu parieren. Silvrin schien sie gar nicht zu sehen. Er blickte in die falsche Richtung. Sie fühlte alle Kraft aus ihren

Adern rinnen. Das durfte nicht wahr sein. Konnte er gar nichts? Da, im letzten Augenblick duckte er sich und wich rückwärts. Die Kugel witschte an ihm vorbei und zerplatzte in der Luft, wobei sie tausend Lichterfunken in den Himmel warf.

Oh Mann. Das hier würde anstrengend werden. Aber noch simplere Kugeln konnte sie nicht nehmen, ohne dass das Publikum merken würde, dass hier etwas faul war.

Sie formte die Nächste und warf sie nach ihm. Diesmal sah er sie eher. Es gab einen schwachen Applaus. Weiter so!

Wenigstens schien er sich nun an ihre Art, Magie zu erzeugen, zu gewöhnen, und erkannte die Kugeln ohne Verzögerung. Das Zurückschießen ihrer Geschosse mit dem Schwert gelang ihm wesentlich besser als erwartet. Sie merkte, dass er dabei auf den Siegeszauber zurückgriff, den sie ihm gegeben hatte, denn seine Retourschüsse kamen gut gezielt und sogar erstaunlich gefährlich, sie musste sich bei der Abwehr direkt Mühe geben. Das war gut, sehr gut! Das Publikum ging sehr schön mit, jetzt klatschten und johlten sie zu ihren Füßen.

Sie pfefferte ihm eine Serie von Erdkugeln um die Ohren, dass es bald über seinem Kopf blitzte und donnerte, während er ihre Attacken ohne Fehler und auch ohne Mühe abwehrte. Ja, dachte sie, erhitzt von dem Gefecht, das macht Spaß! Ihren Kampfzauber wusste er geschickt zu benutzen. Das war etwas ganz anderes als ihre Spielchen mit ihrem Vater. Sie entsann sich, wie Smorkyn ihr erzählt hatte, Silvrin könnte sogar Mischkugeln zurückschlagen. Das musste sie ausprobieren. Also bat sie Agga diesmal um eine Kombination von Feuer- und Erdstrahlung. Sie bekam jedoch nicht sofort eine Antwort. Die Göttin schmollte.

Areshva wurde siedendheiß klar, dass dieser Kampf gar nicht nach Aggas Geschmack verlief.

»Du verschwendest massenhaft Energie«, hörte sie ihre Herrin maulen. »Was veranstaltest du für einen Kinderkram? Jetzt reicht´s! Hau ihm endlich eins auf die Nuss!«

Eine Gänsehaut kroch ihr über den Rücken. Areshva fühlte Schlingen von allen Seiten sich über ihrem Hals zuziehen.

»Keine Angst, großmächtige Agga«, schickte sie eine Rückmeldung zum Himmel, »du wirst dein Festmahl gleich bekommen! Hab nur noch ein klein wenig Geduld, weil ich das vorbereiten muss! Ich bitte dich, gib mir eine kräftige Ladung Feuer- und Erdstrahlung!«

Da dröhnte die Energie auch schon auf ihre Hände nieder. Sie fing sie ein, sammelte den größeren Teil um ihre Arme und vermischte den Rest zwischen ihren Händen, um daraus festere, weitaus schlagkräftigere Geschosse als vorher zu formen. Das erste warf sie wieder langsam, um zu sehen, ob Silvrin damit zurechtkommen würde. Er traf perfekt und donnerte die Kugel gegen einen kleinen Felsen zu ihrer Linken, von dem sie abprallte und in die Luft davonflog.

»Schlag meine Kugel auf mich zurück!«, zischte Areshva. »Oder kannst du nicht zielen?«

Sie fertigte eine weitere Erdkugel und warf sie auf ihn. Er schleuderte sie viel schneller auf sie zurück, als sie erwartet hatte. So entspann sich ein Schlagwechsel, den er mit dem Schwert und sie mit der bloßen Hand ausfochten. Allerdings konnte er seinen Kugeln mit dem Schwert weitaus mehr Schwung geben, als sie mit den Zauberstrahlen ihrer Hand bei ihren Kontern. Hin und her flogen die Geschosse, schneller und immer schneller, bald direkt, dann wieder indirekt über Felsen oder Bäume, die in der Nähe standen und bei Treffern zerbarsten oder splitterten. Es krachte und donnerte um sie herum, und da Areshva die Schärfe der Fluggeschosse erhöhte, vervielfachte sich bald auch das Getöse um sie herum. Sie hörte von unten, wie die Leute immer wilder zu schreien begannen.

Moment mal … Was riefen sie denn da?

Sil–vrin, Sil–vrin, skandierten sie laut, begeistert und mit grenzenloser Euphorie.

Sil–vrin! Sil–vrin!

Sie wollte ihren Ohren nicht trauen. Aha! So war das also. Sie wünschten ihm den Sieg - und ihr den Untergang. Und sie schrien mit solch ohrenbetäubender Lautstärke, dass sie die Stimme ihres Vaters gar nicht mehr heraushörte. Dumpfer Ärger kroch ihr den Nacken hinauf. Bildeten die Dummköpfe sich etwa ein, er hätte eine Chance gegen sie? Ha, ha! Das war ja wohl ein Witz! Wieso hielten sie es mit ihm, sie kannten ihn doch gar nicht? Tja, aber die Darghessaner kannten natürlich Areshva. Und es war nicht anzunehmen, dass man sie in dieser Provinz besonders mochte, nach ihren jüngsten Attentaten auf den Tempel und auf die Stadt. Sie würden wohl jeden lieben, der es wagte, Areshva zu attackieren. Und der auch noch so fantastisch gegen sie mithielt.

Na schön, sie konnte verstehen, dass die Leute Silvrin liebten. Aber sie sollten nicht wagen sich einzubilden, dass er hier etwas zu melden hatte!

Ich könnte diesen Kampf innerhalb von einem Augenblick beenden. Das solltet ihr wissen. Das solltet ihr auch würdigen, verdammt noch mal! Ich kann mich nicht von einem verblödeten Publikum verhöhnen lassen!

Sie veränderte die Zusammensetzung der Strahlung und formte neue Kugeln. Jetzt schlug sie eine schwarzglühende Giftkugel zu Silvrin hinüber, diesmal mit ihrem Schwert. Und mit so hoher Geschwindigkeit, dass er sie fast nicht erwischt hätte. Mit knapper Not schaffte er es, sie von sich wegzuschlagen, geriet dabei jedoch ins Straucheln. Silvrin schwankte, stand aber gleich darauf wieder fest auf den Beinen. Und das war nur gut, denn jetzt sauste schon der nächste Blitz gegen ihn. Diesmal parierte er ausgezeichnet und schon raste die gelbe Flamme auf Areshva zurück, die jetzt ebenfalls ins Schwitzen kam und die Kugel nicht mehr gut genug traf, um sie wieder zurück zu pfeffern. Plötzlich war aus dem Spiel Ernst geworden. Areshva ballerte auf Silvrin los und sie sah genau, wie er um sein Leben sprang und schlug und doch keinen einzigen Fehler machte. Im Gegenteil konterte er so gut, dass er sie noch selbst tanzen und schwitzen ließ. Das alles fing an brenzlig zu werden. Sie sollte lieber abbrechen, bevor etwas passierte, das ihr leidtun könnte. Die Angst davor drückte ihr schwer auf die Brust. Sie konnte kaum atmen.

»Der Fürst von Aravenna, er soll leben!«, kreischte jemand hysterisch.

»Tötet sie! Ja! So! Bravo, bravo!«

»Sil–vrin! Sil–vrin! Sil–vrin!«

Es gelang ihr nicht, das Geschrei zu ignorieren. Warum jubelten sie die ganze Zeit für ihn? Sie war diejenige, die diesen Kampf hier dirigierte! Von ihr würde es abhängen, wie er ausging!

Der Gedanke an die Leute da unten hatte sie abgelenkt, da bekam sie die Quittung für ihre Unaufmerksamkeit. Ein Kugelblitz sauste in Richtung ihrer Schulter und traf nur deshalb nicht, weil ihr Schutzzauber ansprang und ihn wegschleuderte. Das Echo auf diesen Fast-Treffer war gewaltig. Aus tausend Kehlen formte sich ein einziger Schrei, dem ein unbeschreibliches Pfeifen, Trommeln und Jubeln folgte. Heiß wallte ihr die Wut über den Rücken. Also für so einen fabelhaften Kämpfer hielten sie ihn! Da sollten sie doch mal sehen, wie er mit einem schweren Geschoss zurechtkam. Sie knirschte mit den Zähnen und begann damit, eine Ladung von Luftstrahlen auf ihre rechte Hand zu ziehen. Ihr Vater würde diese Kugel nicht sehen können, das wusste sie, weil sie schon mit ihm alle möglichen Übungen gemacht hatte. Sie vermutete daher, dass Männer generell Himmelsmagie nicht erkennen konnten. Jetzt würde das dumme Publikum merken, wie überlegen sie war.

Areshva schleuderte die neue Kugel auf ihn zu, doch er traf sie an der Kante und sie knallte zur Seite weg.

Er konnte Luftstrahlen sehen? Na schön, wenn er so gut war, dann noch eine!

Sie zielte genau. Ihr Geschoss erwischte ihn an der Stirn und schleuderte ihn rückwärts. Er stürzte nach hinten, fiel über einen Stein, überschlug sich und blieb mit dem Gesicht auf dem Erdboden liegen.

Ein ohrenbetäubendes Geheul überflutete den Felsen und umtoste Areshva. Sie war wie betäubt. Die Geräusche um sie herum erklangen seltsam gedämpft, weil es in ihrem Kopf so dröhnte, als ob er platzen wollte.

Er hat die Luftstrahlung doch nicht gesehen. Er hat blind geschlagen. Er hat Glück gehabt bei meinem ersten Schlag, dachte sie panisch. Verflucht, sie hatte es doch gewusst. Sie hätte so nicht schlagen dürfen!

Ihre Beine waren weich wie Butter. Sie starrte zu ihm herüber.

»Steh auf«, flüsterte sie drängend.

Er lag da wie tot. Sie hielt es nicht aus, rannte zu ihm, kniete bei ihm nieder und drehte ihn mit einem kleinen Luftzauber auf den Rücken. Eine tiefe Wunde auf der Stirn klaffte ihr entgegen, sein Gesicht war blutüberströmt. Das Blut sickerte ihm in die Haare und über die Wangen. Er atmete flach und sehr schnell. Der Anblick fuhr ihr durch Mark und Bein, ihr wurde eiskalt. Hastig suchte sie in ihren Taschen nach einem Tuch, mit dem sie das Blut aus der Wunde an der Stirn stillen könnte, aber sie hatte keines. Ihre Gedanken fingen an zu rasen. Wie sollte sie ihm helfen? Die fürchterliche Wunde an der Stirn sah nach einem Todesurteil aus. Sie müsste ihn auf der Stelle zu den Heilerinnen nach Rheskali schaffen, wenn er das überleben sollte. Davon war natürlich in ihrer jetzigen Lage nicht zu träumen.

TÖTE IHN, hörte sie wie aus weiter Ferne Agga kreischen. Die hohe Seele … der Olymp …

Es hätte leicht sein können, sie saß so nah bei ihm. Aber der Gedanke an seinen Tod stach ihr so tief in die Brust, als würde er sie selber treffen. Nein, nicht so, nicht jetzt, sie würde es nicht ertragen. Er musste am Leben bleiben, aber wie?

Da durchzuckte sie ein Gedanke. Hatte sie nicht noch etwas von der Soralisse, die Silvrin selber damals für sie besorgt hatte? Hastig griff sie nach dem kleinen Beutel, der an ihrem Gürtel hing, und fummelte mit zitternden Händen den Inhalt heraus. Viel hatte sie nicht mehr - vier grüne Blattreste, alle zerknittert und eingetrocknet. So weit sie wusste, wirkten sie nur im feuchten Zustand, weshalb man sie gern mit Salbe einrieb. So etwas schleppte sie leider nicht mit sich herum. Ob es auch mit Spucke ging? Sie leckte die Blätter an und klebte sie nacheinander auf die klaffende Wunde, wo sie sie festhielt, damit sie nicht gleich davon schwammen. Nicht lange, da saugte seine Haut sie an, nach innen. Der Blutstrom versiegte und das Grün der Blätter wurde zu einem skurrilen Violett. Mehr geschah jedoch nicht. Sein Gesicht war totenblass und seine Augen wirkten so still, als würde er sie nie wieder öffnen. Seinen Atem konnte sie kaum hören. Sie hatte ein Gefühl, als ob ihr Herz verbrannte.

Ihre rechte Hand verirrte sich in seine schönen goldenen Haare. Sie waren seidenweich. Er war der fantastischste Mensch im ganzen Universum, und sie hatte ihn abgeschossen. War sie verrückt geworden? Wollte sie das Beste vernichten, das diese Welt zu bieten hatte? Welchen Sinn hatte ein Leben, in dem es ihn nicht mehr gab?

»Wach doch auf, Silvrin«, flehte sie inbrünstig. »Ich hab das nicht gewollt! Agga, hilf mir! Ich weiß, dass das nicht … Ich bin verzweifelt! Bitte!«

Sie bekam keine Antwort.

Mit brennenden Augen starrte sie den Verletzten an. Die Wunde an seiner Stirn schrumpfte Stück für Stück und sah schon nicht mehr so schrecklich aus. Er schien sich zu stabilisieren. Er atmete nun auch ruhiger. Er würde leben.

Ihr wurde plötzlich bewusst, wie herrlich die Sonnenstrahlen um sie herum leuchteten. Er war hier die Sonne. Sie durfte nie wieder so einen Schlag gegen ihn tun. Sie erzitterte, als ihr klar wurde, wie viele extrem gefährliche Kugeln sie im Verlauf des Gefechts auf ihn abgefeuert hatte und dass er durchaus schon ein paar Mal hätte tot sein können, wenn er sie nicht so gut pariert hätte.

Wenn sie ihn doch am Leben lassen könnte! Vielleicht konnte sie das? Ein Duell endete mit dem Tod einer der Gegner. Sie konnte einfach so tun, als wäre er bereits tot. Und sie konnte andere umbringen an seiner Stelle. Egal. Selbst wenn es zehn sein müssten oder zwanzig, wen interessierte das. Es musste eine Möglichkeit geben, sich die Macht mit anderen Seelen zu verschaffen. Dann eben in größerer Menge, wenn die Qualität der einzelnen zu schlecht war.

Sie stand auf. Erst jetzt wurde ihr klar, dass es zu ihren Füßen totenstill geworden war. Das Publikum verstummte, wo eben noch die Menge getobt hatte. Denen habe ich die Hoffnung genommen, die sie hatten, dachte Areshva und spürte, wie sie wiederum eine Welle von Ärger durchströmte. Aber nicht lange. Sie konnte sich jetzt nicht darum kümmern, dass dieses Pack Silvrin vor ihr bevorzugte. Wichtig war nur, dass sie ihn hier lebendig herausbekam. Sie trat nach vorn und schrie: »Das war´s für heute. Geht nach Hause, Leute!«

»Wo ist denn der Scheißkerl?«, hörte sie eine begeisterte einzelne Stimme brüllen. Sie erkannte sie sofort, das war Wukur. »Wirf die Leiche vom Felsen herunter, Areshva!«

»Was willst du mit der Leiche, bist du ein Geier, der sich von Aas ernährt?«, schrie Areshva zurück. Sie begann zu zittern. Der verdammte Plan würde nicht aufgehen, wenn Wukur keine Ruhe gab! Das durfte sie nicht durchgehen lassen.

Im nächsten Moment kletterte Wukur rechts von ihr auf den Felsen herauf. Mit schnellen Schritten ging er auf sie zu. Areshva ließ ihn ein kleines Stück näherkommen, gerade weit genug, dass er Silvrins totenblasses Gesicht, die blutüberströmte Stirn und das über Wangen und Nase herunterrinnende Blut sehen konnte. Dann trat sie ihm in den Weg und fauchte: »Das hier ist mein Kampf und mein Triumph, Wukur! Verschwinde!«

»Ich will mir den Mistkerl angucken! Ist wohl nicht zu viel verlangt?«

»Doch!«, schrie Areshva außer sich. »Runter vom Felsen mit dir!«

»Bist du verrückt? Warum schreist du so? Ich will …«

»Es interessiert mich nicht, was du willst! Du sollst verschwinden, weil ich noch nicht fertig bin!«

Wukur wollte schon antworten, aber er verstummte plötzlich und starrte auf etwas, das sich hinter Areshvas Rücken befinden musste. Areshva fuhr herum, um zu sehen, was es war. Da stand Silvrin. Aufrecht. Er war wieder aufgestanden, hielt sein Schwert in der Hand und funkelte sie an.

»Ich habe auch das Gefühl, als ob wir noch nicht fertig wären«, brachte er mit erstickter Stimme hervor. Er bot einen grässlichen Anblick, hatte sich mit einem Arm über das Gesicht gewischt und dabei das Blut überallhin verteilt. Außerdem blutete die Wunde an der Stirn jetzt wieder. Er starrte Areshva an, aber nun war es nicht mehr Wut, die in seinen Augen glomm, sondern Hass. Dumpfer, brennender Hass.

## Um Leben und Tod

Um die Felsen herum brandete der gewaltigste Jubel auf, den Areshva jemals gehört hatte.

»Was ist das eigentlich heute für ein Kampf?«, fragte Wukur lauernd. »Wann sprengst du ihm endlich den Arsch? Willst du dich vor ganz Darghessa blamieren?«

»Was geht dich das denn an?« Areshva zog ihr Schwert und ließ es Flammen schlagen. »Hau ab, du dreckiger Mistkäfer!«

Wukur schien davon nicht beeindruckt.

»Smorkyn schäumt schon vor Wut, das kannst du dir vorstellen, oder?«, grollte er. Erst als sie zischend auf ihn losschlug, zog er sich schnell zurück und stieg den Felsen wieder herunter.

Als er aus ihrem Blickfeld entschwunden war, hörte Areshva Silvrin spotten: »Rührend, wie er sich um deinen guten Ruf sorgt. Ein wahrer Kavalier. Dein Deckhengst, nehme ich an.«

Sie blieb stocksteif stehen. Plötzlich konnte sie sich selbst nicht mehr verstehen. Sie war kurz davor gewesen, sich auf Wukur einzulassen, auf diesen Betrüger – welche Verirrung! Ganz besonders, wenn sie ihn mit Silvrin verglich. Wie wäre es wohl gewesen, hätte der Parva sie zuletzt in ihrem Turmzimmer besucht, und nicht Wukur?

*Was für Gedanken.*
Silvrin war furchtbar blass und sah aus, als ob er jeden Moment umfallen könnte. Helles Entsetzen ergriff sie. Und sie hatte geglaubt, sie wäre aus der Zwickmühle entronnen. Keinesfalls! Als ob die Götter ihr nicht erlauben wollten, ihn zu verschonen! Aber sie musste einen Weg dazu finden.

Verdammt.

»Tötet sie, Silvrin! Tötet sie!«, schrie jemand von unten aus der Menge, und jetzt gerieten die Leute außer Rand und Band. Sie schrien, tobten, johlten, pfiffen und kreischten wie im Wahn seinen Namen.

»Du bist gerade dabei, berühmt zu werden, Silvrin«, sagte Areshva, ohne den Blick von ihm zu wenden. »Hörst du, wie sie dich da unten feiern?«

»Es ist mir komplett egal, was da unten geschieht«, erwiderte Silvrin mit zusammengebissenen Zähnen. »Nun? Wolltest du mir nicht den Arsch sprengen, wie dein Freund so treffend sagte?«

Areshva wurde es heiß und kalt abwechselnd. Schon der Gedanke daran, den Kampf wieder aufzunehmen, ließ ihr die Hände zittern. Nein! Es war genug. Niemand konnte sie zwingen. Sie würde selbst bestimmen, wen sie tötete. Sie würde irgendeinen Ersatz aus dem Zuschauerraum bombardieren. Und damit Agga sich zufriedengab, würde sie Qualität durch Menge kompensieren. Sie würde nicht einen, sondern zehn opfern. Das sollte auch etwas bringen und wenn sie Glück hatte, würde es reichen.

»Ich geb dir eine Chance«, sagte sie schnell. »Ruf zehn von deinen Leuten hier hoch.«

»Soll das eine Chance sein? Warum verlangst du das?«

»Darum! Halt einfach den Mund und stell keine blöden Fragen!«

Er hielt inne und starrte sie an. Als ob er etwas an ihr gesehen hätte, das ihn wunderte. Aber er sagte nichts.

Ihre Unruhe stieg ins Unermessliche. Er sollte jetzt keine Fragen stellen, die sie nicht beantworten durfte. Begriff er nicht, dass er von ihrer Gnade abhängig war?

»Ich rate dir zu tun, was ich sage«, drohte Areshva.

Er regte sich jedoch nicht von der Stelle. Es kam ihr vor, als ob sie beide darauf warteten, dass jemand sie aus dem Unheil erlöste, in dem sie gefangen waren. Die Menge zu ihren Füßen ereiferte sich immer mehr. Pfiffe und Schreie gellten zu ihnen hoch, und als es in diesen Hexenkessel zu dampfen begann, als ob er gleich überkochen wollte, verlor sie die Nerven und rief wütend: »Du sollst Leute hier hochholen, verdammt noch mal! Hast du es nicht begriffen, dass du ansonsten tot bist? Ich schneide dir das Herz aus dem Leib, wenn du mir nicht gehorchst!«

Er stellte zur Antwort sein Schwert mit der Spitze auf den Boden und trat mit dem Fuß dagegen, so dass es umkippte.

»Gut«, sagte er und sah ihr mit starrem Blick direkt ins Gesicht. »Dann schneide mal. Leute werde ich dir nicht hochholen. Dies ist eine Angelegenheit zwischen dir und mir.«

»Verflucht!«, schrie Areshva außer sich und spürte, wie der Schweiß ihr in Strömen die Arme herunterlief. »Nimm dich in Acht! Soll ich dir zeigen, was ich eigentlich kann?«

»Ich hab Fantasie genug, um es mir vorzustellen«, sagte Silvrin, immer noch ruhig und mit eiskalter Stimme. »Aber wenn du es für notwendig hältst, bitte schön.«

Areshva war schon nicht mehr imstande, klar zu denken. Der Kerl brachte sie um den Verstand. Warum wollte er sie vor dem Publikum demütigen? Warum sah er nicht ein, dass ihre Lage schon schwierig genug war?

Sie konnte auf ihr Opfer nicht verzichten. Sie musste Macht erobern! Sie musste töten, um ihr Ziel zu erreichen! Wenn er sich weigerte, aus der Ziellinie zu gehen, dann wäre er dran. Verflucht, das musste er doch kapieren. Sie musste es ihm zeigen.

»Na dann pass mal auf!«

Areshva klappte ihre Flügel auseinander und breitete sie in voller Länge aus. Sie verstärkte die dünne Flügelhaut mit extra Federn, verlängerte Sehnen und Muskeln und entzündete magisches Licht darüber. Dann schwang sie sich mit ein paar kräftigen Flügelschlägen in die Luft, bis sie gut fünf Meter über ihrem Gegner flog wie ein riesiges schwarzes Ungeheuer, aus dessen Rücken meterhohe Flammen schlugen. Sie formte eine Feuerkugel, eine von der Dimension einer kleinen Kutsche, und lenkte sie genau in die Mitte der beiden aneinandergelehnten Duellfelsen - nur wenige Schritte von Silvrin entfernt. Der Treffer knallte tief in das Plateau hinein, durchtrennte die Felsen, rasselte durch sämtliches Gestein und wummerte unten ins Erdreich, wo er eine metertiefe Spalte aufriss. Die gesamte Ebene bebte. Eine gigantische Staubwolke wallte hoch und hüllte Himmel und Erde in eine undurchsichtige Decke ein. Geraume Zeit konnte Areshva nicht die Hand vor Augen sehen, sie hörte nur das Geheule und Gekreische der Menschenmenge.

Als sich die Sicht wieder aufklarte und sie sich Staubreste aus den Augen gerieben hatte, blickte sie nach unten. Silvrin war ein Stück rückwärts gelaufen. Dadurch stand er jetzt näher am äußeren Teil des Felsens, wo sich die aravenischen Zuschauer versammelt hatten. Sie zielte auf das Plateau hinter seinem Rücken und ließ die nächste Bombe herabkrachen. Das Felsstück explodierte und stürzte abwärts, was panische Schreie in der Zuschauermenge verursachte. Zersprengte Felsenteile regneten herab, wieder stieg eine Staubwolke in den Himmel. Ha! *Siehst du es jetzt, Silvrin? Siehst du, wie gut ich bin?* Sie wartete nicht ab, bis sich der Staub der Explosion verzogen hatte, sondern warf bereits die dritte Bombe. Diesmal weit links neben ihn. Dann sprengte sie den Steinboden auf seiner rechten Seite, so dass er von Schluchten umgeben war und springen musste, um auf einen Teil des Plateaus zu gelangen, auf dem er sich wieder freier bewegen konnte. Sie flog ihm hinterher und ließ die nächste Feuerkugel herabknallen. Sie zerschoss den Duellfelsen immer weiter, ballerte eine Schneise hinein, zerhackte Steinhügel. Sie zwang Silvrin, hierhin und dorthin zu springen. Felsbrocken schleuderten durch die Luft. Dampf und Staub wirbelten in die Höhe, Menschen kreischten und brüllten. Sie hörte Agga ekstatisch schnaufen: »Endlich! Weiter so, weiter so!«

Stählerne Kraft schoss in ihren Körper. Ihre Muskeln wurden zu Drahtseilen. Agga pumpte Energie in sie hinein, rasende, unermessliche Strahlenmeere.

Ha, ha! Seht mich an, ihr Ameisen! Die *Schwarzen Felsen* sind für mich nicht nur Kieselsteine, wütete es in Areshvas Kopf. Spielzeug, das sie nach Belieben kleinschlagen konnte.

Sie ließ Strahlen aus ihren Fingern sausen und formte sie zur Größe eines Mühlrades. Dann schwang sie dieses über sich. Sie fühlte sein Gewicht auf ihren Händen lasten, aber in ihren Armen toste grenzenlose Kraft und sie stemmte es ohne große Mühe. Nur ihre Flügel konnten das Gewicht nicht halten, so dass sie ein gutes Stück abwärts sackte.

»Hast du meine Flügel nicht aufgeladen, Agga? Gib mir Drachenschwingen!«, rief sie ihre Göttin an.

Da spannten diese sich weit auseinander. Sie wurden fest und grün und vervielfachten ihre Länge. Und Kraft war darin, dass sie sämtliche Felsen unter sich wohl auch mit den Flügeln zerschlagen könnte! Gigantisch. Sie lachte begeistert. Ich bin eine Göttin im Vergleich zu euch, dachte sie, während sie die Zuschauer unter sich, klein wie Ameisen, kreischen und toben hörte. Von dem Areal, wohin ihr Gestein seinen Schatten warf, flüchteten sie in alle Richtungen. Mit einem federnden Schwung schleuderte sie den Steinblock genau auf die Stelle, die eben noch voller Menschen gewesen war. Entsetzensschreie gellten zu ihr hoch. Seht ihr meine Kraft, seht ihr?

Silvrin stand unter ihr und blickte zu ihr hoch, die Hände zu den Seiten ausgestreckt, denn er balancierte auf einem schmalen Felsstück, das von ihrer letzten Attacke gerade noch übrig geblieben war. Der Anblick brachte sie schlagartig zur Besinnung. Sie musste ihm Zeit geben, wieder zum weit rechts liegenden Hauptplateau oder dem kümmerlichen Rest zurückzugehen, der von dem linken Plateau noch existierte, sonst würde ihn ihre nächste Attacke in den Abgrund schleudern.

Die Erregung in ihren Adern schwoll an. Agga war unersättlich, sie pumpte Areshva voll mit Energie. Es fühlte sich an, als würden sämtliche Gefäße in ihrem Inneren platzen, wenn sie diese Strahlung nicht auf der Stelle in Feuerkugeln umwandelte.

Nicht gegen Silvrin, dachte sie krampfhaft.

Sie durfte jedoch auch nicht einfach blind in die Zuschauermenge knallen, weil Smorkyn da irgendwo stand. Also schoss sie auf die Zuschauerseite ihrem Vater gegenüber. Es gab einen Donnerschlag, der den gesamten Erdboden erzittern und den schmalen Felsen schwanken ließ, auf dem Silvrin stand. Er kam aus dem Gleichgewicht, beugte sich vor und wieder zurück. Mehr sah sie nicht, denn über dem Einschlag war eine Staubwolke entstanden, die im Nu alles um sich herum verschlang - Felsen, Zuschauermassen, und sogar Areshva hoch in der Luft wurde in ein Staubbad getaucht.

Aggas »Mehr, mehr!« jodelte immer lauter in ihrem Kopf. Die Göttin hörte nicht auf, sie mit Energie vollzudröhnen. Es war genauso wie zuletzt in Darghessa. Da hatte sie sich über Wukur geärgert, sie hatte vor Wut eine kleine Feuerkugel gegen ein Brett geknallt, dann hatte Agga sie vollgepumpt mit Energie, und … Sie hatte überhaupt nicht mehr kontrollieren können, was sie machte. Sie hatte pausenlos attackieren müssen, um von der Energiemenge nicht zu explodieren.

Genau dort war sie jetzt wieder. Sie konnte nicht aufhören. Sie musste weiter schießen. Weiter! Weiter! Weiter!

War Silvrin noch am Leben? Würde er abstürzen?! Sie sah noch immer nichts als Staubwolken um sich herum. Die magische Energie pumpte sie auf, so dass es sich anfühlte, als schwoll ihr Körper auf die doppelte Breite an und als heizte er sich auf wie ein Dampfkessel. Aber sie musste den Impuls weiterzuschießen um jeden Preis unterdrücken, auch wenn er immer stärker wurde. Sie wollte Silvrin nicht erwischen!

Wo war er überhaupt?

Aus einem Nebenstrahl erschuf sie ein Leinentuch, in einer Größe, dass es ein Haus hätte zudecken können, versteifte es und ließ es etwa in die Richtung fliegen, wo sie die Schluchten zu Silvrins Füßen vermutete. Damit es ihn auffangen könnte, sollte er fallen.

Gleich würde sie platzen! *Schießen, schießen, jetzt!*

Aber sie durfte nicht, sie könnte ja Silvrin erledigen. Es tat richtig weh, sich so zu bremsen. Der Schlag, den sie in ihrer Faust festhielt, brannte wie Feuer in ihren Fingern.

Ihr war so heiß, dass ihr der Schweiß in Tropfen über die Stirn rann. Sie konnte nicht länger in der Luft bleiben.

Das ständige Flügelschlagen verschlimmerte diesen Zustand nur. Sie wusste zwar nicht, wo sie eigentlich landen sollte in dieser Staubwolke, aber da würde sich schon was finden.

Jetzt lösten sich die Schwaden glücklicherweise auf. Sie erkannte hier und dort Felsrudimente. Drüben war der Restfelsen und darauf gab es genug Platz. Sie flog hinüber und landete. Die Flügel ließ sie jedoch aufgeklappt, um schneller an Hitze zu verlieren.

Wo war Silvrin? Sie sah ihn nicht!

Ein tiefer Schrecken ergriff sie, der sie so überwältigte, dass er für einen Moment sogar Aggas Rufe erstickte. Sie rannte bis an den nächstgelegenen Felsenrand und spähte hinunter. Da hing noch ihre Riesendecke, die einen großen Teil der Schlucht abdeckte.

Leider nicht komplett. Ihre Lungen schnürten sich so zusammen, als könnten sie die Luft nicht mehr aufnehmen. Sie rang nach Atem. War das das Ende?

»Agga! Hilf mir! Hilf ihm!«

Die Antwort der Göttin auf diese unpassende Bitte kam sofort. Sie zog die komplette Zauberkraft von Areshva ab, die plötzlich leer vor ihr stand wie ein Gefäß ohne Inhalt. Ein Gefühl wie der Tod. Sie war nicht mehr sie selbst, sie war ein Schatten. Eine schwache, wertlose Waldhexe, wie es Hunderte andere gab.

Hinter ihr eine Stimme.

»Suchst du etwas?«

Sie wirbelte herum.

Silvrin stand direkt hinter ihr und schien sogar richtig gute Laune zu haben, denn er grinste sie an. Das verschlug ihr erst den Atem und dann auch noch die Sprache.

Oh! Er lebte!

»Netter Teppich, übrigens«, sagte er freundschaftlich, und blickte in Richtung der Schlucht, wo eben noch die magische Leinendecke gewesen war. Diese löste sich aber gerade zusammen mit Areshvas Zauberkraft wieder auf.

Und in diesem Moment schoss Aggas gesammelte Energie mitsamt der Höllenhitze auf Areshva zurück.

»Und jetzt enttäusch mich nicht wieder«, hörte sie Agga knurren. »Töte ihn! Zerschmettere ihn! Verhackstücke ihn, und selbst den allerhöchsten Zielen steht nichts mehr im Wege!«

Nicht ihn, schickte Areshva in Gedanken ein Stoßgebet zu ihrer Göttin. Ich bringe dir Ersatz. Es sind genug Zuschauer hier, du kannst sie dir raussuchen! Du bekommst zehn anstatt einem!

»Nein!« Aggas Schrei zersprengte ihr fast die Ohren. »Hast du nichts kapiert? Wir brauchen *seine* Seele! Irgendwelche Müllseelen bringen dich nicht hoch! Das habe ich dir tagelang eingebläut, raffst du denn überhaupt nichts? Los jetzt, töte ihn, du dumme Gans, du Versagerin!«

Ein neuer Schwall Energie brachte ihren Körper zum Brennen. Wollte Agga sie umbringen? Die Luft flimmerte ihr vor den Augen. Als stünde sie in einem Feuer, das sie verzehren wollte. Alles an ihr brannte, ihr Gesicht, ihre Hände, es fühlte sich an, als bildeten sich dort dicke, ätzende Brandblasen. Erst als sie begann, das Schwert ein wenig zu schwingen, wurde die Luft kühler, schienen sich die Flammen zu entfernen. Sie war gezwungen, immer heftiger zu fechten, um nicht zu verglühen. Das Feuer tanzte auf der Klinge. Da hatte sie es schon begriffen. Es gab kein Entkommen. Agga würde sie zwingen.

Silvrin wurde unnatürlich blass im Gesicht, und der Ausdruck in seinen Augen verdunkelte sich. Er musste ihr wohl angesehen haben, dass sie von diesem Moment an ernsthaft angreifen würde und dass es danach nicht mehr all zu viele Momente für ihn geben würde.

Sein eigenes Schwert lag nahe des Hochfelsens in der Mitte. Er holte es sich, dann positionierte er sich in Verteidigungshaltung. Lauernd, tief in den Knien und hoch konzentriert verfolgte er jede ihrer Bewegungen. Er musste wissen, was gleich kommen würde, aber er machte keinen Versuch mehr, mit ihr zu reden. Er flehte auch nicht um Gnade.

Neue Hitze loderte durch all ihre Poren und sie verbiss sich nur mit Mühe einen Schmerzensschrei. Ruckartig schwang sie ihr Schwert und stürmte auf ihn los. Feuerschlangen umzüngelten ihre Klinge und hinterließen brennende Schleier. Innerlich brannten ihre Eingeweide und sie zitterte vor dem Angriff, dem sie nicht ausweichen konnte. Da sprang er an sie heran und schlug nach irgendwelcher Nebenstrahlung, die er wohl mit der Hauptstrahlung aus ihrem Schwert verwechselte. Sie hätte nur einmal ihre Klinge anticken müssen, um ihn zu vernichten, aber sein Anblick lähmte sie, ihre Arme waren wie Blei. Er war so ein hübscher Kerl, dass er sie schon verwirrte, wenn sie ihn nur ansah. Jetzt hatte er die Lippen zusammengekniffen, seine blonden Haare flogen wirr in alle Richtungen, er sah toll aus. Areshva stand völlig neben sich, sie spürte es entfernt. O du gütige Göttin. Sie durfte es nicht länger hinauszögern, es wurde immer schlimmer. Ihr war so elend zu Mute, dass sie hätte heulen können. Sie holte aus zur nächsten Attacke.

Er duckte sich tief und erwartete ihren Angriff. Sie schlug schon nach ihm, als sie ihn noch gar nicht erreicht hatte. Ihr Schlag rasselte weit links an ihm vorbei. Diesmal bildeten die Feuerschlangen, die aus dem Schwert schossen, eine Druckwelle und krachten so in das Gestein hinein, dass sie es zu Silvrins Linker meterweit aufsprengten. Das Felsenmassiv erzitterte unter dem Schlag. Silvrin wäre bei dem heftigen Erdbeben beinahe gefallen, fing sich aber gleich. Sie schlug noch ein zweites Mal, diesmal in die andere Richtung, wieder weit an Silvrin vorbei, wieder tanzte die Erde unter ihr. Pech und Schwefel! Sie war verzweifelt. Es war so verflucht schwer, auf ihn zu schießen. Aber es musste sein! Agga pumpte so irrsinnig Energie in sie hinein, dass sie schon vor Hitze kochte. *Es muss sein. Ich muss. Muss Opfer bringen.* Das Hemd klebte ihr am Rücken. Ihre Hände waren so schwitzig, dass sie sie immer wieder abwischen musste, damit sie überhaupt das Schwert festhalten konnte.

Einen dritten Feuerschwanz ließ sie in die Luft hinein knallen. Eine riesige Feuerwolke explodierte über ihren Köpfen und hüllte den Felsen in dichten Qualm. Sie sah nichts mehr außer Rauchwolken um sich herum.

Jetzt, schoss es ihr durch den Kopf. Jetzt muss ich ihn schlagen, wo ich ihn nicht sehe, sonst bringe ich es niemals fertig. Sie verkrampfte ihre Hand um den Knauf ihres Schwertes und ging in die Richtung, wo sie ihn wusste. Gerade in diesem Moment aber trieb der Wind den Qualm ein Stück davon, und sie konnte seine Silhouette wieder erkennen. Die Augen schließen … Ich darf ihn nicht sehen, dachte sie fieberhaft. Sie rannte vorwärts. Ihre Augen wollten nicht gehorchen, sie sah ihn sogar ganz klar, sein verzerrtes Gesicht, seine verstaubten blonden Haare.

Sie ging mit erhobenem Schwert auf ihn zu. Sie sah, wie er rückwärts stakste und seine Waffe auf sie richtete, ohne zu wissen, wie er sich gegen diese Feuerschläge verteidigen sollte. Deutlich sah sie die blutrote Marke auf seiner Stirn und das geronnene Blut auf seiner Wange. Sie konnte ihn nicht attackieren. Doch sie ging weiter, langsam und mit schleppenden, widerstrebenden Schritten. *Jetzt. Jetzt! Angriff!* Ihr Schlag sauste durch die Luft, ohne etwas zu treffen. Sie war immer noch zu weit von ihm entfernt. Sie kam aus dem Tritt, fing sich aber sofort und setzte ihren Weg fort. Unerbittlich. Er stand regungslos da, hielt sein Schwert ihr entgegen, als ob er sich dahinter verstecken könnte. Gleich hatte sie ihn. Jetzt! Sie holte aus – es fühlte sich an, als ob ihr Herzschlag aussetzte. »Agga! Gib mir Kraft!« Entschlossen sprang sie vorwärts, erschrak aber im gleichen Moment vor sich selbst und riss ihr Schwert in die Höhe.

Kaltes Eisen zerriss ihre Brust. Ein brüllender Schmerz durchfuhr sie. Sie bekam keine Luft mehr. Silvrins Gesicht vor ihr fing an sich zu drehen. Es wirbelte und vermischte sich mit Himmel und Felsen. Ohrenbetäubendes Geschrei erklang. Luft … keine Luft! Sie rang keuchend nach Atem. Silvrins Stimme klang über ihr wie aus weiter Ferne.

Dann wurde es Nacht um sie herum.

# Zwei Boten

Ein ohrenbetäubender Jubel donnerte um die *Schwarzen Felsen* herum und hallte bis in den Himmel hoch. Silvrin stand da mit erhobenem, blutverschmiertem Schwert und brauchte eine Ewigkeit, um zu realisieren, dass der Kampf beendet war. Prinz Koryelan rannte zu ihm, nahm ihm die Klinge aus der Hand, fiel ihm um den Hals und weinte vor Erleichterung. Das brachte Silvrin zur Besinnung. Er machte sich los. Ihm flimmerte alles vor den Augen, die Gestalt der Zauberin erkannte er nur unscharf vor sich. Sie lag blutüberströmt zu seinen Füßen. Sie hatte sich derartig in ihren Flügeln verheddert, dass ihr Körper längs auf einem zerbrochenen Flügelknochen hing. Der zweite Flügel stak zerrissen in die Luft, sah mit der Flügelhaut daran aus wie eine Fahne im Wind. Ihr Kopf fiel rückwärts nach unten und die Haare flatterten bis auf den Boden.

»Hol die Kräuterhexen her«, stammelte Silvrin vollkommen außer sich.

»Bist du verletzt?«, fragte Koryelan, während er sich die Augen wischte und mit einem unpassenden Lachanfall kämpfte, den er nicht unterdrücken konnte.

»Hol die Kräuterhexen!«, brüllte Silvrin ihn an. »Schnell, schnell!«

In respektvoller Entfernung unterhalb des Hochplateaus hatten sie sechs Heilerinnen platziert, die ursprünglich die Aufgabe gehabt hatten, sich direkt nach dem Finale um Silvrin zu kümmern und ihn zu retten, soweit möglich. Doch das war nun gar nicht notwendig. Seine Gegnerin hingegen befand in kritischem Zustand. Die Hexen waren nicht begeistert, als Silvrin ihnen verordnete, sie sollten sich um Areshva kümmern.

Er nahm Koryelan beiseite.

»Ich hätte es wissen sollen«, sagte er mit flatternder Stimme. »Ich weiß nicht, was ihr in den Kopf gefahren ist, aber sie tut alles, um mir ein Forum zu geben. Damals bei der Brücke hat sie mich einen kleinen Kampf gewinnen lassen und heute schafft sie mir eine Bühne vor dem ganzen Land und sorgt dafür, dass ich einen großen gewinne.«

Koryelan wedelte ihm mit der Hand vor den Augen herum.

»Was ist mit dir denn los? Silvrin, du glaubst doch nicht, dass sie sich von dir töten lässt, nur damit du einen Kampf gewinnst?«

»Hast du es denn nicht selbst verfolgt? Koryelan, ich konnte doch schon nichts mehr machen. Sie ist mir in voller Absicht direkt ins Schwert gerannt.«

»Völliger Blödsinn! Jetzt beruhige dich, mein Freund. Sieh die Wurzel da drüben. Ich wette, sie ist darüber gestolpert und dir ins Schwert gefallen. Die Wurzel hat dir das Leben gerettet. Lob und Preis den Göttern, die sie dort haben wachsen lassen!«

Koryelan packte Silvrin beim Arm und drückte ihn.

»Du hast gewonnen. Kerl, ich kann's kaum fassen! Du hast die mächtigste Zauberin dieses Landes gefällt. Das ist der absolute Knüller, das wird bis in alle Ewigkeit kein lebender Mensch übertreffen! Von diesem Kampf werden sich noch unsere Urenkelkinder in hundert Jahren erzählen, das kann ich dir flüstern!«

Er riss Silvrins Hand in die Luft und schrie in die Menge: »Sieg! Sieg! Sieg!«

Und genau mit diesen Worten antwortete ihm auch eine bis zum Wahnsinn begeisterte Menschenmenge: »Sieg! Sieg!« Alles wogte, alles tobte, und das zu allem Überfluss sowohl unter den Reihen der Armee von Aravenna, als auch bei deren Feinden, den Darghessanern. Der Tumult ergriff das gesamte Umfeld, das tanzte, johlte und feierte.

Der Duellfelsen existierte nur noch zur Hälfte, da Areshva die linke Seite bis auf einen schmalen Streifen komplett gesprengt hatte. Seine Überreste waren als Steinfelder, Geröllhalden und einzelne lang gestreckte Felsformationen über die Ebene rings um den Kampfplatz verteilt. Auf den verbliebenen Restfelsen, wo Silvrin und Koryelan standen, strömten nun Scharen aravennischer Soldaten und Würdenträger, die sich alle darum drängten, den Sieger umarmen und ihm gratulieren zu können. Er konnte sich vor so viel grenzenlosem Enthusiasmus kaum retten. Anders erging es Areshva, die Kräuterhexen kamen ihr nicht einmal nahe. Keine wollte einen Finger für sie rühren. Als zwei Soldaten sie den Felsen herunterwerfen wollten, riss Silvrin sich aus dem Trubel heraus und gebot ihnen schroff, sie sofort wieder hinzulegen. Ihm wurde klar, dass es um ihn herum zahlreiche Hexenhasser gab, die die Zauberin am liebsten zerreißen würden. Sie davor zu beschützen, würde vermutlich eine Ganztagesbeschäftigung werden.

»Errichtet ein Zelt«, befahl er. »Direkt auf diesem Platz.«

Die Soldaten beeilten sich, diesem Wunsch nachzukommen. Ein Transportkommando machte sich auf den Weg, das eilig den Felsen herunter ritt und aus Silvrins Blickfeld verschwand. Währenddessen drängten immer neue Kämpfer zu ihm nach oben. Einige warfen sich ihm zu Füßen, andere blieben in ehrfürchtigem Abstand vor ihm stehen, als sei er zu einer Art Gottheit aufgestiegen. Etliche weitere fielen ihm begeistert um den Hals und drückten ihn dabei derartig ab, als wollten sie ihn nie wieder loslassen. Es war gar nicht so leicht, gleichzeitig das verletzte Mädchen im Auge zu behalten und die Gratulanten davon abzuhalten, nach ihr zu treten oder sie zu bespucken.

Endlich kehrten die Transporteure mit dem bestellten Zelt auf den Duellplatz zurück. Sie hatten ein geräumiges Feldherrenzelt mitgebracht, das sie im Zentrum der Felsen aufstellten. Silvrin hob Areshva behutsam vom felsigen Boden auf und trug sie hinein. Er legte sie auf ein Feldbett und kniete neben ihr nieder. Sie befand sich in erbärmlichem Zustand. Ihr Gesicht war schweißnass und ihre Kleidung über der gesamten Brust tiefrot verfärbt. Erschrocken wandte sich Silvrin an die Kräuterhexen. »Ich bat euch doch, dass ihr ihr helfen sollt. Ihr habt nicht mal die Wunde ausgewaschen!«

»Wir werden bestimmt keine Hand für sie rühren«, sagte eine von ihnen. »Es ist besser für uns, sogar besser für unser ganzes Land, wenn sie stirbt.«

»Das ist niemals besser«, rief Silvrin entsetzt. »Sie war bei dem Kampf fair. Ich würde mich elendig fühlen, wenn ich nicht auch fair handeln würde. Ich würde die Wunde ja selber behandeln, aber ich kenne mich nicht aus und habe auch keine Heilmittel! Könnt ihr das nicht für mich tun?«

Dieser drängenden Bitte mochten sich die Heilerinnen nicht widersetzen und setzten sich tatsächlich an das Feldbett der Kranken, um mit der Behandlung der Wunde zu beginnen.

Die Regimentsführer Kessinaj und Lemetrong marschierten in das Zelt hinein und begrüßten Silvrin. Vor allem Lemetrong ergoss sich in einem Schwall von Lobeshymnen, während Kessinaj in der Hauptsache vergnüglich in sich hinein lächelte. Prinz Koryelan und eine Reihe weiterer Truppenführer kamen ihnen hinterher.

»Ich wollte dich davon in Kenntnis setzen, dass der Fürst Wukur von Darghessa vor seinen Stadttoren ein Heer aufstellt. Wir müssen wohl davon ausgehen, dass uns ein Angriff droht. Die Stadt Darghessa liegt ja nicht weit von hier«, berichtete Kessinaj.

Ehe Silvrin antworten konnte, holte Lemetrong mit einer weiten Handbewegung aus und raunte: »Hört nur!«

Von draußen drang Gesang an ihre Ohren. Ein freudiges Lied scholl ihnen aus tausenden von Kehlen entgegen. Der Text war hervorragend zu verstehen:

*»Welch ein Tag, du Quelle meiner Freude*
*Welch ein Tag, heut werden Wünsche wahr!«*

Die Männer im Zelt lauschten dem Gesang, der kein Ende fand. Die Menschenmassen wiederholten das Lied unendliche Male und wurden dabei immer lauter. Es klang, als schunkelten und klatschten sie dazu.

Prinz Koryelan lachte.

»Hört sich an wie ein Volksfest.«

»Leider wird es vermutlich gleich beendet«, fiel ihm Kessinaj ins Wort und wandte sich dann an Silvrin. »Du bist unser Fürst. Du solltest unser Heer ebenfalls formieren, denn es wird unter Garantie zu einem Kampf kommen.«

»Du bringst etwas durcheinander.« Silvrin schüttelte den Kopf. »Ich hatte nie vor, meinem Freund Koryelan die Krone zu stehlen. Ich habe sie nur für das Duell getragen. Von diesem Moment an ist er wieder der Fürst von Aravenna, und ihm steht es zu, das Heer anzuführen!«

Ein breites Lächeln erschien auf Koryelans Gesicht.

»Silvrin! Bist du sicher, dass du das willst?«

»Natürlich. Ich werde nie vergessen, wie du zu mir gestanden hast, als ich noch unglücklicher war als jetzt. Dafür werde ich dir ewig dankbar sein. Und ich will dir auf keinen Fall etwas nehmen, das schon immer dir gehört hat und nicht mir.«

»Ich danke dir«, sagte Koryelan gerührt. »Du bist ein wahrer Freund. Solche Menschen wie dich gibt es nicht viele.«

Von unten erklang nun lauter Jubel.

»Vivat Fürst Silvrin!«

»Vivat Fürst Silvrin!«

Diesen Ruf wiederholte die Menge mehrfach in frenetischer Ekstase und schon setzte wieder Gesang ein. Er umtoste den Felsen wie ein Sturm der Freude. Kessinaj räusperte sich.

»Verzeiht, dass ich mich einmische, aber es wäre in dieser Situation äußerst vorteilhaft, wenn Silvrin uns in der Schlacht anführt, auf die wir gerade zusteuern. Hört Euch die Menschen doch an! Sie halten ihn alle für einen Helden. Sie setzen grenzenloses Vertrauen in ihn. Wenn Silvrin uns heute anführt, können wir diese Schlacht sogar gewinnen!«, rief er.

Koryelan wurde blass und machte eine abwehrende Bewegung mit der Hand.

»Eine Schlacht? Wir in Aravenna sind keine Krieger, wir sollten eine Schlacht vermeiden. Ruf zum Rückzug. Wir müssen ganz schnell von hier verschwinden, bevor unsere Feinde sich gerüstet haben!«

»Begreifst du es nicht«, zischte Kessinaj, nun nachdrücklicher. »Silvrin ist plötzlich eine Art … Gott! Gerade jetzt, in diesem Augenblick. Sie würden vor ihm in die Knie gehen. Hört ihr nicht, was da draußen los ist? Seht euch diesen Tanz an, ich schwöre, so etwas habe ich in meinem ganzen Leben noch nicht gesehen. Wir würden diesen Kampf mit Pauken und Trompeten gewinnen! Der Ruf unserer Provinz wäre mit einem Schlag ganz oben. Und nicht nur das: Wir könnten heute auch die armen entführten Prinzessinnen Kia Sephila und Isimela aus Darghessa befreien, wegen denen unser Freund, Fürst Ishtangar von Pallanthia, Euch schon in den Ohren gelegen hat. Wäre das nicht eine einmalige Chance? Silvrin! Was hältst du davon?«

Silvrin hätte dem Regimentsführer am liebsten in die Hände geklatscht. Er schwieg jedoch, um seinen Freund nicht in die Enge zu treiben.

»Koryelan ist der eigentliche Fürst«, erklärte er. »Er entscheidet.«

»Redet Ihr jetzt schon mit Silvrin, anstatt mit mir?«, beschwerte sich Koryelan verärgert.

Noch immer kniete Silvrin am Lager der Verletzten. Fieberhaft überlegte er, wie er sie retten könnte. Vermutlich würde der Mob sie ermorden, sobald er ihr nur einmal den Rücken zukehrte. Sie müsste hier heraus, aber wohin? Sie konnte nur an einem Ort überleben, wo sie keiner kannte. Und wo es Heilkräuter gab.

Rheskali schied aus. Die Stadt war zu weit entfernt. Sie würde nicht einmal den Weg bis dorthin überstehen.

Die Zelttür öffnete sich. Herein trat, zum allgemeinen Erstaunen, ein Offizier in der roten Darghessanischen Uniform. Er wurde von Wachtposten eskortiert und verneigte sich tief vor Silvrin.

»Meine allerhöchste Bewunderung gehört Euch.«
Silvrin stand auf.

»Weshalb seid Ihr zu uns gekommen?«

»Um mich zu unterwerfen. Ich wünsche von heute an Euch zu dienen und nicht länger den Verbrechern von

Darghessa. Übrigens planen sie eine Schlacht gegen Euch.«

»Danke für die Information. Seid willkommen als unser Freund!«

»Wie ist Eure Prognose für den Ausgang der Schlacht?«, fragte Kessinaj. »Wie stark ist das Heer der Darghessaner?«

Der Deserteur lächelte. »Alle zittern vor Silvrin. Sie rücken vorwärts, weil der Fürst es befohlen hat, aber niemand will kämpfen. Ich dagegen würde sehr gerne kämpfen, so lange ich dabei auf der richtigen Seite stehen darf. Vermutlich werden mir noch weitere Überläufer folgen. Ich kenne die anderen Regimentsführer, viele denken wie ich. Euer Heer wird schon vor dem Kampf beträchtlich an Stärke gewinnen.«

Kessinaj grinste.

»Nun, Fürst Koryelan? Seid Ihr immer noch für einen Rückzug?«

Der Genannte haderte mit sich.

»Ich weiß nicht. Vielleicht sollten wir es versuchen. Aber in dem Fall müsste ich unsere Armee anführen, da ich der Fürst bin.«

»Das halte ich für keine gute ...«, begann Kessinaj.

Silvrin, der Areshva nicht aus den Augen ließ, wurde immer unruhiger.

»Das ist eine sehr gute Idee«, warf er ein. »Koryelan führt die Armee. Ich werde so lange einen sicheren Ort für Areshva finden und komme danach gleich zurück. Sie braucht so schnell wie möglich Hilfe. Kräuter, Verbände, Wasser. Gibt es irgendwo andere Heilerinnen hier in der Nähe?«

»Soviel ich weiß, ist ein kleines Spital auf dem Berg dahinten«, erklärte der Darghessaner und wies mit der Hand nach Westen. »Es wird von einer Sekte betrieben.«

»Können sie etwas?«

»Anzunehmen. Die Leute würden sonst nicht hingehen.«

»Könnt Ihr mich hinführen?«

»Gern.«

Während Fürst Koryelan nun vom Felsen aus seine Armee versammelte und für die Schlacht vorbereitete, warf sich Silvrin einen Leinenumhang um, dessen Kapuze sein Gesicht verdeckte. Er hüllte Areshva ebenfalls in eine Decke, hob sie auf seine Arme und trat dann in Begleitung von acht vermummten Männern aus dem Zelt heraus.

Der Ritt in die Berge schien kein Ende zu nehmen. Der Körper des verletzten Mädchens in seinen Armen glühte vor Hitze und er fürchtete die ganze Zeit über, dass sie plötzlich zu atmen aufhören könnte.

Schon bei ihrem ersten Treffen in Rheskali hatte er sich ihr verbunden gefühlt. Jetzt glaubte er zu wissen, dass sie dieses Gefühl teilte. Nie würde er den Blick vergessen, mit dem sie ihn angesehen hatte, kurz bevor sie zusammengebrochen war. Sie hatte ihn angelächelt. Als wäre sie ihm eigentlich nicht ins Schwert, sondern in die Arme gefallen.

Wenn die Götter sie doch retten könnten!

Nach einer gefühlten Ewigkeit erreichten sie endlich das Spital. Es erschien Silvrin heruntergekommen und weit weg von aller Zivilisation, aber die Ordensfrauen, die dort lebten und denen er vorsichtshalber nicht sagte, wer sie war, nahmen Areshva gleich eifrig in ihre Obhut. Er überzeugte sich davon, dass die Damen alles in ihren Kräften Stehende tun würden, um sie bestmöglich zu versorgen.

Am liebsten wäre er geblieben und hätte sich persönlich um Areshva gekümmert. Aber er hatte seinem Freund Koryelan und den beiden Regimentsführern versprechen müssen, sofort zurückzukommen und bei der Schlacht gegen die Darghessaner zu helfen. Insgeheim hoffte er, dass sie diesen Kampf schnell gewannen und er sich danach wieder selbst um Areshva kümmern könnte.

\*\*\*

Seine Rückkehr wurde zu einer einzigen Marter. Von dem Augenblick an, als er sein Pferd bestieg, um vom Spital wieder zurück zum Kampfplatz zu reiten, saß er wie auf glühenden Kohlen. Er bangte einerseits darum, dass seine Abwesenheit im Vorfeld einer so wichtigen Schlacht zum Schaden seiner Leute ausgefallen sein konnte, und malte sich andererseits aus, dass Areshva womöglich gerade in diesem Moment Todesqualen litt und er sie nicht lebendig wiedersehen würde.

Am liebsten hätte er den gesamten Weg im Galopp zurückgelegt, um möglichst keine Zeit zu verlieren. Aber dafür war die Strecke zu weit. Es kam ihm vor, als hätte er einen Teil von sich im Spital zurückgelassen. Er sehnte sich mit unwiderstehlicher Kraft zurück. Mehrfach überkam ihn der Impuls, wieder umzukehren. Aber er hatte Koryelan ein Versprechen gegeben und das band ihn, es einzuhalten, egal was es ihn kostete. Er verabscheute Kerle, auf die man sich nicht verlassen konnte.

Der Ritt kam ihm vor wie eine Ewigkeit.

Endlich erreichte er die Ebenen vor Darghessa.

Ein Feld von Kriegern wogte über das Schlachtfeld, von Staubwolken umdunstet. Schwerterklirren, Hufgetrappel und vielstimmiges Geschrei tönte durch die Luft. Von weitem konnte er bereits sehen, dass die Schlacht in vollem Gang war. Ob sie gerade erst begonnen hatte oder schon länger tobte, wusste er nicht.

Er warf die Vermummung ab und gab seinem Pferd die Sporen. Ihr Götter. Wenn das schief ginge, wäre es womöglich seine Schuld. Es war aus der Ferne unmöglich, zu erkennen, welcher der beiden Gegner die Oberhand hatte. Sobald er jedoch näher an das Schlachtfeld herankam und ihn die ersten Kämpfer erblickten, war es, als bräche ein Naturereignis über sie herein. Wie zuvor, gerieten sie in überschäumende Euphorie. Die Aravennaer stürmten mit doppelter Energie vorwärts. Silvrin ritt an ihre Spitze. Bereits sein Anblick schüchterte die Darghessaner ein, deren Widerstand leicht zu brechen war. Silvrin drängte sie rückwärts. Einzelne feindliche Soldaten steckten gar ihre Waffen ein und jubelten ihm zu. Ganze Truppen in voller Ausrüstung drehten zu ihm ab und wetteiferten miteinander, wer sich als Erster unter sein Kommando stellen dürfe. Die darghessanische Armee verlor den Mut und wich immer schneller zurück. Einzig der alte Smorkyn blieb unbeeindruckt. Er schlug zum Entsetzen sämtlicher Anwesender Feuerbälle aus allen seinen Magiestäben, ohne Freunde von Feinden zu unterscheiden. Als er jedoch die sich abzeichnende Niederlage der Darghessaner erkannte, zogen sich die Räuber zurück und verschwanden.

Alle Aravennaer drängten sich um Silvrin. Er war der unumstrittene Mittelpunkt seiner Armee, niemand beachtete mehr die Zeichen oder Rufe des Koryelan. Wukurs Heer floh in die Sicherheit seiner Stadtmauern und verschanzte sich dort. Kessinaj und Lemetrong umzingelten die Stadt mit ihren Regimentern.

Silvrin ritt bis vor das Stadttor, legte seine Hände wie einen Trichter um den Mund und rief: »Gebt die Prinzessinnen Kia Sephila und Isimela von Pallanthia heraus. Wir fordern ihre Freilassung!«

Eine Antwort blieb man ihm jedoch schuldig.

\*\*\*

Kurz darauf versammelten sich die Anführer der aravennischen Armee zur Kriegsbesprechung im Feldherrenzelt oben auf den ramponierten Schwarzen Felsen. Diese Lage eignete sich hervorragend, da man von hier aus das gesamte Umfeld beobachten, selbst aber kaum ungesehen angegriffen werden konnte. Während Kessinaj und Lemetrong in Plänen schwelgten, wie sie in die Stadt eindringen und die Darghessaner in die Knie zwingen könnten, blieb Silvrin absichtlich schweigsam, um Koryelan nicht wieder zur Seite zu drängen. Er war jedoch auch aus anderen Gründen nicht bei der Sache. Ununterbrochen spukten ihm Bilder des Duells in seinem Kopf herum, besonders der Schluss. Der verzerrte, gemarterte Ausdruck in ihren Augen und ihr Lächeln, als sie ihm ins Schwert lief. Ihr blutüberströmtes Hemd. Ob sie noch lebte? Er hätte sie nicht zu diesen Scharlatanen bringen dürfen. Das war doch kein echtes Spital, nicht eine einzige Zauberin hatte er dort gesehen. Und ihre Kräuterproduktion hatte ihn auch nicht überzeugt - nichts als getrocknetes Zeug in Gläsern, es schien, als züchteten sie diese nicht selbst. Das konnte gar nicht helfen, wenn man bedachte, wie schwer er sie verletzt hatte. Wahrscheinlich war sie schon tot. Der Gedanke presste ihn nieder wie ein Felsbrocken. *Alles hätte ganz anders sein können*, hatte sie gesagt. Er wusste nicht, wie sie das gemeint hatte, aber es hatte ihm Hoffnung gegeben. Er spürte noch die Wärme ihres Körpers, als er sie auf den Armen getragen hatte. Er hörte ihren schweren, gepressten Atem. Und am deutlichsten sah er ihr feingeschnittenes Gesicht vor sich, dessen Konturen er am liebsten mit den Fingern nachgefahren wäre.

Jemand boxte ihn in die Seite. Er fuhr zusammen. Die Blicke der Regimentsführer waren auf ihn gerichtet. »Bist du auch dafür, Silvrin?«, fragte Kessinaj hörbar ungeduldig.

Er hatte nicht die geringste Ahnung, was der Kriegsstratege gerade gesagt hatte, obwohl er ihn schon längere Zeit hatte sprechen sehen.

Koryelan enthob ihn der Verlegenheit, seine Unaufmerksamkeit eingestehen zu müssen.

»Du stöhnst ja, als ob alles Unglück der Welt auf dir lastet«, murmelte sein Freund und räusperte sich. »Ich kann mir denken, warum. Hör zu. Du sollst dich nicht gezwungen fühlen zu schweigen. Du bist jetzt unser Fürst. Ich habe dir die Krone selbst verliehen, weil du mir damit das Leben gerettet hast. Nicht nur mir, wenn man es recht bedenkt, du hast auch unsere gesamte Provinz gerettet. Ich will nicht so undankbar sein, das zu vergessen. Du hast dir den Titel des Fürsten erkämpft, also sollst du ihn auch tragen. Denn ich glaube, dass dein Ruhm uns auch in Zukunft die beste Grundlage zum Überleben, sogar zum Gewinnen aller künftigen Kriege, verleihen kann.«

Koryelan streckte Silvrin die Hand entgegen. Der frischgebackene Regent war überrumpelt. So hatte er sich das nicht vorgestellt.

»Ich widerspreche entschieden. Es wäre ungerecht dir gegenüber.«

»Was ist schon gerecht im Leben.« Koryelan grinste schief. »Ehrlich gesagt fühle ich mich auch unwohl bei dem Gedanken, dass wir morgen Darghessa überfallen sollen. Mir wäre es lieber, wenn du den Überfall anführst und nicht ich.«

»Mögen wir es vor dem Volk so halten, aber vor den Göttern bleibst du der Fürst, wenn es dir recht ist. Sobald sich das Volk unsicher wird, bekommst du deinen Rang offiziell zurück.«

Koryelan umarmte ihn.

»Das ist mir sehr recht.«

»Ist die Fürstenfrage jetzt endlich geklärt, so dass wir zur Kriegsstrategie übergehen können?«, fragte Kessinaj barsch, ohne eine Antwort abzuwarten. »Nun, Silvrin? Was hältst du von dem Plan?«

Vielleicht stirbt sie gerade in diesem Augenblick und ich halte mich damit auf, darüber zu diskutieren, wie wir noch mehr Menschen umbringen können, dachte Silvrin, dem die Unruhe schon durch alle Glieder krabbelte. Am liebsten wäre er auf der Stelle zu ihrem Krankenschuppen zurückgeritten, um sie zu sehen. Das ging natürlich nicht. Wieso dachte er überhaupt so viel an dieses verdorbene Wesen? Er war gerade Fürst geworden! Er sollte sich um seine Zukunft kümmern, um seine Provinz!

»Ich bin der Meinung …«, begann Silvrin langsam, aber er war nicht imstande, sich auf etwas anderes zu konzentrieren als auf Areshva. Ganz deutlich konnte er sie vor sich sehen. Leblos. Rot von Blut über ihrem gesamten Körper. Die Flügel bereits von Erde überwachsen.

»Entschuldigt mich einen Augenblick«, stammelte er, stürmte zur Zelttür hin, riss sie auf und stürzte nach draußen. Seine Augen huschten wie gehetzt von einem der Wachtposten zum Nächsten, bis er den fand, den er gesucht hatte. Sein Kamerad Grevor stand nahe des Klippenrandes. Er war unter den Leuten gewesen, die ihn zu dem Spital begleitet hatten. Silvrin fiel ihm in die Arme, beugte sich nah an sein Ohr und wisperte: »Grevor, du musst mir helfen. Warte einen Moment ab und reite dann unauffällig zu Areshva. Ich will wissen, wie es ihr geht. Geben die Götter, dass sie noch lebt. Falls ja, gib den Heilerinnen einen Beutel Hellonen und sag, dass du morgen wiederkommst. Erstatte mir Bericht, so schnell es geht. Verstanden?«

Er drückte dem Kameraden einen kleinen Lederbeutel in die Hand.

»Glasklar«, knurrte Grevor, indem er seine Umarmung erwiderte.

Dann kehrte Silvrin ins Feldherrenzelt zurück. Drinnen herrschte Aufruhr. Erregte Stimmen schallten ihm entgegen, die aber alle wie abgeschnitten verstummten, sobald er eintrat.

»Darf man fragen, was mit dir los ist?«, polterte Lemetrong, dem eine Stirnader angeschwollen war. Sie ragte anklagend aus seinem geröteten Gesicht heraus.

»Das Duell hat mich etwas aus der Fassung gebracht«, erwiderte Silvrin. »Es wird nicht wieder vorkommen.«

»Das will ich hoffen«, polterte Kessinaj und grinste ihm zu. »Wir wollen doch unseren Helden nicht demontieren lassen, weil wir den noch nötig brauchen. Nun? Hast du dir inzwischen überlegt, ob du eher Lemetrongs umständlichen Angriff über die nördliche Stadtmauer oder meinen Sturm in der Nacht bevorzugst?«

Hoffentlich kommt Grevor nachher nicht mit der Nachricht, dass sie tot ist, fuhr es ihm durch den Kopf. Jetzt dachte er schon wieder an sie. Silvrin zwang sich, sich die Stadt Darghessa vorzustellen. Allerdings hatte er bei seiner Ankunft an den Schwarzen Felsen nur ganz vage die Stadtmauer in der Ferne gesehen. Die genauen Angriffspläne hatte er ebenfalls nicht gehört, und er bezweifelte, ob es ihm helfen würde, das richtige Urteil zu fällen.

»Kessinaj«, sagte er offenherzig. »Ich habe noch nie eine Stadt belagert, geschweige denn angegriffen, und die Stadt Darghessa kenne ich nur aus Erzählungen. Wie soll ich eure Pläne beurteilen, ohne einen Fehler zu machen?«

»Du kannst keinen Fehler machen«, erklärte Kessinaj. »Wir sind Experten. Die Pläne sind beide gut. Du sollst uns nur sagen, welcher von beiden uns Glück bringt. Darin scheinst du ja Experte zu sein.«

Diese Aussage ernüchterte ihn. Er war hier also nicht der Herrscher, sondern mehr eine Art Maskottchen. War es nicht bei dem Duell ähnlich gewesen? Da hatte er den Eindruck bekommen, dass Areshva vor allem den Zuschauern imponieren wollte und ihn dabei zu ihrem - wie sollte er es nennen? - Teampartner erkoren hatte. Oder eben auch nur zu ihrem Spielzeug, das nach ihren Befehlen zu hüpfen hatte. Er biss sich auf die Lippen. Von jetzt an würde er sich nicht mehr dirigieren lassen. Von niemandem.

»Vielleicht gibt es noch einen dritten Weg«, schlug Silvrin vor. »Ich würde prinzipiell einen Krieg vermeiden, wenn ich das Gefühl habe, man könnte seine Ziele auch auf diplomatischem Weg erreichen. Die Darghessaner dürften schon etwas eingeschüchtert sein. Wenn wir geschickt mit ihnen verhandeln, werden sie die Prinzessinnen vielleicht freilassen, ohne dass wir kämpfen müssen.«

»Haha!« Regimentsführer Lemetrong lachte verärgert. »Der Grünschnabel redet so, wie er es versteht. Du bist ein Träumer, Silvrin! Das werden sie uns als Schwäche auslegen. Außerdem können sie die Zeit, die sie durch die Verhandlungen gewinnen, dazu benutzen, ihre Stadtmauer besser zu befestigen. Dabei zielt meine Taktik doch genau darauf, die löcherige Nordmauer zu attackieren, die sich garantiert leicht zerstören lässt. Wir müssen so schnell wie möglich angreifen. So lange sie noch eingeschüchtert sind, wie du selbst bemerkt hast. Man muss das Eisen schmieden, so lange es heiß ist.«

»Versucht nicht, mir etwas über das Schmieden beizubringen«, entgegnete Silvrin. »Was sagt Ihr zu meinem Vorschlag zu verhandeln, Kessinaj?«

Der Genannte strich mit der Hand über seinen Bart. »Keine schlechte Idee, möchte ich meinen«, brummte er gedehnt. »Allerdings solltest du bedenken, dass wir es mit Banditen zu tun haben. Verhandele niemals mit Banditen, denn sie werden dich hintergehen. Versuche es gar nicht erst.«

Silvrin stieg das Blut ins Gesicht.

»Darauf werden wir schon aufpassen können, dass man uns nicht betrügt. Ich plädiere trotzdem für Verhandlungen.«

Lemetrong schlug sich mit der Hand gegen die Stirn. »Verhandlungen! Bursche! Willst du uns lächerlich machen? Soll ich dich darüber aufklären, mit welchem Verhandlungspartner du dich an einen Tisch setzen willst? Dieser neue Fürst Wukur ist ein übler Verbrecher, der Dörfer verbrennt und Mädchen vergewaltigt. Bevor er sich zum Fürsten hochgeputscht hat, saß er schon wegen Raubmord und Diebstahl in Provinzialgefängnissen!«

»Wie kommt es dann, dass er noch lebt?«, mischte Koryelan sich ein. »Steht auf Raubmord nicht die Todesstrafe?«

Das Wort Tod hallte in Silvrins Kopf wider wie Glockenläuten.

Vielleicht ist sie gerade eben gestorben. Wieder kamen die Bilder in ihm hoch: Wie er sie auf jenes abgewetzte Lager gelegt und den Heilerinnen überlassen hatte, in diesem düsteren Raum. Als hätte er sie in ein Totenhaus gebracht. Er hätte auch gleich ihr Grab schaufeln können. Wenn doch nur Grevor bald zurückkäme. Aber so nah war es bis zu jenem Berg leider nicht, er würde sich gedulden müssen.

Die Ungewissheit brannte ihm in der Seele und erzeugte Bilder. Bilder von ihr, von Erde halb bedeckt. Von einem Blutfluss umschwemmt. Bilder dieser zwielichtigen Heilerinnen, die nur so getan hatten, als wollten sie helfen. In Wahrheit aber warfen sie gerade Steine nach ihr, so wie es die Kräuterhexen von Rheskali getan hatten, die dabei sogar noch Hassparolen brüllten: »Stirb, du Schlange, du Bestie!« Und er war zu weit weg, um sie zu schützen. Er hätte sie hierbehalten und persönlich über sie wachen sollen. Allerdings wäre sie ihm wohl auch hier unter den Händen weggestorben. Er hatte ihre Rippen knirschen gehört, als sie ihm so plötzlich ins Schwert gefallen war. Ein schrilles, knöchernes Krachen, das ihm noch jetzt die Haare zu Berge stehen ließ. Er musste sie fürchterlich getroffen haben.

Ein flaues Gefühl legte sich ihm auf den Magen, das mit jedem Augenblick tiefer eindrang.

Um ihn herum eskalierte die Diskussion. Er hörte nur mit halbem Ohr, wie Lemetrong Wukurs Strafregister herunter predigte. Eine der anwesenden Kräuterhexen konnte die Litanei komplettieren, indem sie Rezepte aus der Giftküche seiner verbündeten Priesterin Meriedyce zum Besten gab. Diese Dame hatte bereits als Kind mehrere Nebenbuhlerinnen an rätselhaften Krankheiten zu Grunde gehen lassen, um den Posten einer Schülerin am Tempel von Kantalunia zu bekommen. Seitdem pflegten ihre Feindinnen überdurchschnittlich anfällig für bösartige Erkrankungen zu sein.

Wiederum wandten sich alle Blicke zu Silvrin.

»Wir erwarten deine Entscheidung«, knurrte Lemetrong ihn an. »Ich hoffe, du überlegst sie dir sorgfältig. Unsere Zukunft hängt davon ab.«

Versuch nicht, mich einzuschüchtern, dachte Silvrin, nickte ihm jedoch zu. »Dann schlage ich einen

Kompromiss vor. Ihr müsst mir die Chance geben, eine diplomatische Lösung zu erreichen. Aber ich werde mich nicht lange aufhalten, damit sie ihre Verteidigung nicht aufbauen können. Sollte ich nicht sofort Erfolg haben, bin auch ich für den Kampf, und zwar an jener Stelle, die Lemetrong bevorzugt. Dort, wo ihre Stadtmauer brüchig ist.«

Diesem Vorschlag folgte eine verblüffte Stille. Dann zischte Lemetrong: »Was ist das denn für ein Schwachsinn. Wenn wir es so aufziehen, zerstören wir sowohl den einen als auch den anderen Plan!«

Kessinaj erhob beschwichtigend die Hände, warf dem Regimentsführer einen warnenden Blick zu und wandte sich dann an Silvrin.

»Wenn du uns einmal erläuterst, wie du mit unseren Feinden verhandeln willst?«

»Ich gehe persönlich zum Fürsten und erkläre, er hat Zeit bis morgen früh, um die Prinzessinnen an uns auszuliefern. Wenn sie nicht bei Sonnenaufgang in unserem Lager eintreffen, greifen wir die Stadt Darghessa an.«

Lemetrong stöhnte auf.

»Kannst du dir nicht ausrechnen, dass sie dich auf der Stelle töten, wenn sie nur eine Chance haben, dich in die Hände zu bekommen? Bei allen Göttern, Silvrin! Du bist unsere Trumpfkarte. Unsere Sonne. Alles dreht sich hier um dich! Wenn sie dich erledigen können, zerbricht dieser schöne Mythos, den wir gerade geschenkt bekommen haben! Du wirst also auf keinen Fall selbst zu unseren Feinden gehen.«

»Dann schicke ich meinetwegen einen Boten«, konterte Silvrin wütend. »Darauf kommt es nicht an. Hauptsache, sie bekommen die Botschaft.«

»Und du bildest dir ein, sie werden darauf überhaupt reagieren?« Lemetrong baute sich vor Silvrin auf wie ein wildgewordener, entflohener Stier vor dem Knecht, der ihn wieder einfangen soll. »Einen Furz werden sie lassen! ›Dann greifen wir euch an‹, das ist keine Drohung. Sie wissen doch ohnehin, dass sie vor einem Krieg nicht davonlaufen können. Ich wäre wirklich sehr dankbar, wenn du dieses Feld ein paar erfahrenen Kriegsstrategen überlassen könntest!«

»Entweder bin ich euer Fürst und habe hier etwas zu sagen, oder, wenn euch das nicht gefällt, trete ich dieses Amt auch sehr gern wieder an Koryelan ab!«

Nach diesen Worten herrschte eine Weile eine sehr aussagekräftige Stille.

Lemetrongs Lippen zuckten, als wollte er dem Gesagten etwas noch wesentlich Heftigeres hinzufügen, unterließ es aber. Kessinaj stand da mit zusammengezogenen Augenbrauen. Die beiden wechselten Blicke.

»Der große Nachteil an diesem Plan ist, dass wir ihnen damit ganz genau den Zeitpunkt für unseren Angriff mitteilen und den Vorteil der Überraschung verschenken, den wir ansonsten gehabt hätten«, sagte Kessinaj schließlich. »Wenn du mir verzeihst, dass ich das sage, aber … Dümmer geht es nicht.«

»Der Vorteil an dem Plan könnte jedoch sein, dass er funktioniert«, erwiderte Silvrin. »In dem Fall würden wir unser Ziel ohne Blutvergießen erreichen. Bedenke, wie viele Menschen sich darüber freuen würden! Sogar auf der Gegenseite.«

Er sah, wie Lemetrong ihm gegenüber die Worte *sich freuen* mit den Lippen nachkaute, als seien sie geradezu himmelschreiend fehl am Platz, und sie dann herunterwürgte wie einen vergammelten Käse.

»Sollte der Plan jedoch nicht funktionieren, dann … mögen uns die Götter gnädig sein«, fauchte er.

Wieder wechselten die beiden altgedienten Regimentsführer Blicke.

»Gut. Wie du willst«, gab Kessinaj schließlich nach. »Schicken wir einen Boten. Aber das geht auf deine Verantwortung. Wir platzieren in der Nacht schon einmal die Truppen und entwickeln den Plan für den Angriff. Sollte dein Bote keinen Erfolg haben, stürmen wir morgen bei Sonnenaufgang die nördliche Stadtmauer.«

Silvrin beauftragte einen jungen Soldaten namens Zil und zwei Begleiter damit, als Boten nach Darghessa zu reiten, und schärfte ihnen ein, was sie zu sagen hätten. Dann stellte er sich an den Rand des Felsens und blickte ihnen hinterher. Die Nacht war wolkenverhangen und deshalb dunkler als sonst, sie verschlang seine Boten sofort. Schon nach wenigen Augenblicken hörte er nur noch ihren Hufschlag, sah sie aber nicht mehr, obwohl er wusste, dass sie nun die offene Ebene entlang ritten, die von den *Schwarzen Felsen* Richtung Darghessa führte.

Eine Sorge mehr.

Welche Nachrichten würde er heute wohl bekommen?

Er konnte jetzt nur noch hoffen, dass sowohl Grevor als auch Zil mit frohen Botschaften zurückkämen. Warum auch nicht? Dies war doch anscheinend sein Glückstag! Hoffentlich ließen sie ihn nicht zu lange warten, denn er merkte schon, wie die Ungewissheit an seinen Nerven zerrte.

Lemetrong und Kessinaj schienen nicht gerade viel Vertrauen in sein diplomatisches Geschick zu setzen. Sie begannen unmittelbar mit den Vorbereitungen für den Angriff. Lemetrong bestand darauf, Silvrin die bewusste Schwachstelle in der Stadtmauer zu zeigen - natürlich nur von fern, damit die Wachtposten sie nicht entdeckten - und ihm den Plan für die Attacke zu erläutern. Kessinaj klärte ihn darüber auf, welche Taktik anzuwenden sei, falls es gelänge, die Mauer zu überwinden. Er besaß einen akkurat aussehenden Stadtplan, den er mit Kohle auf ein Pergament gezeichnet hatte. Anhand des Planes erklärte er Silvrin, welche Gebäude in der Stadt als erstes zu erobern seien, wo die Feinde ihr Hauptwaffenlager hatten, wo die Unterkünfte für Leibwache und Soldaten waren, wo man effektiv Feuer legen könne und wo er nach den Prinzessinnen suchen würde. Silvrin wurde unsicher. Vielleicht hätte er das Planen einer Schlacht doch lieber den Fachleuten überlassen sollen. Sie schienen wesentlich erfahrener zu sein, als er sich vorgestellt hatte. Allerdings hielt er seine Idee weiterhin für die erstrebenswertere Variante. Es gab zu viel Gewalt in diesem Land, zu viele Feindschaften, und sie wurden durch neue Krieger nur vergrößert. Er hoffte wirklich sehr, dass er das reduzieren könnte. Wenn er mit seiner Diplomatie Erfolg hätte, würden andere ihn vielleicht nachahmen.

»Leg dich schlafen«, sagte Kessinaj freundschaftlich zu ihm, nachdem sie den Schlachtplan so oft durchgeknetet hatten, bis Silvrin ihn auswendig konnte und auch die wichtigsten Straßen und Gebäude von Darghessa verinnerlicht hatte. »Du solltest morgen ausgeruht sein, wenn es losgeht. Verabschiede dich lieber sofort von dem Gedanken, du könntest heute noch deine erwünschte Antwort aus Darghessa bekommen. Das wird nicht geschehen. Denk an meine Worte.«

Silvrin kehrte zu den Schwarzen Felsen zurück. Koryelan, der alle Wege mit ihm gemeinsam gegangen und auch getreulich alle Unterweisungen mit angehört hatte, folgte ihm.

Sie durchquerten das provisorische Zeltlager, das die aravennischen Soldaten unterhalb des Felsens errichtet hatten. Hier lagen schon alle in tiefem Schlaf, nur die Grillen zirpten unaufhörlich. Sie ritten den felsigen Weg auf das Duellplateau hinauf. Er war durch Areshvas tollwütige Schießerei an mehreren Stellen zerstört und dadurch schwer passierbar. Silvrin musste sein Pferd im Zickzack lenken. Sein Feldherrenzelt ganz oben war von einer Schar bewaffneter Leibwächter umringt. Sie winkten ihm schon, als er vom Pferd stieg.

»Euer Majestät! Der Bote ist zurück!«

Er hätte fast vor Freude geschrien. Eilig rannte er herbei.

»Grevor?«, rief er euphorisch. »Wo bist du?«

»Nicht Grevor, Zil«, erwiderte ein junger Mann, der aus dem Pulk heraustrat und sich vor ihm verneigte.

Zil. Es war natürlich nicht schlecht, dass Zil bereits zurück war, aber die Sorge um Areshva stach ihm schon in allen Eingeweiden. Inzwischen war es fast Mitternacht. Grevor war überfällig.

»Berichte, was er gesagt hat«, befahl Silvrin ungeduldig.

»Ich soll ausrichten, es gibt keine Gefangene in Darghessa, die man freilassen könnte. Falls Ihr Prinzessin Kia Sephila meint, behauptet Fürst Wukur, sie sei ein besonders geschätzter Gast und besucht die Stadt ganz aus freiem Willen. Wo Prinzessin Isimela sich aufhält, weiß er angeblich nicht.«

Silvrin ballte die Fäuste. War das eine Provokation? Oder hatte er sich nur nicht deutlich genug ausgedrückt?

»Dann reitest du jetzt noch einmal zurück«, befahl er und konnte nicht verhindern, dass ihm die Hände vor Erregung zitterten, »und bestellst dem Verbrecher … Nein, nenn ihn nicht so, sei höflich. Du erklärst, es interessiert uns nicht, aus welchem Grund sich die Prinzessinnen in Darghessa aufhalten, und wir glauben nicht, dass er nur eine geraubt hat. Er hat beide herauszugeben, bevor die Sonne aufgeht, weil wir ihn sonst angreifen und ihm die Hosen ausziehen! Nein, so sagst du das auch nicht. Richte ihm einfach aus, wenn er sich weigert, ist er erledigt, weil die Götter auf unserer Seite stehen.«

»Jawohl, Majestät.«

Zil verneigte sich und ritt davon. Die beiden aravennischen Fürsten gingen in das Feldherrenzelt hinein. Silvrin ließ sich schwer auf das Feldbett fallen und stützte den Kopf in die Arme. Koryelan blieb neben dem Stützpfahl in der Mitte stehen.

»Es wird schon klappen«, sagte er aufmunternd. »Morgen früh bringen wir Prinzessin Isimela und Prinzessin Kia Sephila in dieses Zelt. Pass auf, dass du nicht mit offenem Mund stehenbleibst. Die beiden sind nämlich ganz außergewöhnliche Erscheinungen.«

»Ich weiß. Ich habe sie schon mal getroffen«, murmelte Silvrin geistesabwesend.

»Tatsächlich? Du? Die Prinzessinnen? Kann nicht sein.«

»Doch.« Silvrin nickte. »Glaubst du, es ist schon Mitternacht?«

»Sicher längst vorbei. Kessinaj hat Recht. Wir sollten schlafen gehen.«

Er setzte sich neben Silvrin und knuffte ihn in die Seite.

»Ich hoffe so sehr, dass die Darghessaner einknicken. Dass man in Zukunft alle Kriege mit ein paar klugen Worten vermeiden könnte. Wenn dir das gelingt, Silvrin, dann bist du wirklich ein großer Mann.«

Koryelan schlug sein Feldbett auf, legte Felle und Leinendecken darauf und wühlte sich hinein. Silvrin dagegen war nicht in der Lage, sich hinzulegen. Sein Körper kribbelte wie ein Ameisenhaufen. Warum kam Grevor nicht zurück? Was machte er denn so lange? Das konnte nur eines bedeuten: Areshva lebte nicht mehr.

Silvrin verkrallte seine Hände in den Haaren. Ein verzweifeltes Stöhnen entrang sich ihm. Grevor, komm, dachte er bei sich. Alles ist besser als diese Ungewissheit. Was hält dich auf?

Wagte er nicht, ihm die böse Nachricht zu überbringen? Womöglich war sie unter Krämpfen gestorben. In Qualen. Oder noch dabei zu sterben? Jede dieser Fantasien hatte ihren eigenen Stachel, der in seiner Haut steckenblieb. Er würde verrückt werden.

Er hätte selbst reiten sollen. Er *würde* es selber tun. Jetzt. Es blieb Zeit genug, er wäre vor dem Morgengrauen zurück. Das würde reichen. Leise stand er auf, um Koryelan nicht zu wecken. Aber der Kamerad hatte ihn doch gehört.

»Silvrin? Wohin gehst du?«

Silvrin holte tief Luft. Koryelan würde vermutlich nicht begeistert sein, wenn er ihm sein Problem anvertraute. Auf der anderen Seite: Wenn der Prinz wirklich sein Freund war, sollten sie keine Geheimnisse voreinander haben. Und er würde darauf vertrauen dürfen, dass er ihn nicht in die Pfanne hauen würde.

»Zu Areshva. Ich habe sie zu Heilerinnen bringen lassen und will mich erkundigen, ob sie noch lebt.«

Koryelan fuhr hoch.

»Du hast … was? Bist du verrückt geworden? Silvrin, dein Gefühl für Anstand ist bewundernswert, aber jetzt übertreibst du. Du bist nicht für ihre Gesundheit verantwortlich. Sie hat sich das selbst zuzuschreiben.«

»Du verstehst nicht.« Silvrin konnte sich nicht länger beherrschen. »Tag und Nacht denke ich an sie. Ich bin kein Mensch mehr, ich bin ein Sandkorn in der Wüste. Sie hängt über mir wie der Wassertropfen, nach dem ich mich schon seit Ewigkeiten sehne. Ich ertrage es nicht, sie zu verlieren. Mein Kopf ist ein Bienenstock. Ich muss zu ihr.«

Er stürmte aus dem Zelt heraus. Beinahe wäre er den Regimentsführern Kessinaj und Lemetrong in die Arme gerannt, die gerade in diesem Moment den Felsen heraufgekommen waren. Lemetrong berichtete voller Stolz von hunderterlei Maßnahmen, die er betreffend des morgigen Angriffes noch vorgenommen hatte, während Silvrin fast der Kopf platzte. Die Zeit verrann. Er fühlte seine Beine morsch werden wie verrottendes Holz. Sein Herz sprengte sich in mehrere Einzelteile, die ihm nun überall im Körper herumschlugen. Lemetrong konnte es anscheinend kaum erwarten, endlich seinen Feinden den Kopf einschlagen zu dürfen. Er hörte gar nicht wieder auf, von all seinen vortrefflichen Vorbereitungen zu berichten. Erst ein Geräusch am Felsen und danach der Ruf der Wache brachten ihn zum Schweigen.

»Zil ist zurück«, rief jemand.

Silvrin wusste sofort, dass das kein gutes Zeichen war. Was hat sich Banditen-Wukur jetzt wieder einfallen lassen?

Aber es war nicht Zil. Es war Grevor.

»Grevor!«, brüllte Silvrin, rannte auf den Boten zu und warf ihn dabei fast zu Boden.

Alle Qualen der letzten Stunden überfielen ihn in einem Augenblick.

»Nun sag schon, sag«, presste er hervor.

»Sie lebt«, sagte Grevor.

»Wirklich?« Silvrin sprang ihn an und riss ihn an den Haaren zu sich heran. »Lüg mich nicht an, sonst geht's dir schlecht!«

Im selben Moment wurde ihm bewusst, was er tat. Er ließ abrupt los.

»Verzeih«, murmelte er. »Ich weiß nicht, was mit mir los ist. Das macht mich fertig.«

»Ich lüge nicht«, bekräftigte Grevor. »Sie lebt, wirklich. Ich habe diesen Kräutermägden gesagt, dass ich morgen wiederkomme. Dein Beutel mit den Hellonen hat sie recht fröhlich gemacht. Sie haben mir Delikatessen aufgetischt und wollten mich gar nicht gehen lassen.«

»Aha, und … Wie geht es ihr? Hat sie etwas gesagt?«

»Öh … Ja.«

»Wirklich? Sie war also bei Bewusstsein. Das ist wunderbar! Was sagte sie denn? Hat sie vielleicht nach mir gefragt?«

»Also …« Grevors Stimme wurde unsicher. »Nein.«

»Gut.« Silvrin war ernüchtert. Langsam sortierten sich seine Sinne wieder an den Platz, an den sie gehörten, und ihm wurde bewusst, dass Lemetrong und Kessinaj und die übrigen Soldaten, die um sein Feldherrenzelt herum standen, ihn befremdet ansahen. Er hätte seine Gefühle für Areshva vielleicht geheimhalten sollen, um sie nicht zu gefährden. Auf der anderen Seite war er nicht als Privatperson hier. Seine Leute hatten ein Recht darauf zu wissen, wie ihr Fürst dachte. Auch wenn ihnen diese Information nicht gefallen würde: Dass er das Mädchen liebte, das sie für ihre Feindin hielten! Er hoffte natürlich, sie könnten genug Respekt für ihn aufbringen, um seine Gefühle nicht mit Füßen zu treten.

Lemetrong bohrte seine Blicke auf eine Art in ihn herein, die einem Kampfstier alle Ehre gemacht hätte.

»Welche Intrigen werden hier denn eingefädelt?«, raunzte er. »Willst du uns verraten?«

»Das werde ich in meinem ganzen Leben nie tun«, sagte Silvrin und sah ihm dabei gerade ins Gesicht. »Ihr habt mich bis jetzt keinen Eid schwören lassen, dass ich meine Kraft und mein Sinnen stets für das Wohlergehen der Provinz Aravenna einsetzen werde. Aber in meinem Herzen habe ich einen solchen Eid längst geleistet.«

»Warum schickst du dann Boten zu dieser Schlange?«, polterte Kessinaj. »Ist dir nicht aufgefallen, dass sie deine und unser aller Feindin ist? Du hättest sie töten sollen, als du die Möglichkeit hattest! Kein Mensch hätte dich dafür verurteilt, im Gegenteil!«

»Ich habe noch nie einen Menschen getötet«, erklärte Silvrin. »Und ich hoffe, ich kann das auch in Zukunft vermeiden.«

»Nie?«, wiederholte Kessinaj, wobei ihm der Mund offen stehenblieb.

»Ich dachte, du wärst ein Soldat?«, grunzte Lemetrong fassungslos. »Du hast doch angeblich schon Schlachten geschlagen, bevor du nach Aravenna kamst.«

»Und du hast Duelle gewonnen«, rief Kessinaj, während er die Hände über dem Kopf zusammenschlug.

»Ja, gegen den Schurken Wukur und gegen Smorkyn.« Silvrin senkte den Blick. »Sie leben beide noch. Ich verabscheue es, Menschen umzubringen.«

»Warum bist du dann ausgerechnet Soldat geworden?«

»Weil ich es noch viel mehr verabscheue, wenn Mörder frei herumlaufen und niemand versucht, sie an die Kette zu legen!«

Vier Fackelträger standen in ihrem Kreis, deren Feuerschein der Führungsriege flackernde Lichtblitze in die übernächtigten Gesichter warf. Alle starrten Silvrin an.

Es wurde so still, dass man die Fackeln prasseln hörte - und Huftrappeln in der Ferne, welches rasch immer lauter zu hören war. Jemand trabte den steinigen Weg zum Felsen herauf.

»Zil«, rief einer der Wachtposten.

Alle drehten sich zum Weg hin.

Tatsächlich erreichten in diesem Augenblick Zil und seine beiden Begleiter das Hochplateau. Silvrin erhob grüßend eine Hand.

»Zil, mein Freund! Gibt es Neuigkeiten?«

»Jawohl!« Der Bote sprang vom Pferd, näherte sich dem Fürsten, blieb in achtungsvollem Abstand stehen und verneigte sich. »Ich soll folgendes ausrichten: Fürst Wukur ist bereit, Prinzessin Kia Sephila in unser Lager gehen zu lassen, sofern wir ihm dafür morgen früh bei Sonnenaufgang vier Kanonen, zweihundert Lanzen, zweihundert Schwerter und tausend Pfeile als Lösegeld bezahlen.«

Silvrin klatschte begeistert in die Hände.

»Seht ihr? Das geht! Da habt ihr den Beweis, dass man auch mit einem Landstreicher verhandeln kann.«

»Silvrin«, zischte Lemetrong. »Das ist keine Verhandlung, sondern eine Frechheit!«

»Ihr ertragt nur nicht, dass ich Erfolg habe«, gab Silvrin hitzig zurück.

»Erfolg!« Lemetrong schnaubte. »Schön, wenn du mir nicht glaubst, lass dich von anderen aufklären! Prinz Koryelan? Was gibt denn unsere Kriegskasse noch her? Silvrin hat ja bereits fleißig mit Hellonen um sich geworfen, wie ich hörte.«

»Fast leer«, gab Koryelan mit heiserer Stimme zu. »Wir kratzen jetzt schon die letzten Scheller zusammen. Solch eine Zahlung können wir uns nicht leisten.«

Silvrin griff sich an die Stirn.

Bei der heiligen Göttin. Wer hätte sich vorgestellt, dass die Schatztruhen einer ganzen Provinz auch nicht reicher gefüllt waren als die Hellonenkiste in der Schmiede von Meister Albor in Pallanthia?

»Das wusste ich nicht. Ich bitte in Zukunft darum, dass ich solche Informationen regelmäßig bekomme.«

»Pfeile könnten wir ihm geben, ohne dass es unsere Kasse schmerzen würde«, überlegte Koryelan. »Da haben wir eine günstige Quelle daheim. Vielleicht können wir ihn herunterhandeln. Zweihundert Pfeile gegen die Prinzessin.«

»Lächerlich. Er wird ablehnen.« Lemetrong winkte ab.

»Wird er nicht«, sagte Silvrin hoffnungsvoll. »Die Idee ist sehr gut. Wukur sucht nach einer Möglichkeit, seine Ehre zu wahren, und will nicht als Angsthase dastehen. Bieten wir ihm die Pfeile.«

»Ehre!«, knurrte Kessinaj. »Silvrin, so ein Wort hat der noch nie gehört.«

»Wir werden sehen«, widersetzte sich der Fürst. »Zil, überbring ihm die Botschaft.«

»Jawohl!« Der Unterhändler salutierte und ritt davon.

Kurz darauf begaben sich alle in ihre Zelte. Die Nacht war zwar fast vorüber, aber ein letztes Stündlein Ruhe schien angebracht zu sein. Silvrin nötigte Grevor, ihm ins Feldherrenzelt zu folgen, wo Koryelan gerade sein Lager in Beschlag genommen hatte und praktisch auf der Stelle einschlief wie ein Stein.

»Erzähl mir, was sie sagte«, wisperte Silvrin. »Alles, jedes Wort.«

»Ich habe kaum etwas verstanden«, berichtete Grevor. »›Verfluch mich doch‹, ›Verräterin‹, ›Versagerin‹ - Wirres Zeug. Sie war im Delirium. Glühte vor Fieber.«

Der Schreck traf Silvrin wie ein Faustschlag in die Magengrube.

»Grevor! Glaubst du, sie stirbt?«

Der Bote zuckte die Achseln.

»Sie geben sich auf jeden Fall sehr viel Mühe mit ihr.«

Silvrin wäre am liebsten auf der Stelle selbst aufgebrochen, um sie zu sehen. Aber dafür war keine Zeit mehr, da die Morgendämmerung schon kurz bevorstand und die Verhandlungen um die Prinzessin jetzt Priorität hatten. Wenn er Glück hätte, konnten sie das jedoch schnell über die Bühne bringen. Er könnte auf dem Rückweg das Spital passieren, eine bequeme Bahre konstruieren und Areshva mitnehmen, wenn sie heimkehrten.

# Das Ultimatum

Die ersten Strahlen des neuen Morgens krochen über den Horizont. Nebel dampfte von den Ebenen unterhalb der Schwarzen Felsen. Silvrins Hoffnungen wuchsen mit jedem neuen Sonnenstrahl, der die Dämmerung verdrängte. Fürst Wukur hatte die Bestätigung überbringen lassen, er sei mit dem Tauschhandel einverstanden, allerdings beteuerte er nochmals, es sei nur eine einzige Prinzessin in Darghessa, Kia Sephila. Die andere hätte er nie gesehen. Diese Erklärung ließ sich nicht auf die Schnelle widerlegen.

Deshalb ritt Silvrin jetzt an der Spitze seiner Armee auf Darghessa zu. In respektvoller Entfernung vor dem Stadttor ließ er anhalten. Angestrengt beobachtete er die Bewegungen auf der Stadtmauer. Er hatte die zweihundert Pfeile, die als Lösegeld für die Prinzessin ausgehandelt worden waren, bereits vorbereitet. Kessinaj und Lemetrong begleiteten ihn jedoch nicht, und er hatte auch nur ein Drittel seiner Armee im Gefolge. Die Regimentsführer waren überzeugt, das Einlenken des Räuberfürsten sei eine Finte, und hatten ihm allerhöchste Vorsicht eingeschärft. Sie selbst versteckten sich augenblicklich in einem Waldgebiet, zusammen mit Koryelan und den anderen zwei Dritteln der Armee, oberhalb der nördlichen Stadtmauer von Darghessa. Dort wollten sie abwarten, ob der Handel mit der Prinzessin über die Bühne gehen würde oder nicht. Krieg oder Frieden - beides war nur um eine Haaresbreite voneinander entfernt. Koryelan hatte seinen fürstlichen Kontaktring bereits vor dem Duell an Silvrin übergeben. Dadurch stand der neue Fürst mit den Priesterinnen Coreana und Vadinia von Aravenna in Kontakt, die das Manöver in ihrer Kristallkugel verfolgten. Koryelan und die Regimentsführer hatten diese Möglichkeit nicht. Silvrin hatte deshalb vereinbart, stets mit einem Fahnenträger an seiner Seite zu gehen, der die Fahne fallen lassen sollte, falls etwas schief ging. Das konnten die Krieger von ihrem Versteck aus sehen und es wäre ihr Signal für einen Angriff auf Darghessa.

Silvrin war unruhig. Dies war sein entscheidender Moment. Wenn er den reibungslos dirigieren könnte, wäre es ein wesentlich größerer Erfolg als der schreckliche Kampf gestern. Auf der Stadtmauer ihm gegenüber wimmelte es nur so von Soldaten, die sich alle unaufhörlich hin- und herbewegten. Je weiter die Sonne sich über den Horizont hinauswagte, desto deutlicher war es zu sehen. Nun öffnete sich das Stadttor. Eine Gruppe von zwanzig Wächtern trat heraus.

In ihrer Mitte ging ein Mädchen, das einen weißen Sonnenschirm trug. Ein Raunen flog durch die Reihen der aravennischen Soldaten. Über seinen Kontaktring hörte er die Priesterin Coreana begeistert rufen: »Das ist die Prinzessin! Silvrin, du bist ein Genius!«

»Noch ist sie nicht bei uns angekommen«, beschwichtigte Silvrin sie. Aber auch ihm schlug bereits das Herz bis zum Hals. Er drehte sich zu den Männern um, die das Packpferd mit den Pfeilen begleiten sollten. Er wählte ebenfalls zwanzig aus.

»Reitet los«, befahl er. »Aber nur etwa bis zur Mitte zwischen uns und der Stadtmauer. Wartet dort, ob sie die Prinzessin bis zu euch hinbringen.«

So bewegten sich die beiden Parteien schrittweise aufeinander zu. Erst die Darghessaner, dann die Aravennaer. Sie trafen sich in der Mitte. Dort kam alle Bewegung zum Stillstand. Silvrin legte seine Hände wie einen Trichter um den Mund.

»Ruft Eure Soldaten zurück!«

»Dann ruft Eure ebenfalls zurück!«, schallte es von der Mauer her zu ihm.

Tatsächlich bewegten sich alle Begleiter nun rückwärts. Die Darghessaner, indem sie die Prinzessin in der Mitte stehenließen, und die aravennische Truppe, indem sie das Packpferd ebenfalls dort zurückließen.

Silvrin verfolgte mit höchster Aufmerksamkeit jede noch so winzige Bewegung sämtlicher Soldaten, eigener und fremder. Ihm durfte nichts entgehen. Er hatte es mit einem Räuber zu tun, einem Betrüger, der sich womöglich einen üblen Trick ausgedacht hatte, um ihn hereinzulegen. Diesen Trick - falls es ihn gab - musste er entlarven, bevor die Falle zuschnappte.

Silvrins Leute kehrten zu ihm zurück. Er klatschte jeden einzelnen per Handschlag ab. Die feindlichen Soldaten waren nicht mehr zu sehen. Nun war das Gebiet zwischen ihnen und der Stadtmauer unbewacht. Das Mädchen mit dem Sonnenschirm und das Packpferd standen völlig allein in der Mitte. Prinzessin Kia Sephila setzte sich in Bewegung. Mit raschen Schritten und wehendem dunkelroten Kleid stolzierte sie der aravennischen Armee entgegen. Nun näherten sich von der anderen Seite auch zwei Männer, die das Packpferd abholten und nach Darghessa brachten.

Silvrin krallte seine Hände um die Zügel seines Pferdes. War er am Ziel? Würde ein Adler vom Himmel stürzen und die Prinzessin mit sich reißen, bevor sie ihn erreichte? Oder eine Kanonenkugel sie treffen? Oder ihn? Die Darghessaner besaßen schwere Waffen auf ihren Mauern, aber niemand war mit ihnen beschäftigt. So einfach hatte er sich das nicht vorgestellt. Kein Hindernis erschien. Die Freigelassene raffte mit einer Hand ihr Kleid, als das Gelände uneben und steinig wurde, und kam immer näher an ihn heran. Ihr mit weißen Häkelmustern versehener Schirm in der anderen Hand schwankte. Um die Arme trug sie blütenreine Handschuhe, die bis zu ihren Ellenbogen reichten. Neugierig huschten ihre Blicke über Silvrin und seine Leute. War dies dasselbe Mädchen, das ihn damals in Pallanthia so verhöhnt hatte? Die Eisprinzessin?

»Wo ist der Fürst?«, rief sie. Etwas außer Atem, den Schirm an ihre Schulter gelehnt, blieb sie stehen. Ihre geröteten Wangen bildeten einen reizvollen Kontrast zu ihrem streng sonnengeschützten, blassen Teint.

»Direkt vor Euch«, erwiderte Silvrin höflich und schwang sich vom Pferd, um sie angemessen zu begrüßen. »Darf ich mich vorstellen? Silvrin von Aravenna.«

Die Prinzessin schien ihn im ersten Moment nicht ernst zu nehmen. Dann aber weiteten sich ihre Augen.

»Ihr!« Sie rümpfte die Nase. »Irgendwo ist die Grenze zu schlechten Scherzen wahrhaftig überschritten. Erzählt mir nicht, Ihr hättet wieder Hufeisen über die Palastmauern geworfen?«

Silvrin stieg das Blut zu Kopfe. Das war so lange her, dass es ihm wie in einem anderen Leben vorkam. Peinlich, dass auch sie sich noch daran erinnerte.

»Ich war an jenem Abend außer mir«, brachte er heraus. »Deshalb habe ich allen Anstand fallen lassen. Das entschuldigt natürlich nichts. Ich werde mich nie wieder gehenlassen und wäre sehr froh, wenn Ihr diesen unwürdigen Abend vergessen könntet.« Er verneigte sich tief. »Prinzessin Kia Sephila, ich bin jetzt Fürst von Aravenna und ich freue mich sehr, Euch bei uns zu sehen.«

Sie kniff die Lippen zusammen und machte keine Anstalten, seine Begrüßung zu erwidern. Da ergriff Grevor das Wort, der ein Stück hinter Silvrin stand.

»Prinzessin, unser Fürst hat Euch gerade aus der Gefangenschaft befreit. Ich meine, Ihr solltet ein Minimum an Dankbarkeit zeigen.«

Prinzessin Kia Sephila lachte.

»Welche Gefangenschaft? Ich bin nicht gefangen. Und dieser Knecht ist nicht Euer Fürst!«

»Jawohl, das ist er. Habt ihr nicht gesehen, wie Silvrin gestern die Zauberin von Ygramor im Duell besiegt hat?«

Rings um Silvrin her ertönte zustimmender Beifall. Die Augen der Prinzessin wurden riesengroß.

»Was sind das für Märchen? Was für ein Duell?«

»Das müsst Ihr gehört haben. Es gab zahlreiche Explosionen. Haben die Menschen in Darghessa Euch nichts erzählt? Nicht einmal Gerüchte?«

Silvrins Kontaktring fing an zu blinken. Gleichzeitig bekam er diffuse Kopfschmerzen. Er widerstand dem Impuls, die Hände an seinen Hinterkopf zu pressen. Ausgerechnet jetzt musste ihn das überfallen. Er überspielte das Ziehen in seinem Kopf und rieb mit dem Finger an seinem Kontaktring. Heraus quoll die etwas vernebelte, aber dennoch eindeutig erkennbare Silhouette des Fürsten Ishtangar von Pallanthia.

»Vater«, schrie Prinzessin Kia Sephila. »Oh, wie froh bin ich, dich zu sehen! Hast du meine Briefe nicht bekommen? Warum antwortest du nicht? Wo bist du?«

Fürst Ishtangar streckte ihr beide Hände entgegen.

»Zur Zeit in Aravenna.« Tränen traten ihm in die Augen. »Mein Kind! Mein Augenstern! Ich glaubte dich verloren. Wie geht es dir? Wo ist Isimela?«

»Mir geht es gut! Hör mal, Vater. Dieser unverschämte Schmied ...«

Fürst Ishtangar räusperte sich. Steif sagte er: »Es hat sich einiges verändert. Er ist tatsächlich der neue Fürst von Aravenna. Du solltest ihn angemessen begrüßen. Und danach solltet ihr ganz schnell verschwinden, bevor die Darghessaner es sich anders überlegen.«

Prinzessin Kia Sephila stand starr vor Staunen.

»Silvrin hat gestern diese Hexe besiegt«, fuhr Ishtangar fort, allerdings ohne Enthusiasmus. »Der Kampf war recht spektakulär, kann man sagen. Man hat ihn an den Tempeln von mindestens vier Provinzen verfolgt. Womöglich gar im ganzen Land. Würdet ihr jetzt bitte schnell aufbrechen?«

Prinzessin Kia Sephila ließ ihre Blicke über Silvrin gleiten, als wollte sie ihn von oben bis unten durchleuchten, während er mit den verflixten Kopfschmerzen kämpfte, die immer intensiver wurden. Einen Augenblick lang bildete er sich ein, die Ablehnung der Prinzessin würde sie verursachen. Dann ging sie leicht in die Knie, um einen vagen Knicks anzudeuten.

»Oh. Verzeiht mir. Das war etwas unerwartet.«

Sie reichte Silvrin die Hand nach Art einer Balletttänzerin, die Gnaden vergibt.

Er bekam Panik. Er hätte schwören können, dass irgendeine Art von Magie in ihren Händen war, die in seinen Kopf abstrahlte und die Schmerzen verursachte. Himmel, was war los mit ihm. Er musste sich beruhigen und durfte sie auf keinen Fall noch mehr vor den Kopf stoßen. Die Prinzessin von Pallanthia war keine Zauberin. Sie war ihm auch nicht feindlich gesonnen. Ihre Provinz war mit seiner befreundet. Warum sollte sie ihn angreifen? Und noch mit Strahlung - dazu war sie gar nicht in der Lage. Außerdem, wenn sie Magie in den Händen hätte, würde er es sehen können. Er sah jedoch nichts. Er überreagierte.

Er verneigte sich ein zweites Mal, diesmal tiefer als vorher, nahm vorsichtig ihre Hand und hauchte einen Kuss darauf.

Es traf ihn wie eine Bombe, die in seinem Kopf explodierte. Schmerzen wie Dolchklingen durchbohrten ihn, Lichtblitze gleißten in seinen Augen. Die Welt stürzte über ihm zusammen.

Dann verlor er das Bewusstsein.

\*\*\*

Er kam wieder zu sich. Seine Beine und Hüften schrappten über etwas Hartes. Seine Hände befanden sich über seinem Kopf und wurden vorwärts gerissen. Ihm dröhnte der Schädel, als wäre ein Schmiedehammer darauf geknallt. Er blinzelte, es war heller Tag. Um ihn herum hörte er das Raunen und Tuscheln Hunderter Menschen, deren Füße und Hosenbeine er vor seinen Augen vorbeihuschen sah. Jemand zog ihn über den Erdboden, an einer gewaltigen Menschenmenge vorbei. Er musste davon ausgehen, dass dies seine Feinde waren, die Darghessaner. Dieselben Menschen, die gestern seinen Sieg bejubelt hatten, würden heute seine Erniedrigung feiern.

Abrupt stoppte die Karawane der Füße, die neben seinem Kopf marschiert waren. Ihm wurde bewusst, dass seine Beine und der Bauch brannten, als ob die Haut dort in ihrer gesamten Länge aufgerissen wäre.

Jemand zog ihn hoch, bis er in stehende Position kam. Überall um ihn herum drückten und drängten Soldaten, die ihn hierhin und dorthin pressten. Zuletzt fühlte er sich nach oben gezogen und verlor den Halt unter den Füßen. Ein himmelschreiender Schmerz schraubte sich um seine Handgelenke.

Nun hing er über den Köpfen der Zuschauermenge und konnte überblicken, dass er sich auf einer Art zentralem Platz befand, deutlich größer als der Marktplatz in Aravenna, in dessen Mitte ein Brunnen mit einem Denkmal stand. Und dass dieser Platz von Menschen praktisch überquoll, die alle in seine Richtung starrten.

Ein Trupp Reiter bahnte sich einen Weg durch die Volksmenge. Silvrin erkannte ganz vorn den Fürsten Wukur, der seine schmächtige Figur und die Ganovenvisage durch eine ordenüberladene Pompuniform zu überdecken versuchte.

*Da kommt der Dreckskerl, mit dem Areshva ins Bett geht.*

Der Gedanke brachte sein Blut zum Sieden. Er hätte fast angefangen zu fluchen wie ein gewöhnlicher Landstreicher. Gerade noch konnte er sich auf die Zunge beißen.

Wukur ritt ihm entgegen mit einem Grinsen im Gesicht, für das ein deftiger Fausthieb mitten zwischen die Augen die einzig richtige Antwort gewesen wäre. Allerdings schnitten Silvrin die Fesseln so in die Handgelenke, dass er die Fäuste nicht ballen konnte, und er schaffte es nicht einmal, das dreckige Grinsen seines Widersachers zurückzugeben. Es war schon schwer genug, nicht vor Schmerz zu jaulen wie ein Hund.

»Man sieht sich im Leben immer zweimal«, rezitierte Wukur anstelle einer Begrüßung, wobei er selbstgefällig lachte, was den Schwarm seiner Begleiter dazu veranlasste, ebenfalls in hämisches Gelächter auszubrechen. Er wandte sich an einen schwarz gekleideten Mann im Henkersrock, der neben ihm ritt.

»Fang an mit zwanzig Peitschenhieben.«

Die Worte sickerten Silvrin ins Gehirn ein, ohne dass er sie wahrhaben wollte.

Er hatte schon Menschen am Pranger stehen sehen, die wegen schändlicher Vergehen ausgepeitscht worden waren. Meistens handelte es sich da um Pferdediebe, Ehebrecher oder Betrüger von höheren Ambitionen. Unehrliches Gesindel aller Art eben. Er hatte sich im Traum nicht vorgestellt, dass er jemals in solch eine Lage kommen könnte. Peitschenhiebe? Das passierte doch nicht ihm?

Da sauste auch schon der erste Riemen auf seine Hüften und schnitt tief in seinen Rücken hinein. Der Schmerz ließ alle vorherigen Leiden wie kindliche Nasenstüber erscheinen.

Nicht schreien, dachte er verbissen. Gib ihm nicht die Genugtuung.

Er presste die Zähne aufeinander und spannte all seine Muskeln an, um dem nächsten Hieb besser Widerstand leisten zu können.

Wieder zischte der dünne Riemen auf ihn nieder und bohrte sich bis in die Haut. Es durchschüttelte ihn ganz. Er biss die Zähne so fest zusammen, dass sie laut knirschten. Wie viel noch? Wie sollte er das aushalten?

Ein drittes und viertes Mal sauste die Geißel ihm ins Fleisch. Dann hörte er auf zu zählen. Er musste jetzt auch seine Atmung mit aller Gewalt kontrollieren, um nicht zu schreien. In seiner Verzweiflung suchte er mit den Blicken nach etwas, an dem er sich festhalten konnte. Sie blieben an dem Denkmal am Brunnen hängen. Es stellte einen Reiter dar, der die geballte Faust in die Luft hielt. Wie ein unbeugsamer Ritter, der sich durch nichts von seiner Mission aufhalten lässt.

Du kriegst mich nicht klein, dachte er angestrengt.

»Es wäre besser, ihm Stockhiebe zu verpassen, dann hält er länger durch«, sagte eine nasale Stimme nahe dem Fürsten.

»Stockhiebe sind für gewöhnliches Aas«, fauchte Wukur. »Der hier hat sich Peitschenhiebe verdient! Seine zarte Haut ist nicht dran gewöhnt. Die werden wir ihm bearbeiten, bis er sie in Streifen abziehen kann! Ha! Mach weiter. Du siehst doch, dass ihm langweilig ist.«

Silvrin visierte die stählerne Faust des fernen Ritters an. Wukur glaubte, er hätte ihn isoliert, doch das war nicht der Fall. Mochte die gesamte darghessanische Menschenmenge ihn verachten, aber er hatte einen Freund, der ihm gegenüberstand, und der im wörtlichen Sinn genauso hoch wie er über die Menge ragte - auch wenn er nicht in der Luft hing wie Silvrin. Er würde seine Faust in zwanzig Jahren noch in die Luft reißen. Und das würde Silvrin ebenfalls tun.

»Den nanntet ihr den Helden von Darghessa?«, brüllte Wukur in die Menge. »Ihr Ignoranten! Seht ihr nun? Er ist nichts weiter als ein Wurm! Eine Kellerassel! Und er wird auch da enden, wo die Würmer enden. Warum hast du aufgehört zu schlagen? Mach weiter, weiter!«

Zischend brannte sich die Peitsche in Silvrins Haut. Er hörte sich nun selbst schreien. Er wusste nicht, woher die Schreie kamen, er konnte sie nicht mehr beherrschen. Er fühlte, dass sich ein Abgrund unter ihm öffnete. Nicht aufgeben, dachte er wild, und suchte nach der stählernen Faust. Dort war sie. Schien auf seltsame Weise in der Luft zu tanzen. Nicht aus den Augen lassen. Das ist meine Hand. Die kann er nicht zerschlagen.

Das Bild vor seinen Augen wurde unscharf. Er versuchte, trotzdem die Faust nicht zu verlieren.

\*\*\*

Kaltes Wasser spritzte über seinen Körper.

Er war schlagartig hellwach. Im ersten Moment begriff er nicht, wo er war.

Fürst Wukur saß noch immer auf seinem Pferd ihm gegenüber. Ringsum die Masse an schweigenden, feindlichen Gesichtern.

»Interessiert dich, was aus deiner Armee geworden ist?«, fragte Wukur lauernd und grinste nun noch etwas breiter. Er drehte den Daumen nach unten. »Aravenna. Genauso lausig wie immer. Der Anführer lässt sich von einer Jungfrau mit Sonnenschirm erledigen. Da kriegt man ja Lachkrämpfe! Als du in den Staub gefallen bist, sind einige deiner Läuse schon vor Schreck krepiert. Den Rest haben wir abgeschlachtet wie Kaninchen. Die letzten elenden Figuren haben sich in alle Winde verpisst. Ihr seid am Ende. Zum Teufel, was für Waschlappen!«

Er lügt, versuchte Silvrin sich einzureden. Er lügt, um mich auch noch mit Worten fertigzumachen. Wir sind nicht am Ende. *Hör nicht auf ihn.*

Sein Rücken brannte wie Feuer, als wäre er in glühende Kohlen gefallen.

Leider war es durchaus plausibel, dass es so gewesen sein könnte, wie Wukur behauptete. Wo war die Faust? Er ließ seine Augen nach rechts gleiten. Dort. Zuverlässig und standfest reckte sie sich gen Himmel. Die Brände jagten in Wellen über seine Schultern und Hüften.

Warum hatte die Prinzessin ihn zu Fall gebracht? Vielleicht ... Luftmagie? Die konnte er nicht sehen. Ihre Hände waren vermutlich mit Luftstrahlen kontaminiert gewesen, die sich bei Berührung auslöste.

Wieder spürte er glühende Stiche. Einen Moment lang so stark, dass er sich am ganzen Körper verkrampfte. Dann ebbten sie ab. Kessinaj hatte Recht gehabt, dass man mit Banditen nicht verhandeln durfte.

Ich hätte auf die alten Hasen hören sollen, dann wäre das nicht passiert. Wenn ich nur wüsste, was aus meinen Leuten geworden ist. Besonders Koryelan. Areshva. Kessinaj. Grevor.

Verdammt, die Liste derer, die er nicht verlieren wollte, ließ sich noch beträchtlich weiter fortsetzen. Er war gescheitert. Am Ende.

»Schläfst du, Drecksack?«, brüllte Wukur den Henker an. »Mach weiter! Weiter!«

Der nächste Peitschenhieb orgelte auf Silvrins Rücken nieder. Er fühlte nicht mehr, wo er einschlug. Er war ein einziger Schmerz. Er brannte. Er hatte seine eigenen Leute ins Verderben gebracht. Wieder ein Schlag. Und wieder. *Die Faust, sieh die Faust an.*

Er starrte die Faust an, bis sie mit den Köpfen der Menschen und der Sonne und dem gesamten Weltall verschmolz.

***

Das Säuseln des Windes weckte ihn. Nein, es war nicht der Wind. Es waren Stimmen. Tosende Schmerzen durchstießen seinen Rücken. Er brannte immer noch, gleichzeitig war ihm eiskalt. Er fühlte sich elend und krank. Sein Mund war knochentrocken. Jemand rief ihn beim Namen.

»Silvrin! Silvrin!«

Mühsam öffnete er die Augen. Es war dunkel. Schwarze Schatten huschten um ihn herum, die er nicht identifizieren konnte. Kalter Wind klatschte gegen seine Wunden am Rücken wie ein Peitschenriemen. Er hing anscheinend immer noch mit den Armen hochgebunden in der Luft, dem tauben Gefühl in den Fingern nach zu urteilen. Vermutlich am gleichen Platz wie am Tag. Er musste davon ausgehen, dass er den ganzen Tag lang so gehangen hatte.

»Silvrin! Hörst du mich nicht?«

Eine Frau. Es klang, als ob sie weinte. Plötzlich wusste er, welche Frau das war. Er kannte doch diese Stimme. Hatte sie mal gekannt, vor langer Zeit, in einem anderen Leben. Ari.

Langsam gewöhnten sich seine Augen an die Dunkelheit. Er konnte schemenhafte dunkle Gestalten mit spitzen Waffen in den Händen unterscheiden, die ihn umringten. Die Frau stand hinter ihnen, allein. War das wirklich Ari? Götter im Himmel, er musste einen erbärmlichen Anblick bieten. Einen ganzen Tag hatte er vor ihren Augen gehangen wie Schlachtvieh.

»Verschwindet, Frau«, knurrte einer der Bewaffneten. »Wenn der Fürst Euch sieht, seid Ihr tot.«

»Der Fürst schläft um diese Zeit. Gebt mir nur einen Augenblick. Wenn sie ihn morgen töten, ist es zu spät«, flehte Ari mit einer Inbrunst, die Silvrin für einen Moment seine Schmerzen vergessen ließ.

Sie töten mich also morgen, hallte es dumpf in seinem Kopf nach. Danke für die Information.

Alles in ihm war kalt. Hätte er nicht erschrecken müssen? Erschrecken, wovor? Davor, dass er bald in der Hölle sitzen würde? Was man verdient hatte, das hatte man dann wohl verdient. Er hatte hundert Fehler gemacht und alle Warnungen in den Wind geschlagen. So endete das eben.

Und ich habe auch noch Areshva in die Hölle geschickt. Vielleicht treffen wir uns ja dort.

Die Frau fing an zu schluchzen.

»Silvrin! Ach! Es tut so weh, dich so zu sehen!«

»Ari«, wisperte er.

Sie holte hörbar Luft.

»Hörst du mich?«

»Ja.«

»Trixon und ich sind nach unserer Hochzeit hierher gezogen. Du weißt doch, dass er die Schmiede seines Vaters hier in Darghessa übernehmen konnte.«

»Du bist also verheiratet.«

Ari brach in Tränen aus.

»Und wie ich es bereue! Trixon ist so chaotisch. Er macht alles nur halb und hält den Laden nicht in Ordnung. Silvrin … Ich weine jeden Abend um dich. Schon seit Monden. Ich bereue so tief, so unendlich, was geschah! Wenn ich doch dich gewählt hätte. Und jetzt das. Ich habe dieses Duell gesehen. Ganz Darghessa hat dich gesehen. Ich konnte es nicht fassen. Du bist ein Held! Du bist der größte Mann dieses Landes.«

»Da kann man verschiedener Ansicht sein«, erwiderte Silvrin sarkastisch. Sein Mund war trocken, das Sprechen fiel ihm schwer.

Er wunderte sich über sich selbst, denn ihre Worte ließen ihn kalt. Ari war ein süßes, liebes Mädchen, und er würde sie wohl mit auf die Liste derer setzen müssen, die er nicht verlieren wollte. Aber sie nahm keinen Platz mehr in seinem Herzen ein.

Diesen Platz füllte ein anderes Mädchen aus – eines, das leider jetzt in einem grässlichen Lazarett lag. Und wer konnte wissen, ob sie von dort jemals wieder aufstehen würde. Der Gedanke brannte in ihm mehr als alle Peitschenhiebe, die er heute einkassiert hatte.

»Weißt du?«, flüsterte Ari leidenschaftlich. »Als wir zusammen waren, da wollte ich dich am liebsten bitten, dass wir zusammen davonlaufen. Nur du und ich. Mein Vater hätte dir doch nie erlaubt, mich zu heiraten, und du hättest auch nicht gewagt zu fragen, das war klar. Also hätten wir nur wegrennen können. Ich habe nicht gewagt, es dir vorzuschlagen, weil ich dachte … Na, du weißt selbst. Du magst solche krummen Dinge nicht. Du willst immer den geraden Weg gehen. Du hättest mich vielleicht verachtet, also habe ich es nicht gesagt. Aber ich wünschte … Ach, Silvrin!«

Silvrin sah für einen Moment lang das Leben an sich vorüberziehen, das er hätte führen können. Als Schmied an seinem Feuer, Ari am Herd, eine Schar von Kindern im Hof tobend, das Jüngste an ihrer Brust. Ein schönes, rührendes Bild. Ari war ein gutes Mädchen für einen Schmied. Ihr Bild von der gemeinsamen Flucht hatte ihn für einen Moment aufhorchen lassen. Wenn sie das doch früher gesagt hätte! Wie teuer wären ihm ihre Worte gewesen. Jetzt aber lösten sie kein Echo mehr aus.

»Ari«, erwiderte Silvrin ernsthaft. »Lass diese Gedanken fallen. Du hast dich für Trixon entschieden. Sei ihm das, was du versprochen hast, nämlich eine gute Frau, und traure nicht Vergangenem nach. Das schadet euch beiden.«

Er hörte sie ein paarmal schniefen.

»Du bist so … anders.«

Er spürte die Tiefe dieser Worte.

Ich bin kein Schmied, das weiß ich genau. Ein Krieger bin ich auch nicht, das haben mir in den letzten Tagen gleich mehrere Leute bescheinigt. Ihr Götter - wer bin ich?

Ich habe alles falsch gemacht. Ich wollte eine zickige Prinzessin retten und habe jetzt selbst den Strick am Hals. Hätte ich auf die Regimentsführer hören sollen? Wäre es besser gewesen, einen Krieg zu führen? Dann würde jetzt nicht ich sterben, sondern diese Darghessaner, die mich heute mit Verachtung bespuckt haben. Vielleicht wären auch meine Aravennaer gefallen, und Ari! Vielleicht wäre ich trotzdem dran gewesen. Wer weiß, ob das besser gewesen wäre.

Ein Windstoß traf ihn am Rücken wie ein Eimer mit glühenden Kohlen. Er stöhnte auf. Eine dunkle Angst vor dem Tod stieg ihm in die Seele. Morgen sollte er sterben. Er versuchte, mit den Augen die Faust von dem Denkmal zu finden. Aber es war zu dunkel.

»Genug jetzt. Geht nach Hause, Frau«, knurrten die Wachtposten. »Wenn der Fürst uns bei solchen Gesprächen erwischt, droht uns allen der Galgen.«

Ari schniefte immer noch. Zwei Wächter drängten sie rückwärts.

»Ich gehe ja schon. Silvrin! Du bist der Teufelsbezwinger. Der einzige Mann dieser Welt, der den Bösen trotzen kann. Alle lieben dich in Darghessa! Das wollte ich dir nur sagen, damit du es weißt, weil man deinen Namen ja nicht öffentlich aussprechen darf. In dieser Nacht wird hier niemand schlafen, weil wir alle hoffen, deine Schritte zu hören, wenn du die darghessanischen Wachen überwindest und von hier entkommst!«

Silvrin mochte seinen Ohren nicht trauen. Was faselte sie da? Hatte er richtig gehört?

»Wenn ich was? Entkomme?«

Einer der Wächter mischte sich ein.

»Wenn Ihr nur so gütig sein möchtet, mit Eurer Flucht zu warten, bis die Wachablösung kommt. Damit die Schuld nicht auf uns fällt, was uns teuer zu stehen käme.«

Waren diese Leute blind? Sahen sie nicht, dass er gefesselt an einem Pfahl hing, von bewaffneten Schergen bewacht, und ihn das Wundfieber schüttelte?

»Du glaubst wirklich, dass ich von hier entkomme, Ari?«

»Ach, das wissen alle«, wisperte sie verschwörerisch, so als teilte sie mit ihm ein Geheimnis. »Das Gerücht ging schon bei dem Duell durch alle Reihen: Du bist unbesiegbar. Niemand kann dir etwas anhaben, weder eine Hexe noch ein Drache, auch Ketten hindern dich nicht. Du wirst sie sprengen und du wirst dich retten. Du wirst Taten vollbringen, vor denen ganz Damarynth erstaunt.«

Silvrin war so verblüfft, dass er im ersten Moment nicht wusste, was er darauf erwidern sollte. Das meinte sie doch nicht ernst? War es ein verdeckter Wink? Vielleicht hatte sie einen Schlüssel für das Schloss an seinen Ketten?

Aber die Wächter drängten sie bereits rückwärts und sie wehrte sich nicht.

Sie hatte keinen Schlüssel. Meinte sie tatsächlich, dass die Bevölkerung von Darghessa keine Hand für ihn rühren würde? Dass sie ihn zu einem Übermenschen erkoren hatten, der auf höhere Mächte zugreifen könnte? War er von Narren umgeben?

»Und wie sollte ich hier herauskommen?«, rief er ihr wütend hinterher, doch er hatte kaum Kraft. »Stellst du dir vor, dass ich die Wolken zur Seite schiebe, damit der Mond mich befreit?«

Auf dieses Stichwort hin reckten tatsächlich sämtliche Wächter, und natürlich auch Ari, ihre Köpfe zum Himmel hoch und starrten die Wolken an. Der Anblick schien recht faszinierend zu sein, denn sie hakten sich daran fest, standen da mit erhobenen Häuptern, als beteten sie eine Gottheit an. Und als hätten sie noch nie vorher dunkle Wolkenberge am nachtschwarzen Himmel gesehen.

Es war so still um ihn herum, dass er den Wind um seine Ohren säuseln hörte. Wie lange konnte man eigentlich das Firmament anglotzen, ohne sich wie ein Idiot zu fühlen? Wollte Ari nicht bald nach Hause gehen?

Schließlich blickte auch er nach oben.

Langsam schoben sich die Wolken zur Seite und ein heller, leuchtender Mond kam zum Vorschein.

ENDE von Band 2

Erscheint am 18. Februar 2021:

## Sog der Finsternis (Chronicles of Gods 3)
**Band 3 der berauschenden Welt voller Götter, Magie und Intrigen**

Als die Magierin Areshva erfährt, dass sie Seelen opfern muss, um die Göttin des Lichts wieder an die Macht zu bringen, ist sie hin- und hergerissen zwischen dem verzweifelten Verlangen nach Licht in ihrem Leben und dem gefährlichen Sog der Finsternis. Den Kampf in ihrem Inneren vermag allein Fürst Silvrin von Aravenna zu beenden – der Mann, der ihr Herz zum Rasen bringt. Doch er sitzt eingekerkert auf der Burg des rachelüsternen Smorkyn, der ihm nach dem Leben trachtet ...

*Dunkle Götter, eine verbotene Magie und die Versuchung der Liebe verstricken die Magierin Areshva in ein mitreißendes Handlungsnetz, dem sich der Leser absolut nicht entziehen kann. Anke Unger überträgt uralte Ängste des Menschen auf eine faszinierende Fantasywelt voller Legenden.*

//Alle Bänder der Fantasy-Reihe:
-- Göttin der Dunkelheit (Chronicles of Gods 1)
-- Der magische Blick (Chronicles of Gods 2)
-- Sog der Finsternis (Chronicles of Gods 3) *erscheint Februar 2021*
-- Der verfluchte Ring (Chronicles of Gods 4) *erscheint März 2021*
-- Tempel der Skelette (Chronicles of Gods 5) *erscheint April 2021*
-- Seelen der Göttin (Chronicles of Gods 6)// *erscheint Mai 2021*

Erscheint im Sommer 2021:

# Meermädchen oder Das Herz des Dämonen
## (Die Chroniken von Amazonia 1)
**Wenn nur die Magie des Wassers dich retten kann**

Unbegabt, verachtet, verstoßen: Das Leben des Straßenmädchens Murissa ist eine Katastrophe. Bis sie sich in den Seeprinzen Turris verliebt. Um sein Herz zu gewinnen, gibt sie sich als zauberkräftige Meerjungfrau aus, schwitzt fortan unter dem Druck, nicht enttarnt zu werden, und folgt ihrem Prinzen auf eine abenteuerliche Reise zum Nebelmeer. Doch auch Turris hat ein Geheimnis. Und seines ist weitaus gefährlicher.

Die Amazonenkönigin Penthesilea, siegreich in neun Feldzügen, wird von ihrem Volk und ihrer Göttin umjubelt. Ihr neuester ritueller Kriegszug, bei dem sie unter Wasser kämpfen soll, droht jedoch ihr Heer zu vernichten. Die Rettung sucht sie in waghalsigen Experimenten mit Meeresmagie.

Als die Königin und das Straßenmädchen aufeinandertreffen, verknüpfen sich ihre Schicksale. Sie könnten alles verlieren, wovon sie je träumten – oder auch alles gewinnen!

*Exotische Welten unter Wasser und im fernen Inselreich Amazonia, magische Kämpfe, dunkle Geheimnisse, die Macht der Liebe und eine Prise Humor machen dieses Fantasy-Epos zu einem mitreißenden Abenteuer.*